내 생애 이야기 5

나남
nanam

한국연구재단 학술명저번역총서
서양편 447

내 생애 이야기 5

2023년 11월 10일 발행
2023년 11월 10일 1쇄

지은이   조르주 상드
옮긴이   박혜숙
발행자   趙相浩
발행처   (주) 나남
주소   10881 경기도 파주시 회동길 193
전화   (031) 955-4601 (代)
FAX   (031) 955-4555
등록   제 1-71호 (1979. 5. 12)
홈페이지   http://www.nanam.net
전자우편   post@nanam.net

ISBN 978-89-300-4150-8
ISBN 978-89-300-8215-0 (세트)

책값은 뒤표지에 있습니다.

이 책은 2019년 대한민국 교육부와 한국연구재단이 우리 시대 기초학문의 부흥을 위해
펼치는 학술명저번역사업의 지원을 받은 책입니다(2019S1A5A7068983).

한국연구재단
학술명저번역총서
447

내 생애 이야기 5

조르주 상드 지음

박혜숙 옮김

나남
nanam

Histoire de Ma Vie

by

George Sand

내 생애 이야기 ⑤

차례

11. 수녀원의 악동들

수녀원에서의 생활을 이야기하기 전에 수녀원에 대해 설명해야 하지 않을까? 사람이 지내는 장소는 생각에 너무나 큰 영향을 미치기 때문에 그 장소에 대한 기억과 분리해서 생각할 수는 없는 법이다.

그곳은 여러 개의 건물과 중정中庭과 정원이 있는, 집이라기보다는 작은 마을 같은 곳이었다. 기념할 만한 것이라든가 고고학자들이 관심을 가질 만한 것은 하나도 없었다. 처음 건축을 시작한 지 200년을 넘지 않는 세월 동안 많은 변화가 있었으며 계속 건물을 증축해서 처음 모습을 지닌 곳은 작은 부분에 불과하다. 하지만 그런대로 여러 건물이 모여 하나의 특징을 이루어서 이곳은 무슨 미로처럼 신비하기도 했다. 그래서 은둔자들이 아무리 상스러운 것에서도 끄집어내기 마련인 어떤 시적 매력을 가지고 있었다. 나는 한 달쯤 지나서야 혼자 있는 방법을 터득했다. 그리고 수천 번도 더 넘게 혼자 여기저기를 탐험해 보았지만, 아직도 모르는 후미진 곳이 있었다.

길의 낮은 쪽에 있는 정문은 아주 평범했다. 그저 아무것도 없는 흉한 건축이었고 작은 아치형의 문이 열리면 넓고 가파른 계단이 이어졌다. (내 기억이 맞는다면) 17개쯤 계단을 올라가면 타일 바닥의 뜰이 나오는데 그 주변은 통로도 없는 낮은 벽들이 막고 서 있었는데 한쪽은 성당의 큰 벽이고 다른 것은 수도원 건물들이었다.

수도원 문 옆에 사는 문지기 하나가 이 뜰을 지키고 있었다. 그는 외부 사람들을 복도로 데려갔는데 거기서 사람들은 물건을 교환하는 회전통이나 방문객들을 위해 창살이 쳐진 4개의 응접실을 통해 내부 사람들과 소통했다. 첫 번째 방은 수녀님이 맞이하는 손님들을 위한 특별한 곳이었다. 두 번째 방은 특활 수업을 위한 곳이고, 세 번째 방은 제일 큰 방인데 기숙사생들이 부모님을 보는 방이었고, 네 번째 방은 원장 수녀님이 높은 지위의 사람들을 만나는 곳이었다. 원장님은 안쪽에 다른 커다란 살롱도 가지고 있었는데 그곳은 창살이 쳐진 큰 응접실로 원장님이 수도사들이나 중요하고 비밀스러운 일이 있을 때 친척들을 만나는 곳이었다.

이것이 남자나 여자나 수녀원에 입장을 허락받지 못한 사람들이 볼 수 있는 수녀원의 모습이었다. 이렇게 철저하게 봉쇄된 곳의 안쪽으로 들어가 보자. 자물쇠로 단단히 잠긴 문은 조용한 수녀원에 큰 소리를 내며 열린다. 수녀원은 사각형의 갤러리로 바닥에는 무덤석 pierres séulcrales들이 깔렸는데 돌 위에는 십자가 모양의 뼈들이 장식되어 있었고 "편히 잠드소서"라는 문구가 새겨져 있었다. 돔이 있는 수녀원 건물에는 두 개의 큰 아치형 창문을 통해 빛이 들어왔는데 창은 안마당을 향해 있었고 그곳에는 전통적인 우물들과 화단이 있었다. 수녀원의 한쪽 끝은 성당과 정원을 향해 있고 다른 한쪽은 새로운 건축물을 향해 있다. 그 건물 1층은 큰 교실이었고 지하는 수녀들의 작업실이었고 2층과 3층은 작은 방들이 있었고 4층은 어린 학생들 기숙사였다.

작은 교실이 있는 건물로 향해 있던 수녀원의 세 번째 모퉁이는 부엌과 지하실로 통해 있었다. 또 건물은 낡은 건물들과 연결되어 있었는데 지금은 사라지고 없다.[1] 왜냐하면, 내가 있던 때에도 거의 무너질 지경이었기 때문이다. 이곳은 컴컴한 복도와 구불구불한 계단과 균형 잡히지 않은 계단참이나 휘어진 판자로 된 통로들이 끊어졌다 연결되면서 좁은 거처들이 미로처럼 박혀 있는 곳이었다. 아마도 이 부분이 제일 먼저 지어졌던 곳인 것 같고 이 건물들을 새 건물과 연결 하기 위해 기를 쓴 흔적들이, 대혁명 동안 어려웠던 형편, 아니면 건 축가의 무능을 보여주는 것 같았다.

회랑들은 아무 곳으로도 연결되지 않고 출입구들은 거의 지나갈 수 가 없는데, 그것은 마치 이상한 건물 속을 헤매는 꿈속에서 결국 건물 이 점점 조여 오며 숨 막히게 하는 형상과 같았다. 수도원 건물 자체 는 정말 뭐라고 형언할 수가 없을 정도다. 이곳에 대해서는 우리 기숙 생들이 여기에서 어떤 기상천외한 놀이를 생각해냈는지를 이야기할 때 다시 이야기하겠다. 지금은 이 건물들이 모습만큼이나 그 기능도 엉망진창이었다는 것을 말하는 것으로 충분할 것이다.

이쪽은 어떤 사람이 세 들어 살고 있었고 저쪽은 학생이 살고 조금 더 멀리는 피아노를 배우는 방이고 또 다른 곳은 침대 시트를 두는 방 이고 또 외국에서 오는 사람들을 위해 비워 놓은 방들도 있었다. 또 이름도 없는 구석진 곳에서는 나이든 여자들 특히 수녀들이 어떻게 해서 그런 물건들이 같이 있는지 모르지만 참 신기하게도 많은 물건 들을 쌓아 놓았다. 예를 들면 성당 장식품들과 양파가 같이 쌓여 있거

---

1   수도원 전체는 지난 제정 때 도시 재건 사업 중 사라졌다. 수도원 정원을 둘러싸고 버텨주는 절벽 같았던 포세 생빅토르가는 평평해졌다. 앙글레즈 선교회는 파리 밖으로 밀려났다(1874년 노트).

나 부서진 의자와 빈 병들 또 금간 종과 누더기들이 같이 있었다.

정원은 넓었고 멋진 밤나무들이 심겨 있었다. 한쪽은 높은 벽을 사이에 두고 스코틀랜드 학교와 붙어 있었고 다른 쪽은 은거 중인 여자 성도들이 빌린 작은 집들이 붙어 있었다. 정원 밖으로 새로운 건물 앞에는 채소를 심어 놓은 텃밭이 있었고 나이든 아줌마들이나 하숙생들에게 빌려준 집들도 있었다. 수도원의 이쪽 끝에는 세탁장이 있었고 또 불랑제 거리 쪽으로 난 문이 하나 있었다. 이 문은 이곳에 사는 사람들만 드나들 수 있었는데 그들은 이곳에 손님들을 위한 응접실을 하나 가지고 있었다.

내가 말한 큰 정원을 지나면 더 이상 우리가 들어갈 수 없는 더 큰 정원이 있었는데 그곳은 수도원의 먹거리들을 준비하는 곳이었다. 드넓은 채소밭이 미제리코르드 수녀원의 채소밭까지 펼쳐져 있었다. 그곳에는 꽃들과 채소들과 멋진 과일들이 가득했다. 우리는 커다란 창살 너머로 금빛 포도와 멋진 메론들과 화려한 카네이션들을 볼 수 있었다. 하지만 창살은 지나갈 수가 없어서 그곳을 통과하려면 상처가 날 정도였는데 그래도 어떤 아이들은 두세 번 몰래 그곳에 들어간 적이 있었다.

한마디로 요약하자면 많은 수녀뿐 아니라 보조 수녀들, 기숙생들, 세입자들, 부인네들과 하녀들까지 거의 120~130명 되는 사람들이 너무나 이상하고 불편한 방식으로 살고 있었다는 말이다. 어느 쪽은 너무 몰려서 살고 있고 어느 쪽은 너무 널찍해서 열 식구가 농사를 짓고 살아도 충분할 정도였다. 모든 것이 여기저기 흩어져 있어서 왔다 갔다 하는 데만 하루의 4분의 1을 허비할 정도였다. 민트를 증류하는 커다란 작업실인 '수도원의 방'이란 곳에 대해서는 말하지 않았다. 그곳에서는 수업을 받기도 했는데 엄마와 할머니가 갇혀 있던 곳이기도 하다. 또 저학년이 공부하던 곳, 근처의 냄새나는 양계장, 점심을 먹던 뒤쪽 교실들, 또 정말 할 이야기가 많은 지하실과 지하 창고, 또 앞쪽 교실들과 구내식당에 대해서도 말하지 않았는데 수녀들이 얼마나 논리적이지 못하고 실생활이 얼마나 비실용적인지 설명하자면 정말 끝이 없을 것이다.

반면에 수녀들의 방은 너무나 단정하고 깨끗했다. 그리고 자르고, 틀에 넣고, 칠을 하고, 리본을 정성 들여 단 자질구레한 물건들로 가득 차 있었는데 그것들은 모두 신앙심으로 만든 물건이었다. 또 방의 구석구석은 포도나무와 재스민으로 벽의 누추한 곳을 감추고 있다. 다른 시골에서처럼 자정이면 수탉들이 울었고 종들이 마치 여자 목소리처럼 청아하게 울렸다. 모든 통로에는 우아하게 뚫린 작은 애프스 apse 안에 약간 살이 찐 17세기풍의 마돈나를 볼 수 있었다. 작업실 안에는 한창때의 멋진 모습으로 말을 탄 샤를 1세의 아름다운 영국식 조각이 있었고 또 교황들의 조각도 있었다. 얼마 지나지 않아 나는, 밤에 수도원에서 흔들리는 작은 램프 불빛들과 매일 저녁 음울한 자물쇠 잠그는 소리와 함께 육중한 소리를 내며 닫히는 복도 끝의 무거운 문들 이 모든 것들의 신비로운 시적 마력에 빠져 버리게 된다.

이제부터 내가 하려는 이야기는 처음으로 교실에 들어갔을 때의 정말 힘들었던 이야기다. 30명쯤 되는 아이들이 좁고 낮은 방에 몰려 있었다. 벽들은 달걀색의 누런 종이로 덮여 있고 천장도 더럽고, 너덜너덜했으며 의지나 책상들도 더러웠다. 연기를 내는 상스러운 난로가 있었고 석탄 냄새에 양계장 냄새가 섞여 있었고, 싸구려 석고 십자가상이 있었고 바닥은 다 부서져 있었다. 우리는 그곳에서 하루의 3분의 2를 보냈는데 겨울에는 거의 4분의 3을 보냈다. 그런데 그때는 정확히 겨울이었다.

학생들의 교실을 이렇게 그 어느 곳보다 우울하고 처량한 곳으로 만드는 교육 환경만큼 나쁜 것은 없는 것 같다. 학생들이 가구를 부수고 장식품들을 망가트린다는 핑계로 그들 눈앞에서 그들의 상상력과 생각을 자극할 모든 것을 다 치워 버리는 것이다. 그리고 조각품들이나 장식들, 심지어 벽의 그림조차도 그들의 주의를 분산시킬 거라고 한다. 그렇다면 성당이나 예배당은 왜 그림들과 조각으로 장식하는 걸까? 그것들은 모두 정신을 고양시키고 성스러운 물건들을 통해 고통스러운 영혼을 다시 살리려는 것이 아닌가?

사람들은 아이들이 깨끗하지 못하고 조심스럽지 못하다고 한다. 그들은 잉크를 사방에 뿌리고 파괴하는 걸 좋아한다. 이런 경향이나 습관은 집에서 배운 것이 아니다. 가정에서는 아름답고 유용한 것은 잘 지켜야 한다고 가르치니까, 또 가정에서는 철이 들면 그런 장난을 할 생각도 하지 않고 그런 물건에 관심도 없다. 그런데 기숙사나 학교에서는 무관심이나 혹은 너무 지나친 근검절약에 스트레스를 받아 복수심에서 그렇게 하는 것이다. 아이들을 좀 더 좋은 환경에 살도록 하면 그들은 좀 더 조심스러워질 수 있다. 그들은 양탄자를 더럽히거나 액자를 부수기 전에 좀 더 신중하게 그것들을 바라보게 될 것이다. 그들을 둘러싼 아무것도 없는 더러운 벽은 너무 끔찍해서 그들은 할 수만 있다면 그것을 무너뜨리려 할 것이다.

당신들은 아이들이 기계처럼 공부만 하길 원한다. 그리고 그들이 고정관념을 벗어나 생기 있고 지적인 삶을 살 수 있는 모든 것으로부터 멀어지게 한다. 그런 것들은 나쁜 것이 아니다. 공부하는 학생은 창조적인 예술가를 필요로 한다. 아이들은 신선한 공기를 마시고 육체적으로 안락해야 하며 외부의 이미지들로 자극받아야 하고 색이나 형태들을 보며 자신의 원초적인 생각을 새롭게 바꿔나갈 수 있어야 한다. 자연은 그들에게 계속되는 하나의 스펙터클이다. 그들을 아무 것도 없는 더럽고 암울한 방에 가두면 당신은 그들의 몸뿐 아니라 마음과 정신까지 숨 막히게 하는 것이다. 나는 당신의 아이들이 요람에 있을 때부터 주변의 모든 것이 미소 짓길 바란다. 시골 아이들은 하늘과 나무와 풀과 태양을 가지고 있다. 하지만 도시의 가난한 아이들은 더러움 속에서 부자인 아이들은 잘못된 습성들 때문에 또 중간 계급에서는 아무런 감각이 없어서 정신적으로 또 육체적으로 시들어간다.

왜 이탈리아 사람들은 미에 대한 감각을 타고났을까? 어떻게 베로나의 석공과 베네치아의 소상인과 로마의 농부는 아름다운 기념물들을 보며 명상에 잠기길 좋아할까? 어떻게 그들은 아름다운 그림과 아름다운 음악을 이해할까? 반면에 어떤 면에서 그들보다 더 똑똑한 우리의 프롤레타리아와 더 잘 키워진 부르주아들은, 특별한 교육을 통해 예술에 대한 눈을 뜨고 본능적으로 새로운 감식안을 갖지 않는 한, 가짜를, 유치한 것을, 추한 것을 예술이라고 좋아하는 것일까? 그것은 우리가 더럽고 추한 것들 속에서 살고 있기 때문이다. 그것은 우리의 부모가 미적 감각이 없어서 전통적으로 내려오는 나쁜 취향을 자식들에게 물려주기 때문이다.

어린 시절을 교육적이고 아름답고 우아한 것 속에서 보내게 하는 것은 작은 제안에 불과하다. 무엇보다 어린 시절에는 정신적으로나 감정적으로 특별한 사람들과 지내야 한다. 그래서 나는 우리의 아름답고 착하고 너무나 우아하고 교양 있는 수녀님들이 어린 학생들 앞에 행동거지와 모습이 너무나 혐오스러운 데다가 말투와 성격까지 거부감을 주는 그런 사람을 세운다는 것을 용납할 수 없다. 뚱뚱하고 더럽고 등이 굽고 완고하고 편협하고 걸핏하면 화를 내고, 잔인할 정도로 거칠고 교활하고 복수심이 강한 그녀는 처음 볼 때부터 정신적 육체적으로 거부감을 주었고 다른 모든 친구들도 이미 그렇게 생각하고 있었다.

자신이 혐오감을 준다는 것을 본능적으로 알고 있는 사람들이 있다. 그들은 아무리 잘하고 싶어도 그럴 수 없다. 무슨 좋을 소리를 해도 사람들은 제대로 봐주지 않을 테니까. 그래서 그는 자기 나름대로 살아갈 길을 모색하게 되는데 그것은 세상에서 가장 삭막하고 가장 경건하지 못한 모습이다. D*** 선생이 바로 이런 부류의 사람이었다. 그녀에 대해 공정한 평가를 하기 위해서는 그녀의 좋은 점과 나쁜 점을 다 말해야 할 것이다. 그녀는 성실한 믿음을 가지고 있었고 그녀 자신에 대해 엄격했다. 그녀는 종교적으로 너무나 뜨거워서 자기 자신을 참을 수 없게 했고 혐오스럽게 했다. 하지만 만약 그녀가 숭배하는 은둔자들처럼 광야에서 살았다면 어쩌면 그것이 위대한 장점이 되었을지도 모른다. 하지만 우리와의 관계 속에서 그녀는 너무나 잔인한 권위의식을 가지고 있었다.

그녀는 벌주고 야단치는 것을 즐겼다. 그리고 그녀에게 야단친다는 것은 모욕을 주고 치욕스럽게 만든다는 거였다. 그녀는 나가는 척하면서(학급을 맡은 이상 이런 행동은 절대 하지 말아야 했다) 문 앞에서 우리가 자기를 욕하는 것을 듣고 갑자기 들어와 현장을 잡아내는 식으로 우리의 뒤통수를 쳤다. 그리고 가장 야만적이고 가장 치욕스러운 방법으로 우리에게 벌을 줬다. 치욕스러운 벌 중 하나는 우리가 나쁜 말을 했다는 이유로 땅에 입을 맞추게 하는 거였다. 이것은 수녀원에서 하는 규범이기도 했다. 하지만 다른 수녀들은 흉내 내는 것으로 만족해서 우리가 바닥 타일로 몸을 굽히며 슬쩍 우리 손에 입 맞추는 것을 못 본 척했다. 반면에 D*** 선생은 우리가 저항하면 우리 얼굴이 뭉개질 정도로 땅에 밀어 버렸다.

그녀는 엄격함을 넘어 성질이 아주 못된 사람이 분명했다. 자신이 미움 받는 것에 대해서는 분개했다. 반에는 5∼6살 되는 불쌍한 작은 아이가 하나 있었는데 그녀는 창백하고 연약하고 병색이 돌기도 하는, 우리 베리 지방 말로는 진짜 '샤크로'였다. 이 말은 둥지 안에 새끼들 중 제일 약골인 놈에게 붙이는 말이다. 그녀 이름은 메리 에어였는데 D*** 선생은 그녀를 돌보는 일에 최선을 다했고 어쩌면 엄마처럼 그녀를 사랑하려고 했는지도 모른다. 하지만 남자처럼 거친 그녀에게 이것은 정말 힘든 일이었고 끝까지 해내지도 못했다. 야단칠 때는 너무 무섭게 때리다가 아이가 반항하면 결국에는 그녀를 가두거나 더 많이 때릴 수밖에 없었다. 그러다 기분이 다시 좋아져서 그녀와 장난치거나 놀려고 할 때는 마치 곰이 다람쥐와 노는 꼴이었다. 어린애는 화가 나서 장난으로 그런 건지 아니면 분노와 절망 때문인지 항상 소리를 질러댔다. 아침부터 밤까지 그것은 정말 볼썽사납고 듣기도 괴로운 성가신 싸움이었다. 이 추하고 뚱뚱한 여자와 불쌍하고 불행한 어린아이의 싸움 말이다. 그런 분노과 성질머리는 우리 모두가 차례차례로 당할 수밖에 없었다.

나는 겸손한 마음으로 하급반에 들어가길 원했다. 이런 생각은 부모가 너무 허세를 부리는 아이들 사이에서 쉽게 볼 수 있는 태도이다. 하지만 곧 더러운 치마에 회초리나 휘두르는 늙은 주인의 손아귀 아래서 나는 곧 굴욕감을 느끼고 절망에 빠져 버렸다. 그녀는 자기 성질에 폭발했다가 제 풀에 가라앉았다. 사흘이 멀다 하고 야단을 맞으면서 나는 로즈보다 더한 사람을 만났다는 것을 알게 되었다. 그녀보다도 솔직하지도 않고 사랑도 없고 성질도 나쁜 사람을 말이다.

그녀가 나를 보고 처음 한 말은 "너는 너무 산만한 아이 같구나."였다. 그리고 그 순간부터 나는 아주 나쁜 부류에 속하게 되었다. 왜냐하면 그녀에게 유쾌함은 나쁜 거였고 아이들의 웃음은 그녀를 기분 나쁘게 했고 건강함과 즐거움과 젊음은 한마디로 그녀의 눈에 죄악이었다. 우리가 안심하고 쉴 수 있을 때는 수녀님이 그녀 대신 수업할 때뿐이었다. 하지만 그 시간은 하루에 두세 시간에 불과했다.

이것은 우리를 직접 돌보지 않았던 수녀님들의 잘못이었다. 우리는 수녀님들을 좋아했다. 그들은 모두 뛰어나고 매력적이고 부드럽고 신중했다. 그것이 비록 수녀복 때문이었는지 모르지만 그것은 우리 마음을 마치 무슨 주술처럼 안정시켰다. 세상과 가족을 버린 그들의 봉쇄생활이 이 사회에 도움을 주는 것은 우리의 영혼과 정신을 교육하는 데 기여할 때인데, 만약 그들이 전적으로 이 일에 몰두했다면 그것은 어려운 일이 아니었을 것이다. 하지만 그들은 시간이 없다는 핑계로 그런 일을 하지 않았고 오랜 시간을 예배와 기도로 흘려보냈다. 이것은 수녀원의 잘못된 부분이다. 수녀원에서는 이른바 세속의 여선생, 수녀들 눈에 좋아 보이는 여자 자습 선생 같은 사람들을 고용해서 아이들을 바보로 만들거나 화나게 했다. 만약 우리 수녀님들이 우리의 행복을 위해, 그들 표현을 따르자면, 우리 구원을 위해, 오직 자신들만을 위해 사용했던 그 많은 시간을 희생했더라면 아마도 하나님과 부모님과 우리에게 더 칭송받았을지도 모른다.

가끔 이 세속 선생들 수업을 관리하는 사람은 알리프 수녀였다. 그녀는 작고 동글동글하고 마치 잘 익은 사과처럼 발그스름하고 이제 막 주름이 지기 시작한 수녀였다. 그녀는 전혀 다정한 사람은 아니었지만 올곧은 사람이었다. 내게 그렇게 잘해주지는 않았지만 나는 다른 아이들처럼 그녀를 좋아했다.

우리의 종교 교육을 맡아서 그녀는 첫날 내게 세례를 받지 못하고 죽은 아이의 영혼이 어디에서 괴로워하는지 물었다. 나는 전혀 알 수가 없었다. 나는 그런 가엾은 아이가 추방되고 벌 받는 장소가 있을 거라고는 생각해본 적이 없었다. 그래서 나는 용감하게도 그녀가 하나님 품으로 갔다고 대답했다. 그러자 알리프 수녀님은 소리 질렀다.

"무슨 소리를 하는 거니? 이 불쌍한 아이야, 내 말을 안 듣고 있었구나. 나는 세례를 받지 않고 죽은 아이의 영혼이 어디로 가냐고 물은 거다."

나는 잠시 머뭇거렸다. 그러자 친구 중 한 명이 내가 모르는 것을 불쌍히 여겨 내게 작은 소리로 속삭였다.

"렘브로!"2

그런데 그녀는 영국 아이였기 때문에 나는 그녀 발음이 잘못됐다고 생각하고는 "올림포스로?"라고 소리치며 그녀를 돌아보고 웃었다. 알리프 수녀는 "무슨 부끄러운 짓이야! 교리 시간에 웃다니!"라고 소리쳐서, 나는 "죄송해요. 알리프 수녀님, 일부러 그런 건 아니에요."라고 대답했다.

내가 일부러 그런 게 아닌 것을 알자 수녀님은 진정하셨다. 그리고 "모르고 그랬다니 바닥에 입 맞추는 것을 하지 않아도 좋지만 마음을 가다듬기 위해 성호를 긋도록 해요."라고 말했다. 그런데 불행하게도 나는 성호를 긋는 방법도 몰랐다. 그것은 로즈 잘못이었는데 그녀는 오른쪽 어깨 다음 왼쪽 어깨를 터치하도록 했다. 또 늙은 신부님도 그런 것에는 신경 쓰지 않으셨다. 너무나 기가 막힌 이 모습을 보고 보자 알리프 수녀님은 인상을 쓰시며 "일부러 그러는 건가요?"라고 말했다.

"세상에! 아니에요. 수녀님 제가 뭘 잘못한 거지요?"

"성호를 다시 그어 보세요."

"네, 수녀님!"

"다시요!"

"네, 알겠습니다 …."

"쭉 그렇게 해왔던 건가요?"

"그럼요, 오, 주여!"

---

2 〔역주〕 limbe. 불어로 하늘의 가장자리를 뜻한다. 천국의 주변을 말하는 것이다.

"'오, 주여!'라고요? 지금 욕한 건가요!"

"그런 건 아닌데요."

"아! 도대체 학생은 어디서 온 거지요? 이건 이방인들이나 하는 짓이라고요. 정말로! 영혼이 올림포스산에 간다고 하질 않나, 성호를 오른쪽 어깨에서 왼쪽으로 긋지를 않나, 게다가 기도 중도 아닌데 '오, 주여'를 외치질 않나! 학생은 메리 에어 양과 교리수업을 받도록 하세요. 그 아이가 당신보다는 더 많이 알 것 같으니!"

솔직히 나는 그렇게 창피하지도 않았다. 나는 입술을 깨물고 웃지 않으려고 코를 꼬집었다. 하지만 수녀원에서는 나를 바보나 이상한 아이로 보았는데, 그것도 그냥 편하게 받아들이고 별로 심각하게 생각하지 않았다.

하지만 이 생각은 바뀌게 되고 나는 두각을 나타내게 되는데 적어도 하급반에 있을 동안은 아니었다. 그곳의 환경은 정말로 나와 맞지 않아서 만약 내가 D*** 선생의 이상한 굴레 아래 그리고 알리프 수녀님의 그 엄격한 권위 아래 계속 있었다면 나는 결코 신실한 성도가 되지 못했을 것이다.

수녀원에 들어올 때 나는 아무 생각 없이 들어왔다. 저항하려는 생각보다는 오히려 말을 잘 듣겠다는 생각을 했던 것 같다. 사람들이 보기에도 나는 이곳에 들어오며 그리 슬퍼하거나 낙담하지 않았다. 그저 규칙만 잘 지키면 되려니 생각했다. 하지만 그 규칙이란 것이 하나같이 멍청하고 또 D*** 선생이 그것들을 너무나 악의적으로 적용하는 것을 보고 나는 반항을 시작하면서 이른바 '악동 그룹'에 합류하게 되었다.

이 아이들은 신앙 같은 걸 우습게 아는 아이들이었다. 그리고 그 반대편 애들은 '범생이들'이라고 불렀다. 그 사이에는 악동들이 하는 장난을 보고 웃다가 선생님들이나 범생이들이 나타나면 바로 눈을 내리깔고 웃음을 그치고는 만약 위험한 순간이 오면 꼭 "제가 한 게 아니에요."라고 말하는 '멍청이들' 무리가 있었다. 그들은 이쪽도 저쪽도 아닌 중간 그룹이었다.

이런 이기적인 멍청이들 중 "제가 한 게 아니에요."라고 하는 대신 "뒤팽이 했어요.", 아님 "질리브랜드가 했어요."라고 말하는 비겁자들도 있었다. 뒤팽은 바로 나를 가리키고 질리브랜드는 다른 아이였는데 그 애는 하급반 아이들 중 가장 눈에 띄고 수녀원 전체에서 가장 이상한 아이였다.

그 아이는 11살이고 아일랜드에서 왔는데 13살인 나보다 훨씬 더 크고 힘이 셌다. 그 아이의 목소리는 우렁찼고 표정도 용맹스러웠다. 독립적이고 굴하지 않는 성격 때문에 '남자아이'라는 별명을 갖고 있었다. 얼굴이 예쁘장하긴 했지만 성격은 결코 우리 같은 여자가 아니었다. 자존심도 고집도 센 진짜 강한 성격에다가 힘도 장사였고 용기도 대단했다. 또 머리도 똑똑했고 간사스러움 같은 건 눈곱만큼도 없었다. 활동도 왕성했고 사람들 사이의 거짓되고 비겁한 것에 대해서는 마음속 깊이 경멸했다. 그녀는 형제자매가 많이 있었는데 그들 중 수녀원에 함께 있던 두 명 중 멋진 자매였던 마르셀라는 수녀로 남았고, 다른 하나인 사랑스런 헨리에타는 나중에 비비안 부인이 되었다.

메리 질리브랜드는 내가 들어왔을 때 몸이 아파 외출 중이었다. 사람들은 그녀에 대해 아주 무시무시한 말들을 했다. 그녀는 '멍청이들'

에게는 무서운 존재였는데 당연히 처음에 내게 다가온 애들은 '멍청이들'이었다. '범생이들'은 나를 천천히 관찰했다. 그들은 메리의 시끄러움과 혈기를 두려워해서 나도 경계했다. 그들의 말을 듣고 나도 그녀에 대해 두려움을 갖게 된 건 사실이다. 그중에는 아주 교활한 아이들도 있었는데 그 아이들은 아주 비밀스럽게 말하기를 그녀가 원래는 남자아이인데 부모님들이 여자로 만들었다고 말하기도 했다. 그녀는 모든 것을 파괴하고 모두를 괴롭혔다. 그녀는 정원사보다도 힘이 셌다. 그녀는 일꾼들이 일도 못하게 했다. 그녀는 정말 암적인 존재이고 페스트였다. 감히 그녀에게 대항하려는 자에게는 불행뿐이었다! 하지만 나는 "두고 봐. 나도 힘이 세고 겁쟁이가 아니야. 그리고 나는 나대로 말하고 생각할 테야."라고 말했다. 어쨌든 나는 불안한 가운데 그녀를 기다렸다. 나는 친구들 사이에 적을 두고 싶지 않았다. 공동의 적은 D*** 선생으로 족했다.

드디어 메리가 돌아왔고 처음 그녀를 본 순간 그녀의 진지한 표정은 내 맘에 들었다. 나는 속으로 '좋아, 우리는 잘 맞을 것 같네.'라고 생각했다. 하지만 먼저 들어온 것은 그녀이니 내게 다가와야 할 아이는 그 아이였다. 나는 조용히 그 아이가 다가오길 기다렸다.

먼저 그녀는 내게 빈정거리기 시작했다.

"성이 뒤팽이라구, 빵이란3 말이야? 이름이 오로르라구?4 '라이징 선'이면 해가 뜬다는 뜻인가? 예쁜 이름이네! 얼굴도 이쁘고! 꼭 무슨

3　〔역주〕프랑스어로 뒤팽(Du pain)에서 뒤에 있는 팽(pain)은 빵을 뜻한다.
4　〔역주〕오로르(Aurore)는 새벽을 뜻한다.

암탉 등 위에 말 대가리 같으네. 뜨는 해님! 제가 그 앞에 엎드려 해바라기처럼 뜨는 해에 절할까요? 림보를5 올림포스산이라고 했다고? 교육 한 번 잘 받았네. 그거 아주 재밌는 걸!"

이 말에 반 전체가 웃음을 터뜨렸고 '멍청이들'은 턱이 빠지게 깔깔댔다. '범생이들'은 우리 둘이 친해지면 어쩌나 하며 걱정스러운 눈빛으로 우릴 바라보았다.

나도 다른 아이들처럼 웃기 시작했다. 메리도 내가 나쁜 감정이 없다는 것을 단번에 알아봤다. 나는 허영심이 있는 아이가 아니었기 때문이다. 그녀는 계속 나를 놀려댔다. 하지만 나쁜 마음은 아니었다. 그리고 한 시간쯤 뒤에 그녀는 내 어깨에 일격을 가했고 나도 웃으며 똑같이 돌려주었다. 그러자 그녀는 자기 어깨를 쓰다듬으며 말했다.

"좋아! 이제 산책하러 가자!"

"어디로?"

"아무 데나. 교실만 아니라면."

"어떻게?"

"멍청하긴! 자 나를 잘 보고 따라 해 봐!"

아이들이 책상을 바꾸기 위해 일어났고 알리프 수녀님이 책과 공책을 가지고 들어왔다. 메리는 이 소란스러운 틈을 타, 아무렇지도 않게 누구 눈치도 보지 않고 문을 열고 나가 한적한 종탑이 있는 곳으로 가서 앉았다. 그리고 잠시 후에 나도 그냥 그녀 곁으로 갔다.

그녀는 말했다.

---

5 〔역주〕 고성소, 천국의 주변을 뜻한다. 세례받지 못한 영혼이 가는 곳이다.

"정말 왔구나. 뭐라 핑계 대고 온 거야?"

"아무 말도 안 했어. 그냥 네가 한 대로 따라 했지."

"아주 잘 했어! 이야기를 지어내는 애들이 있지. 피아노를 치러 간다든지, 코피가 난다든지, 아니면 교회에 기도하러 간다든지, 그런 늘 하는 쓸데없는 거짓말들이 있지. 나는 거짓말은 안 해. 왜냐하면 거짓말은 비겁한 짓이니까. 나는 그냥 나왔다 들어가지. 물어보면 대답 안 하면 그만이고. 벌을 줘도 상관 안 해. 난 그냥 내가 하고 싶은 대로 해."

"나도 그게 좋아."

"너는 그럼 악동들 편인 거지?"

"응, 좋아."

"나만큼?"

"응 더도 덜도 말고."

"좋아!" 그녀는 나를 주먹으로 치며 말했다.

"이제 들어가서 알리프 수녀님 앞에서 조용히 있자. 수녀님은 좋은 사람이니까. D*** 선생을 위해서나 준비하고 있자고. 매일 저녁 방과 후 수업 때 말이야, 알겠지?"

"그게 무슨 말이야, 방과 후 수업이라니?"

"D*** 선생이 감독하는 방과 후 레크리에이션 시간이 있어. 진짜 지루한 시간이지. 우리는 구내식당에서 나오면서 사라졌다가 기도 시간에 들어갈 거야. 때때로 D*** 선생은 거기에 주의를 기울이지 않지만 대부분 그걸 좋아하기도 하지, 우리가 들어갈 때 야단치고 벌 주는 걸 아주 좋아하니까. 벌은 그녀가 잘 때 쓰는 모자를 다음 날 온종일 머리에 쓰는 거야. 성당에서조차 말이야. 요즘 같은 때는 아주 좋고 건강에도 좋지. 우리가 만나는 수녀님들은 성호를 그으며 '부끄러운 줄 아세요!'라고 소리치지. 아무에게도 나쁠 건 없어. 15명 중 모자 쓴 애들이 너무 많으면 원장은 외출을 못 하게 하겠다고 협박하지만 부모님들 간청에 내보내거나 아니면 그냥 잊어 먹기 일쑤지. 그 모자로도 더는 말을 듣지 않으면 그다음엔 가두려고 하지. 하지만 그게 다 무슨 소용이야. 살아 있는 모든 날들을 지루하게 지내느니 하루를 희생하는 게 낫지 않아?"

"정말 맞는 말이야. 그런데 D*** 선생은 정말 싫어하는 애한테는 어떻게 하는데?"

"마치 무슨 생선 장수 아줌마처럼 욕하지. 대답을 안 하면 더 화를 내고."

"때린 적도 있어?"

"정말 그러고 싶겠지만, 핑계가 없지. 왜냐하면, '착한 애들'이나 '멍청한 애들' 같은 애들은 그녀 앞에서 벌벌 떨지만, 우리 같은 애들은 그녀를 경멸하고 입을 다물고 있거든."

"반에 악동들은 몇 명이야?"

"지금은 별로 없어. 네가 들어와서 힘을 좀 보태줘야 해. 지금은 이자벨과 소피 그리고 우리 둘뿐이야. 다른 애들은 다 '멍청이들'이거나 '범생이들'이지. 범생이들 중에는 루이즈 드라로슈자클랭과 발랑틴 드구이가 있는데 걔들은 우리처럼 악동기질이 있는 좋은 애들이지만 용기가 없어서 반에서 얌전히 있지. 하지만 안심해. 윗 학년에도 몇 명 있어서 오늘 밤에 우릴 만나러 올 거야. 우리 언니 마르셀라가 올 때도 가끔 있고."

"뭘 하는데?"

"이제 알게 될 거야. 오늘 저녁 네 신고식이 있을 거야."

나는 초조하게 저녁 식사 시간이 되길 기다렸다. 구내식당을 나오면 쉬는 시간이었고, 여름에는 상급반과 하급반이 같이 정원에서 놀았다. 겨울에는(그때는 겨울이었는데) 각 반은 자기 교실로 들어갔는데 상급반은 아름답고 넓은 자기들 반으로 갔고, 하급반은 좁고 잘 놀수도 없는 우리 반으로 들어갔다. 거기에서 D*** 선생은 우리에게 얌전히 놀라고 했는데 그 말은 즐겁게 놀지 말라는 뜻이었다. 구내식당을 나올 때는 난리법석이었다. 두 반의 악동들이 난리법석을 주동하고는 자기들은 그곳을 살짝 빠져나가는 것은 정말 경이로웠다. 수도원에는 작은 램프뿐이어서 다른 세 주랑들은 거의 어둠 속에 묻혀있었다. 하급반 교실로 이어지는 길로 가는 대신에 우리는 왼쪽 주랑쪽으로 슬쩍 빠져나가 아이들 떼거리들이 지나가게 한 뒤 드디어 자유롭게 되었다.

그렇게 나는 친구 질리브랜드과 그녀가 미리 얘기해준 다른 악동들과 함께 어둠 속에 있게 되었다. 지금은 소피와 이자벨밖에 이름이 생각나지 않는다. 둘은 하급반에서 제일 키가 큰 아이들이었다. 그들은 나보다 두세 살 위였는데 아주 매력적인 아이들이었다. 금발의 이자벨은 키가 크고 생기 있고, 예쁘기보다는 매력적이었으며 쾌활하고 재치 있고 뭐든 잘하는 재주꾼이었다. 특히 그리는 데 있어서는 대단한 실력의 소유자였다. 그 실력이 지금은 어떻게 되었는지 궁금하다. 만약 제대로 발휘되었다면 분명 부와 명성을 얻었을 것이다. 그녀는 정말 우리에게 없는 재능의 소유자였고 또 여자에게 흔치 않은, 또 설사 미술의 대가라도 우리에게 가르쳐줄 수도 없는 그런 재능을 가지고 있었다. 그녀는 정말 그린다는 게 뭔지 아는 그런 아이였다. 그녀는 복잡한 사물이라도 아주 쉽게 그릴 줄 알았다. 그녀는 순식간에 별로 깊이 생각하지도 않고 대단한 솜씨로 많은 사람들을 아주 생생하고 또 재미있게 그려냈다. 그녀 자신도 재치 있는 아이였지만 그녀의 그림과 캐리커처 그리고 대단한 작품들은 그녀의 깊이 있으면서도 톡톡 튀는 해학諧謔을 여지없이 보여주고 있었다.

그녀의 그림들은 정말 낭만적이고 환상적이며 또 냉소적이기도 하고 열정적이었다. 그녀는 지저분한 연필이나 분필 쪼가리를 들고 종이 한쪽에다 우리 눈이 따라갈 수도 없이 빠르게 백 명쯤 되는 사람들을 그려 넣었다. 아주 대담한 스케치였는데 모두가 대상을 아주 독창적으로 때로는 이상하게 잘 포착하고 있었다. 그것은 달밤에 수녀들이 고딕식 수도원이나 묘지를 행렬하는 그림이었다. 무덤은 그들이 걸어오는 데에 따라 열리고 수의를 입은 시체들이 일어나 노래하기 시작하고 여러 가지 악기들을 연주하며 수녀들의 손을 잡고 그들과 춤을 췄다. 수녀들은 무서워 어떤 수녀들은 소리를 지르며 도망가고 어떤 수녀들은 용감하게 함께 춤판에 끼어들어 수녀복과 쓰고 있던 베일을 모두 벗어던지고 빙글빙글 돌면서 유령들과 밤안개 속으로 사라졌다. 또 어느 때는 노루발이나 거대한 박차가 달린 루이 13세의 부츠를 신은 가짜 수녀들이 생각지도 못한 몸짓을 하며 긴 드레스를 질질 끌며 나타났다.

당시는 아직 낭만주의가 알려지기 전인데 그녀는 이미 자기도 모르게 낭만주의 기법에 통달해 있었다. 그녀는 들어 본 적도 없고 이름도 모르면서 수백 개의 춤 동작을 상상으로 그려냈다. 죽음의 사자와 악마가 늘 등장하고 끔찍하고 괴상한 인물들이 가득했다. 그림은 모든 수녀들과 기숙생들과 하인들과 선생님들과 교사들과 방문객들과 신부님들의 기막힌 캐리커처로 가득했다. 그 그림들은 우리 기숙사 생활의 모든 사건들, 모든 숨겨진 것들, 모든 황당했던 일들 그리고 모든 싸움들과 즐거움들 그리고 모든 권태로움에 대한 충실하고 영원한 연대기였다. D*** 선생과 메리 에어의 끊이지 않는 드라마는 그녀에게 매일 20장쯤을 그리게 했는데 그 그림들은 정말로 실제와 똑같아서 둘 다 너무나 가엾고 너무나 우스운 모습이었다. 그녀는 지치지 않고 계속 그려댔고 우리도 지치지 않고 그림들을 즐겼다. 수업 시간에 항상 선생님들이 보는 중에도 몰래 그림을 그렸는데 그녀는 자주 그림을 바로 찢어 버리거나 이 아이 저 아이 손을 거쳐 창밖으로 버리거나 아니면 불태우거나 하면서 들켜서 야단맞는 일을 잘도 피해 갔다. 하급반의 그 난로는 얼마나 많은 걸작들을 집어 삼켰는지! 내 기억력이 좀 과장된 것인지는 모르지만 그리자마자 태워진 그 그림들은 정말 진정한 대가들도 아쉬워할 만한 그런 것들이었다.

소피는 이자벨의 친한 친구였다. 그녀는 수녀원에서 제일 예쁘고 제일 우아했다. 부드러우면서도 섬세한 몸은 브리튼적인 신체적 특징을 가지고 있었지만 섬사람들 특유의 엉성함은 없었다. 긴 목은 둥글고 단단했고 얼굴은 작았는데 부드러운 동작은 정말 매력적이었다. 두 눈은 세상에서 제일 아름다웠고 반듯하고 좁고 고집스러운 이마 위에는 숱 많은 갈색의 빛나는 머리가 출렁이고, 코는 그저 그랬지만 그렇다고 그녀의 매력이 사라지지는 않았다.

그녀의 진주를 머금은 듯한 분홍 입술은 생기 있었는데, 그런 입술은 영국 여자들에게는 드물었다. 벨벳 같은 피부는 아주 하얘서 사람들은 그녀를 '보석'이라고 불렀다. 그녀는 착하고 마음이 따뜻했고 친구들에게 열정적이었고 싫은 것은 참지 못했지만, 겉으로 말하지는 않고 그저 경멸스러운 눈빛으로 침묵할 뿐이었다. 많은 아이가 그녀를 좋아했지만, 그녀는 단지 몇 명만 좋아해 주었다. 나도 그녀와 이자벨에게 매료되었고 그들은 나를 누구보다 더 보호해주었다. 그것은 이미 정해진 일이었다. 나는 그들을 위한 아이였다.

수도원 뜰에 모였을 때 보니 다들 무기를 하나씩 가지고 있었다. 어떤 애는 장작을, 어떤 애는 부젓가락을 가지고 왔다. 나는 아무것도 안 가지고 가서 대담하게도 다시 교실로 들어가 난로에 쓰는 쇠막대기를 훔쳐 가지고 왔지만 들키지 않았다.

이제 나의 신고식을 치르기 위해 우린 길을 떠났다.

이 비밀의식은 수도원의 전설적인 전통이었다. 아마도 200년 전부터 악동들 사이로 이어 내려오는 공상 같은 스토리였다. 물론 실제로 행해지는 거였지만 그것은 아주 낭만적인 상상으로 만들어진 이야기였는데 바로 희생제물을 해방시켜 주는 것이었다. 그러니까 한 명의 죄수 아니면 여러 죄수들이 어딘가 뚫고 들어갈 수 없는 곳, 그러니까 벽 속에 감춰져 보이지 않는 작은 공간이라든가 거대한 지하 궁창 아래 있는 감옥에 갇혀 있다고 상상하는 거였는데, 그런 지하통로들은 수도원 아래 그리고 생빅토르가 아래 펼쳐져 있었다. 실제로 우리가 그 끝을 알 수 없는 굉장한 지하통로가 있었고 수도원 곳곳에 그리로 들어가는 입구가 있었다. 사람들은 이 지하통로가 파리의 반을 차지하는 지하 굴과 연결되어 뱅센의 들판까지 간다고 했다. 그래서 우리 수도원의 지하통로를 따라가면 카타콤이나 채석장 그리고 줄리앙 궁 온천장인지 뭔지까지 갈 수 있다고 했다. 이 지하통로는 우리 발아래 있는 지하세계, 신비한 암흑세계, 그러니까 거대한 심연으로 갈 수 있는 입구였는데 그곳은 철문으로 잠겨 있고 그곳으로 가는 것은 아이네이아스나6 단테가 지옥으로 내려가는 것만큼이나 위험한 일이었다. 그래서 그곳으로 들어가려면 우리 비밀 결사대가 만들어내는 끔찍한 벌칙들을 다 통과해야만 했다.

지하로 들어가는 것은 악동들이 몇 년 동안 정신교육을 받은 후에 하기 싫어도 한 번이나 두 번은 겪어야 하는 통과의례였다. 당연히 정문을 통해 들어가야 했는데 그 문은 지하로 내려가는 커다란 계단 아래 있던 부엌 옆에 있었고 그곳에는 항상 보조 수녀님들이 있었다.

하지만 지하세계로 들어가는 통로는 지붕을 비롯해 수천 군데가 있었다. 모든 저주받은 문들, 계단 아래 어두운 곳들 그리고 모든 벽의 한쪽 구석들이 지하로 가는 비밀스러운 통로가 되었다. 그래서 우리는 아주 열심히 지하와 통할 수 있는 장소를 찾았다.

나는 노앙에서 래드클리프 부인이 쓴 《피레네의 성》을 무서워하면서도 아주 재미있게 읽었다. 내 친구들은 기억 속에 머리를 쭈뼛 서게 하는 스코틀랜드나 아일랜드의 전설들을 알고 있었다. 수도원에도

---

6 〔역주〕 트로이 전쟁에서 온갖 어려움을 겪는 영웅의 이름이다.

역시 죽었다 살아난 귀신들, 숨어 있는 괴물들, 또 이루 설명할 수 없는 유령들의 구슬픈 이야기들과 알 수 없는 이상한 소리에 대한 이야기들이 전해 내려왔다. 이런 모든 이야기의 진실과 또 어딘가에 숨겨져 있는 희생제물들을 찾아야 한다는 생각으로 온갖 상상의 나래를 펴다 보면 어느 때는 돌길 아래서 신음 소리가 들리는 것 같기도 하고 벽 틈에서 무슨 숨소리가 들리는 것 같기도 했다.

이렇게 내게는 처음이지만 다른 악동 친구들은 백 번도 넘게 했던 제식에 동참했는데, 그것은 어딘지 모르는 곳에 감금되어 신음하고 있는 희생양을 찾는 거였다. 그것은 우리에게 맡겨진 임무였다. 아마도 지난 세월동안 발견되지 못한 그 희생양은 200살은 족히 됐을 것이다. 하지만 정확한 것은 알 수 없었다. 어쨌든 우리는 계속 찾았고 계속 불렀고 끊임없이 생각하고 절대로 포기하지 않았다.

내가 미리 짐작한 대로 그날 저녁 아이들은 이 작전을 위해 가장 오래되고 멀리 떨어져 있고 가장 그럴듯한 곳으로 나를 데려갔다. 우리는 나무 난간이 있는 작은 통로에 몸을 붙였다. 그곳은 우리 쪽을 향해 있었는데 출구가 없었다. 또 난간이 있는 계단은 알 수 없는 곳을 향해 내려가고 있었다. 한쪽 난간에서 다른 난간으로 가려면 앞에 막고 있는 것을 돌려야 했다. 케케묵은 장식 버팀대 위로 걸어가면서 말이다. 그 아래는 어두운 빈터가 있었는데 그 깊이를 알 수가 없었다. 우리는 아주 작은 초밖에 없어서 이 신비한 계단의 첫 번째 계단만 비출 수 있었다. 그것은 정말 아슬아슬한 놀이였다. 이자벨은 영웅적으로 앞장섰고 메리는 체육 선생님처럼 차분하게 또 다른 아이들은 아주 능숙하게 지나갔는데 모두 너무 행복했다.

이제 우리는 아무에게도 보이지 않는 숨겨진 계단을 통해 순식간에 제일 아래에 다다랐는데 거기에서 실망은커녕 다들 기쁨에 들떴다. 주랑 아래 숨겨진 장소에서 진짜 막다른 곳을 발견했기 때문이다. 이 출구 없는 곳에는 문도 창도 어디로 통하는 곳도 없었다. 그렇다면 왜 이렇게 막다른 곳으로 내려가는 계단이 있었을까? 왜 이곳으로 가는 계단에 굳게 닫힌 문이 있고 자물쇠까지 잠갔을까? 모두 흩어져 작은 초를 들고 자기 구역을 점검했다. 계단은 나무로 되어 있었는데 분명 통로를 여는 비밀스러운 길이나 새로운 계단 혹은 숨겨진 문이 어딘가에 있을 거였다. 몇 명이 계단을 점검하고 오래된 판자들을 검사하는 동안 다른 아이들은 벽을 더듬거려 버튼이나 틈새나 고리처럼 래드클리프 소설에 나오는 수천 가지 장치 중 하나를 찾았다. 오래된 성에 대한 연대기를 쓸 때 꼭 나오는 그런 비밀 장치들은 돌을 움직이게 하기도 하고 나무판을 돌리기도 하고 알 수 없는 곳으로 통하는 문을 열어주기도 했다.

하지만 세상에! 아무것도 없었다! 석회 벽은 미끄러웠고 포석은 둔탁한 소리를 내며 어떤 타일도 움직이지 않았고 계단에도 비밀스러운 것은 하나도 없었다. 하지만 이자벨은 실망하지 않았다. 계단 아래로 내려가는 제일 어두운 곳에서 그녀는 벽 안에 비어 있는 곳이 있는 것 같다고 해서 모두 벽을 두드리며 살펴보았다. 그리고 아이들은 "여기야. 여기 벽 뒤에 통로가 있어. 바로 그 유명한 은신처로 가는 통로지. 여기로 해서 살아 있는 제물을 가둬둔 묘지로 내려갈 수 있어."라고 소리쳤다. 우리는 벽에 귀를 붙여 보았지만 아무 소리도 들리지 않았다. 하지만 이자벨은 무슨 소린지 알 수 없는 투덜대는 소리와 함께 체인 소리를 들었다고 했다. 이제 어떻게 해야 하나? 이때 메리가 말했다.

"간단해. 벽을 무너뜨리면 되지. 우리가 힘을 모으면 구멍을 낼 수 있을 거야."

이보다 더 쉬운 일은 없었다. 우리는 작업을 시작했다. 어떤 애들은 나무 장작을 가지고 벽을 무너뜨리려 하고 어떤 애들은 삽이나 부지깽이를 가지고 벽을 긁어냈는데, 벽이 흔들리면 건물 전체가 우리 머리 위로 무너지게 될 거라는 생각은 하지도 않았다. 다행히 우리는 벽을 계속 때릴 수는 없었다. 왜냐하면, 나무 장작으로 때릴 때 내는 소리가 너무 커서 들킬 것 같아서였다. 그래서 우리는 벽을 밀거나 긁어내는 것으로 만족해야 했다. 어쨌든 우리는 성공적으로 긁어낸 석회나 돌을 잔뜩 쌓아 놓았는데, 그때 기도 종이 울리기 시작했다. 그래서 우리는 서둘러 위험스러운 길을 더듬어 다시 되돌아와 불을 끄고 각자 흩어져 교실로 들어갔다.

다음 날 우리는 이 작전을 계속하기 위해 같은 장소에서 만났다. 먼저 도착한 아이들은 벌을 받거나 감시 때문에 늦게 오는 아이들을 기다리지 않았다. 아이들은 벽을 파는 등 각자 최선을 다했다. 다음 날도 마찬가지였다. 우리는 들킬 염려도 없었는데, 생쥐나 거미들이나 들락거리는 이 막다른 곳에는 아무도 내려오지 않았기 때문이다.

우리는 서로서로 뒤집어쓴 먼지나 석회들을 털어주었고 각자 수도원 경내로 와서 모두가 무릎을 꿇고 기도하고 있는 엄숙한 교실로 들어갔다. 그날 우리가 야단을 맞았는지는 모르겠다. 우리는 그런 일을 너무나 자주했기 때문에 언제 무슨 일을 겪었는지 기억할 수가 없다. 어쨌든 우리는 들키지 않고 여러 번 이 비밀의식을 실행할 수 있었다. D*** 선생은 저녁에는 하품을 하거나 메리 에어와 티격태격하면서 뜨개질을 하곤 했다. 교실은 어두웠고 선생님은 시력이 나빴던 것 같다. 그렇게 우리를 감시했지만 도망치는 것은 식은 죽 먹기였다. 그리고 한번 교실 밖으로 나가면 마을 하나 크기의 수도원에서 우리를 어떻게 찾겠는가? D*** 선생은 말썽을 일으키고 싶어 하지 않았고, 우리의 잦은 외출을 학교에 보고하려고도 하지 않았다. 그러면 분명 자신이 잘 감시하지 못한 것을 비난받을 게 뻔했기 때문이다. 또 우리는 수면용 모자나 그녀가 화가 나서 질러대는 소리 같은 것에는 눈 하나 깜짝하지 않았다. 외출을 금지하는 엄청난 권리는 원장 수녀님만 가지고 있었는데 너그러운 원장님은 그런 벌칙을 그리 탐탁해하지 않았다. 그러니까 규칙은 그리 엄격하지 않았는데 단지 감시하는 사람의 성격이 까탈스러웠을 뿐이다.

비밀의식을 행하는 것, 희생제물을 찾는 일은 내가 하급반에 있었던 겨울 내내 계속되었다. 막다른 벽은 눈에 띄게 부서졌지만 결국, 가로막고 서 있는 나무 때문에 그만두어야 했다. 그래서 다른 장소를 찾느라 20군데는 더 뒤지고 다녔지만 성공하지 못했다. 하지만 결코 희망을 잃지도 않았다.

그런데 어느 날 드디어 우리는 우리가 그리도 꿈꾸었던 지하세계로 들어가게 해주는 다락방 창문을 지붕 위에서 발견했다고 믿었다. 어디로 향한 것인지 모르는 이런 창문은 수도 없이 많았다. 꼭대기 방에서는 건물 안에 흩어져 있는 30여 대의 작은 피아노들 중 하나로 매일 한 시간씩 피아노 연습을 해야 했다. 우리 중 연습하는 애들은 아무도 없었지만 나는 음악을 너무 좋아했기 때문에 하고 싶었다. 프라데르라는 아주 좋은 음악 선생님도 있었다. 하지만 나는 음악보다는 소설에 더 예술가적 기질을 가지고 있는 것이 분명했다. 우리가 함께 상상하고 용기를 북돋아주고 함께 가슴 뛰며 하는 이 소설보다 더 시적인 것이 어디 있겠는가?

그래서 저녁 시간은 물론이고 피아노 연습시간도 늘 도망치는 시간이었다. 우리는 외딴 방에서 만나 어딘지 모르겠지만 좌우간 어디론가로 가면서 상상의 나래를 폈다. 한번은 피아노 연습을 하는 지붕 밑방에서 지붕과 차양과 헛간과 고미다락방을 탐색했는데 이끼 낀 타일들과 부서진 굴뚝이 있는 미로들은 우리에게 드넓은 탐색지가 되었다. 그러다 누구와 있었는지는 모르겠지만 우리는 지붕 위에 있었다. 하지만 파넬리(이 아이에 대해서는 나중에 이야기하겠다)가 앞장선 것은 기억난다. 창문으로 뛰어내리는 것은 어려운 일이 아니었다. 우리 아래로 6피트쯤 아래 두 개의 박공 사이로 홈통이 쭉 연결되어 있었다. 이 박공들 위를 걸으면서 다른 장애물들을 피하면서 가파른 지붕을 고양이처럼 이쪽저쪽 깡충거리고 다니는 것은 힘들다기보다는 너무나 위험천만한 행동이었다. 하지만 위험할수록 우리는 움츠러들기는커녕 더 열에 들떠 흥분했다.

이런 광적인 희생제물 찾기에는 뭔가 좀 바보 같기도 하고 또 뭔가 영웅적인 면이 있었다. 바보 같은 이유는 우리가 그렇게도 좋아하는 다정하고 부드러운 수녀님들이 누군가를 가둬 놓고 무지막지한 고문을 가하고 있다고 상상해야 하기 때문이었다. 영웅적인 이유는 매일 상상의 희생제물을 해방시키기 위해 위험을 감수했기 때문이다. 그것은 정말 위대한 기사도적인 희생정신이었다.

어쨌든 우리는 정원과 수도원의 모든 건물과 뜰을 내려다보면서 그곳에 한 시간도 더 넘게 있었다. 수녀님들의 검은 베일이 지나갈 때마다 혹시 고개를 들어 우릴 볼까 봐 굴뚝 뒤로 몸을 바짝 붙였다. 이제 우리는 어떻게 땅으로 내려갈까를 고민했다. 지붕 위치를 보자면 우리는 아래로 쭉 내려가 위에서 아래로 뛰어내려야 했다. 다시 올라가기도 쉽지 않았는데 사다리 없이는 완전히 불가능한 일이었다. 우리는 이제 우리가 어디에 있는지도 알 수 없었다.

마침내 우리는 기숙생이 한 명 있는 방의 창문을 보게 되었다. 시도니 막도날이라고 유명한 장군의 딸이었다. 이제 마지막으로 한 번만 더 뛰면 그곳에 닿을 수 있었다. 그런데 그것은 그동안 했던 다른 어떤 것보다 위험한 행동이었다. 나는 다소 성급하고 무모하게 주랑柱廊을 밝히는 수평 십자창 쪽으로 건너뛰었다. 그런데 운 좋게도 착지했지만 만약 조금만 비껴갔더라도 거의 30피트 아래에 있는 하급반 교실 가까이 떨어질 뻔했다. 나는 추락을 모면하긴 했지만 두 무릎이 다 까졌다. 하지만 문제는 그게 아니었다. 내 신발 굽이 그 망할 놈의 창문틀에 박히면서 유리창 여섯 장쯤이 어마어마한 굉음을 내며 깨지면서 부엌 입구 가까이 있는 곳으로 떨어졌다. 곧 보조 수녀님들 사이에 웅성거리는 소리가 났고 내가 방금 깬 빈 창을 통해 우리는 테레사 수녀님의 카랑카랑한 목소리를 들었다. 수녀님은 고양이들을 욕하면서 특히 알리프 수녀님의 수고양이 위스키를 언급하며 다른 고양이들과 싸우며 집 유리창을 다 깼다고 소리소리 질렀다. 하지만 마리 수녀님은 고양이들이 아니라고 감싸고돌았고 헬렌 수녀님은 분명 굴뚝 하나가 지붕 위로 무너져 내린 거라고 했다. 이 싸우는 소리에 우린 웃음이 터져 멈출 수가 없었다.

계단으로 올라오는 소리가 들렸고 지붕 위를 걸었던 우리의 범행이 들킬 것이 분명했다. 우리는 어딘가 숨을 곳으로 한 발자국도 발을 내디딜 수가 없었다. 파넬리는 홈통에 가로로 누워 있었고 다른 아이는 자기 머리빗을 찾고 있었다. 나도 뭔가로 정신을 못 차렸는데 방금 전 신발 한 짝이 떨어진 것을 알았기 때문이다. 떨어진 신발은 부서진 창틀 사이로 들어가 부엌 입구에 떨어졌다. 무릎에서는 피가 났지만 너무나 웃는 통에 한 마디 말도 할 수 없었다. 그래서 나는 다음번 행동 개시를 알리기 위해 신발이 벗겨진 발을 들어 올렸다. 그러자 다시 웃음이 터지고 위기의 순간이 가까워 왔다. 보조 수녀님들이 점점 가까이 오고 있었다.

하지만 곧 우리는 안심할 수 있었다. 우리가 숨어 있는 지붕 위 돌출 부위는 부서진 창문에서 사다리를 타고 올라오거나 아니면 우리가 온 길을 따라오기 전에는 발각될 위험이 전혀 없었다. 그래서 우리는 용기를 내서 수녀님들과 맞서기로 했다. 우리 위치가 아주 유리한 걸 안 우리는 모두 힘차게 고양이 소리를 내기 시작했고 결국, 고양이 위스키와 그 가족들이 와서 우리 자리를 차지하게 됐다. 그다음 우리는 시도니의 창문으로 갔는데 그 아이는 사태를 전혀 모르고 있었다. 그 불쌍한 아이는 피아노를 연습하고 있었고 멀리서 들리는 고양이 소리 같은 것은 신경도 쓰지 않고 있었다. 그녀는 병약하고 아주 예민하고 아주 온순해서 우리처럼 지붕을 타고 다니며 노는 것은 상상도 할 수 없는 아이였다. 우리가 창문에서 떼거리로 내려오는 걸 보자 피아노를 치고 있던 그녀는 우릴 돌아다보고는 비명을 질렀다. 우리는 그녀를 안심시킬 시간도 없었다. 그녀의 비명 소리에 수녀님들이 오는 소리를 듣고 우리는 재빨리 문 쪽으로 갔다. 그녀는 아무 영문도 모른 채 벌벌 떨며 일어나 멍한 눈으로 우리가 줄지어 가는 걸 보았지만 너무 놀라 아무도 알아보지 못하고 쳐다만 봤다.

순식간에 우리는 흩어졌다. 한쪽은 윗반으로 올라가 전속력으로 피아노 쪽으로 갔고 다른 쪽은 빙 돌아 교실로 들어갔다. 나는 시간이 허락된다면 내 신발을 찾아 증거품을 회수해야 했다. 나는 보조 수녀님들을 만나지 않고 부엌 입구에 도달하는 데 성공했다. 나는 속으로 "하늘은 용감한 자를 돕는다."는 데샤르트르 선생님이 가르쳐준 명언을 생각했다. 그리고 실제로 나는 운 좋게 어두운 구석에 떨어져서 누구의 눈에도 띄지 않은 신발을 찾을 수 있었다. 고양이 위스키만 혼자 야단을 맞고 있었다. 며칠 동안 무릎이 너무 아팠지만 내색하지 않았고 탐험은 계속됐다.

내게는 너무나 힘들었던 수도원의 규율에 저항하기 위해서는 이런 모든 로맨틱한 상상들이 필요했다. 우리는 겨우 견딜 만큼만 음식을 먹었다. 하지만 그것은 고민거리도 아니었다. 그것보다 우리는 정말 잔인한 추위 때문에 고통받았다. 그해 겨울은 정말 혹독했다. 규칙적인 시간에 일어나고 자는 것은 내게는 힘든 정도가 아니라 몸에 해로운 일이었다. 나는 보통 늦게까지 깨어 있고 일찍 일어나지 않는 것을 좋아했다. 노앙에서는 내 마음대로였다. 나는 밤에 내 방에서 읽거나 쓰곤 했는데 추운 겨울 아침에는 일찍 깨우는 사람도 없었다. 나의 하루는 너무나 여유로웠고 나의 몸과 정신은 '냉철' 그 자체였다. 수도원의 악동 중에서도 제일 악동이며 엄격한 규율에 결코 굴복한 적도 없고 또 별별 나쁜 짓을 다 생각해 내서 다른 악동들을 즐겁게 한 나였지만, 추위 앞에서만큼은 속수무책이었다. 특히 하루 중 아침나절이 그랬다. 지붕 밑 방의 기숙사 침대는 너무나 추워서 잠이 들 수가 없었다. 나는 매 시간 울리는 시계 종소리를 들어야 했다. 6시에는 마리 조제프와 마리 안 두 하녀가 들어와 우리를 무자비하게 깨웠다. 일어나 전등불 아래 옷을 입는 일은 정말 내게 우울한 일이었다. 우리는 얼음을 깨고 세수를 했다. 약한 동상에 걸려 부은 발들은 너무 작은 신발 속에서 피가 났다. 우리는 촛불을 켠 미사실로 들어가 벤치 위에서 덜덜 떨거나 아니면 몸을 웅크리고 잠이 들었다. 7시에는 빵한 조각과 차 한 잔을 마셨다. 그리고 마침내 교실로 들어가면 날이 조금 밝아오고 난로의 온기가 약간 있었다. 하지만 정오쯤이나 되어야 얼었던 몸이 풀렸다. 나는 늘 심한 감기에 걸려 있었고 온몸이 아팠는데 그것은 이후 15년 동안 나를 괴롭혔다.

하지만 메리 질리브랜드는 불평을 참지 못했다. 남자처럼 강인했던 그녀는 잘 참지 못하는 사람들을 잔인하게 놀렸다. 그래서 그녀 때문에 나도 스스로를 혹독하게 대하는 것을 배웠다. 그런 것은 내게 필요한 덕목이었다. 왜냐하면 나는 다른 사람들보다 더 힘들어했고 파리의 공기로 죽어 가고 있었기 때문이다.

누렇게 떠서 무표정하게 말도 없는 나는 교실에서만큼은 제일 조용하고 제일 순종적인 아이였다. 나는 그 사나운 D*** 선생과 한 번 딱

언쟁을 벌인 적이 있었는데 이 얘기는 나중에 하도록 하겠다. 나는 절대로 말대꾸를 하지 않았다. 나는 화낼 줄 몰랐다. 수녀원에 있는 3년 동안 나는 한 번도 화를 내 볼 생각조차 해 본 적이 없다. 이런 성품 덕분으로 나를 적대하는 사람은 오로지 한 명뿐이었고 나도 오직 한 명에게 적개심을 품고 있었다. 그래서 이 D*** 선생께 품은 나의 원한은 내 성품과는 정말 반대되는 거였다. 나는 악동으로 소문난 때조차도 가장 무뚝뚝한 친구들이나 가장 고집 센 수녀님들이나 선생님들로부터 사랑받았다. 원장님은 할머니에게 내가 '잠자는 물'이라고 말씀하시곤 했다. 파리는 노앙에서 내가 겪었던 격정적인 마음들을 차갑게 가라앉혔다. 그래서 그렇게 억압된 마음은 12월에 지붕을 뛰어다니게 하거나 한겨울에 모자도 쓰지 않고 정원에서 밤을 지새우게 했다. 왜냐하면, 우리는 정원에서도 숨겨진 제물을 찾고 있었기 때문이다. 우리는 문이 잠겼을 때는 창문을 통해 내려왔는데 그런 순간 우리의 뇌는 살아났고 나는 내 몸이 아프다는 것도 느끼지 못했다.

겉으로는 창백하고 또 이자벨이 너무나 코믹하게 그려준 것처럼 늘 주눅 든 모습이었지만 속으로는 유쾌했다. 나는 잘 웃지 않았지만 다른 사람들의 웃음은 내 마음과 귀를 즐겁게 했다. 이상한 짓들을 너무 좋아서 하는 것은 아니지만 나는 웃지도 않고 기상천외한 행동을 해서 특히나 멍청이들한테 큰 성공을 거두곤 했다. 그 애들은 나의 선한 마음을 알아서 나를 싫어하지도 않았다.

예를 들어 반 전체가 악동 중 한 아이가 한 장난이나 아니면 한 멍청이가 한 실수로 야단을 맞을 때가 있다. 멍청한 아이들은 자기들끼리 고자질은 하지 않지만 할 수만 있다면 악동들을 고자질했다. 만약 그렇게 할 수만 있다면 말이다. 모든 애들은 질리브랜드를 무서워했지만 질리브랜드는 결코 약한 아이들에게 자기 힘을 행사한 적은 없다. 하지만 그녀에게는 악마 같은 힘이 넘쳐서 그녀의 조롱에는 대꾸도 못 하고 모두 분해했다. 이자벨은 캐리커처를 그려서 사람들을 두렵게 했다. 라비니아는 아주 도도한 태도 자체가 사람들을 무섭게 했다. 하지만 나는 아무도 무섭게 하지 않았다. 나는 악동들과 있을 때는 악동이 되고 멍청이들과는 멍청이가 되었는데 이 모든 것은 그저 되는대로인 나의 천성 혹은 무기력한 신체적 특성 탓이었다. 그래서 나는 반 전체가 벌 받을 것을 피하게 하면서 멍청한 아이들을 내 편으로 만들었다. 선생님이 "잘못한 사람이 안 나오면 반 전체가 벌을 받을 거예요."라고 말하자마자 나는 일어나 "제가 했어요."라고 말했다. 모든 면에서 내게 먼저 본을 보였던 메리도 이때만큼은 나를 따라 했고 아이들은 우리에게 감사했다.

할머니는 곧 파리를 떠나실 예정이어서 나를 목요일마다 두세 번 외출시키셨다. 원장 수녀님은 내가 모든 선생님에게 찍혔고 모든 선생님이 나를 아무것도 하지 않는 아이로 알고 있으며 그래서 항상 '잠잘 때 쓰는 모자'를 쓰고 있다고는 감히 말할 수 없었다. 그러면 할머니는 아마도 내가 시간을 허비하고 있으니 나를 다시 데려가는 게 나을 거라고 생각하실 테니 말이다. 그래서 나의 교실 밖 탈출 행동에 대해서도 언급하지 않고 지나가셨다.

나는 이 외출이 너무 좋을 거라고 기대했지만 전혀 그렇지 않았다. 이미 나는 단체 생활에 길들어져 있었고 또 멜랑콜리한 성격에 잘 맞는 습성들에 길들어 있었다. 내 성격은 이미 수도원의 모든 것을 슬퍼하면서도 동시에 즐거워하고 있었다. 다시 나의 생각 속으로 빠져들면 가족사의 우울함에 대한 생각으로 육체적으로도 힘들고 마음도 슬펐지만 친구들의 웃음소리나 사랑하는 메리의 갑작스러운 큰 소리나 로맨틱한 이자벨의 농담들을 들으면 나는 내 생각들로부터 탈출해서 다른 사람들의 삶 속으로 들어갔다.

할머니 집에서는 쓰디쓴 과거들이, 괴로운 현실이, 암담한 미래가 살아났다. 사람들은 나를 극진히 보살피며 많은 질문을 하면서 내가 좀 과묵해지고 편안해졌다고도 했다. 그리고 밤이 오면 다시 수녀원으로 돌아갔다. 따뜻하고 향기 나고 빛나는 할머니의 작은 살롱에서 어둡고 황량하고 추운 수녀원으로 가는 것, 할머니와 엄마와 보몽 할아버지의 부드러운 손길을 떠나 차갑고 무덤덤한 문지기의 인사를 받는 것은 정말 한순간 가슴을 조여 왔다. 나는 무덤의 포석으로 깔린 주랑을 혼자 걸어가며 몸을 떨었다. 하지만 수녀원 경내 끝에 다다르면 은둔의 감미로움이 나를 휘감았다. 방루의 마돈나가 내게 미소 짓는 것 같았다. 나는 아직 독실한 신도도 아니었지만 마돈나의 푸르스름한 램프 빛은 벌써 나를 달콤하고 어렴풋한 몽상 속에 빠지게 했다. 나는 내 나이에 견디기에 너무 힘든 감정 세계를 뒤로하고 걸어갔다. 사람들에게 시달렸던 감정놀음도 모두 뒤로한 채 말이다. 나는 메리가 나를 반갑게 부르는 소리를 들었다. 멍청한 애들은 나를 둘러싸고 내가 낮에 뭘 보고 왔는지 물었다. 그들은 "다시 들어오니 진짜 싫겠다!"라고 말했지만 나는 입을 다물고 있었다. 나는 왜 집보다 수녀원에 있는 게 더 좋은지, 그 이해되지 않는 감정을 어떻게 설명할 길이 없었다.

할머니가 떠나시기 전날 원장님과 엄청난 폭풍의 시간이 있었다. 나는 말수는 적지만 그만큼 쓰는 것은 아주 좋아했다. 그래서 나는 우리의 장난질들과 D*** 선생의 고약함을 조롱하는 편지를 할머니에게 써 보내곤 했다. 그러면 할머니는 엄청 즐거워하시면서 내게 말을 잘 들으라든가 좋은 말을 하라든가 하는 말씀은 안 하시고 더욱이 신앙심에 대한 말도 일절 없으셨다. 수녀원 규칙에 따르면 우리는 밤에 대기실 궤 안에 우리가 보낼 편지들을 넣어놓아야 했고 부모님께 보내는 편지 외에는 모두 검열을 받아야 했다. 그래서 부모님께 보내는 편지는 봉해서 비밀을 지킬 수 있다고 믿었다.

내게는 할머니에게 내 편지들을 더 쉽게 보낼 방법이 있었다. 할머니 하인들이 내 건강을 염려해서 이런저런 물건들을 주러 왔기 때문이다. 하지만 나는 원장님의 진심을 완전히 신뢰했다. 원장님은 내 앞에서 할머니에게 절대로 부모님께 보내는 편지는 읽지 않는다고 말했으니까. 나는 믿었고 안심했었다. 하지만 내가 너무나 두꺼운 편지들을 너무나 자주 보내니 *reverend mother*가[7] 불안하셨던 모양이다. 그녀는 막무가내로 봉한 편지를 뜯어 나의 조롱들을 읽고는 그 편지들을 없애 버렸다. 심지어는 내게 말도 없이 3일 연속 그렇게 한 적도 있다. D*** 선생에 대해 내가 빈정거리는 내용들을 알고 싶었기 때문이다. 진실하고 똑똑한 사람이 자기 실속을 챙긴 것이다. 그녀는 나를 야단칠 줄 알았는데 오히려 D*** 선생을 내보내려고 했다.

원장님처럼 진실한 사람은 단순한 어린아이에게 어떤 함정을 놓아

---

7 '존귀하신 어머니'라는 뜻인데, 이 호칭은 꼭 영어로 썼다.

서도 안 되고 지켜주겠다던 비밀을 드러내서도 안 되는 법이었다. 하지만 원장님은 D*** 선생을 추궁하기로 했는데 그녀는 내가 지적한 자신의 모습에 대해 결코 동의할 수 없었다. 그래서 이미 나의 태평무사한 태도와 여유로운 몸가짐에 약이 올라 있던 선생님의 증오심이 폭발했다. 모두가 짐작한 바였다. 선생님은 나를 완전히 거짓말쟁이로 몰면서 나를 두고 강퍅한 아이(그러니까 신앙 없는)니 밀고자니 하며 별별 소리를 다 했다! 원장 수녀님도 나를 심문하면서 아주 끔찍한 장면이 연출되었다. 나는 가만히 있었다. 그다음 원장님은 관대하게도 나의 이런 중상모략을 할머니에게 말하지 않겠다고 하면서 나의 끔찍한 편지들도 비밀에 붙이겠다고 했다. 하지만 나는 그 말이 곧이 들리지 않았다. 그 약속은 다른 의미가 있는 듯했다. 나는 그 편지들 복사본을 따로 가지고 있으니 할머니가 그 편지들을 읽고 원장 수녀님과 할머니 앞에서 나의 진실이 밝혀지길 원한다고 대답했다. 그리고 서로 신뢰할 수 없으면 다른 수녀원에 가길 원한다고 말했다.

원장님은 나쁜 사람은 아니었다. 하지만 사람들이 뭐라 하건 나는 그녀가 좋은 사람이라고 한 번도 느껴본 적이 없었다. 그녀는 내게 온갖 협박과 욕을 하며 자기 앞에서 나가라고 했다. 그녀는 그저 세속적인 사교계 사람에 불과했고 무슨 왕족처럼 태도가 돌변한 것이다. 그녀는 화를 낼 때 목소리가 아주 이상해졌다. 어쩌면 그녀는 불어로 하는 그런 표현들이 어떤 의미인지 잘 모르는 것 같았다. 그리고 나도 그녀가 하는 영어를 다 알아듣지 못했다. D*** 선생은 머리를 숙이고 눈을 감고 마치 하나님의 음성을 듣는 성녀처럼 넋을 놓고 있었다. 그리고 나를 불쌍하게 여기는 듯한 태도를 보이며 조용한 침묵 가운데 있었다. 한 시간쯤 뒤에 구내식당으로 원장 수녀님이 몇몇 수녀님을 대동하고 들어오셨다. 그녀는 무슨 심문을 하듯 몇몇 테이블을 돌아다니셨다. 그리고 내 앞에 오셔서는 그 아름다운 검은 큰 눈을 굴리시며 엄중한 목소리로 말씀하셨다.

"진실이 뭔지 알도록 하세요!"

모범생들은 창백해져서 성호를 긋고 멍청이들은 나를 보며 수군거렸다. 그다음 사람들은 내게 수많은 질문을 퍼부었다. 나는 대답하길 "그러니까 이제 3일 후면 나는 더는 이곳에 없을 거야."라고 말했다.

나는 너무나 화가 났지만 한편으로는 말할 수 없이 슬펐다. 나는 정말 다른 수녀원에 가고 싶지 않았다. 지금까지 쌓아온 우정이 이제 곧 다 무너져 내리게 된 것이다. 할머니는 이 일로 수녀원에 오셨다. 원장 수녀님은 할머니와 둘이 방에 틀어박혀 내 편지들을 무슨 거짓 증거인 양 할머니께 보여드렸는데 아마도 내가 다 말할 걸 염두에 뒀기 때문일 것이다. 하지만 할머니는 이 사건의 이면을 간파하셨을 것이고 그래서 신의를 저버린 원장 수녀님을 모질게 나무라셨을 것이다. 그리고 나를 변호하시면서 나를 당장에 다시 데려가겠다고 말씀하신 것 같다. 둘 사이에 정확히 무슨 일이 있었는지 모르지만 내가 원장님 응접실로 올라갔을 때 두 사람은 둘 다 몹시 흥분해서 진정하려고 애를 쓰고 있었다. 할머니는 평소처럼 나를 안아주시면서 단지 수업 시간에 사라진 일이나 몇몇 장난질에 대해서만 야단을 치셨다. 그리고 원장님은 내가 메리와 가까이 있으면서 생활이 무질서해져서 지금 당장 상급반으로 올라간다고 하셨다. 어쩌면 내 인생에 위협이 될 수도 있을 일이 이렇게 더 좋은 쪽으로 풀린 것은 분명 좋은 소식이지만, 한편으로는 매우 준엄한 소식으로 들렸다. 그러니까 D*** 선생과 관계를 끊으면서 더는 그녀를 조롱하지도 말고, 또 끔찍한 메리와의 장난질도 다 끊으라는 말이었으며 그래야 서로가 좋다는 말이었기 때문이다.

나는 선선히 D*** 선생에 대해서는 관여하지 않는 것에 동의한다고 대답했다. 하지만 메리를 좋아하지 말라는 것은 약속할 수 없었다. 겉으로 보면 이제 우리는 떨어질 수밖에 없었다. 우리가 볼 수 있는 때는 이제 정원에서 노는 시간뿐일 테니까. 할머니는 일이 잘 끝난 걸 보고 노앙으로 떠나셨다.

나는 상급반으로 갔다. 그곳에는 이미 나보다 먼저 온 이자벨과 소피가 있었다. 메리에게는 죽을 때까지 친구로 남겠다고 맹세했다. 하지만 앞으로 보게 되겠지만 D*** 선생과의 관계는 끊어지지 않았다.

12. 앨리시아 수녀님

비록 악동들 무리에 속하지는 않았지만 하급반 아이 중 내가 사랑했던 두 명에 대해 이야기하지 않고 하급반 시절 이야기를 끝낼 수 없을 것 같다. 그 아이들은 모범생에 속한 아이들도 아니었고 더더욱 멍청이 쪽에 속하지도 않았다. 이 아이들은 아주 눈에 띄게 똑똑한 아이들이었다. 이 아이들 이름은 이미 얘기한 적이 있었는데 바로 발랑틴 드구이와 루이즈 드라로슈자클랭이었다.

발랑틴은 내 기억에는 9~10살밖에 되지 않은 어린아이였다. 아주 작고 연약한 아이여서 당시 하급반의 귀염둥이였던 메리 에어나 헬렌 켈리쯤으로 밖에는 보이지 않았다. 하지만 같은 또래 아이들보다 월등하게 우수해서 그 아이와 놀면 상급반의 이자벨이나 소피와 함께 노는 것만큼이나 즐거웠다. 그녀는 모든 것을 엄청나게 쉽게 습득했다. 공부도 큰 애들보다 더 잘했다. 그녀는 아주 머리가 좋고 솔직하고 착한 아이였다. 기숙사 방에서 내 침대는 그 아이 침대 옆이었다. 나는 그 아이를 마치 내 딸처럼 돌봐주었다. 또 다른 한편으로는 소피의 동생인 수잔이 있었다. 그 아이도 내 도움이 필요했는데 항상 아팠기 때문이다.

하급반에서 친했고 또 상급반에서도 곧 만났던 친구 중에 루이즈가 있다. 그녀는 레스퀴르의 미망인인 드라로슈자클랭 공작 부인의 딸이었다. 어머니인 공작 부인은 바로 1차 방데전쟁에8 대한 흥미로운 기록을 쓴 여자였다. 내 생각에 이 책에서 의회의 왕당파를 대변했던 기사도적 정치인은 루이즈의 오빠였던 것 같다. 그리고 그들의 어머니는 분명 이 역사소설의 주인공이었다. 그녀가 이야기하는 사실을 바탕으로 한 이 소설은 아주 드라마틱하고 감성적이고 감동적인 이야기들을 들려주고 있다. 하지만 프랑스와 유럽의 상황에 대해서는 잘못된 것이 많은 것 같았다. 그래도 왕당파 쪽 견해를 이보다 더 잘 설명할 수 없었고 그들의 장단점과 그들이 한 투쟁의 좋은 점과 나쁜 점을 이보다 더 잘 설명할 수는 없었다.

이 책은 정말 감정이 풍부하고 머리도 명석한 여자의 작품으로, 혁명기에 대한 가장 다채롭고 유용한 책으로 남을 것이다. 이 책은 이미 이 반혁당에 대한 잘못된 사실과 유치한 과장들을 바로잡는 역할을 해내고 있었다. 또 죽어가는 왕정에 대해 영웅적 태도를 보이면서 그 몰락의 원인에 대한 정확하고 진솔한 자기 생각을 보여주고 있었다.

루이즈도 엄마와 같은 생각과 마음을 가지고 있었다. 그리고 그녀가 자랄 때 함께 있었던 용감하고 위대한 농부들에 대한 시적 감동도 가지고 있었다. 이 농부들은 늙은 왕당파들처럼 정치적인 아집과 용기를 가지고 있었다. 최근에 출판된 왕정에 대한 책에서는 그녀의 의견에 동조할 수 없지만 싸울 생각은 없다. 나는 그들 가족의 신념을 존중하고 싶고 또 그 생생한 글과 당시의 풍습과 전원 풍경에 대한 아름다운 묘사들에 매료되었다. 몇 년 후 나는 그녀 집을 방문한 적이

8　〔역주〕로마 가톨릭교회 세력과 왕당파의 반란으로, 프랑스 서부에 있는 방데 지역의 농민들에 의해 1793년 시작되어 1801년 나폴레옹에 의해 진압되었다.

있었는데 그때 그녀의 엄마를 본 적이 있었다.

그 가정의 모습이 매우 인상적이어서 그때 방문했던 이야기를 하고 싶다. 아마 지금 이야기하지 않으면 모두 잊어버릴 것이다.

그 집의 위치가 어디였는지는 기억나지 않지만 그 집은 포부르 생제르맹 구역의 아주 큰 저택이었다. 나는 평소처럼 초라한 삯마차를 타고 그 집에 도착했는데 내 마차를 보고 대문을 열어주지 않았다. 얼굴에 분까지 바른 이 저택의 늙은 문지기는 나를 들여보내지 않았다. 그래서 나는 "드라로슈자클랭 부인 댁에 가는데요."라고 말했다. 그러자 문지기는 "당신이요?" 하며 경멸적인 시선으로 나를 바라봤다. 아마 내가 꽃도 레이스도 달리지 않은 외투를 입고 모자를 썼기 때문이었을 것이다.

"자 들어가쇼!"

그리고 그는 어깨를 으쓱했는데 그것은 마치 "이제는 아무나 다 들락거리는군!"이라고 말하는 것 같았다.

나는 내 뒤에 있는 문을 닫으려고 했지만 너무 무거워 손가락만으로는 할 수가 없었다. 나는 내 장갑을 더럽게 하고 싶지 않아 그냥 들어가는데 첫 번째 계단을 오르자마자 심술궂은 문지기가 소리쳤다

"문이 어딘지는 알지요?"

"어느 문인데요?"

"길 쪽으로 난 문이지!"

"아, 죄송해요! 그건 아저씨 문이고 제가 들어갈 문은 아니네요." 라고 나는 웃으며 말했다. 그는 투덜거리며 문을 닫으러 갔다. 9 나는 어린 시절 친했던 대단한 하인들도 나를 저렇게 경멸할까 하는 생각

이 들었다. 그리고 응접실에 많은 신사가 있는 것을 보고 나는 이곳에 살롱이 열리고 있는 것을 알았다. 나는 루이즈를 보러 왔다고 말했다. 파리에 2, 3일밖에 머물지 않을 거라 나를 보고 싶다는 그녀의 바람을 들어주고 싶어 그녀를 잠깐 보러온 거였다. 그녀는 내게 와서 예전처럼 경쾌하고 다정하게 나를 데리고 살롱으로 갔다. 그녀 옆에 나를 앉힌 곳에는 그녀의 언니들과 친구들 등 온통 젊은이들뿐이었다. 다른 쪽, 그녀의 어머니가 앉은 소파 주위에는 점잖은 사람들이 있었는데 그녀는 약간 앞으로 혼자 나와 있었다.

나는 방데의 여주인공인 그녀가 너무나 붉고 뚱뚱하고 상스러운 모습인 것에 적이 실망했다. 그녀의 오른쪽에는 방데 지방의 농부가 한 사람 서 있었다. 그는 아마도 그녀를 보러, 아니면 파리를 구경하러 온 것 같았다. 그는 그 집 가족과 함께 식사했다. 그는 사려 깊은 농부 같아 보였다. 마지막 방데 전투의 주인공일 것이다. 나이가 첫 번째 전투 때 사람 같아 보이지는 않았는데 내 질문에 루이즈는 이렇게 간단히 대답했다.

"그는 우리 집안의 용사지!"

그는 두꺼운 바지와 둥근 조끼를 입고 팔에는 흰 수건을 묶고 오래된 장검이 다리 위에서 흔들거렸다. 들판을 행진하는 수위군 같은 모습이었는데 나의 짐작대로 반은 목동이고 반은 강도 같은 그런 모습과는 거리가 멀었다. 그는 연신 "공작 부인님"이라며 굽신거렸는데

---

9 〔역주〕프랑스 건물에는 문이 주인이 드나드는 문과 하인들이 드나드는 문으로 나뉘어 두 개가 있다.

그 모습은 너무 역겨웠다. 당시 공작 부인은 거의 눈이 안 보이는 것 같았지만 나는 그녀의 선하고 정직해 보이는 태도에 매료되었다. 그녀 곁에는 무도회 치장을 한 아름다운 여자들이 가득했는데 모두 그녀를 아주 존경하고 있었다. 하지만 그 존경은 순수한 내 마음이 그녀의 흰 머리와 반쯤 감긴 푸른 눈에 대해 품는 그런 존경심은 분명 아니었다. 신자도 왕당파도 아닌 내가 왜 그녀에게 존경심을 품는지는 나도 알 수가 없었다.

나는 그녀가 이야기하는 것을 들었는데 그녀는 똑똑한 것보다 자연스러운 매력이 있었다. 적어도 그 순간만큼은 말이다. 아까 말한 그 농부는 물러나며 그녀와 악수하고 살롱을 떠나기 전에야 모자를 머리에 썼는데 웃는 사람은 아무도 없었다. 루이즈와 그녀의 자매들 또한 농부들만큼이나 옷도 검소하게 입고 있었다. 그런데 그것은 거의 예의가 없다고 할 정도의 검소함이었다. 그들은 자수를 놓거나 하는 것이 아니라 물레의 씨아를 들고 진짜 농부들처럼 삼베 실을 잣는 시늉을 했다. 나는 그 모든 것이 아주 매혹적으로 보였고 그것이 그들의 실제 모습일 수도 있었다.

루이즈 집에서는 분명 모든 것이 순수했고 소박했다. 하지만 방데의 영주 부인 역을 하는 그 광경은 시골 소녀의 모습과는 전혀 맞지 않았다. 아름다운 살롱은 너무 환하게 빛났고 우아한 귀족들과 지나치게 꾸민 부인들이 있는 복도와 하인들로 가득한 응접실, 그리고 삯마차를 타고 왔다고 손님을 멸시하는 문지기, 이 모든 것은 어울리지 않았다. 그것은 민중과 귀족 사이의 공공연하고 합법적인 결합은 불가능하다는 것을 느끼게 해주었다.

이런 둘 사이의 대조는 드라로슈자클랭 부인의 삶에서 가장 이상하고 놀라운 사건 중 하나를 떠올리게 했다. 당시 그녀는 레스퀴르 씨의 미망인이었는데 임신한 쌍둥이는 태어나고 얼마 후 죽는다. 브르타뉴의 미네에 있는 어떤 가난한 농부의 오두막으로 피난 간 그녀는 계속 추격을 받아 위험에 처하게 되고 혁명분자들은 그녀가 숨어 있는 집을 뒤지고 다녔다. 그녀는 '자네트'라는 이름으로 무리를 이끌고 때로는 숲에서 자신의 엄마와 자고(이 기록 속에 나오는 영웅적 여자이다) 아니면 바람과 비를 맞으며 도망치고 때로는 밭고랑 속에 때로는 웅덩이 속에 몸을 숨기곤 했다. 이때 그녀는 한 영국 농부와 거의 결혼할 뻔한 적이 있었다. 그녀는 이 에피소드에 대해 이렇게 이야기한다.

"… 엄마는 좀 더 신중을 기하기 위해 아주 이상한 방법을 제시하셨다. 방데에서 온 두 명의 여자 농부가 브르타뉴 사람과 결혼했는데 그때부터 우리는 걱정을 덜 하게 되었다. 밤새, 나를 완전히 안전하게 할 수 있는 방법을 찾던 엄마는 기막힌 생각을 해냈다. 엄마는 피에르 리알로에게 시선을 던졌다. 그는 아이가 다섯인 늙은 홀아비였다. 그런데 그와 결혼하자면 출생증명서가 필요했다. 라페레에게는 루아르강의 반대쪽에서 딸과 함께 살고 있는 누이가 있었다. 그래서 리알로에게 라페레의 동네로 가서 출생증명서를 떼어 오라고 보냈다. 모든 것이 다 준비되었다. 시청에서는 그 사실을 알고 우리가 원하면 수색 명령서도 찢어 버리겠다고 했다. 우리는 정부군들을 결혼식 피로연에 초대해야 했다. 하지만 이 계획은 사람들이 너무나 위험하다고 경고해줘서 무산되었다. 사람들 말이 우리가 이미 고발되었기 때문에 우리를 각별히 찾고 있다는 거였다. 우리는 다른 곳으로 장소를 변경하고 우리끼리도 서로 헤어지게 되었다 … ."

몇 주 후에 레스퀴르 부인과 그녀의 엄마는 새로운 은신처에 함께 있던 피에르 리알로와도 헤어지게 되었다. 그녀는 계속 말했다.

"이 대단한 사람은 울면서 우리를 떠났다. 그는 브르타뉴 농부들이 그렇듯 그의 손가락에 끼고 있던 은반지를 빼서 나에게 주었다. 이후로 나는 그 반지를 뺀 적이 없다."

이렇게 레스퀴르 씨의 미망인, 그러니까 드라로슈자클랭 공작 부인은 어떻게 보면 피에르 리알로의 약혼녀였던 셈이다. 죽음 앞에서의 이 결합만큼 엄숙한 것은 없을 것이다. 이 늙은 농부의 사랑과 젊은 공작 부인의 감사만큼 순결한 사랑도 없을 것이다. 하지만 만약 결혼이 성사되고 피에로 리알로가 결혼증명서를 파기하는 것을 거부했다면 무슨 일이 벌어졌을까? 분명 우아한 자네트는 그 끔찍한 결혼을 유지하느니 차라리 죽었을 것이다. 겉으로 평등하다고 했지만 사실은 가엾은 영국 시골 농부와 평등할 순 없었다. 그녀는 단지 그의 고결한 보호와 관대한 환대를 받는 것을 고맙게 생각하는 한 명의 산적일 뿐이었다. 분명 왕정복고 시기에 사람들을 그를 잊지 않았다. 그들은 그들의 살롱에 누구라도 팔꿈치에 깨끗한 팔받이를 대고 있는 사람이라면 아무 농부나 다 받아들였다. 또 사람들은 목동처럼 삼베실을 자으면서 감동적이고 따뜻한 추억에 잠겨 있었다. 하지만 여전히 그녀는 공작 부인에 불과했다. 그런 거짓된 평등은 농부를 속일 수 없었다. 만약 피에르 리알로의 아들이 루이즈나 로랑스 드라로슈자클랭과 결혼하려 한다면 미쳤다고 생각할 것이다. 십자군의 아들인 드라로슈자클랭 씨는 지금은 하원의장인데 아마도 브르타뉴의 한 노동자의 처남이 되고자 하는 생각은 눈곱만큼도 없을 것이다. 피에르 리알로야말로 평민과 귀족에게 있어 하나의 상징적 존재였다. 사람들은 그에게 자부심을 갖고 있었고 그의 위대한 헌신을 받아들였으며 그의 최고의 희생에 손을 내밀었다. 그래서 아마도 위기의 순간에는 기꺼이 그와 결합했을 것이다. 하지만 사람들은 왕가와 가톨릭의 이름으로 일하면서 살 권리, 등록할 권리, 모두와 평등할 권리를 박탈해 버렸다. 한마디로 계급 간에 진정한 정신적 유대를 실현한다는 그 생각 자체에도 그들은 몸서리를 쳤다.

나는 드라로슈자클랭 부인의 살롱을 떠나면서 이미 이런 생각을 했던 것 같다. 물론 내가 본 모든 것이 하나의 코미디는 아닐 것이다. 하지만 루이즈와 그 가족들이 가슴속에 어떤 기억들을 지니고 있다고 해도 어쨌든 겉으로 보기에 내가 본 광경은 살롱에서 벌어지는 경박하고 사소한 에피소드에 불과했다.

이 이야기를 마치기 전에 하고 싶은 말은 피에르 리알로와 공작 부인의 관계는 우리 엄마가 1804년 시청 결혼 때 품었던 생각과 매우 유사하다는 생각이다. 1804년 엄마도 아빠와 결혼했다고 생각하지 않고 있었다. 왜냐하면 시청에서만 결혼한 것으로 기록되어 있었기 때문이다. 마찬가지로 1793년에 드라로슈자클랭 부인은 피에르 리알로와 결혼했다고 생각지 않고 있었다. 왜냐하면 시청 직원이 문서를 없애는 것을 허락했기 때문이다. 시청의 기록 따위를 별로 중요하게 생각하지 않는 이런 생각은 사회가 새로운 단계로 점점 다르게 변해가고 있었다는 것을 보여준다.

이제 1824년이나 1825년 어쩌면 1826년의 이야기들을 끝내고 다시 내 이야기로 돌아오려고 한다.

수녀원에서 루이즈는 똑똑하고 고상하고 사랑스러운 아이로 당시에는 내게 큰 감흥을 주지 않았지만 후에 나는 그녀를 끊임없이 사랑하게 된다. 나는 사람들은 잘 만나지 않으니 오랫동안 그녀를 보지 못해서 그녀가 결혼했는지, 그녀가 살아 있는지도 알 수 없다. 나는 과거와 떨어진 것들, 어린 시절 만남의 흔적까지 잊게 만드는 것들에 대해서는 별 흥미를 느끼지 못하기 때문이다. 만약 그녀가 살아 있고 나를 기억하고 또 '조르주 상드'가 예전의 '오로르 뒤팽'인 것을 안다면 아마도 그녀는 한숨을 쉬면서 시선을 돌리며 그녀가 나를 한때 사랑했던 것까지 부정할 것이다. 나는 너무나 관대한 영혼이 가지고 있는 편견과 아집을 잘 알고 있어서 그런 것에는 놀라지도 않고 수치스러워하지도 않는다. 30년 전에 심한 말썽을 부리면서도 '잠자는 물'처럼 평온했던 것처럼 오늘날에도 내 마음은 평온하게 이 루이즈라는 친구를 사랑한다.

그러니까 나는 여전히 왕당파와 신실한 성도와 내가 사랑했던 수녀님들을 사랑한다. 아마도 그들은 오늘날 크게 성호를 그으며 분명 내 이름조차 언급하려 하지 않을 것이다. 나는 그들을 다시 보고 싶지는 않다. 아마도 그들은 내게 다시 진실한 삶으로 돌아가라고 설교할 것이 분명하기 때문이다. 아마도 나는 나를 구원하려는 종교적 열망으로 뜨거운 그들에게 실패한 나의 슬픔을 이야기해야만 할 것이다. 그러니 다시 그들을 보지 않거나 아니면 마음에 갑옷을 입고 그들을 만나야 할 것이다. 하지만 신앙에 대해 내 마음이 죽은 것은 아니다. 신앙의 감미로움은 두 가지 측면을 가지고 있다. 나의 종교는 설사 적이라고 해도 그들을 지옥처럼 저주하지 않는다. 그래서 나는 이렇게 수녀원의 친구들에 대해 계급이나 파벌 같은 것을 염려하지 않고 말할 수 있는 것이다. 나는 나에 대해 변치 않는 추억을 간직하고 있는 친구들뿐 아니라 분노하며 나를 반대하는 친구들에 대해서도 이야기할 것이다. 나는 그들 모습 그대로를 기억하고 있는데 지금 그들 모습은 알고 싶지 않다. 나는 그들을, 그들과 만났던 내 삶의 아침처럼 순수하고 향기롭게 기억하고 있다. 수녀원의 큰 마로니에 나무들은 세상의 모든 곳에서 모여든 사람들이 만나는 샹젤리제 거리처럼 보였었다. 그곳에서 우리는 세상이 어떻게 동요하고 유치하게 싸우든 간에 부드럽고 평온한 마음을 서로 주고받았었다.

나는 또 여기서 내가 하급반에서 알았던 친구들 이름을 열거하고 싶다. 전부를 다 기억할 수는 없지만 내 기억에 있는 몇몇 이름들을 기억해 보려고 한다. 이미 언급한 사람들 말고 3명의 켈리(메리, 헬렌, 앙리에트)와 황색 피부에 온화한 식민지 태생의 두 명의 오뮬란, 두 명의 카리, 파니와 소피의 동생인 수잔, 루시 매스털손, 카트린 그리고 마리아 도너, 또 섬세하고 허약했지만 똑똑하고 착했던 마리아 고든, 그녀는 프랑스 사람과 결혼해서 아주 최고의 엄마가 되었으며 모든 방면에서 아주 특출난 여자였다. 베리 제철소장의 딸인 루이즈 롤레, 라비니아 앤스터, 예전의 위그노들처럼 심각하고 고집스럽던 카미유 드르존-콩테(하지만 아주 독실한 가톨릭신자였다), 대단한 악동이었고 나랑 아주 친했던 외제니 드카스텔라, 리옹 시장 파르그의 3명의 딸들 중 하나, 아마도 르아브르에서 온 앙리에트 마누리,

끝으로 엘레나 드나르본이 있었는데 그녀는 그녀의 잘못으로 조금 심하게 당하기는 했지만 늘 우리 장난의 희생물이 되었던 만큼 나는 그녀를 염려하는 마음을 갖고 있었다.

그녀는 어느 때는 나를 지나치게 좋아했는데 정신이 좀 불안하고 안정적이지 못한 아이였다. 나는 그녀의 모든 숙제와 해야 할 일들을 해주고 심지어 반성문까지도 써주었지만 솔직히 고백하건대 제대로 해준 적은 없었다. 나는 그녀를 메리로부터 보호해주었는데 메리는 그 아이를 참지 못했다. 나는 그 아이가 벌을 받지 않도록 해주었고 많은 위험으로부터 그 아이를 보호해주었다. 그런 것들을 다 기억하고 있는지는 모르겠다. 그녀는 자신의 이름에 대한 자부심이 커서 사람들은 그것을 좀 싫어했는데 진짜 대단한 명문가 아이들이라도 그런 행동을 할 경우 마찬가지로 미움받았다. 왜냐하면, 우리는 서로서로 그런 것을 의식하지 않았으며 게다가 우리는 진정한 기독교적 평등을 우리 사이에서 실현시켜야 했기 때문이다.

다른 아이들처럼 나도 몇 개의 별명을 가지고 있었는데 엘레나 드나르본은 내게 어떤 것보다 더 특별한 별명을 지어주었다. 그녀는 내게 '수첩'이란 별명을 붙여주었다. 나는 작은 노트들을 너무 좋아했기 때문이다. 테레사 수녀님은 나를 '매드캡'이라거나10 아니면 '미쉬에부'라고11 불렀다. 상급반에서는 나를 '아주머니' 혹은 '생뤼시 공작 부인'이라고 불렀다.

---

10 〔역주〕 머리가 돌았다는 뜻이다.
11 〔역주〕 장난꾸러기라는 뜻이다.

나는 하급반에서 공부했던 철자책이나 《영혼의 뜰》 같은 책을 가지고 있었는데 그 책들은 나를 웃음 짓게 한다. 거기에는 무슨 격언이나 알아보기 힘든 글씨 같은 것이 적혀 있었지만 무엇보다 재미있는 것은 툭하면 벌로 받았던 묵언수언을 할 동안 우리가 썼던 대화들이다. 처음 책들이 이 손에서 저 손으로 돌아다니면 우리는 그 위에 아무 말이나 썼다. 또 종이에 편지를 써서 이 사람 저 사람에게 건네주기도 했다. 교실 이 쪽에서 저 쪽 끝까지 말이다. 우리는 재빠르게 글을 써서 특히 구석에서 벌을 받는 아이에게 모든 것들을 얘기해주었다. 하급반 아이들을 위해 써준 무슨 반성문이나 고해 문장 같은 것을 갈겨 쓴 것도 있었는데 누가 누구에게 쓴 것인지는 모르겠다.

반성문 …
오! 사랑하는 비렐 신부님, 12 저는 너무나 여러 번 잉크로 더럽히고 손가락으로 코를 풀고 또 제가 자란 사교계에서 말하는 것처럼 콩을 먹다 체하기도 했습니다. 저는 청결하지 못해서 반의 어린 숙녀들의 명예를 실추시켰습니다. 저는 생각을 깊이 하지 않고 하루에도 200번도 넘게 바보처럼 행동했습니다. 저는 교리 시간에 졸았고 미사 시간에 코를 골았습니다. 저는 신부님이 잘생기지 못했다고 했고, 알리프 수녀님 두건 위에 작은 양초의 촛농을 일부러 떨어뜨린 적도 있습니다. 이번 주만 해도 불어 철자를 적어도 15개, 영어는 30개나 틀렸

---

12 이 신부님은 기숙사생들과 수녀님들의 고해신부였는데 나의 신부님은 아니었다. 이 비렐 신부님은 시장의 형제로, 이후 부르주의 대주교가 되셨다.

습니다. 저는 난로에 신발을 태워서 교실 전체를 뿌옇게 만들었습니다. 모두 제 잘못입니다. 제 탓입니다. 제가 제일 잘못입니다 …."

이걸 보면 우리의 잘못이라는 것이, 우리의 경건치 못함이라는 것이 얼마나 순진한 것인지 알 수 있다. 하지만 이런 것들이 D*** 선생의 손에 발각이라도 되면 여학생들은 아주 심하게 벌을 받고 야단을 맞았다. 그녀는 이런 것들을 아주 방종하고 위험한 것으로 취급했다. 알리프 수녀님은 화를 내는 척하면서 벌을 좀 주고 모두 압수하기도 했지만 우리의 이런 습작을 재미있어 하셨을 것이 분명하다.
　우리 모두는 어린 시절, 아무것도 아닌 일에 왜 그렇게 웃음을 터뜨렸는지. 아이들에게는 무슨 대단한 것이 필요하지 않았다. 모든 일에 우리는 참을 수 없는 웃음을 터뜨렸다. 이상한 이름 하나, 응접실에 있는 사람의 이상한 모습, 성당에서 벌어지는 아무 일이나 아니면 무슨 고양이 울음소리인지 뭔지에도 우린 웃음을 터뜨렸다. 웃음은 무슨 전염병처럼 모두를 얼빠지게 했다. 한 아이가 거미를 보고 소리지르면 곧 반 전체가 뭐가 뭔지도 모르면서 소리를 질러댔다.
　어느 날 저녁 기도 시간에 일어났던 일은 지금도 무슨 일이었는지 잘 모르겠고 아마 아무도 말할 수 없을 것이다. 우리 중 한 명이 소리를 질렀고 그 옆에 아이가 일어났고 그 옆에 아이는 도망쳤다. 그러자 모두가 도망치기 시작했고 반 아이들은 떼를 지어 의자, 책상, 등불을 다 뒤엎으며 교실 밖 수도원 경내로 가면서 서로 위아래로 덮치고 뒤엉키고 거기에 선생님들까지 합세해서 학생들만큼이나 빨리 도망갔다. 그렇게 난리를 치다 한 시간쯤 뒤에 흩어졌던 반 아이들이 다시 모였는데 각자 설명을 하려고 해도 무슨 말인지 하나도 이해할 수 없었다.

하급반의 이런 경쾌한 즐거움에도 불구하고 사실 거기서 나는 심신이 몹시 괴로웠다. 그래서 나는 내가 상급반으로 올라가던 날을 내 인생에서 가장 행복했던 날 중 하나로 기억하고 있다.

나는 늘 빛에 대해 매우 예민했다. 그리고 내 몸도 그것과 매우 밀접한 관계를 가지고 있었다. 나는 어두운 곳에서는 기분도 우울해졌다. 그런데 상급반은 너무나 크고 넓었다. 5~6개의 창문이 있었고 그중 몇 개는 정원 쪽으로 나 있었다. 방도 아주 좋은 난로와 벽난로로 따뜻했다. 게다가 이제 봄이 시작되고 있었다. 마로니에 나무들에 꽃이 피기 시작하고 분홍 꽃송이들이 마치 큰 촛대처럼 드리워져 있었다. 나는 정말 천국에 온 것 같았다.

상급반 선생님 중 한 명은 애들의 짓궂은 장난의 대상이었는데 행동거지가 좀 특이했지만 마음씨는 아주 좋은 사람이었다. 하지만 D*** 선생보다 더 주의가 산만한 사람이었다.

우리는 그녀를 '백작 부인'이라고 불렀는데 그것은 그녀가 아주 귀부인처럼 굴었기 때문이다. 그래서 앞으로 나도 그녀를 그렇게 부르겠다. 그녀는 정원 안 건물 1층에 집을 하나 가지고 있었다. 그리고 교실과 그 집 사이에는 채소밭이 하나 있었다. 그리고 수업이 없을 때는 그 집 창문을 통해 우리가 수업 중 도망치는 것을 볼 수 있었다. 하지만 그녀는 수업 중에 자기 집에 무슨 일이 있는가에 더 관심이 있었다. 왜냐하면, 그녀 집 창문 아니면 집 문 앞에 그녀가 유일하게 사랑하는 대상이 그곳에서 문을 긁어대며 괴상한 소리를 질러대고 있었기 때문이다. 그것은 바로 다 해진 깃털에 음울하기 짝이 없는 늙은 앵무새였다. 우리는 그놈을 얼마나 욕하고 경멸했는지 모른다.

하지만 우리는 그래서는 안됐다. 왜냐하면, 우리는 자코에게 감사해야 했기 때문이다. 그 녀석 때문에 우리가 자유로울 수 있었으니 말이다. 오로지 그 녀석에게만 노심초사하는 백작 부인 덕분에 우리는 마음 놓고 자유롭게 장난질을 할 수 있었다. 횟대 위에 앉아 있던 녀석은 지루할 때면 귀가 찢어지는 소리를 냈다. 그러면 백작 부인은 창문으로 달려가 만약 고양이 한 마리가 횟대 주위를 얼쩡거리거나 혹 흥분한 자코가 체인을 끊고 근처 라일락 나무 위로 날아가기라도 하면 만사를 다 잊고 교실 밖으로 뛰쳐나가 수녀원 경내를 가로질러 정원을 통해 사랑하는 놈에게 달려가 쓰다듬으며 난리를 치곤했다. 그러는 동안 우리는 책상 위에 올라가 춤을 추거나 자코처럼 지하실이나 지붕 밑 방으로 자유롭게 날아다녔다.

백작 부인은 40~50살쯤 된 젊은 여자였는데 아이들은 그녀가 아주 좋은 집안 출신인 것으로 알고 있었다. 왜냐하면, 그녀가 끊임없이 그 이야기를 했기 때문이다. 하지만 백작 부인은 가난한 집안 출신이고 또 내 생각에 배운 것도 없었다. 왜냐하면, 그녀는 우릴 가르친 적이 없기 때문이다. 단지 우리를 감시하는 역할을 했을 뿐이다. 그녀는 참 재미없고 우스꽝스러운 사람이었지만 착하고 좋은 사람이었다. 몇몇 아이들은 그녀를 아주 혐오스럽게 생각하며 그녀를 하도 못살게 굴어서 결국 그녀의 성질을 돋우기도 했다. 하지만 나는 한 번도 그녀를 욕한 적이 없고 오직 칭찬만 했을 뿐이다. 나는 그녀의 과장된 몸짓과 꾸민 듯한 문장들과 절대로 벗지 않는 크고 검은 모자와 아주 고상한 척하며 두르고 다니는 녹색 숄 그리고 그녀가 잘못 사용한 단어들에 대해 다른 아이들과 같이 웃은 것만으로도 나 자신을 자책했다. 아이들은 정말 잔인하게도 대화 중에 그녀의 말실수를 강조하며 장난쳤지만 정작 그녀 자신은 그것을 깨닫지도 못했다. 나는 오히려 그녀 편을 들어주어야 했다. 왜냐하면 수녀들 앞에서 그녀는 내 편을 들어주었기 때문이다. 하지만 아이들은 배은망덕한 법이다(그 나이에는 동정심도 없다!). 그래서 조롱하는 것을 아주 당연한 권리로 알았다.

다른 선생님 한 분은 아주 엄격한 안 프랑수아즈 수녀님이었다. 늙고 마르고 창백한 이 수녀님은 아주 큰 매부리코를 하고 있었다. 그녀는 야단도 많이 치고 욕도 너무나 많이 해서 아무도 사랑하지 않았다. 나는 그녀와 아무 관계도 없었고 멀지도 가깝지도 않았다. 그녀도 나를 잘 대해주지도 나쁘게 대하지도 않았다. 나는 그녀가 누굴 좋아하는 것을 본 적도 없었다. 그녀가 천문학에 관심이 있었기 때문에 아이들은 그녀가 철학자라고 생각했다. 그녀는 확실히 다른 수녀들과 아주 달랐다. 매일 다른 수녀처럼 영성체를 하는 대신 그녀는 오직 큰 축제일에만 영성체를 했다. 그녀의 설교에는 아무 감흥도 없었다. 항상 어떤 협박을 할 뿐이고 불어도 너무나 못 해서 제대로 알아들을 수도 없었다. 그녀는 벌을 많이 주어서 가끔 우연히 농담을 해도 상처를 주고 어색했다. 그녀는 늙은 도미니카인 같았는데 그렇다고 광신도도 아니었고 수녀치고는 신앙심도 깊지 않았다.

상급반 담임은 유지니아 수녀님인데 그녀는 아름답고 고상하고 엄숙하면서도 우아했다. 모든 보조 수녀들처럼 분홍빛에 주름 잡힌 얼굴은 예쁜 축에 들었지만 너무나 오만하고 경멸하는 듯한 태도를 보여서 보자마자 사람들이 멀어지도록 했다. 그녀는 엄격함 그 이상이었고 화를 참지 못해서 싫어하는 사람은 돌이킬 수 없는 적으로 만들었다. 그녀는 아무와도 친하지 않고 오직 한 사람만이 그녀를 좋아했는데 그게 바로 나였다.

'사나운 전등갓'(우리는 그녀를 이렇게 불렀다. 왜냐하면, 그녀는 눈이 약해서 녹색 천으로 눈앞을 가리고 있었기 때문이다)에 대해 어쩔 수 없이 고백할 수밖에 없는 나의 애정은 반 아이들 모두에게 놀라운 일이었다. 이제 어떻게 그녀를 좋아하게 됐는지 말해 보겠다.

상급반으로 올라간 지 3일 후에 나는 D*** 선생을 정원 문에서 마주쳤다. 그녀는 무서운 눈으로 나를 쳐다봤다. 나도 그녀 얼굴 바로 앞에서 예의 그 고요한 태도로 바라봤다. 그녀는 나의 상급반 진학을 허가하는 것을 아주 못마땅해했고 그것으로 몹시 화가 나 있었다.

"아주 기세가 등등해서 이제 내게 인사도 안 하는 건가요!"

"안녕하세요. 선생님."

"아주 이제 내가 우스운가 보지요."

"그렇게 생각하면 좋으신가 보지요."

"흥, 이제 아주 벗어났다 생각하긴 일러요. 내가 누군지 보여줄 테니."

"부인, 저는 싫은데요. 이제 선생님과 엮일 일도 없고요."

"두고 보지요!"

그리고 그녀는 위협하는 몸짓을 하며 멀어져 갔다.

노는 시간에 아이들은 모두는 정원으로 뛰쳐나갔고 나는 하급반 캐비닛에 두고 온 공책 몇 권을 찾으러 하급반으로 갔다. 이 캐비닛에는 잉크병이나 악보대나 교실 청소를 위한 물 양동이를 넣어 두었다. 또 벌을 받는 곳이기도 해서 메리 에어와 그 친구들 같은 어린아이들을 가둬 두는 곳이기도 했다. 그곳에서 내 공책을 찾고 있었는데 D*** 선생이 티시포네처럼[13] 내 앞에 나타나서 말을 걸었다.

"여기 있는 걸 보니 반갑군요. 아까 내게 버릇없이 군 걸 사과하러 온 건가요?"

"아니요, 마담, 저는 버릇없이 군 적도 없고 사과할 일도 없어요."

"그렇다면 작은 반 아이들처럼 벌을 받아야겠군요. 반성할 때까지 여기 들어가 있어야겠어요."

"선생님이 그럴 권한이 있나요? 제 담임도 아닌데요."

"당장 나가 버려요!"

"당장 나가지요."

그리고 나는 캐비닛의 문을 넘어 곧바로 얼빠진 듯한 그녀 얼굴 바로 앞으로 갔다. 그런데 동시에 그녀도 화가 나서 내게로 급히 와서는 나를 안고 캐비닛 쪽으로 밀었다. 화가 난 뚱뚱한 수녀의 모습처럼 그렇게 추한 모습은 본 적이 없었다. 나는 반쯤 웃으며 반쯤 저항하며 그녀를 밀쳐 버렸다. 그리고 그녀를 벽에 밀어붙이자 그녀는 나를 때리려고 했다. 그래서 나도 그녀에게 주먹을 들이댔다. 그러자 그녀는 창백해져서 기가 죽는 것 같았다. 나는 계속 주먹을 들고 있었다. 아마도 내가 더 힘이 셌기 때문에 내가 얼마든지 끝낼 수도 있었다. 그

---

13 〔역주〕 그리스 신화에 나오는 가이아와 우라노스의 딸들 중 하나이다.

렇지만 끝내려면 한 대 치거나 아니면 그녀를 넘어뜨리거나 아니면 적어도 그녀를 좀 아프게 세게 밀쳐 버리기라도 해야 할 것 같았다.

하지만 지금도 그렇지만 그때도 나는 화가 나지는 않았고 누구에게 도 나쁜 짓을 할 수 없었다. 그래서 나는 웃으며 그녀를 용서할 수 있 는 내 마음, 또 그녀보다 더 우월한 나의 본성을 그녀가 알게 될 것을 흡족해하며 그녀를 놔주고 가려고 하는데 그녀는 비열하게 나의 관대 함을 이용해 내게 와서 나를 있는 힘을 다해 밀어 버렸다. 그러자 물 이 든 양동이에 발을 부딪히면서 나는 그 양동이와 함께 캐비닛 속에 갇혀 버렸다. 그러자 D*** 선생은 문을 이중으로 잠그고는 별별 괴 상한 욕을 다 해대며 가 버렸다.

내 상태는 정말 심각했다. 나는 문자 그대로 차가운 욕조 속에 있 었다. 캐비닛은 너무 작고 물 양동이는 너무 컸다. 일어서면 물이 발 목까지 왔다. 하지만 그런 중에도 D*** 선생이 퍼붓는 욕을 듣고 웃 지 않을 수 없었다.

"아! 나쁜 년, 저주받을 년! 정말 나를 돌게 하네. 다시 고해를 하 러 가야겠군. 면제받은 것도 다 소용없어졌어."

나는 정신을 바짝 차리고 캐비닛 선반 위로 물이 없는 곳을 찾았다. 그리고 공책에서 종이 한 장을 뜯고 잉크와 펜을 찾아서는 유지니아 수녀님에게 다음과 같은 편지를 썼다.

"수녀님, 지금 수녀님만이 저를 구해주실 수 있는 것 같습니다. D*** 선생이 폭력으로 저를 가둬 버렸습니다. 와서 제발 저를 구해 주십시오. …"

나는 누군가 나타나길 기다렸다. 그리고 아마도 내 생각에 마리아 고든이었던 것 같다. 그녀는 캐비닛에 공책을 찾으러 왔다가 구멍으로 내 머리가 보이자 무서워 도망치려고 했는데 나는 그녀를 안심시키고 내 쪽지를 정원에 있을 유지니아 수녀님에게 갖다 달라고 부탁했다. 잠시 후 유지니아 수녀님이 나타났고, 그 뒤로 D*** 선생이 따라왔다. 그녀는 손으로 나를 잡고 아무 말 없이 나를 데려갔다. D*** 선생도 말이 없긴 마찬가지였다. 뜰에 유지니아 수녀님과 단둘이 있게 되었을 때 나는 고마움의 표시로 그녀를 꼭 껴안았다. 이런 갑작스러운 포옹이 그녀도 좋았던 것 같다. 그녀를 안으려는 사람은 아무도 없었으니까. 나는 한 번도 사랑을 받아보지 못했지만 그래도 사랑을 갈망하던 그녀가 감동하는 모습을 보았다.

그녀는 내게 질문을 해댔는데 그녀는 질문하는 데 아주 탁월한 재능이 있었다. 그녀는 내 대답은 듣는 둥 마는 둥 했다. 하지만 그녀는 내 말 한 마디, 표정 하나 놓치지 않았다. 나는 모든 걸 다 이야기했고 그녀도 그것이 진실인 것을 알았다. 그녀는 웃으며 내 손을 잡더니 정원으로 가라는 손짓을 했다.

며칠 후 파리의 대주교가 견진성사를 하러 왔다. 그래서 첫 영성체만 받은 아이들을 골라내서 D*** 선생이 감시하고 가르치는 방에 따로 모았다. 그녀가 교리를 가르칠 참이었다. 나도 그중 한 명이었지만 D*** 선생은 나를 거부하면서 나를 받아줄 다른 수녀님께 가라고 했다. 그래서 유지니아 수녀님이 보란 듯이 나를 맡았다. 그녀는 빈정거리듯 말했다.

"이 애가 무슨 페스트 환자라도 되나? 내 방으로 오면 되지."

그리고 정말 나를 데려갔다. 그리고 알리프 수녀님도 우리에게 왔다. 내가 피정 준비를 하는 동안 그들은 복도에서 영어로 대화하고 있었다. 내가 이미 영어를 상당히 알아듣는다는 것을 유지니아 수녀님이 알고 있었는지는 모르겠다.

유지니아 수녀님이 말했다.

"저 아이를 잘 아는 당신도 저 아이가 그렇게 못되게 보여요?"

"천만에요. 못되기는커녕 착하기만 한 애예요. D*** 선생이 못된 거지요. 하지만 저 아이는 애들끼리 하는 말을 빌리면 악동이지요. 아! 그런데 당신은 그게 재미있지요. 당신은 악동들을 좋아한다고들 하더라고요!"라고 알리프 수녀는 대답했다.

(나는 그거 참 다행이군, 하고 속으로 생각했다.)

유지니아 수녀님이 계속했다.

"그런데 지금은 좀 산만하니 견진성사를 받기엔 좀 이른 것 같아요. 제대로 깊이 몰두할 수 없을 것 같아요. 조금만 더 현명해질 때까지 기다리기로 하지요. 특히 그 아이를 미워하는 사람과는 가까이 있게 하지 말고요. 이제 그 아이는 내가 돌볼 것이고 당신도 그녀에 대해 상관하지 않으면 좋겠네요."

"성도로서의 우정 말고는 다른 간섭은 하지 않겠어요. D*** 선생이 잘못한 거지요. 안심하세요. 다시는 그렇게 하지 않도록 할 테니." 알리프 수녀는 대답했다.

유지니아 수녀님은 원장님을 찾아갔다. 내 생각에는 이 일을 알리프 수녀님과 함께 원장님과 또 D*** 선생과 의논하기 위해서였을 것이다. 그동안 있었던 일과 앞으로 어떻게 할 것인가에 대해서 말이다.

내가 후원 수녀님의 독방에 있는 동안 풀레트가 나를 찾아왔다. 풀레트는 메리 오스틴(마리-오귀스틴) 수녀에게 아이들이 지어준 이름이다. 그녀는 알리프 수녀의 동생이고 수녀원의 위탁판매상이었다. 그녀는 기숙사 학생들의 우상이었다. 그녀는 늘 궁시렁거렸는데 그것이 엄마처럼 따뜻했다. 우리 버릇을 잘못 들게 하면서 우리가 잘못할 때는 아주 유쾌하게 나무랐다. 그녀는 과자 가게를 하면서 그 과자를 우리에게 팔았다. 그리고 돈이 없는 아이들에겐 그냥 주기도 했다. 아니면 그냥 외상으로 주었지만 그것도 까먹기 일쑤였다.

항상 즐겁고 거만하지도 않은 이 성격 좋은 여자와 우리는 목을 껴안기도 하고 두 뺨에 입을 맞추기도 하고 때로는 장난을 치기도 했는데 결코 화를 낸 적이 없었다. 내가 당한 일들을 위로하면서 아주 좋은 아이디어들을 주기도 했는데 만약 모두가 바로 화해하지 않았다면 아주 잘 써먹었을지도 모른다.

한 시간쯤 풀레트와 수다를 떨고 났는데 D*** 선생이 찾아왔다. 원장님이나 아니면 고해신부님에게 혼이 난 것 같았다. 그녀는 정말 꿀처럼 부드러웠다. 나는 그녀가 너무나 다정한 것에 크게 놀랐다. 그녀는 내게 나의 견진성사를 내년으로 미뤘다는 말을 해줬다. 아직 내가 그것을 받기에 충분하지 않기 때문이라고 했다. 유지니아 수녀님이 내게 와서 그 말을 해야 하지만 그녀가 견진받을 아이들과 피정에 들어가기 전에 직접 와서 전한다고 하면서 화해하자고 했다.

"학생도 잘못했다는 걸 인정하고 나와 화해할 수 있나요?"

"진심으로요, 수녀님이 그렇게 부드럽고 친절하게 요구하는 거라면 뭐든 할 수 있어요."

그녀는 나를 안아주었지만 기분이 그리 썩 좋지는 않았다. 하지만 이제 정말 모든 게 끝이 났고 이후 우리는 싸우지 않았다.

　이듬해 나는 신실한 성도가 됐다. 나는 견진을 받았고 D*** 수녀님과 피정을 했다. 그녀는 여러 부분에서 내게 영향을 주었고 나의 변화를 칭찬했다. 그녀는 우리에게 긴 교리 강론을 했는데 그녀가 직접 해석하고 발전시킨 강론들은 아주 웅변적이고 때때로 감동적이었다. 그녀는 아주 우렁차게 강론했는데 우리는 점점 거기에 익숙해져서 결국, 그녀에게 감동했다. 상급반에 완전히 자리를 잡은 때부터 그녀를 생각할 때 생각나는 유일한 추억이 바로 이 피정에 대한 것이다. 나는 진심으로 그녀의 모든 것을 용서했고 그녀를 용서한 것을 후회하지도 않았다. 하지만 다시 분명히 말하지만 만약 수녀님들만 우릴 직접 가르쳤다면 우린 훨씬 잘하고 또 훨씬 행복했을 것이다.

　수녀원 생활에 대해 더 이야기하기 전에 수녀님들에 대해 좀 더 이야기하고 싶다. 나는 수녀님들의 이름을 거의 다 기억하고 있다.

　전에 말한 캐닝 원장 수녀님 다음에 유지니아 수녀님 그리고 알리프 수녀와 하녀인 풀레트(마리 오스틴)가 있었다. 수석 수녀 중 하나로 모니크(마리아 모니카) 수녀가 있었는데 그녀는 너무나 엄숙하고 무게를 잡아서 웃는 걸 본 적이 없고 누구와도 다정히 이야기하는 걸 본 적이 없다. 그녀는 유지니아 수녀님 다음으로 원장을 맡았는데 유지니아 수녀님은 내가 있는 동안 캐닝 원장님 뒤를 이었다. 원장직은 종신직이 아니었고 선출로 뽑았다. 유지니아 수녀님은 5년 후 사임하기를 원했는데 점점 더 시력을 잃어 갔기 때문이다. 그녀는 거의 앞을 못 보게 된다. 그녀가 아직 살아 있는지는 모르겠다. 모니카 수녀님도 현재까지 살아 계신지 궁금하다. 단지 몇 년 전 마리 프랑수아즈 수녀가 그 뒤를 이었다는 것만 알고 있을 뿐이다.

내가 있는 동안 마리 프랑수아즈 수녀님은 아직 페어베언스라는 자기 성을 가진 신참 수녀였다. 그녀는 아주 아름답고 검은 눈에 흰 피부를 가진 건강한 사람이었다. 성격은 아주 단호하고 솔직했지만 아주 차가운 사람이었다. 그런 차가움은 영국 사람 특유의 성격이 종교적 은둔과 기독교적 성찰로 인해 더해진 것이었는데 모든 수녀님들한테 느낄 수 있었다. 때때로 우리는 그런 수녀님에 대한 연민으로 슬퍼하기도 했고 마음이 얼어붙기도 했다. 나는 이 점에서만은 아이들의 비난에 동참했다. 수녀님들은 정말 사랑할 수 없는 존재들이었다.

다른 수석 수녀 중 하나는 아마도 이름이 안 오귀스틴이었던 것 같다. 그녀는 너무 나이가 들어 그녀가 계단을 올라갈 때 뒤에서 올라가려면 기다리는 동안 숙제를 다 끝낼 수 있을 정도였다. 그녀는 불어는 한 마디도 못했다. 그녀의 모습도 아주 엄숙하고 근엄했다. 아마도 그녀는 우리 중 누구에게라도 한 번도 말을 걸어본 적이 없을 것이다. 사람들은 말하길 그녀는 너무 깊은 병이 들어 은銀으로 된 위장으로 소화를 시킨다고 했다. 이 말들은 수녀원에 내려오는 전설이었고 우리는 바보처럼 그런 말을 믿었다. 아이들은 그녀가 걸어갈 때 부딪히는 소리를 들었다고도 했다. 어쨌든 이 늙고 근엄한, 반은 금속 조각이며 아무 말도 하지 않고 또 가끔 우릴 놀란 눈으로 쳐다보지만, 우리 중 누구의 이름도 모르는 그녀가 우리에겐 너무나 신비하고 약간은 공포스러운 존재였다. 우리가 좀 떨면서 인사하면 그녀는 머리를 조금 숙이고는 마치 유령처럼 지나갔다. 우리는 그녀가 200년 전에 이미 죽었는데 여전히 수녀원 경내를 다니고 있는 거라고 생각했다.

마리 자비에 수녀님은 수녀원에서 가장 아름다웠다. 크고 예쁘고 몸도 아주 균형 있고 우아했다. 그녀는 항상 가슴 앞받이처럼 창백하고 무덤처럼 우울했다. 그녀는 자신이 너무 아파 빨리 죽길 바란다고 했다. 그런 절망적인 기도를 하는 수녀는 처음 봤다. 그녀는 그것을 결코 숨기지 않았고 평생을 한숨과 눈물 속에 보냈다. 하지만 자살은 법으로 허락되지 않았기 때문에 그녀는 법을 어길 수 없었다. 그녀는 순종서약을 했고 자기 생각을 논증할 정도로 철학적이지도 못했고 자아를 포기할 정도로 신앙심이 깊지도 못했다. 그녀는 그저 연약하고 고통받고 비참하고 따뜻하기보다는 불타는 영혼의 소유자였다. 그래서 자신을 화로 분출하거나 권태로움으로 격노했다. 거기에 대해서는 많은 이야기들을 했는데 어떤 사람들은 그녀가 사랑의 상처로 수녀가 되었고 여전히 사랑하고 있다고 했고, 또 어떤 사람들은 그녀가 마음속에 증오가 있어서 분노와 한을 품고 산다고도 했다. 또 다른 사람들은 그녀가 까칠하고 사회성이 없어서 수석 수녀님들의 권위에 복종하질 못한다고 비난했다.

아무리 감추려고 해도 그녀가 늘 동떨어져 살고 있다는 것은 쉽게 눈에 띄어서 다른 수녀들은 그녀를 비난했고 그녀는 평생 화를 내거나 다른 사람들을 화나게 하는 삶을 살았다. 그런 그녀도 다른 사람들처럼 영성체를 했고, 내 생각에 12년쯤 수녀 생활을 한 것 같다. 하지만 내가 수녀원을 나온 뒤 얼마 안 돼 그녀는 서약을 깨고 떠났다고 했다. 당시 수녀들 사이에서 무슨 일이 있었는지는 아무도 알지 못했다. 고통스러운 소설 같았던 그녀의 인생은 어떻게 끝이 났을까? 그녀는 마침내 자유로워지고 자신의 열정을 뉘우쳤을까? 그녀는 다시 세상으로 나갔을까? 신앙심이 별로 없음에도 불구하고 너무나 오랫동안 그녀를 얽매었던 그 많은 회한과 불안감을 극복했을까? 어쩌면 다른 수녀원에 가서 죽음과 같은 속죄의 삶을 살다 죽었을까? 우리 중 아무도 알지 못했다. 아니면 누군가 얘기해줬는데 잊어버린 건지도 모른다. 그녀는 그녀를 갉아먹던 그 긴 병을 앓다 죽었을까? 수녀들은 만약 그녀가 요양을 떠나거나 식습관을 바꾸지 않으면 죽을 거라고 했던 의사의 경고를 숙덕거리곤 했는데 그들의 웃음 뒤에서 그들이 얼마나 서로 으르렁거리며 비난하는지 눈에 선했다.

다른 신참 중에 크로프트라는 이름의 아주 예쁜 수녀 지망생이 있었는데, 내가 나온 후에 마리 자비에의 일을 맡았다. 그런데 그녀는 정식 수녀가 되기 전에 포기하고 수녀원을 떠나 버렸다.

신참인 허스트 양은 이 영원한 장례의 검은 면사포를 아주 단호하고 아무런 회한 없이 썼다. 그녀는 모니카 수녀의 조카였고 나의 영어 선생님이었다. 매일 나는 그녀의 방에서 한 시간씩 보냈다. 그녀는 정말 큰 인내심을 가지고 가르쳤다. 나는 그녀를 많이 좋아했다. 그녀는 내가 장난이 심할 때도 내게 더할 수 없이 좋게 대해주었다. 그녀의 세례명은 마리아 위니프레드였다. 나는 셰익스피어나 바이런을 읽을 때 그녀에게 감사하는 마음 없이 읽어본 적이 없다.

내가 수녀원에 들어갔을 때 두 명의 신참이 수련 기간을 끝내면서 허스트 양과 페어베언스 양 앞에서 검은 면사포를 썼다. 그들의 세속에서의 성은 기억이 안 나지만 그들의 세례명은 기억이 난다. 그들의 이름은 메리 아그네스와 앤 조지프 둘 다 작고 말라서 마치 두 명의 아이들 같았다. 특히 메리 아그네스는 아주 이상한 작은 아이였다. 그녀의 취향과 습성도 그녀의 작고 빈약한 모습과 닮아 있었다. 그녀는 작은 책들을 좋아하고 작은 꽃들, 작은 새들, 작은 소녀들, 작은 의자들을 좋아했다. 그녀가 선택하는 것, 쓰는 것은 모두가 귀엽고 그녀처럼 앙증맞았다. 그녀는 어린아이 같은 것을 특히 편애했는데 그것은 어떤 강박관념이라기보다는 시적으로 보였다.

다른 작은 수녀는, 더 작기도 하지만 더 멍청한 수녀였는데 세상에서 가장 다정하고 사랑이 많은 사람이었다. 그녀는 영국적인 오만함이나 가톨릭적인 경멸 같은 것은 눈곱만큼도 갖고 있지 않았다. 그녀는 우리를 볼 때마다 안아주었고 또 아주 감동적이고 유쾌하게 최고의 칭찬을 해주었다.

아이들은 보통 잘해주면 더 무시하는 버릇이 있듯이 기숙사 여학생들은 이 착하고 작은 수녀를 전혀 존경하지 않았다. 영국 아이들은 특히 그녀가 되는대로 감정을 표현하는 것을 하나의 단점으로 생각했다. 다른 데와 마찬가지로 수녀원에도 그렇게 거만하고 겉으로 위선적인 사람이 있는 법이다. 영국 여자들의 성격은 우리보다 더 다혈질이고 그들의 본성은 모든 면에서 우리보다 더 원초적이다. 그들은 감정이나 열정에 대해 우리보다 더 잘 절제하지 못한다. 하지만 행동에 대해서는 엄격하다. 어린아이 때부터 그들은 냉정을 유지하는 습성을 배우고 학습한다. 마치 그녀들은 태어날 때부터 오만함과 근엄함의 상징인 그 유명한 '치켜세운 깃'을 두르고 나온 것 같다.

앤 조지프 수녀에 대해 다시 얘기하자면 나는 그녀를 있는 그대로 좋아했다. 그리고 그녀가 두 팔을 벌리고 젖은 눈으로 내게 올 때(그녀는 항상 방금 야단맞고는 아무에게나 어리광을 부리는 아이 같다), 나는 그녀가 습관처럼 표시하는 다정함을 뭐라 할 생각이 없었다. 그녀의 다정함은 전혀 계산적인 것이 아니었기 때문에 나는 진심 어린 연민을 가지고 진지하게 그녀를 대했다. 그녀는 생각들을 정리하질 못했기 때문에 두 마디도 채 하지 못했다. 그럼 그녀는 바보고, 멍청하고 머리가 나쁜 걸까? 내 생각에는 그저 지적 능력이 부족하다고 하겠다. 머리가 잘 안 돌아가는 것뿐이다.

그녀는 그저 구시렁거리기만 했는데 그것은 너무 할 말이 많은데 자기 혀가 말을 듣지 않는다는 걸 의미했다. 할 말이 없는 것이 아니라, 생각들이 너무 복잡하게 엉켜 있는 것이다. 그녀는 자기 생각에 너무 깊이 빠진 나머지 이 말을 한다고 생각하면서 엉뚱한 말을 하기 일쑤였다. 아니면 앞뒤를 다 잘라먹고 중간부터 말하기 시작해서 우리는 나머지 말들을 짐작으로 이해해야 했다. 그녀의 행동도 그녀가 하는 말과 같았다. 그녀는 한꺼번에 수백 가지 일을 하면서 한 가지도 제대로 하지 못했다.

그녀의 신앙심과 부드러움과 또 늘 누군가를 사랑해주고 쓰다듬어 줘야 하는 성격은 그녀가 도맡고 있는 간호원 역할에 걸맞은 성품이었다. 하지만 불행하게도 그녀는 왼손 오른손이 하는 것도 구분하지 못하고 환자와 약과 병도 구분하지 못해서 관장약을 먹게 하거나 물약을 주사기에 넣기도 했다. 그리고 약국에 약을 찾으러 가서는 계단을 올라간다고 생각하며 내려가거나 그 반대로 하곤 했다. 그녀는 평생 정신이 나갔다 들어왔다 하는 삶을 반복했다.

그녀는 늘 무슨 사건에 처해 있거나 그녀가 '제일 사랑하는 자매'나 '제일 사랑하는 아이'에게 일어난 일을 처리하느라 괴로워했다. 한마디로 사람들 표현처럼 천사처럼 착하고 거위처럼 멍청했다. 다른 수녀들은 그녀를 매우 나무라거나 그녀의 멍청한 행동들을 신랄하게 비웃었다. 그녀는 방에 쥐가 있다고 불평하곤 했는데 사람들은 쥐가 있다면 그녀의 머리에서 나왔을 거라고 대답했다. 바보 같은 짓을 하면 절망해서 울다가 정신을 잃어버리고는 다시 정신을 차리지 못했다.

착하고 선하기는 하지만 무능력하고 아무것도 하지 못하는 이런 성향을 뭐라고 불러야 할까? 이런 사람들은 많이 있다. 아무것도 모르고 아무것도 할 수 없는 사람들. 그저 자기 자신밖에 몰라서 사회에서는 어떤 기능도 찾을 수 없는 그런 사람들. 우리는 그런 사람들을 매정하게 '바보'나 '멍청이'라고 부른다. 하지만 나는 그런 사람들을 성스럽다고 하는 몇몇 부류의 사람들의 생각을 좋아한다. 성스럽다고 주장하는 사람들은, 신이 은밀하게 선한 사람들을 너무 많은 생각 속으로 함몰시키거나 아니면 지적 미로로 들어가는 실을 빼앗아 버리고는 그저 품어 버린 것이니 우리는 그런 사람들에게서 보게 되는 신의 존재를 존경해야만 한다고 말한다.

언제고 더 여유롭고 더 크리스천적인 사회가 오면 우리가 더는 그런 무능력한 사람들에게 "불쌍한 사람, 도울 수 있는 게 없군요!"라는 말을 하지 않게 되는 날이 오지 않을까? 인류는 오직 사랑밖에 할 수 없는 것이 정말 위대한 것이며 바보같이 사랑만 하는 것이 보물이라는 것을 언제고 이해하게 될까?

작고 불쌍한 앤 조지프 자매여, 당신이 하나님을 찾은 건 정말 잘한 일이에요. 오직 하나님만이 순진한 마음의 떠다니는 언어들을 거부하지 않으시지요. 나로서는 오로지 사랑과 헌신만을 주는 당신 안의 그 성스러운 순박함을 사랑할 수 있게 해주신 하나님께 감사하지요. 이 세상에서 너무 많은 사랑을 받은 사람들 머리가 더 복잡한 법이지요!

마지막으로, 내가 가장 좋아했던 수녀님은 바로 수녀원의 진주였던 메리 앨리시아 스파이어링 수녀다. 앙글레즈 수녀원에서 늙었건 젊었건 잠시 지나가는 사람이건 계속 살고 있는 사람이건 간에 수백 명의 여자들 중 단연 최고이고 제일 똑똑한 수녀였다. 내가 그녀를 만났을 때 그녀는 채 서른이 안 된 나이였다. 그녀는 코가 크고 입이 작았지만 여전히 아름다웠다. 그리고 검은 속눈썹의 크고 푸른 눈도 내가 평생에 본 것 중에 가장 아름답고 부드럽고 깨끗했다. 그녀의 엄마처럼 인자하고 진지한 영혼, 그리고 신실하고 정숙하고 근엄한 삶이 모두 그 눈 속에 있었다. 그 눈은 가톨릭식으로 말하자면 마치 '순수의 거울'이라고 불릴 만했다. 나는 오래도록 밤에 악몽을 꾸다 깨서도 여전히 그 악령에 시달릴 때면 그 눈을 떠올리곤 했다. 앨리시아 수녀님의 눈을 생각하면 그 순수한 눈빛이 악령을 쫓아내는 것 같았다.

이 매력적인 사람 속에는 아주 이상적인 아름다움이 있었다. 과장이 아니라 누구라도 그녀를 응접실 창살을 통해 한 번이라도 보게 되면 숭고한 영혼이 불러일으키는 깊은 존경심을 품게 되어 있다. 신앙심으로 그녀의 영혼은 겸손케 되었지만 본성부터가 겸허한 사람이었다. 그녀는 모든 미덕과 모든 매력과 기독교 정신과 거룩한 심성의 결합으로 생겨나는 모든 능력의 소유자였다. 그녀 안에는 어떤 갈등도 존재하지 않았고 근본적으로 아름다움과 선함만이 있다는 걸 느낄 수 있었다. 그녀에게는 모든 것이 조화로웠다. 그녀의 모습은 멋졌고 가방을 들고 가슴받이를 한 모습은 너무나 우아했다. 잘 보이지는 않았지만 작은 손가락에 튀어나온 관절이 있었음에도 섬세하고 오동통한 손도 매력적이었다.

목소리도 좋았고 두 가지 언어를 하는 데 발음도 아주 훌륭했다. 그녀는 두 언어를 다 잘했다. 엄마가 프랑스인이고 프랑스에서 태어나서 프랑스에서 자랐기 때문에 영국인이라기보다는 프랑스인에 가까웠다. 그리고 두 나라의 좋은 점만 이어받은 그녀는 정말 완벽했다. 그녀는 영국적인 품위가 있었지만 딱딱하지 않았고 종교적 권위가 있었지만 고압적이지 않았다. 때때로 야단을 칠 때도 많은 말을 하지 않았는데 그 말들은 항상 옳고 타당하고 다 맞는 말들이고 정확했다. 또 야단과 함께 희망찬 격려도 했기 때문에 학생들은 야단맞으면서 상처받거나 모욕을 당하거나 분한 생각을 품지 않고 그저 그녀 앞에서 모든 것을 감내하고 감수하고 설득 당하곤 했다.

그녀가 진심으로 대했기 때문에 우리는 그녀를 더 존중했고 우리에게 그녀가 보여주는 우정을 받을 자격이 없다고 생각했기 때문에 우리는 그녀를 사랑했다. 하지만 우리는 언젠가는 그런 자격을 갖추게 될 거라는 희망을 잃지 않았고 또 그런 일이 그대로 이루어지기도 했다. 우리 모두는 그녀의 사랑을 원했고 그 사랑은 우리에게 너무나 유익했기 때문이다.

몇몇 수녀님은 기숙사 생도 중에 딸을 한 명이나 여러 명 가지고 있었다. 그러니까 부모님이나 아이의 부탁이나 원장의 허가로 일종의 특별한 입양 같은 관습이 있었다. 이런 모녀관계는 아주 특별한 보살핌을 주었는데 때로 그것은 엄하고 따뜻하게 야단을 치는 것을 말하기도 했다. 딸은 엄마의 독방에 들어갈 수 있었고 엄마의 충고나 보호를 요구할 수 있었다. 또 때로는 함께 차를 마시거나 수녀들의 작업실에도 갈 수 있었고 엄마의 성축제일에는 작은 선물도 할 수 있었다. 또 엄마처럼 사랑하면서 사랑한다고 말할 수도 있었다. 모든 학생은 풀레트나 알리프 수녀님의 딸이 되길 바랐다. 마리 자비에 부인에게는 여러 명의 딸이 있었다.

학생들은 앨리시아의 딸이 되길 갈망했지만 그녀는 그런 방면에는 매우 인색했다. 수녀원의 비서로 원장님의 많은 일을 해야 해서 그녀는 늘 시간이 없었고 피곤했다. 그녀는 루이즈 드쿠르테이유라는 사랑하는 딸을 하나 가지고 있었는데 (나중에 도르 부인이 되는) 이 루이즈가 수녀원을 떠난 후로 아무도 그녀를 대신할 수 없었다.

그런데 나는 순진하게도 마음속에 그녀의 딸이 되겠다는 야망을 품게 되었다. 내 주변에서는 모두 앨리시아 수녀와 모녀관계가 되고 싶어 안달이었다. 나는 아무 생각 없이 일장 연설을 들을 줄은 꿈에도 모르고는 곧장 그녀에게 이 말을 하러 갔다. 그녀는 말했다.

"당신이요? 수녀원에서 제일 말썽쟁이인 당신이? 내게 무슨 고행을 시키려는 속셈인가요? 당신 같은 말썽쟁이를 다뤄야만 할 무슨 나쁜 죄를 내가 지은 건가요? 당신 같은 악동이 나의 착한 루이즈, 나의 사랑스럽고 지혜로운 딸을 대신하겠다는 말인가요? 내 생각에는 당신은 머리가 돌았거나 나를 골리려는 것 같군요."

나는 조금도 당황하지 않고 그녀를 설득하기 위해 노력했다.

"누가 알겠어요? 어쩌면 제가 바뀔 수 있을지, 아마도 수녀님을 기쁘게 하려고 제가 착한 아이가 될 지도 모르지요!"

"그건 좋은 소리군요. 그렇게 해서 당신을 고칠 수 있다는 희망이 있다면 기꺼이 하겠어요. 하지만 나는 나의 평강^{平康}을 위해 엄청난 대가를 치러야겠지요. 차라리 다른 방식을 구하겠어요."

"루이즈 드쿠르테이유 같은 천사는 당신의 평강을 방해하지 않았으니 그녀에게 당신은 있으나 마나한 존재였지요. 하지만 제게 당신은 너무나 중요한 사람이 되겠지요."

"하지만 내가 엄청난 노력을 해도 당신이 착하고 경건하게 바뀌지 않는다면? 당신은 적어도 나를 돕겠다고 약속할 수 있나요?"

"장담은 못 하겠어요. 아직도 저는 제가 누군지, 제가 뭐가 될 수 있는지 잘 모르겠어요. 제가 아는 건 오직 제가 수녀님을 많이 사랑하고 있다는 것이고, 또 아마도 제가 어떻게 하건 수녀님의 사랑을 받게 될 거라는 거지요."

"아직도 자기중심적인 생각을 버리지 못했군요."

"오! 그게 아니에요. 수녀님, 저는 엄마가 필요하다는 말이었어요. 실제로 저는 저를 너무나 사랑하고 또 저도 너무나 사랑하는 두 엄마가 있지요. 그런데 우리는 서로에게 상처만 주고 있어요. 어떻게 다 설명할 수는 없지만 이해하실 수는 있으실 거예요. 수녀님도 수녀원에 엄마가 있으니까요. 제게 또 다른 엄마가 되어주세요! 제 생각에 저는 수녀님을 잘 따를 수 있을 것 같아요. 저 자신을 위해 수녀님께 부탁합니다. 잘난 척하지는 않겠어요. 수녀님, 제발 허락해주세요! 벌써 저희 할머니와 원장 수녀님께도 말해서 그들이 수녀님께도 부탁하게 될 거예요."

결국, 앨리시아 수녀님은 수락했고 내 친구들은 너무 놀라 말했다.

"너는 불행한 애가 아니야! 너는 정말 말썽만 피우고 나쁜 짓만 하던 악마의 화신이었는데, 이제 유지니아 수녀가 너를 보호하고 앨리시아 수녀님이 너를 사랑하네. 너는 정말 행운을 타고난 아이네."

"그럴지도 모르지!"

나는 아주 거드름을 피우며 대답했다.

이 대단한 수녀님에 대한 나의 애정은 사람들이 생각하는 것보다 훨씬 진지한 것이었다. 아마 수녀님 자신도 잘 모르셨을 것이다. 당시 내 작은 존재 안에서 타오르던 열망은 엄마라는 존재에 대한 갈망뿐이었다. 이 갈망이 여전히 마음속에 있었다. 진짜 엄마는 이 갈망에 대해 때로는 너무 지나치게, 때로는 완전히 포기하게 해주었고, 수녀원에 들어온 이후로는 내 갈망 같은 건 다 거부하고 마치 나를 나 자신에게 내동댕이친 것만 같았다. 할머니는 내게 벌을 주려고 수녀원에 넣었지만 내가 너무나 잘 받아들이니 화가 난 것 같았다. 그래서 그 두 사람은 모두 내게 아무 희망도 주지 못했다.

나는 정말 현명한 엄마가 필요했고 내 생각에 진정한 피난처가 될 수 있는 모성애母性愛는 질투가 없는 사랑이어야 한다는 믿음을 갖게 되었다. 그래서 무슨 일에 집중해서 정신을 잃고 빠져들다가도 나는 항상 어떤 고통스럽고 어두운 상념에 깊이 빠져들었지만 아무에게도 그 말을 할 수 없었다. 때로는 미친 짓을 하는 중간에도 너무 슬픈 생각이 들 때는 그 말들을 하는 대신 일부러 아프다고 말하기도 했다. 앙글레즈 수녀원의 친구들은 이렇게 나를 놀려대곤 했다.

"오늘은 저기압인가 봐? 무슨 일이지?"

이자벨은 종종 누렇게 떠서 멍하니 있는 나를 이렇게 놀리곤 했다.

"쟤는 지금 저기압이야, 정신이 나간거지."

그래도 나는 그저 웃으며 내 마음속 비밀을 말하지 않았다.

내가 말썽꾸러기가 된 것은 원래 그런 애여서가 아니고 그저 모든 걸 되는대로 포기하고 살았기 때문이다. 만약 천성대로라면 말썽꾸러기들과 친구가 되기보다는 지혜로운 아이들 편에 섰을 것이다. 하지만 나는 그 말썽쟁이 아이들을 좋아했고 나는 그 아이들이 재미있었고 그 아이들은 내가 정신을 다른 곳에 팔도록 했다. 그러나 앨리시아 수녀님의 엄격한 5분간의 훈육은 내게 더 좋은 효과를 주었다. 왜냐하면, 특별한 사랑과 기독교적인 자애로움 같은 그 엄격함 속에서 나는 친구들과 웃고 떠들며 나누는 것보다 더 신중하고 더 지속적인 도움을 받았기 때문이다.

만약 내가 사랑하는 엄마의 작업실이나 방에서 살 수 있었다면 아마도 나는 3일이 지나지 않아 지붕이나 지하실 따위에서 노는 걸 더는 이해할 수 없었을 것이다.

나는 항상 누군가를 사랑해야 했고 습관적으로 그를 누구보다 높이 올려놓고 그를 완벽함과 평온과 힘과 정의의 상징으로 꿈꿔야만 했다. 그러니까 결국, 나보다 우월한 어떤 존재를 숭배하고 그를 내 가슴에 우상으로 품을 수 있어야 했다. 하나님이나 코랑베처럼 말이다. 그 어떤 존재가 바로 신중하고 고요한 메리 앨리시아의 모습이었다.

그녀는 나의 이상이고 나의 성스러운 사랑이며 내가 선택한 나의 엄마였다.

온종일 장난을 치다가도 저녁이 되면 기도 시간 후에 그녀의 방으로 갔다. 이것은 딸의 특권이었다. 기도는 8시 반에 끝났다. 그러면 우리는 기숙사 계단을 올라 긴 복도로 갔는데(우리는 그곳도 기숙사라고 불렀다. 왜냐하면, 모든 방문이 그곳을 향해 있었기 때문이다), 두 줄로 길게 늘어선 수녀들은 그곳에서 높은 소리로 라틴어로 된 기도문을 외우며 자기 방으로 들어가고 있었다. 그들은 마지막 기둥 위에 있는 마돈나 상 앞에서 멈춰 섰다가는 몇 개의 시구를 서로 주고받고는 헤어져 갔다. 각자는 아무 말 없이 자기 방으로 들어갔는데 기도 후 잠자는 동안에는 묵언수행을 해야만 했기 때문이다.

하지만 병자를 돌보거나 딸을 돌봐야 하는 수녀들은 그 규칙을 따르지 않아도 됐다. 그러니까 나는 9시 15분 전부터 9시 사이에 엄마 방에 들어갈 수 있었다. 큰 시계가 9시를 울리면 방의 불을 끄고 나는 기숙사 방으로 돌아가야 했다. 그래서 그녀가 나를 볼 수 있는 시간은 5~6분뿐이었고 그나마도 15분마다 치는 종소리에 귀를 기울이면서였다. 왜냐하면 앨리시아 수녀님은 지나치리만큼 아주 작은 규칙에도 충실했고 단 1초도 틀리고 싶어 하지 않으셨기 때문이다.

내가 들여보내 달라고 문을 살짝 건드리면 그녀는 문을 열어주며 "아이고 아직도 나의 고행이 남아 있구나!"라고 말했다. 그녀는 항상 이렇게 똑같은 말을 했다. 그 말을 하는 말소리는 너무나 부드럽고 그녀의 미소는 너무나 다정하고 시선도 너무나 따뜻해서 나는 들어가면서 벌써 큰 위로를 받았다.

"오늘은 또 무슨 말을 하러 온 거지요? 혹시 오늘은 얌전하게 있었나요?"

"아니요."

"그래도 수면 모자 쓰는 벌은 받지 않았잖아요?" (알다시피 이건 우리 담임이 주는 특별한 벌이다.)

"오늘 저녁에는 2시간만 썼어요."

"아! 잘됐네요! 아침에는요?"

"아침에는 성당에서 썼어요. 수녀님이 못 보게 다른 아이들 뒤에 숨어 있었지요."

"아! 걱정 말아요! 그놈의 모자를 보지 않기 위해 되도록 학생을 안 보려고 노력하고 있으니까요. 그런데 내일도 또 쓸 생각인가요?"

"오! 그렇겠죠!"

"변하고 싶지가 않은가 보죠?"

"아직은 그럴 수가 없어요."

"그러면 왜 여기 온 거지요?"

"수녀님에게 야단맞으려고요."

"아! 야단맞는 게 재미있나요?"

"야단맞는 게 좋아요."

"무슨 말인지 모르겠네요. 난 싫은데, 난 야단치기 싫다고요. 이 말썽꾸러기 학생!"

"아! 더 잘됐어요! 그건 수녀님이 저를 사랑하신다는 뜻이니까요."

"학생은 나를 사랑하지 않는다는 뜻이기도 하지요."

그리고 수녀님은 나를 야단치고 나는 그녀에게 야단맞는 것이 너무나 기뻤다. 나는 속으로 말했다.

'적어도 이제는 나를 있는 그대로 사랑하고 같이 생각할 수 있는 엄마가 생긴 거야!'

나는 마치 깊이 반성하며 변하려는 사람처럼 수녀님 말씀을 듣고 있었지만 사실은 그저 귓등으로 듣고만 있었다.

"학생은 변할 거예요. 장난치는 것도 재미가 없을 거예요. 하나님께서 당신의 영혼에게 말씀하실 거예요."

"제가 그렇게 되도록 많이 기도해주실 거죠?"

"그럼요. 많이."

"매일매일?"

"네, 매일매일."

"보세요. 제가 많이 착해지면 수녀님은 저를 조금만 사랑하실 거고 그러면 제 생각을 많이 하지 않으실 거예요."

이 말에 그녀는 웃음을 참지 못했다. 그녀의 착하고 선량한 심성 속에는 늘 기쁨이 가득했으니 말이다. 그녀는 내 어깨를 잡고 마치 악령을 쫓아내기라도 하는 듯 흔들어댔다. 그리고 종이 울리자 웃으며 나를 방 밖으로 내보냈다. 그러면 나는 무슨 마술에라도 걸린 듯 마음이 수녀님의 아름다운 영혼이 가진 순수함과 평온으로 가득 차서 기숙사 방으로 올라왔다.

이 이야기들은 단지 메리 앨리시아 수녀님이 어떤 사람인가를 말하기 위한 것일 뿐이고, 그녀와 사이에 일어난 일들에 대해 앞으로 더많이 이야기하게 될 것이다.

이제 보조 수녀 4명 중 내가 기억하는 테레사와 헬렌에 대해 이야기하는 것으로 수녀들에 대한 인물 초상을 끝내야겠다.

테레사 수녀는 풍채 좋고 키도 큰 나이든 수녀였다. 그녀는 유쾌하고 부산하고 냉소적이지만 너무나 착했다. 그녀와도 나는 아주 좋은 추억들이 있다. 내게 '매드캡'이란 별명을 지어준 것도 그녀였다. 그녀는 불어는 한 마디도 모르고 어느 언어로도 제대로 된 말을 세 마디 이상 하지 못했다. 그녀는 스코틀랜드 사람이고 마르고 힘세고 활동적이고 일부러 관심을 끌어 불쾌감을 주고 사람들이 자기에게 하는 장난을 즐기고 상대보다 더 크게 웃으면서 빗자루질로 우릴 벌할 수 있는 그런 여자였다. 그녀 또한 우리 악동들을 좋아했고 전혀 무서워하지 않았다.

그녀는 박하수薄荷水를 증류했는데 그것은 우리 수녀원이 하는 큰 사업이었다. 사람들은 수녀원 정원 넓은 밭에 나무를 심고 1년에 서너 번 루체른 나무처럼 그것들을 베었다. 그리고 테레사 수녀의 작업장인 넓은 지하실로 그것을 가져갔다. 그 지하실은 상급반 교실 바로 아래에 있었고 그곳으로 가는 넓은 계단이 있었다. 그래서 우리 장난꾸러기들이 행차를 하려면 제일 먼저 거쳐야 할 곳이 그곳이었다. 하지만 그녀가 없으면 모든 것이 완전히 잠겨 있었고 그녀가 있으면 실험관과 증류기들 사이에서 장난칠 생각은 할 수도 없었다. 그래서 우리는 열린 문 앞에 멈춰서 그녀에게 말로 장난을 걸었다. 그러면 그녀도 잘 받아주었다.

그러는 동안 조용히 엉뚱한 짓을 잘 벌이는 나는 신성한 그 안으로 침투하여 얼마 동안은 조용히 관찰을 했다. 나는 그녀를 보고 있는 것이 좋았다. 이 넓은 지하실에 혼자 앉아 보랏빛 옷과 거무스름한 머리 두건과 주름지고 구운 흙처럼 생기 없는 얼굴에 채광 환기창으로 들어오는 하얀 빛을 받고 있으면 그녀는 마치 《맥베스》에서 난롯가에서 죽은 혼을 부르는 마녀魔女 같았다. 때때로 소중한 증류수가 한 방울씩 떨어지는 증류기 옆에서 마치 조각처럼 움직이지 않고 앉아 조용히 성경책을 보거나 아니면 무미건조한 쉰 소리로 구절들을 웅얼거리기도 했다. 그럴 때 고단한 노인 같은 그녀의 모습은 렘브란트의 초상화 같았다.

하루는 그녀가 깊은 생각에 빠졌거나 아니면 잠에 빠진 것 같아 나는 몰래 그녀 곁에 갔는데, 작은 유리병들과 온갖 깨지기 쉬운 기구들 사이에 서 있는 나를 본 그녀는 자칫 위험한 장난이 벌어질 수 있음을 알면서도 모든 것을 포기하고 호기심 어린 내 모습을 지켜보고만 있었다. 그리고 너무 착한 그녀는 이후로 나를 좋아하기 시작했는데 그 이유는 오직 신만이 아실 것이다. 그래서 그 이후로 나는 종종 그녀 곁으로 갔다. 그리고 내가 솜씨도 좋고 또 아무것도 부수지 않는 것을 본 그녀는 자기도 그 시간을 즐기며 나의 산책으로 심심함을 달랬다. 교실에서 빠져나온 걸 혼내면서도 나를 결코 다른 아이들처럼 밖으로 내쫓지 않았다.

박하 향 때문에 그녀는 눈이 아프고 두통이 있었다. 그래서 나는 그녀가 쉬도록 하고 그녀의 향기로운 건초들을 옮겨주곤 했다. 또 여름에 교실이 숨 막히게 더울 때는 이 기분 좋은 향기로 가득한 지하실로 도망가 엄청난 행복을 만끽했다.

가사 일에 종사하는 다른 보조 수녀는 헬렌 수녀인데, 그녀는 수녀원의 하녀장이었다. 그녀는 기숙사의 침대를 정리하고 성당 바닥을 쓸었다. 앨리시아 수녀님 다음으로 그녀는 내게 가장 소중한 수녀였다. 나는 그녀에 대해 앞으로도 자주 이야기하게 될 것이다. 하지만 아직 이때는 아무것도 이야기할 것이 없다. 오랫동안 나는 그녀에 대해 아무 관심 없이 지냈으니까.

다른 두 하녀는 부엌일을 했다. 그리고 수녀원이나 어디나 늘 귀족과 공화주의자가 있는 법이다. 성가대 부인들은 세습귀족으로 살고 있었다. 그들은 하얀 드레스와 섬세한 속옷을 입었다. 수녀원 하녀들은 프롤레타리아처럼 일했고 그들의 어두운 옷은 더 거칠었다. 그들은 교육도 받지 못하고 성당이나 미사일보다는 집안일을 더 많이 하는 진짜 서민들이었다. 그들의 숫자는 충분하지 않았다. 또 그 외에 두 명의 하녀가 있었는데 마리 안과 그녀의 조카인 마리 조제프였다. 이 훌륭한 두 사람은 내게 로즈와 쥘리의 역할을 대신했다.

여자들이 모여 사는 이 사회에서 사람들은 보통 하나님처럼 선량했다. 나는 여기서 D*** 선생 말고는 수녀들이나 선생 중에 나쁜 사람은 한 명도 본 적이 없다. 사람들은 모두 다정하고 인내심이 강했다. 그러니 거기 있었던 몇 년 동안의 추억을 어떻게 소중하게 생각하지 않을 수 있겠는가? 너무나도 고요하고 너무나 행복했던 내 삶의 한 순간을 말이다. 그곳에서 나는 육체적으로 또 정신적으로 힘든 세월을 살기는 했지만 어떤 시간이나 어떤 장소에서도 다른 사람들로부터 고통을 당한 적은 없었다.

13. 네 친구

상급반에 와서 제일 처음 겪은 슬픔은 이자벨과의 이별이었다. 그녀의 부모님은 그녀를 언니와 함께 스위스로 데려갔다. 그 언니는 우리 기숙사에 다니지 않았다. 이자벨은 멋진 여행을 하게 된 걸 즐거워하며 떠나갔다. 단지 소피와의 이별을 슬퍼하면서 말이다. 그러니까 나의 슬픔의 눈물 따위는 안중에도 없었다. 그것은 내게 큰 상처였다. 나는 소피도 사랑했기 때문에 질투는 배가되었다. 소피가 나보다 이자벨을 더 사랑하는 것을 질투했고 이자벨이 소피를 나보다 더 사랑하는 것을 질투했다. 그래서 며칠 동안 나는 큰 슬픔에 잠겨 있었다.

하지만 우정의 질투쯤은 내게 아무것도 아니었다. 나는 금세 그런 것들을 털고 일어났다. 그래서 소피가 친구를 보내는 슬픔으로 울면서 내 위로 따위를 우습게 생각해도 나는 그리 거만하게 굴지 않았다. 오히려 그녀에게 그녀의 슬픔을 함께하게 해 달라고 하고 아무 부담 없이 함께 슬퍼하자 하고 또 이자벨에 대해 하고 싶은 말들이 있으면 뭐든 실컷 다 해도 나는 조금도 지루해하거나 싫어하지 않을 거라고 했다. 그러자 소피는 내 팔에 몸을 던지며 말했다.

"사실 너를 우리가 왜 어린애 취급했는지 모르겠구나. 이자벨과 내가 말이야. 너는 정말 우리 생각보다 훨씬 생각이 깊은 아이구나. 너와 정말 깊은 우정을 나누고 싶다. 하지만 이자벨을 누구보다 사랑하는 걸 이해해주기 바란다. 더 오래 안 친구니까 말이야. 하지만 이자벨이 떠나면 나는 누구보다 너와 친해질 것 같다."

나는 흔쾌히 제안을 받아들였다. 그리고 소피와 떨어질 수 없는 친구가 되었다. 그녀는 항상 내게 사랑스럽고 매력적인 친구였다. 하지만 우리의 우정과 헌신을 더 깊고 완전해지게 하기 위해서는 항상 어떤 대가를 치러야 했다. 소피는 자신도 어쩔 수 없이 배타적인 면이 있었다. 그녀의 마음은 나눌 줄을 몰랐다. 때로 나는 그녀의 배은망덕에 대해 비난하곤 했지만 곧 내 생각이 틀렸다는 걸 알았다. 그래서 그녀에게서 한 발자국도 멀리 가지 않은 채 나는 다른 친구들에게도 마음을 열었다.

메리는 영국으로 여행을 떠났다. 그녀는 금방 돌아올 거라서 나는 그리 슬퍼하지 않았다. 상급반으로 올라오며 서로 가까이 하지 않은 지도 오래됐고 또 다시 돌아오면 상급반에서 다시 만나게 될 것이었기 때문이다. 하지만 그녀는 더 오래 영국에 머물게 되어 1년 뒤에나 돌아와서는 다시 하급반으로 들어갔다. 이 모든 우정의 상실을 위로하기 위해 내 마음속을 가득 채울 사랑이 필요했고 나는 파넬리 드브리삭에게서 누구보다 더 사랑스러움을 발견했다.

그녀는 장미처럼 신선하고 귀여운 금발의 소녀였다. 너무나 생기발랄하고 착해서 우리는 그녀를 보는 것만으로도 즐거웠다. 그녀는 너무나 멋진 잿빛 머리를 가지고 있었는데 그것은 푸른 두 눈과 통통한 뺨 위로 물결치듯 길게 출렁였다. 항상 부산스럽게 움직였기 때문에 그녀는 걷지 못하고 늘 뛰거나 공처럼 펄쩍펄쩍 뛰어올랐는데 그럴 때마다 머리카락의 출렁임은 세상에서 가장 경쾌한 모습이었다.

붉은 입술은 늘 웃음을 머금고 있었고 네라크 지방에서 왔기 때문에 가스코뉴 지역 사투리를 조금 썼는데 그것도 아주 재미있었다.

두 눈썹은 작은 코 위에서 서로 만나고 있었고 두 눈은 초롱초롱 빛났다. 그녀는 항상 움직이고 항상 뭔가를 하고 있었다. 그녀는 공상 같은 건 할 줄 몰랐다. 그녀의 재잘거림도 싫지 않았다. 그녀의 마음은 완전히 불이고 태양이었다. 그녀는 진짜 남부 사람이었다. 가장 사랑스럽고 가장 활기차고 내가 아는 어떤 누구보다 제일 상냥했다.

그녀는 나를 제일 사랑했고 내가 무슨 대답을 할지도 모르면서 내게 그렇게 말했다. 나는 즉시 아무 생각 없이 진심을 다해 화답해 버렸다. 하지만 나의 선한 별은 이 충동적인 만남을 미리 다 준비했던 것 같았다. 나는 그녀에게서 보석 같은 선함과 악마 같은 혈기왕성함 속에 존재하는 천사 같은 다정함과 건강한 정신에서 나오는 빛나는 생각들, 고갈되지 않는 풍부한 마음, 적극적이고 기발한 호의, 모든 문제에 대한 본능적 공명정대함, 그리고 협동 정신과 평등에 대한 신념을 보았다. 그런 성품을 가진 사람은 평생 3명도 만나기 힘들 정도였다.

이 친구는 이후 너무 멀리 떨어져 살았고 또 편지도 주고받지 않았다. 그녀는 우리가 수녀원에서 부르듯 '편지 쓰기 좋아하는 친구'가 아니었다. 우리는 다시 만나지 못했다. 그녀는 르프랑스 드퐁피낭이라는 아주 괜찮은 사람과 결혼했다. 하지만 정치적이고 사회적인 믿음은 나와 반대였다. 그러니까 그녀는 아마도 내가 적赤그리스도의 앞잡이들이라고14 여기는 집단 속에서 살고 있었을 것이다. 하지만 그 모든 것에도 불구하고 나 자신의 존재만큼이나 확신할 수 있는 것은 파넬리는 여전히 나를 다정하고 뜨겁게 사랑할 거라는 사실이다.

30년이 지났지만 우리가 서로에 대해 가지고 있는 변치 않는 완벽한 우정에는 어떤 먹구름도 없을 것이었다. 그녀는 나를 생각할 때마다 그녀가 나를 사랑하고 내가 그녀를 사랑한다는 것에 대해 추호의 의심도 품지 않을 것이다. 어느 누가 그녀를 사랑하지 않을 수 있을까? 그녀는 어떤 결점도 어떤 나쁜 점도 없는 아이였다. 그녀가 늘 웃고 부산스럽게 통통거리며 사는 걸 보면 사람들은 그녀가 생각이 없다고 말할지 모른다. 하지만 그녀는 항상 당신을 즐겁게 하기 위해 생각하고 달리 말하자면 당신에게 사랑을 주기 위해 당신을 기쁘게 하기 위해 산다고도 말할 수 있다.

나는 그녀가 교실로 들어오면서 예쁜 금발의 머리를 좌우로 흔들며 나를 찾던 모습을 하루에도 열 번씩 보았다(왜냐하면, 그녀는 아무도 모르게 교실을 나가는 법을 알았기 때문이다). 그녀의 눈은 예뻤지만 근시였다.

"'우리 이모', '우리 이모' 어디 있지요? '우리 이모'가 어떻게 된 거예요?"

"어! 나 여기 있어. 내 옆으로 와."

"아! 좋아요 이모! 내 자리를 맡아 두었네요. 좋아요. 좋아. 근데

---

14 그렇다고 해서 이 글을 쓴 다음에 있었던 훌륭한 행동에 대해 말하지 않을 이유는 없는 것 같다. 네라크의 군수였던 퐁피냥 씨는 독이 든 우물 속에서 질식해 죽어가는 일꾼을 구하기 위해 감히 아무도 들어가지 못했던 우물 속으로 내려갔었다고 한다. 두 번씩이나 기절을 한 후에도 그는 다시 용기를 내어 우물 속으로 뛰어들어 하마터면 희생정신으로 자기 생을 마감할 뻔했다.

이모 왜 그래요? 걱정 근심이 가득한 얼굴이네요. 무슨 일인지 어서 말해 봐요!"

"아무것도 아니야."

"그러면 웃어 봐요. 뭐 때문에 그렇게 우울해하고 있어요? 내가 장담하지만 적어도 이렇게 한 시간은 넘게 앉아 있었을 것 같은데 어서 함께 가요. 내가 아주 재미난 걸 찾아냈으니까."

그리고 그녀는 나를 데리고 정원의 덤불을 치러 가기도 하고 수도원의 포석들을 치러 가기도 했다. 그녀는 항상 나를 재미있게 하기 위해 뭔가 대단히 놀라운 장난들을 준비하고 있었다. 그녀와는 결코 슬플 수가 없었고 무슨 공상만 하고 있었던 적도 없다. 이 매력적인 인물에게 정말 놀라운 것은 그녀의 부산스러움이 결코 피곤하지 않았다는 것이다. 그녀는 우리로 하여금 우리 자신을 잊게 했고 또 우리로 하여금 그랬던 것을 후회하게 하지도 않았다. 그녀는 내게 있어 삶이며 건강이며 영혼이며 육체였다. 그녀는, 스스로 존재하기 위해서 늘 다른 타인을 필요로 했던 내게 하늘이 보내준 친구였다.

그렇게 사랑받는 걸 나는 너무 좋아했고 그녀는 내 삶 속에서 언제나 항상 변함없는 사랑을 주었던 유일한 존재였다.

어떻게 그녀는 2년 동안 한순간도 진력을 내지 않고 나와 친할 수가 있었을까? 그것은 그녀가 정말 특별히 자유로운 영혼의 소유자였기 때문이다. 또 그녀의 정신력도 특별했다. 그녀는 나를 변화시킬 수 있는 비밀을 알고 있었고 나를 즐겁게 할 줄 알았으며 나의 암울함과 나의 고민으로부터 나를 끄집어내줄 줄 알았다. 그리고 나도 그녀처럼 살아 있는 존재라는 걸 믿게 할 수 있었다. 그녀는 자신이 내게 생명을 주는 존재라는 걸 믿어 의심치 않았다.

  수녀원에서는 친구들의 중요도에 따라 등급을 매기는 유치하고 재미있는 관행이 있었다. 모두가 서로서로 이것을 강요했는데 이것은 여자들이 원래 질투심이 강하며 사랑에 있어 자신의 권리에 민감하다는 것을 증명해주는 것 같다. 사회에서는 별다른 권리가 없으니 말이다. 그래서 우리는 친하고 덜 친한 친구들 목록을 만들었다. 그리고 그것을 순서대로 적고는 4~5명의 좋아하는 친구들의 이니셜을 마치 예전에 어떤 숫자나 색들을 팔이나 말에 적었던 것처럼 공책이나 벽이나 책상 뚜껑에 적어 놓았다. 제일 처음 이름을 적고 나면 그다음부터는 그 자리를 다른 사람에게 줄 수 없었다. 먼저 올리는 이름이 그 자리를 차지하는 것이 규칙이었다. 그래서 상급반에서 나의 절친 목록은 한결같았다. 이자벨라 클리포드가 제일 먼저고, 그다음 소피 캐리였다. 그래서 파넬리가 왔을 때는 세 번째 자리를 차지할 수밖에 없었다. 그래서 비록 파넬리한테 내가 제일 친한 절친이었지만 어쩔 수 없이 세 번째 자리를 차지하는 것에 대해 질투할 수도 슬퍼할 수도 없었다. 그녀 다음으로 안나 비에가 왔는데 그녀는 4번째였다. 그리고 거의 1년 가까이 다른 친구는 없었다. 앨리시아 수녀님의 이름은 항상 목록에 후광을 비춰주었다. 그녀는 그 모든 이름 위에서 마치 태양처럼 홀로 빛났다.
  내 절친 네 명의 이니셜은 Isfa였다. 나는 이 이니셜을 교실 안에서 쓰는 모든 것들 위에 마치 무슨 신비한 주문처럼 써놓았다. 때로는 소문자 a로 그 리스트를 둘러쌌는데 그것은 앨리시아 수녀님이 남은 내 마음을 다 차지하고 있다는 의미였다. 유지니아 수녀님은 눈도 잘 보이지 않으면서 얼마나 자주 우리의 자질구레한 물건 위에 코를 박고 보면서 그 신비한 이니셜의 의미가 뭔지 알고 싶어 했던지! 우리 모두가 가지고 있는 이 이상한 글자들의 조합은 우리가 우리만 알아보는 언어를 가지고 결탁해서 그녀의 권위에 도전한다는 암시이기도 했다. 그래도 그녀는 늘 궁금해서 묻곤 했다. 그러면 우리는 그냥 필기 연습을 하다 아무렇게나 쓴 거라고 대답하곤 했다. 무슨 비밀도 아닌 걸 신비하게 보이려니 얼마나 재미있던지!

나의 4번째 절친인 안나 비에는 아주 똑똑하고 유쾌하고 냉소적이고 영악한 아이였다. 그리고 수녀원 안에서 말로는 제일 신실한 아이였다. 그녀를 좋아하지 않는다는 것은 거의 불가능한 일이었다. 그녀는 못생기고 가난했는데 이것에 대해 전혀 개의치 않는 그녀의 모습이 더 큰 매력을 주었다. 고아인 그녀에게는 오직 늙은 그리스인 아저씨인 세자리니 씨만 있었는데 그녀는 그를 잘 알지도 못했고 무서워만 했다. 장난꾸러기 중에 으뜸이고 화도 잘 내고 비꼬는 데는 일가견을 가진 그녀였지만 마음만큼은 고귀하고 너그러웠다. 그녀의 유쾌함은 마음속의 고통을 감추는 것이었다. 그녀의 미래는 늘 암울했고 그녀 마음속에는 사랑보다는 두려움이 더 많았고 그녀의 작고 초라한 검은 원피스는 낡아 빠지고 그녀의 작은 키는 자라지도 않았다. 그녀의 누렇게 뜬 얼굴은 늘 화가 나 있고 눈은 작고 이상했으니 그녀는 모든 것을 다 조롱했고 모든 것이 다 고통스러웠다.

그래서 우리는 그녀가 다른 사람들이 잘되는 꼴을 보지 못한다고 생각했었다. 하지만 그건 사실이 아니었다. 그녀는 대의명분에 따른 판단을 하고 아주 고결한 사상을 가지고 있었다. 그녀가 조롱하지 않을 정도로 당신을 사랑하게 되면 그녀는 고상한 마음으로 함께 울어주고 당신에 대한 연민으로 가득했다. 오랫동안 우리는 내가 노앙으로 돌아가게 되면 그녀도 노앙에서 함께 살 꿈을 꾸었었다. 할머니도 이 생각을 듣고 웃으셨다. 그런데 그 말을 들은 안나의 아저씨가 내키지 않아 했었다.

우리가 헤어진 후 나는 그 아이를 두세 번 더 보았다. 그녀는 우리 할머니의 절친인 뤼상 부인의 친척인 데파르베 드뤼상이란 사람과 결혼했다. 안나는 결혼 후에는 딴 사람이 되었다. 그녀는 키도 자라고 안색도 빛이 났다. 예쁘지는 않았지만 매력적인 여자가 되었다. 그녀는 시골 이브리에서 살았는데 그녀의 남편은 젊지도 돈이 많지도 상냥하지도 않았다. 하지만 그녀는 그를 많이 칭찬했다. 또 남편을 기쁘게 하기 위해서였는지 아니면 별 볼 일 없는 자기 인생과 화해하기 위해서였는지 그녀는 독실한 신도가 되었는데 내가 알던 때보다도 더 완강한 회의론자가 되어있었다.

나를 더욱 놀라게 하고 의기소침하게 한 다른 변화는 그녀가 나를 대하는 차가운 태도였다. 그때 나는 아직 '조르주 상드'가 아니었고 또 그럴 생각조차 없을 때였다. 그때 나는 여전히 가톨릭 신자였고 세상에 아무도 아는 사람이 없어 내 욕을 할 사람도 없었다. 그녀의 그런 태도 때문에 그녀를 다시 보지 않겠다는 생각은 들지 않았다. 그녀는 수녀원에 있을 때보다 더 행복해 보이지 않아서 그녀도 뭔가 나랑 둘이서만 회포를 풀어야 할 것 같았으니 말이다. 하지만 나는 파리에 살고 있지 않았고 결혼 후 노앙에서 12~13년을 있으면서 수녀원에서의 모든 관계는 다 깨져 버렸다. 지금 그녀가 어떻게 됐는지는 모르지만 제발 행복하기를! 그녀는 자신의 행복에 대해 항상 절망적이었지만 그녀는 정말 마땅히 행복할 자격이 있는 사람이다.

거의 1년 동안 소피와 파넬리와 안나와 나는 항상 붙어 다녔다. 내가 그들을 이어주는 끈이었다. 소피가 나를 서열 2위로 올리기 전에 다른 두 사람은 나를 서열 1에 올려놓아서 함께하지 못했기 때문이다. 우리의 우정에는 한 조각의 그늘도 없었다. 하지만 가끔 보이는 소피의 무관심이 싫었던 적은 있었다. 그녀는 떠난 이자벨을 나보다 더 사랑해야 한다고 생각하는 것 같았고 나는 떠난 이자벨과 함께 내게 무관심한 소피를 파넬리나 안나보다 더 사랑해야 한다고 생각했던 것 같다. 반면에 뒤에 두 사람은 나를 엄청 좋아하고 있었다. 하지만 규칙은 규칙이었다. 만약 절친 리스트의 순서를 어지럽게 하면 변덕쟁이라고 놀림받을 것이 뻔했다. 하지만 그런 리스트에도 불구하고 나는 결단코 이렇게 말할 수 있었다. 얼마나 오래됐건, 얼마나 굳은 약속을 했건 나는 파넬리를 그 누구보다 좋아한다고. 그래서 나는 종종 그녀에게 이런 이상한 논리를 펴곤 했다.

"논리에 따라 너는 서열 3위이지만 논리를 따르지 않는다면 너는 서열 1위이고 어쩌면 유일한 절친일지 몰라."

그러면 그녀는 웃으며 이렇게 말했다.

"네가 널 사랑하는 만큼 너도 나를 사랑한다면 내가 서열 3위인 게 무슨 상관이야? 나는 더 바라는 게 없어. 그렇게 오만한 아이도 아니고, 네가 좋아하는 친구들을 나도 좋아해."

몇 달 뒤 이자벨은 스위스에서 돌아왔다. 하지만 곧 우리와 헤어져야만 했다. 그녀는 수녀원을 완전히 떠나 영국으로 갔다. 나는 완전히 낙담했는데 그녀가 소피만을 생각하며 내가 곁에 있었는지도 몰랐기 때문이다. 그저 나를 돌아보며 "이 꼬마가 왜 이렇게 우는 거지?" 하고 물어볼 뿐이었다. 나는 욕을 해주고 싶었지만 소피에게 내가 그동안 자신을 많이 위로해주었으며 나를 친구로 생각한다는 말을 듣고 이자벨도 나를 위로하며 자기들 산책에 끼워주었다. 그리고 또 한 번 우릴 찾아왔다가는 곧 가 버렸다. 그녀는 아주 호화로운 결혼을 했다. 그러고는 한 번도 본 적이 없다.

소피는 이 이별을 견디지 못했다. 그녀와의 우정이 훨씬 짧고 행복하지 못했던 나로서는 파넬리에게 위로를 받아서 괜찮았다. 또 이자벨은 나를 그저 어린아이로만 생각했고 어쩌면 나보다 훨씬 감성적이었던 것 같다.

말썽꾸러기로 지냈던 18개월은 마치 하루처럼 그러니깐 아무 생각 없이 지나갔다. 소피와 안나는 수녀원 생활을 죽도록 지겨워하고 다른 모든 친구들도 같은 소리들을 했다. 단지 몇몇 독실한 아이들만 그런 불평을 하지 않았다. 하지만 그 아이들도 더 즐거운 것 같지는 않았다. 대체적으로 아이들은 행복한 가정에서 자란 아이들이었다. 안나처럼 가정이 없는 아이들은 나갈 날을 기다리며 사교계와 무도회와 쾌락과 여행 등 뭐든 구속을 벗어던지고 자유로워질 날만을 꿈꾸고 있었다. 수녀원 생활과 규율 등은 분명 사춘기 소녀에게는 결코 맞지 않는 것이었다.

나로서는 비록 육체적으로는 수녀원 생활이 힘들었지만 정신적으로까지 그렇지는 않았다. 몇 년 뒤까지를 상상하지는 못했다. 미래는 궁금한 것이 아니라 두려웠다. 나는 앞날을 보고 싶지 않았다. 미지의 것에 대해서는 두려움을 갖고 있었고 차라리 나를 슬프게 하는 과거가 더 좋았다. 현재란 항상 원했던 것과 얻은 것 사이의 타협이었다. 그래서 받아들이거나 견뎌내야 하는데 이미 많은 것을 감내하고 많은 것을 받아들인 것은 알고 있지만 앞으로 뭘 감내하고 받아들여야 할 것인가? 나는 점 같은 것은 보고 싶지 않았다. 나는 점술 같은 것은 믿지 않았다. 내게는 미래가 너무나 고민스러워서 누구도 무엇으로든 내게 그런 말을 하는 걸 원치 않았다. 나로서는 하나님께 오직 앞으로 닥칠 일들을 헤쳐 나갈 힘을 달라고 기도할 뿐이었다.

이런 생각을 가진 나는 그 어느 곳보다 수녀원에서 행복했다. 왜냐하면, 그곳에서는 서로 아무도 과거를 모르고 또 누구도 미래에 대해 말할 수 없었다. 부모들은 아이들에게 끊임없이 그들의 미래에 대해 말한다. 부모들이 말하는 자식들의 미래는 아이들에게는 계속되는 걱정거리이며 은근히 불안한 부담스러움을 준다. 아이들은 부모를 따르고 안심시키고 싶어 평생을 노력한다. 하지만 운명이 맘대로 되지 않고 그들을 거역하니 아이들은 부모님들의 충고로 더 잘 되는 것이 아니라 오히려 반항심과 호기심으로 그 반대로 되는 경우가 허다하다. 하지만 수녀들은 자신들이 가르치는 아이들에 대해 그런 것이 없다. 그들의 미래는 이 세상이 아니라 천국 아니면 지옥에 있다. 그래서 그들의 미래는 그들의 표현대로 말하자면 바로 구원이다.

신실하게 되기 전에 이런 종류의 미래는 나를 두렵게 하지 않았다. 왜냐하면, 가톨릭 종교에 따르면 우리는 자유롭게 구원과 저주 중 선택할 수가 있기 때문이다. 그리고 은총은 우릴 떠나지 않아서 우리가 선한 마음을 품기만 하면 우리는 천사가 이끄는 길로 갈 수 있었기 때문이다. 그래서 나는 자신 있게 너무 급하게 서두르지 말고 위험을 피하면서 언제라도 내가 원할 때 그 길을 고민하려고 생각하고 있었다. 그리고 나의 개인적 행복에 대해서는 고려해 보지 않았다. 그래서 수녀들은 종교적 문제에서조차 나에게 아무런 영향을 주지 않았다. 나는 유일하게 온유한 존재인 하나님을 사랑하길 원했고 두려워하고 싶지 않았다. 나는 사람들이 나를 협박할 때마다 이런 이야기를 하곤 했다.

이 삶에 대한 아무런 걱정 없이 나는 단지 즐기기만 했고 다른 생각은 아무것도 하지도 않았다. 나는 내 인생의 4분의 3을 그렇게 보냈다. 그러니까 마치 혼수상태처럼 산 것이다. 나는 아마도 죽을 때까지 정말로 어떻게 살 것인가를 고민하지 않고 살다 죽을 것 같다. 하지만 나 나름대로의 사는 방법이 있으니 그것은 몽상夢想과 명상冥想이다. 그것은 나의 시간들을 충만하게 하고 나의 지적 욕구들을 왕성하게 했다.

그래서 나는 어떻게 살아야 하는지도 모르면서 살았고 친구들이 바라는 바대로 맞추며 살았다. 안나는 말하는 것을 좋아하니 들어주었다. 소피는 슬픈 생각에 잘 빠지니 나는 그저 그 옆에서 조용히 그녀의 생각을 방해하지 않고 있으면 그녀가 정신을 차린 후 화내지 않았다. 파넬리는 뛰고 웃고 헤집고 다니면서 못된 짓만 골라 하고 다니니 나도 똑같이 그녀와 같이 기뻐 날뛰었다. 다행스럽게도 그녀는 나를 완전히 사로잡을 수 있었다. 안나는 우정 때문에 우릴 따라왔고 소피는 아무 생각 없이 따라왔다.

그렇게 온종일 탈출과 방랑이 시작됐다. 우리는 수녀원 구석에서 만났는데 지갑이 늘 두둑한 파넬리는 문지기를 통해 뭐든 원하는 것을 몰래 살 수 있었다. 그래서 그녀는 늘 우리에게 맛있는 것을 줘서 우릴 놀라게 했다. 그것들은 기가 막히게 맛있는 메론이나 과자, 체리나 포도송이, 튀김이나 파테 등 종류도 여러 가지였다! 그녀는 늘 우리가 생각지도 못한 굉장한 것을 가지고 우리를 놀라게 하는 것을 너무나 좋아했다. 여름 내내 우리는 정말 말도 안 되는 음식들을 먹고 견뎠는데 그런 것을 먹고도 병에 걸리지 않으려면 적어도 15살은 되어야 했다!

나는 앨리시아 수녀님이나 테레사 수녀가 주는 간식거리들을 갖다 주었다. 테레사는 경단이나 맛있는 푸딩을 대량으로 만들어 가끔 나를 불러 그것들로 내 주머니를 가득 채워주곤 했다. 간식들을 서로 함께 나누고 또 먹는 것이 금지된 시간에 몰래 먹는 것은 정말 하나의 축제이며 즐거운 파티이며 웃음이 끊이지 않는 시간이었다.

우리는 또 세상 밖에서 하는 비열한 짓들도 서슴지 않았다. 잼이 발린 파이 조각을 천장에 던져 은혜롭게 잘 붙었나 올려다보고, 닭뼈를 피아노 아래 숨겨 놓거나, 과일 껍질을 어두운 계단에 뿌려 놓아 엄숙한 수녀님들이 미끄러지게 했다. 이 모든 것들은 너무나 영적인 의식들이어서 우리는 이런 행동을 하며 웃다가 정신이 다 혼미해질 정도였다. 사실 우리에게 음료란 물이나 레모네이드뿐이었기 때문이다.

어쨌든 우리는 희생제물 찾기에 혈안이 되어있었고 나는 이후 우리들의 좌절감에 대해 더 얘기할 참이었지만 이 짓궂은 장난에 대해서는 충분히 얘기한 것 같고 외려 너무 떠벌린 것 같기도 하다.

나는 이 이야기를 하는 목적에 다시 주목하고 싶은데 나는 나의 추억을 이야기하며 독자들도 자신들의 추억을 회상해 보길 원했다. 유치하고 도움도 되지 않을 그런 추억들을 다 흩어 버려야 할까? 아니! 어린 날의 즐거움과 장난들 그리고 시적인 감수성과 상상력으로 점철되어 있었던 사춘기까지, 그 시절들을 머릿속에 그려볼 때면 우리 삶이 뭔가 더 나은 것처럼 느껴진다. 사춘기는 순수함과 용기와 때로는 비이성적이지만 항상 진지하고 자발적인 헌신의 나이이다. 나이가 들면서 우리가 경험과 판단으로 얻게 되는 것들은 모두 이 꾸밈없던 시절의 파편들이다. 그 순수함들을 잘 키울 수 있었다면 우리는 정말 완벽한 존재가 되었을 것이다. 하지만 이 젊은 시절의 보석 같은 것들을 우리는 다 잃어버리고 증발시켜 버렸다. 하지만 다시 그 정신적인 도약의 시간을 돌아보면 우리는 그때의 풍성함을 되찾을 수 있고 그 순수했던 시절을 눈앞에 그려본다면 우리는 나쁜 행동은 결코 할 수 없을 것이다. 그러니 추억은 나에게나 모두에게 아주 좋은 것이다.

그래도 나는 이쯤에서 그만하려고 한다. 왜냐하면 생각나는 즐거운 추억들, 나 자신도 놀라운 그 추억들을 자세히 다 쓰려면 책 한 권을 다 써도 모자랄 테니까. 단지 한동안 이런 짓궂은 장난질에 푹 빠져 지냈다는 것 그리고 이탈리아어와 음악 그리고 약간의 미술 말고는 배운 것도 별로 없이 지냈다는 말을 하는 것으로 충분할 것 같다. 나는 영어에는 아주 열심이었다. 나는 배우려고 애를 썼는데 만약 수녀원에서 이걸 배우지 않으면 이곳에서의 인생을 다 허비하는 셈이었으니 말이다. 나는 쓰는 것도 열심히 했다. 우리는 모두 여기에는 열심이었으며 상상력이 부족한 애들은 서로서로 편지를 보내며 시간을 보냈다. 편지는 때때로 감미롭고 순수한 애정이 넘쳐나서 무슨 연애 편지처럼 엄격하게 금지되기도 했다. 하지만 금지하면 할수록 우리는 더 열심히 더 뜨겁게 편지를 썼다.

말이 나온 김에, 수녀원 교육에서 지나치게 정숙함을 강조한다는 것은 매우 큰 실책이다. 우리는 산책할 때 둘씩 다니면 안 되고 적어도 셋 이상이 함께 다녀야 했다. 또 우리는 포옹하는 것이 금지되었으며 편지도 검열대상이었다. 이 모든 것은 우리 안에 악의 씨앗이 존재하고 있다는 것을 전제하는 것이었다. 만약 이런 이상한 규율들의 이유가 뭔지를 내가 알았다면 나는 아마도 크게 상처받았을 것이다. 하지만 각자 자기 가정에서 정상적으로 정숙하게 교육받고 자란 대부분의 친구들은 이 지나치게 엄격한 시스템이 하나님에 대한 절대적 사랑보다 인간적 감정에 더 치우칠까 하는 신앙적 염려에서 생긴 것으로 생각했다.

쓰는 것에 대한 이야기를 시작했으니 다시 그 이야기를 하자면 나의 첫 번째 글쓰기는 모든 젊은이의 글쓰기처럼 12음절이었다. 나는 운율의 규칙에 대해 알고 있었고 그것에 대해 데샤르트르와 항상 대립했었다. 잘못은 내게 있었는데 산문시散文詩와 운문시韻文詩 사이에 중간이란 있을 수 없었다. 하지만 나는 마치 중간 형식을 발견한 것처럼 산문을 운에 맞춰 일종의 리듬감을 고수하고 시운이나 중간 휴식 따위는 무시했다. 그래서 결국, 나는 규칙 같은 것은 너무 엄격해서 나의 시상을 억누른다는 핑계로 내 멋대로 썼다. 이런 식으로 나는 이른바 내 나름의 시라는 것을 썼고 그것은 수녀원에서 큰 성공을 거두었다. 하지만 솔직히 말해서 수녀원 아이들은 그런 건 별로 생각지도 않는 아이들이었다. 그다음 나는 소설을 쓰겠다는 꿈을 꾸었다. 그리고 독실한 신자도 아니면서 독실한 크리스천에 대한 소설을 쓰려고 했다.

이 소설이란 것은 사실 짧은 중편에 불과했다. 몇 쪽밖에 되지 않았으니 말이다. 주인공 남녀는 어느 날 저녁 시골에서 성모상 발아래서 기도하다 만난다. 그리고 그들은 서로에게 감탄하며 칭찬을 한다. 그리고 그다음 둘이 사랑에 빠지는 것이 당연한 순서였지만 둘은 사랑에 빠지지 않았다. 그래도 나는 소피의 충고대로 둘을 사랑에 빠뜨리기로 했다. 하지만 어스름한 저녁 큰 전나무 그늘이 드리운 어두운 고딕식 예배당 입구처럼 마법 같은 장소에서 둘을 아름답고 완벽한 남녀로 그리는 데는 성공했지만 처음 느끼는 사랑의 감정은 어떻게 묘사해야 할지 알 수 없었다. 그런 감정은 내 안에 없었고 한 마디도 생각나지 않았다. 그래서 나는 포기하고 두 사람을 광신도狂信徒로 만들어 버렸다. 비록 내 안에서는 경건함보다는 사랑이 더 중요했지만 말이다. 나는 그 이유를 알 수 있었다. 당시 항상 눈앞에서 그런 경건한 모습만을 보니 그것이 나도 모르게 내 안에 그런 싹을 심어 놓았다. 그래서 두 주인공들은 지금은 다 잊었지만 수많은 여행과 모험을 한 후에 각자 신께 귀의하게 되어 여자는 수녀가 되고, 남자는 사제가 된다.

소피와 안나는 이 소설을 잘 썼다고 했고 세세한 부분들을 마음에 들어 했다. 하지만 두 사람은 피츠 제랄드(남자 주인공 이름)가 너무 지루한 인물이며 여주인공도 재미가 없다고 했다. 등장인물 중 엄마가 하나 있었는데 그녀는 마음에 들어 했다. 어쨌든 내 글은 산문보다

운문이 더 인기였다. 나 자신도 산문은 마음에 들지 않았다.

그다음 나는 또 다른 전원 소설을 썼는데, 그것은 첫 번째 것보다 더 마음에 들지 않아 어느 겨울 날 난롯불에 태워 버렸다. 그 이후로 나는 쓰기를 멈추었다. 재미도 없었고 또 쓰지 않아도 내 안에 이야기를 구상하며 느끼는 끝없는 정신적 즐거움이 결코 사라지거나 굳어 버리지 않을 것을 알았기 때문이다.

나는 아무에게도 말하지 않으면서 코랑베에 대한 영원한 찬가를 계속하고 있었다. 하지만 그것은 아주 산발적이었다, 왜냐하면, 전에 말한 것처럼 수녀원에서는 행동이 곧 소설이었으며 우리의 주제는 늘 지하의 희생양 찾기였다. 그것은 그 어떤 소설보다 감동적인 주제였는데 우리에게는 너무나 심각한 당면과제였기 때문이다.

할머니는 수녀원에서 내가 보낸 두 번째 겨울 중간쯤 오셔서 두 달쯤 후에 떠나셨다. 그동안 나는 다해서 5~6번쯤 외출했다. 기숙사복은 시골 복장만큼 할머니 마음에 들지 않았고 나는 우아한 자태 같은 것도 갖추지 못해서 전보다 더 선머슴 아이 같았다. 마리 앙투아네트의 예절 선생이었다는 무용 선생 아브라함 씨의 수업도 내게 우아함을 가르치지 못했다. 어쨌든 아브라함 씨는 우리에게 궁중 예절을 가르치느라 최선을 다했다. 그는 각진 옷을 입고 모슬린으로 된 가슴 장식을 하고 희고 긴 넥타이에 짧은 바지, 검은 실크 양말을 신고 버클이 달린 구두를 신었다. 머리에는 컬이 길고 흰 파우더를 뿌린 가발을 쓰고 손에는 다이아 반지를 끼고 작은 주머니를 들고 있었다. 그는 대략 45살쯤 된 마르고 우아하고 고상한 사람으로, 주름진 얼굴은 아름다웠는데 누런 피부에 붉고 푸른 핏줄이 보여서 마치 가을날의 늙은 낙엽 같았지만 섬세하고 눈에 띄는 면모였다. 그는 세상에서 가장 예절 바르고 품위 있고 절도 있는 사람이었다.

그는 원장님의 큰 응접실에서 15~20명 되는 두 반의 아이들에게 수업했는데 이 수업 때 우리는 응접실의 철책을 넘곤 했다. 거기서 아브라함 씨는 기하학에 입각한 예의범절의 시범을 보여주었다. 그런 다음 그는 의자에 앉아 우리에게 "아가씨들, 이제 내가 왕이나 왕비라고 생각하세요. 그리고 이제 궁전에 초대받았다고 생각하고 들어가는 법과 인사하는 법 그리고 나가는 법을 배울 겁니다."라고 말했다.

또 어떤 때는 조금 더 평범한 사람들에 대한 예절을 배우며 '귀족의 살롱'이라고 한 적도 있었다. 선생님은 한 사람씩 앉히고 들어오고 나가게 하며 안주인이나 공주님이나 공작 부인이나 후작 부인이나 백작 부인이나 자작 부인이나 남작 부인 각각에게 맞는 예의범절을 가르쳤다. 또 왕자님이나 공작, 후작, 백작, 자작, 남작, 기사, 주교 대리, 사제에게 하는 법도 배웠다.

아브라함 씨는 이 역할을 다 하면서 우리가 한 명씩 인사하게 하면서 우리가 각 사람에게 인사하는 법과 장갑과 부채를 잡는 법과 웃는 법, 또 거실을 가로지르고 앉고 자리를 바꾸는 법 등 별별 것들을 다 가르쳤다! 모든 것에 다 예의범절이 있었다. 심지어는 재채기에도 프랑스식 예절방식이 있었다. 우리는 웃음을 터뜨렸고 일부러 수천 번 반복해서 선생님을 절망에 빠뜨리기도 했다. 그리고 수업이 끝날 때쯤에는 이 용감한 선생님(왜냐하면, 우리의 못된 행동에 인내심을 가지고 부드럽게 대해야 했으니) 이 만족스럽게 떠날 수 있도록 우리는 선생님이 가르친 그 모든 우아함과 자태들을 흉내 내주었다. 우리는 가르치는 선생님 앞에서 웃지 않기 위해 안간힘을 쓰며 이 코미디 같은 것을 연기했다. 그런데 아브라함 선생님 때의 예의범절은 오늘날과는 전혀 다르다는 것을 알아야 한다. 그래서 우리가 더 웃기게 과장하면 할수록 선생님은 만족하고 우리에게 감사를 표하며 칭찬해주었다.

그 많은 교육과 이론에도 불구하고 나는 늘 등을 구부정하게 하고 다녔고 행동은 거칠었으며 태도도 되는대로였고 장갑이나 인사법들은 늘 공포의 대상이었다. 할머니는 그런 것들에 대해 늘 야단치셨다. 그런 점에서 대단했던 할머니는 할머니 특유의 방식대로 아주 부드럽고 다정한 말투로 나를 나무라셨다. 하지만 할머니의 끊이지 않는 불만에 대해 내 안의 권태로움과 화를 감추는 데 나는 무진 애를 써야만 했다. 나는 정말 할머니 뜻을 따르고 싶었다! 하지만 결코 그렇게 되지는 않았다.

할머니는 나를 사랑했고 나를 위해 사셨는데 나의 순박함과 애교라곤 전혀 없는 불행한 성격에는 할머니가 받아들일 수 없는 어떤 것, 할머니가 결코 극복할 수 없는 어떤 결점, 할머니의 온갖 노력에도 불구하고 낮은 평민계급에게서만 느낄 수 있는 일종의 천박함이 있었다. 그렇다고 나는 결코 천박한 여자는 아니었다. 나의 평온하고 믿음직한 성품은 결코 나를 무례하거나 상스러운 여자가 되게 하지는 않았다. 나는 대부분의 시간을 아무 생각 없이 보냈는데 그것은 하나님만 아실 일이다. 나는 할머니와는 아무 이야기도 하지 않았다. 우리가 했던 미친 짓들, 지하실 순례, 나태함, 수녀원의 우정 어린 악당들 … 도대체 할머니와 무슨 이야기를 할 것인가? 늘 같은 이야기의 반복이었다.

나는 할머니가 내게 보여주고 싶어 한 사교계나 나의 미래에 대해서는 눈길도 돌리지 않았다. 사람들은 벌써 내게 결혼할 상대를 소개했지만 나는 그런 데는 관심도 없었다. 상대가 나가고 사람들이 내게 어떻냐고 물었지만 내가 눈길도 주지 않은 것을 알고는 내가 그때 무슨 막대기나 고무공처럼 머릿속에 스치는 쓸데없는 생각만 한 것을 나무랐다. 나는 조숙한 아이는 아니었다. 어릴 때 말도 늦었고 다른 것들도 늦었다. 신체적으로는 아주 빨리 자라서 겉으로는 숙녀 같았지만, 머릿속은 어눌하고 그런 쪽으로는 발달이 느려서 여전히 아이였다. 그리고 사람들은 이런 나의 본성대로 내가 자라나게 하는 것이 아니라 전혀 다른 사람으로 만들고 싶어 했다.

할머니의 간절함은 사실 마음속 깊은 사랑에서 나온 것이었다. 할머니는 조금씩 늙고 죽어 가는 걸 느끼셨다. 할머니는 나를 결혼시키고 싶어 하셨고 나를 사교계에 내보내고 싶으셨고 절대로 내가 엄마의 영향력 아래 있지 않기를 바라셨다. 그래서 이제 시간이 더는 남지 않은 것을 느끼시고 할머니는 내게 사교계의 법칙을 알게 하려고 애를 쓰셨고 엄마 쪽을 경멸하도록 하고 싶으셨다. 그래서 혹시나 할머니가 죽은 후에 내가 다시 떨어질지도 모르는 그 낮은 계급으로부터 나를 멀리하고 싶으셨다. 하지만 나의 성품, 나의 감정, 나의 생각은 할머니의 생각을 거부하고 있었다. 하지만 존경과 사랑이 나의 혀를 굳게 했다. 그래서 할머니는 나를 멍청한 아이라고, 아니면 아주 영악한 아이라고 여겼다. 하지만 나는 멍청하지도 영악하지도 않았다. 나는 할머니를 사랑했던 거고 혼자서 조용히 고통을 감내했다.

엄마는 이런 조용하고 고통스러운 싸움에서 나를 돕길 포기한 것 같았다. 엄마는 항상 상류층 사람들을 비웃으면서 나를 귀하게 여기고 나를 대단한 아이로 생각했다. 그리고 나의 미래에는 관심도 없었다. 아마도 엄마의 미래에 나 같은 존재는 아예 없는 것 같았다. 나는 그렇게 버려진 것이 너무나 슬펐다. 어릴 때 그렇게도 뜨겁고 열정적으로 사랑한 후에 말이다. 엄마는 더는 나를 집에 데려가지도 않았다. 나는 2~3년 동안 언니도 한두 번밖에 보지 못했다.

외출을 나가면 할머니와 수많은 늙은 백작 부인들을 만나러 다녀야 했다. 그리고 할머니는 젊은 나를 그들에게 소개하며 내가 그들과 관계를 맺고 할머니보다 살아남은 그들에게 의지하길 바랐다. 하지만 그 부인들에게 나는 끊임없이 거부감을 느낄 뿐이었다. 파르다이앙 부인을 제외하고 말이다. 저녁이면 우리는 사촌인 빌뇌브나 보봉 할아버지 집에서 저녁을 먹었다. 그리고 가족들과 편히 있을 때쯤에는 다시 수녀원으로 들어가야 했다. 그래서 외출은 늘 우울했다. 아침에는 행복하고 들떠서 우리 집에 조급하고 벅찬 마음으로 도착했지만 3시간쯤 지난 후부터는 슬퍼지기 시작했다. 그리고 헤어질 때쯤에는 더 슬퍼져서 헤어졌다. 그리고 수녀원에서만 나는 다시 평온과 쾌활함을 찾을 수 있었다.

정신적으로 가장 만족스러운 일은 마침내 내 독방을 갖게 된 거였다. 상급반 아이들은 모두 방을 하나씩 가지고 있었는데 나만 오랫동안 기숙사에 기거하고 있었다. 그것은 내가 밤에 소란을 피울 거란 걱정 때문이었다. 지붕 밑에 있는 이 기숙사 방은 죽을 듯이 힘든 곳이었다. 겨울에는 너무 추웠고 여름에는 더웠다. 늘 무섭다고 우는 애들이나 한밤중에 배가 아프다고 우는 아이들이 있어서 잠도 잘 잘 수 없었다. 게다가 자기만의 공간이 없는 것, 낮이고 밤이고 단 한 시간도 혼자 있을 수 없다는 것은 생각이 많고 공상에 빠지기 좋아하는 아이에겐 정말 고역이었다. 공동생활은 서로 사랑하는 사람들에겐 정말 이상적인 행복한 생활이다. 나는 수녀원에서 느낀 그 생각을 결코 잊은 적이 없다. 하지만 생각이 많은 사람에겐 자신만의 고독한 명상의 시간이 필요한 법이다. 합숙 생활의 감미로움도 자신만의 시간을 가질 수 있을 때 비로소 맛볼 수 있다.

내게 할당된 독방은 수녀원에서 가장 나쁜 장소였다. 그곳은 교회에 붙은 건물의 끝에 위치한 고미다락 방이었다. 바로 옆에는 코랄리 르마루아의 방이 붙어 있었다. 그녀는 신실하고 근엄하고 겁이 많고 소박한 사람이어서 그런 사람 곁에 살면 자연히 존경심이 우러나왔다. 나는 그녀와 성향이 달랐지만 잘 지냈다. 나는 그녀의 기도와 잠을 방해하지 않으려고 세심하게 배려했다. 그리고 파넬리나 다른 수다쟁이들을 만나러 갈 때 소리 없이 나가기 위해 노력했다. 그리고 그녀와 함께 우리는 한밤중에 양파 저장소나 오르간 연단을 돌아다니곤했다. 그럴 때 우리는 수녀원의 하녀인 마리 조제프의 방 앞을 지나가야만 했다. 하지만 그녀는 한번 자면 깰 줄 몰랐다.

내 독방은 길이가 10피트쯤 되고 너비가 6피트쯤 되었다. 내 침대에서는 머리가 천장에 닿았다. 문은 창 옆에 있는 서랍장을 스치며 열리고 문을 닫으려면 이 창문의 안쪽으로 들어가 닫아야 했다. 4개의 작은 사각형 문은 차양의 물받이 쪽으로 나 있어서 정원 쪽 시야를 가렸다. 하지만 아주 멋진 지평선을 볼 수 있었다. 나는 정원의 큰 마로니에 나무들 꼭대기 너머 파리 쪽을 내려다볼 수 있었다. 드넓은 묘목장과 채소밭이 우리 건물 둘레에 펼쳐져 있었다. 지평선을 가리는 건물들과 집들의 푸른 선들만 없다면 나는 시골이 아닌 어떤 큰 마을에 있다고 믿을 정도였다. 수도원의 종탑과 경내의 낮은 건축물들은 우선 다른 것들을 돋보이게 해주었다.

밤에 달빛이 비칠 때 풍경은 너무나 아름다웠다. 나는 가까이서 울리는 시계 소리를 들으며 잠을 잘 이루지 못했지만, 이 멜랑콜리한 시계 소리에 부드럽게 잠이 깨면 곧이어 울음을 멈추었던 밤 꾀꼬리가 다시 우는 소리를 듣는 것이 점점 더 감미로운 즐거움이 되었다.

내 방 가구는 칠을 한 나무 침대와 오래된 서랍장과 짚으로 된 의자, 더러운 러그 그리고 루이 15세풍의 작은 하프가 전부였다. 그것은 너무나 앙증맞은 것으로 할머니의 아름다운 손에서 빛나던 것이었다. 나는 그것을 연주하며 노래하곤 했다. 나는 내 방에서 이 하프 연습하는 것을 허락받아 매일 한 시간을 자유롭게 방에서 혼자 보낼 수 있었다. 하프 연습을 하지 않아도 혼자서 조용히 공상에 빠질 수 있는 시간은 내게 너무나 귀했다. 내 빵을 먹으러 온 참새들은 나를 무서워하지도 않고 내 방의 침대에까지 들어와 먹었다. 이 작은 독방이 여름에는 찜통이고 겨울에는 문자 그대로 얼음창고였지만 (지붕에서 천장 사이의 틈으로 고드름이 얼었다.) 나는 이 방을 너무나 사랑했다. 그래서 나는 그 방을 나올 때 어린아이처럼 벽에 입을 맞추고 나왔던 기억이 난다. 그렇게도 나는 그 방에 애착을 가지고 있었다. 이 먼지 구덩이의 초라하고 작은 방구석을 내가 어떻게 공상했는지는 모르겠다.

단지 그곳만이 내가 다시 나를 찾고 내가 속할 수 있는 곳이었다. 낮에는 아무 생각 없이 구름과 나뭇가지들과 날아다니는 제비들을 보았고 밤에는 멀리 대도시의 마치 죽어가는 헐떡임 같은 어지러운 웅성거림이 전원의 소리와 뒤섞였다.

날이 새면 수녀원의 소리가 깨어나 이 죽어 가는 함성 소리들을 뒤덮기 시작한다. 수탉들은 노래하기 시작하고 시계는 아침을 알렸다. 정원의 티티새들은 아침 노래를 목이 터져라 외치고 그다음은 수녀들이 아침 예배의 경구들을 읊는 단조로운 소리가 복도와 휑한 오두막들 사이의 수천의 틈새를 타고 나에게까지 올라왔다. 그러면 집마다 물건을 공급하는 사람들이 내 방 아래쪽의 뜰에 올라와 거칠고 쉰 소리를 냈는데 그 소리는 수녀들의 소리와는 아주 대조적이었다. 마침내 우리를 깨우는 마리 조제프의 날카로운 외침이 이 방 저 방에서 들리면서 기숙사의 빗장들이 삐그덕거리며 열릴 때쯤이면 나의 소리 여행은 끝났다.

나는 잠을 조금밖에 자지 않았다. 제대로 잔 적이 없었다. 일어나야 할 시간이 다 되면 그때야 잠을 자고 싶었다. 나는 노앙을 꿈꾸었다. 생각 속에서 그곳은 낙원이었다. 하지만 그곳에 빨리 가고 싶지는 않았다. 내가 수녀원에 몇 년 있지도 않는데 그동안 내 공부를 다 끝내려면 내게 방학도 없을 거라는 말을 할머니가 했을 때 나는 슬퍼하지도 않고 그것을 받아들였다. 왜냐하면, 노앙에 가서 그곳을 미련 없이 떠나게 했던 그 슬픔을 다시 마주치고 싶지 않았기 때문이다.

할머니가 나를 보는 기쁨마저 포기하며 시키려고 했던 그 공부라는 것은 거의 한 게 없었다. 할머니는 내가 사교계 예법만을 배우길 바랐지만 나는 문제아들과 어울린 뒤로는 그런 건 신경도 쓰지 않았다. 물론 그저 뒹굴며 지내는 것도 때로는 지겹기도 했다. 하지만 너무나 오랫동안 잠들어 있던 그 방식을 벗어던질 방도를 찾지 못하고 있었다!

그러다 마침내 내 안에 엄청난 광풍이 일어나는 때가 오고 말았다. 나는 독실한 신도가 되었다. 그것은 마치 자기 안의 능력에 대해 전혀 모르던 영혼 속에 타오르는 불꽃처럼 갑자기 시작됐다. 그러니까 나는 나태하게 문제아들의 비위나 맞추며 그저 모든 규칙에 대해 자동으로 별생각도 없이 반항하는 그 모든 것들에 지쳤던 것이다. 내 안에 유일한 사랑인 가족에 대한 사랑도 지치고 부서졌다. 나는 앨리시아 수녀님에게 일종의 숭배하는 마음을 품었었는데 그것은 소리 없는 사랑이었다. 나는 격정적이고 열정적인 사랑이 필요했다. 나는 15살이었다. 나는 가슴 뛰는 뭔가가 필요했는데, 내 가슴이 지루해하고 있었던 것이다. 내 안에 어떤 자애심自愛心 같은 것은 아직 깨어나지 않고 있었다. 나는 내가 알고 있는 거의 모든 어린 소녀들이 내 나이쯤 됐을 때 보여주는 자기 자신에 대한 지나친 자애심 같은 것이 없었다. 나는 내 밖의 어떤 존재를 사랑해야만 했다. 그런데 내 온 마음으로 사랑할 수 있는 존재가 이 땅에는 없었다.

하지만 나는 하나님을 찾지는 않았다. 종교적 이상, 그러니까 크리스천들이 '은총'이라고 부르는 것이 내게 찾아와서 갑자기 나를 사로잡았다. 수녀님들과 선생님의 설교는 내게 아무런 감흥도 일으키지 않았다. 앨리시아 수녀님조차도 그쪽으로 내게 어떤 영향도 주지 않았다. 사건은 이렇게 벌어졌다. 나는 덧붙이지 않고 있는 그대로를 이야기하겠다. 왜냐하면, 우리의 갑작스러운 정신의 변화에는 우리 자신도 꿰뚫어 볼 수 없는 어떤 신비가 있기 때문이다.

우리는 아침마다 7시에 미사를 드렸다. 그리고 4시가 되면 다시 성당에 와서 30분 정도 명상하거나 기도하거나 신앙 서적을 읽었다. 선생님이 보지 않으면 어떤 아이들은 하품하거나 졸거나 수다를 떨었다. 나도 무심하게 전에 누가 주었지만 열어볼 생각도 하지 않고 있던 책을 손에 들었다. 책의 페이지들은 그 안의 삽화들 때문에 들러붙어 있었는데 성자聖者들 이야기였다. 나는 아무 데나 펼쳐 들었다. 그리고 '시메온 르스틸리트' 성인의 신비한 전설을 읽기 시작했다. 그것은 볼테르가 매우 조롱했던 이야기이며 기독교 철학자의 이야기라기보다는 인디언 고행자의 이야기와 흡사했다. 처음에 그 이야기를 보고 나는 웃었다. 그러다가 이상한 이야기가 너무 놀라워 빠져들기 시작했다. 그리고 진지하게 읽기 시작하면서 황당함보다 시적인 아름다움을 발견했다. 다음 날 나는 다른 이야기를 읽었다. 그리고 그다음 날에는 완전히 빠져들어 몇 개의 이야기들을 읽었다. 기적 같은 이야기들은 믿어지지 않았지만 그들의 신앙심과 용기와 고해하는 자와 순교자들의 의지는 아주 대단하게 보이면서 내 안에 비밀스러운 어떤 현絃이 떨리기 시작했다.

성가대석 아래에는 제대로 본 적은 없지만 티치아노의 멋진 그림이 하나 걸려 있었다. 너무 멀리 어두운 구석에 걸려 있는 데다 그림 자체도 어두워서 어두운 바탕색 위에 어렴풋하게 다른 색 하나가 칠해진 것을 알아볼 수 있을 뿐이었다. 그것은 올리브 정원에 있는 예수님이 천사의 품에 지쳐서 안기는 순간을 그린 그림이었다. 성령이 그의 무릎에 내려앉아 있었고 늘어진 팔 하나가 천사의 팔 위에 있었다. 천사는 가슴 위에 정신을 잃고 죽어가는 이 아름다운 머리를 안고 있었다.

이 그림이 바로 내 앞에 있었다. 사실 보면서 대강 짐작을 할 뿐이었다. 어느 날 그림의 세세한 부분을 좀 자세히 볼 수 있는 순간이 있었다. 바로 겨울에 지는 해가 천사의 붉은 날개옷과 그리스도의 하얀 팔 위로 비칠 때였다. 유리 칸막이의 반짝임으로 감탄을 금할 수 없는 이 짧은 순간에 나는 독실한 크리스천도 아니고 또 결코 그렇게 될 거라고 생각조차 하지 않을 때부터도 항상 뭐라 설명할 수 없는 감동을 느꼈다.

성자들의 삶에 대해 읽으면서 나의 시선은 더 자주 이 그림 위에 멈추었다. 그리고 어느 여름날 지는 해가 더는 우리의 기도 시간을 비추지 않았지만 그냥 생각 속으로 사물을 가늠해볼 수 있을 때였다. 나는 그냥 기계적으로 이 위대하고 어렴풋한 장면을 바라보며 대체 그리스도의 죽음의 의미는 뭘까 생각해 보았다. 자기 스스로 그 타는 듯한 고통을 선택한 비밀을 찾고 싶었다. 그리고 나는 어떤 설명보다 더 크고 깊은 뭔가를 느끼기 시작했다. 나는 깊은 슬픔에 잠겼다. 그것은 마치 어떤 동정심과 알 수 없는 고통으로 인한 괴로움 같았다. 나는 눈가에 맺힌 눈물을 몰래 훔쳤다. 이유도 없이 감상에 젖은 것을 부끄러워하면서 말이다. 그것은 그림의 아름다움 때문이라고 할 수도 없었다. 그 그림은 정말 도저히 아름답다고 말할 수 있는 것이 아니었기 때문이다.

또 다른 그림은 조금 더 선명하긴 하지만 별로 가치 없는 것이었는데, 그것은 성 어거스틴이 무화과나무 아래 있고 기적 같은 빛이 비추는데 그 위에 유명한 "*Tolle, lege*"라는[15] 글씨가 적혀 있었다. 이것은 모니카의 아들이[16] 책 사이에서 들었다는 신비한 말인데 그는 이 말을 듣고 성경책을 펼쳐보기로 결심하게 된다.

나는 성 어거스틴의 삶을 찾아보았다. 그의 이야기는 수녀원에서 어렴풋이 들은 적이 있었다. 이 질서의 성자는 수녀원에서 특별히 숭배의 대상이었다. 나는 그 이야기가 특별하게 마음에 들었다. 그 이야기는 너무나 진실하고 열정적이었다. 나는 그다음 성 바울의 삶을 읽었고 *cur me persequeris?*라는[17] 부분에서는 가슴이 먹먹했다. 데샤르트르 선생님이 가르쳐준 라틴어로 나는 미사 때 하는 말들을 조금 이해할 수 있었다. 그래서 나는 그 말들을 귀 기울여 듣기 시작했고 수녀들이 외우는 시편에서 너무나 시적이고 단순한 아름다움을 발견하게 되었다. 결국, 나는 갑자기 일주일 동안 가톨릭 종교를 공부하는 재미에 빠져 보냈다.

이 "*Tolle, lege*"라는 말은 결국, 내가 성경책을 펼치게 했고 진지하게 읽게 했다. 처음에는 별 감흥이 없었다. 성경은 별로 새로운 매력이 없었다. 이미 단순하면서 대단한 부분들은 알고 있었고 할머니는 집요하게 그 기적들을 경멸하도록 나를 교육시켰기 때문이다. 할머니는 한 미친 사람의 몸에서 나와 돼지의 군대로 들어간 귀신에 대한 볼테르의 풍자 글들을 여러 번 읽어주면서 내가 성경 안에 빠져들지

---

15 〔역주〕 라틴어로 '집어 들고 읽어라'라는 뜻이다.
16 〔역주〕 성 어거스틴을 말한다.
17 〔역주〕 "왜 나를 박해하느냐?" 개종하기 전 주님이 사울에게 하신 말씀, 이 말씀을 듣고 눈이 먼 사울은 곧 회개한 후 개종하고 이름을 바울로 고친다.

못하게 막았기 때문에 나는 습관적으로 예수님의 임종과 죽음을 다시 읽으며 냉정해지려고 노력했었다.

그런데 바로 그날 저녁 어스름할 무렵이었다. 뜰의 포석들을 발로 차며 슬프게 걷고 있을 때 정원에는 감시하는 사람도 없었다. 늘 그랬던 것처럼 기숙사 밖으로 몰래 빠져나와 있었지만 나는 장난칠 생각도 하지 않고 친구들을 찾고 싶지도 않았다. 그리고 나는 심심해하기 시작했다. 못된 짓은 할 만큼 다 해서 이제는 할 것도 없었다. 나는 몇몇 수녀들과 기숙사 생도들이 기도와 명상을 위해 하나씩 성당으로 들어가는 것을 보았다. 쉬는 시간에 그렇게 하는 것이 열렬한 성도들의 습관이었기 때문이다. 나는 성수반에 잉크를 쏟을까 하는 생각도 해 봤지만 그건 이미 했던 일이었다. 아니면 종을 치는 줄에 고양이 위스키의 발들을 매달아 놓을까 하는 생각도 했지만, 그것도 새로운 건 아니었다. 고백건대 무질서했던 나의 삶도 이제 막다른 골목에 다다라 이제는 뭔가 새로운 국면이 필요한 것 같았다. 하지만 어떤 국면 말인가? 모범생이 되거나 멍청이가 되어야 하나? 모범생은 너무 차갑고 멍청이들은 너무 비겁했다. 그런데 경건한 신도들, 광신도들 그들은 행복할까? 아니, 그들의 신앙도 우울하고 병적으로 보였다. 기숙사 악동들은 그들에게 수천 가지의 못된 짓들과 수천 번의 분노를 쏟아냈고 수천 번 참지 못하고 화를 냈다. 그들의 삶은 늘 놀림 받는 이 고행의 굴레를 벗어나지 못했다. 게다가 신앙도 사랑과 흡사한 면이 있어 찾을 때는 찾지 못하고, 아무 기대도 하지 않을 때 찾게 된다. 나는 그런 것은 몰랐지만 독실한 신도가 되길 꺼렸던 이유 중 하나는 혹시 내가 어떤 계산 때문에, 아니면 개인적으로 얻을 수 있는 이익 때문에 신앙을 갖게 되지는 않을까 하는 두려움 때문이었다.

또 나는 속으로 생각했다.

'원한다고 다 믿음을 갖게 되는 것도 아닌데, 나는 믿음이 없었으니 앞으로도 믿음을 가질 수 없을 거야. 오늘 나는 마지막 노력으로 책까지 읽었잖아. 구세주의 삶과 교리를 말이야! 그런데도 여전히 마음은 평온하기만 하니 내 가슴은 계속 텅 비어 있을 거야.'

이렇게 생각하면서 어둠 속으로 마치 유령처럼 광신도들이 지나가는 것을 보았다. 그들은 몰래 그들의 영혼을 사랑과 통한痛恨의 하나님 발아래 바치고 있었다. 나는 대체 무슨 생각으로 그들이 그렇게 홀로 기도하는지 궁금했다. 예를 들면 한 늙고 등이 굽은 세입자 할머니가 작고 흉물스러운 모습으로 어둠 속으로 사라져 가고 있었다. 그 모습은 성모 마리아에게 간다기보다는 마치 무슨 마녀의 집회에 가는 것 같았다! 나는 속으로 생각했다.

'이 작은 괴물이 의자에 가서 어떻게 몸을 꼬고 앉는지 한 번 보러 가 보자! 나중에 악동 친구들한테 얘기해주면 배꼽을 잡고 웃겠지.'

나는 그녀를 따라가서 성당 안으로 들어갔다. 그 시간에는 허락 없이는 들어갈 수 없었다. 어쩌면 그래서 들어가기로 결심한 것이기도 했다. 규율을 어기고 들어간 것이니 악동의 자존심을 저버린 것은 아니었으니까. 생전 처음으로 나 스스로 성당에 들어간 것이 규율을 어기고 비웃기 위한 것이란 것이 이상스러웠다.

_14._ 뜨거운 기도: Tolle, lege!

성당에 발을 들여놓자마자 나는 등이 굽은 할머니의 존재는 잊어버렸다. 그녀는 잰 걸음으로 마치 무슨 쥐 한 마리가 나무 틈새로 사라지듯 사라져 버렸다. 밤에 성당의 모습은 매혹적이고 아름다웠다. 성당, 아니 예배당이라고 하는 게 더 어울릴 이곳은 지나치게 청결한 것 말고는 별다른 특징이 없었다. 별다른 건축 양식도 없이 지어진 크고 긴 네모진 건물은 온통 희게 새로 칠해져 있었다. 그것은 가톨릭 성당이라기보다는 그 소박한 모습이 영국의 성공회聖公會 사원과 더 닮아 있었다. 그리고 전에 말한 것처럼 성가대석 구석에는 몇 개의 그림이 걸려 있었다. 아주 초라한 제단은 아름다운 횟불들과 항상 신선한 꽃들과 아름다운 천들로 장식되어 있었다. 중앙홀은 세 부분으로 나누어져 있었다. 사제들과 특별히 허락된 사람들이 축제날18 들어가는

---

18 늘 미사를 집전하는 사제들은 때때로 우리의 예배당이나 스코틀랜드 예배당에 미사를 돕기 위한 아주 신실한 학생을 데려오면서 미사를 성가대 어린이로 더 거룩하게 한다는 것을 자랑스러워했다. 나는 그때 여러 번 자주색 로브와 흰 가운을 입은 우리 수녀원 학생의 오빠를 보곤 했는데, 그 여학생은 수녀원에서 제일 예쁜 여자아이 중 하나였다. 그런데 그 남학생도 이웃 남학교 학생 중 제일 잘생긴 학생이었다. 이 남학생이 바로 사교계에서 "미남 도르세"라 부르는 사람이었다. 나는 그 사실을 그가 죽기 얼마 전에야 알았는데 그는 임종의 순간까지 정치적인 희생자들에 대해 넓은 아량을 보였던 고귀하고 용기 있는 도르세 집안 사람이었다. 그의 여동생은 아름답고 착한 이다. 도르세는 내가 수녀원에 들어갔을 때는 이미 그곳을 떠났지만 옛 친구들을 보기 위해 자주 방문하곤 했다. 그녀는 기슈 백작과 결혼했고 지금은 그라몽 후작 부인이다.

성가대석과 기숙사생들과 하녀들과 입주자들이 앉는 전실, 그리고 수녀들이 앉는 후실 혹은 수녀 성가대석이 있었다. 이 후실에는 마루가 깔려 있고 매일 아침 초를 칠했는데 벽의 한 구석의 반원형의 공간에 연이은 수녀들의 좌석도 마찬가지로 매일 초를 칠했다. 그것들은 마치 얼음처럼 빛나는 아름다운 호두나무였다. 수녀들과 우리 사이에는 철창 하나가 있었는데 거기 있는 문 같은 것은 한 번도 닫혀 있는 적이 없었다.

이 문 양쪽에는 로코코 양식으로 길게 세로로 홈이 파인 나무 기둥들이 오르간과 드러난 연단을 받치고 있었다. 이 연단은 성당의 두 부분 사이에 올려진 높은 주랑柱廊 같았다. 이렇게 오르간이 다른 곳과는 다르게 따로 떨어져서 거의 중앙홀의 가운데에 자리 잡았다. 그래서 소리는 두 배가 되고 우리가 성가를 부를 때나 축제 때 합창 성가를 부를 때 목소리 효과도 두 배가 되었다.

우리의 성가대 전실은 묘지들의 포석鋪石이었다. 돌들 위에서 우리는 혁명 전에 죽은 수석 사제들의 묘비명들을 읽을 수 있었다. 자크 스튜어트나 트록몰튼 시대의 몇몇의 성직자나 평신도들이 우리 발아래 묻혀 있었다. 그래서 자정에 죽은 사람들이 돌에서 일어나 헝클어진 머리를 하고 성당을 걸으며 불타는 시선으로 우리에게 기도하라고 요구한다는 이야기가 있다.

어쨌든 성당 안에 가득한 어둠에도 불구하고 내가 그곳에서 느낀 감정은 우울한 감정이 아니었다. 성당은 작은 은銀램프로 빛을 밝히고 있었고 램프의 흰 불꽃이 포석의 빛나는 대리석들 위를 마치 잔잔한 물 위를 비추는 별처럼 계속 비추고 있었다. 그리고 반사된 빛은 제단의 횃불 조각과 성막聖幕의 금색 실 위의 금빛 모서리들을 희미하게 빛나게 했다. 성가대 후실 끝에 있는 문은 열기熱氣 때문에 열려 있었고 묘지 쪽으로 향해있는 큰 십자창들도 열려 있었다. 염소 풀과 재스민의 향기가 산들바람을 타고 날아왔다. 창틀 속에 거대한 창공으로 사라진 별 하나가 나를 유심히 바라보고 있는 것 같았다. 새들은 노래하고 주위는 고요했고 매혹적이었고 내가 한 번도 생각지 못한 무거운 침묵이 어떤 신비가 있었다.

나는 아무 생각 없이 깊은 몽상에 빠져들었다. 몇 명도 안 되던 사람들도 성당에서 하나둘씩 빠져나갔다. 성가대 후실 바닥에 무릎을 꿇은 수녀 하나가 마지막으로 남았는데 긴 묵상默想을 마친 다음에는 독송讀誦을 위해 성가대 전실을 가로질러 성당의 램프에 작은 초를 켜러 갔다. 수녀들은 이곳에 들어올 때 땅에 무릎을 꿇고 인사하고 제단 앞에서 말 그대로 땅에 온몸을 엎드렸다. 이럴 때 한순간 그들은 성자 앞에서 완전히 사라지고 무無가 된 것 같아 보였다. 이때 들어온 수녀는 크고 엄숙했다. 아마도 유지니아 수녀나, 자비에 수녀나 모니카 수녀였을 것이다. 우리는 성당에서 이들을 절대로 알아볼 수 없었다. 왜냐하면, 머릿수건을 내리고 뒤로 질질 끌리는 검은 평직平織천의 큰 망토로 몸 전체를 가리고 있기 때문이다.

이 엄숙한 의상, 램프의 둥근 손잡이를 잡기 위해 팔을 들어 온 램프를 천천히 조용하게 잡아당기는 그 단순하고 우아한 모습, 또 램프를 다시 올릴 때 검은 실루엣 위에 비치는 불빛의 희미한 반사, 다시 자기 자리로 가기 전 포석 위에 온몸을 조용히 땅에 천천히 엎드리는 그 길고 깊은 침묵의 순간, 그 모든 것이, 또 마치 대리석 관 속으로 다시 돌아가기 위해 묘지의 포석들 속으로 빨려 들어갈 듯한 유령 같은 모습까지 이 모든 것이 내게 어떤 두려움과 황홀감이 섞인 감정을 불러일으켰다. 내 상상 속에는 어떤 성스러운 장소에 대한 찬가讚歌가 넘쳐흘렀다. 나는 그 수녀가 독송을 마치고 나갈 때까지 그곳에 있었다.

시간은 흐르고 기도 시간 종이 울리고 성당 문이 닫힐 시간이었다. 하지만 나는 모든 것을 다 잊어버렸다. 내 안에서 무슨 일이 일어났는지도 알 수 없었다. 나는 말로 설명할 수 없는 어떤 감미로움을 숨 쉬고 있었다. 그것은 코와 함께 영혼으로 쉬는 숨이었다. 갑자기 내 온 존재에 알 수 없는 떨림이 일어났다. 눈앞에 현기증이 일었는데 무슨 하얀 서광이 나를 감싸고 있는 것 같았다. 나는 누군가 내 귀에 "*Tolle, lege!*"라고 하는 소리를 들었다. 나는 메리 앨리시아가 내게 말하는 줄 알고 돌아보았지만 아무도 없었다.

나는 무슨 나만이 봤다는 그런 환상이나 기적도 믿지 않았지만 그때 내가 어떤 최면 상태에 빠져 있다는 것을 알았다. 그리고 그것에 대해 황홀해하지도 두려워하지도 않았다. 나는 그 상태에 더 빠져들려고 하지도 않았고 또 거기서 빠져나오려고도 하지 않았다. 단지 나는 내 마음이 그동안 원했던 것처럼 내 영혼이 믿음으로 가득 차는 것을 느낄 수 있었다. 그것이 너무나 감사하고 황홀해서 나는 폭포수 같은 눈물을 흘렸다. 또 나는 하나님을 사랑하고 있음을, 내가 한 번도 의심한 적은 없었지만 한 번도 직접적으로 소통해 본 적이 없었던 어떤 이상적 존재, 곧 정의와 사랑과 성스러움으로 가득한 존재를 온 마음으로 받아들이고 있었다. 그리고 갑자기 끝없이 타오르는 불 아궁이와 내 안에 잠자고 있는 불꽃 사이를 막고 있던 보이지 않는 방해물이 허물어져 버린 것 같았다. 나는 내 앞에 넓고 거대한 길이 끝없이 펼쳐진 것을 보았다. 그리고 나는 그곳에 나를 던지고 싶은 욕망에 불타올랐다. 이제 더는 어떤 의심도 어떤 냉담함도 없었다. 이런 격정적 감정에 대해 다음 날 스스로 야단치고 놀리지 않을까 하는 두려움도 전혀 없었다. 나는 마치 뒤도 돌아보지 않고 가는 사람 같았다. 그러니까 루비콘강 앞에서 오래 망설이지만 한번 강물에 발을 담그는 순간 뒤도 돌아보지 않는 어떤 사람 같았다. 나는 생각했다.

'그래, 그래 이제 장막은 찢어진 거야, 하늘의 빛이 보인다. 나는 갈 거야! 하지만 무엇보다 은혜를 베풀자! 그런데 누구에게? 어떻게?'

그리고 나는 나를 부른 알 수 없는 신께 물었다.

"당신의 이름은 무엇인가요? 당신께 어떻게 기도해야 하나요? 어떤 언어로 말해야 당신께 내 사랑을 표현하고 말을 할 수 있을까요? 나는 모르겠어요. 하지만 상관없어요. 당신이 내 마음을 읽을 테니. 제가 당신을 사랑하는 것을 당신은 아시지요!"

그리고 폭풍 같은 눈물이 흐르고 통곡으로 가슴이 미어졌다. 나는 의자 뒤로 넘어졌다. 그리고 문자 그대로 내 눈물은 포석을 적셨다.

성당 문을 닫으러 온 수녀가 나의 울음소리와 통곡 소리를 들었다. 그녀는 조금 두려워하면서 누군지 모르는 나를 찾아왔고 나도 어둠 속에서 베일을 두른 그녀를 알아보지 못했다. 나는 재빨리 일어나서 그녀를 보지도, 그녀에게 말을 걸지도 않고 그곳을 빠져나왔다.

나는 더듬거리면서 내 방으로 올라갔다. 그것은 긴 여행이었다. 건물은 복도와 계단들 사이에 들어서 있어서 성당에서 그곳과 붙어 있는 내 방으로 가려면 이리저리 돌고 돌아야 하는데 아무리 빨리 기어

올라도 족히 5분은 걸렸다. 마지막 회전 계단은 넓고 그리 가파르지는 않아도 너무 휘어서 아주 조심스럽게 줄을 잡고 건너야 했다. 내려갈 때는 저절로 앞으로 내달았다.

교실에서는 나 없이 기도를 시작했다. 하지만 그날 밤 나의 기도는 그 누구보다 더 뜨거웠다. 나는 피곤으로 지쳐서 졸았지만 이루 말할 수 없는 충만함이 있었다.

다음 날 우연히 내가 기도 시간에 없었던 것을 눈치 챈 '백작 부인'은 내가 어디에 갔었느냐고 물었다. 나는 거짓말을 하기 싫어서 망설이지 않고 "성당"이라고 말했다. 그녀는 의심의 눈초리로 나를 바라보고는 내 말이 진심인 것을 알자 입을 다물었다. 나는 전혀 처벌받지 않았다. 나의 이런 이상한 행동에 대해 '백작 부인'이 무슨 생각을 했는지는 알 수 없었다.

내 속마음을 털어놓기 위해 앨리시아 수녀님을 찾아가지 않았다. 또 악동 친구들에게 어떤 선언도 하지 않았다. 나는 내 행복의 비밀을 털어놓기 위해 서두르고 싶지 않았다. 조금의 부끄러움도 없었다. 나는 이른바 신도들이 "인간적 존중"이라 부르는 것과 갈등하지도 않았다. 단지 나의 내적 행복을 탐욕스럽게 즐기고 있었다.

나는 성당에서의 묵상 시간을 초조한 마음으로 기다렸다. 귀에서는 아직도 지난 밤 황홀경 속에 들었던 *"Tolle, lege!"*라는 소리가 들렸다. 나는 그 신성한 책을 다시 읽어 보고 싶었지만 책을 펼쳐 볼 생각은 조금도 나지 않았다. 나는 그 말씀들을 꿈꾸고 있었고 마음으로 모두 알 것만 같았다. 그러니까 나는 그 말씀들을 내 안에서 가만히 조망眺望하고 있었다. 나를 충격에 빠뜨렸던 기적 같은 부분들은 더는 나를 사로잡지 않았다. 나는 다시 읽어볼 필요도 느끼지 않았을 뿐 아니라 그런 시도조차 유치하게 여겨졌다. 완전한 충만함의 순간을 너무나 강력하게 이미 체험해 봤으니 말이다. 나는 속으로 미쳤거나 아니면 어리석게도 자기 자신에게 적개심을 품은 사람만이 그런 황홀함의 원인에 대해 분석하고 말하고 논쟁을 벌일 거라고 생각했다.

　이날부터 모든 갈등은 끝났다. 나의 신앙은 사랑의 열정과 흡사했다. 한번 마음이 사로잡히니 광적인 기쁨으로 이성理性은 바로 사라져 버렸다. 나는 모든 것을 받아들이고 나는 모든 것을 믿었다. 어떤 싸움도 어떤 고통도 어떤 후회도 어떤 위선적인 부끄러움도 없었다. 뜨겁게 동경하는 것을 부끄러워하다니, 그건 안 되는 소리지! 자기 안에서 모든 면에서 완벽하게 사랑할 수 있는 것에 나의 모든 것을 바치기 위해 다른 사람들의 동의가 필요한 걸까? 성품에 있어 나는 다른 사람보다 잘난 건 없지만 적어도 비겁한 아이는 아니었고 비겁해지려는 시도조차 할 수 없는 아이였다.

4부

신비주의에서
홀로서기까지

1819~1832

Histoire de Ma Vie

1. 성녀, 헬렌

4~5일이 지나자 내가 조용히 생각에 잠겨서 매일 저녁 성당에 가는 것을 본 안나는 멍한 표정으로 내게 물었다.

"아, 그러니까 나의 친애하는 '수첩',[1] 대체 무슨 일이야? 무슨 광신도가 된 줄 알겠네!"

"그래 맞아. 친구야." 나는 조용히 대답했다.

"말도 안 돼!"

"맹세할 수 있어."

그녀는 잠시 생각하더니 말을 이었다.

"그럼 너를 다시 돌이키기 위해 무슨 말도 하지 않을게. 아무 소용없을 것 같네. 너는 아주 열정적인 아이라고 늘 생각했지. 하지만 나는 그 땅으로 너를 따라갈 수는 없을 것 같다. 나는 천성이 냉정하고 이성적인 아이라서. 네가 찾은 행복이 부럽고 망설이지 않은 것이 대견하네. 하지만 나는 그렇게 맹목적인 신앙은 결코 갖지 못할 것 같아. 그렇지만 그런 기적이 정말 일어난다면 나도 너처럼 되고 싶고 진심으로 너와 함께 하고 싶다."

나는 그녀에게 물었다.

"이제 나를 조금만 사랑할 거야?"

"지금 네게 그런 건 문제되지 않겠지. 믿음은 모든 것을 다 받아들

1 　〔역주〕 엘레나가 지어준 별명으로 부른 것이다.

이고 모든 것을 다 보상해줄 테니까. 하지만 어쨌든 나는 너의 진실함에 대해서 추호도 의심하지 않으니 어떤 일이 있어도 네 친구로 남을거야."

그리고 그녀는 또 다른 감동적인 말을 해주었고 이후에도 항상 내게 합리적이고 다정하고 관대한 태도를 보여주었다. 소피는 나의 변화에 대해 별로 신경 쓰지 않았다. 악동들의 장난질도 이제 시들해졌다. 나의 개종改宗이 그들에게 마지막 충격이었다. 어쩌면 우리 모두 서로서로 말은 하지 않았지만 노는 데도 진력이 나 있었던 것인지도 모른다. 게다가 소피는 장난을 칠 때도 우울해했고 때때로 깊은 슬픔에 빠져 마치 신실한 성도聖徒처럼 행동하기도 했다.

내가 제일 걱정했던 것은 파넬리였다. 하지만 그녀는 어떻게 그녀와 뛰어다니는 것을 거절해야 할지 고민하는 내게 먼저 이렇게 말해주었다.

"잘 됐어. 아줌마! 그러니까 이제 노는 건 정리한 거네? 좋아! 그래서 좋다면 나도 행복해. 그리고 그게 행복하다면 나도 이 생활을 청산하고 싶네. 나도 너처럼 신도가 될 수도 있어. 너와 항상 함께할 수 있다면 말이야."

사실 이것이 그녀 마음대로 될 수 있는 일이라면 그녀는 그렇게 말한 대로 했을 것이다. 하지만 그녀의 생각에는 나처럼 확고부동함도 어떤 집요함도 없었다. 게다가 우리 악동 중에는 안나와 나 둘만이 이른바 개종이란 걸 할 수 있는 아이들이었다. 다른 아이들은 신앙을 버린 적이 없었다. 너무 장난이 심해서 신실하지 않았을 뿐이다. 하지만 어쨌든 그 아이들에게는 믿음이 있었고 장난을 치지 않을 때는 규칙적으로 신앙생활을 했다. 비록 뜨거운 광신도들은 아니었어도 말이다.

안나는 강인한 정신의 소유자였다. 이 표현은 정말 그녀에게 딱 들어맞는다. 그녀는 정말 착한 성품을 지닌 강한 의지의 소유자였다. 나도 역시 강한 정신력을 가졌다고 여겨지긴 했지만 힘도 의지도 없었다. 그저 뜨거운 열정만 가지고 있었을 뿐인데 종교적 열정이 그것을 터뜨리고 내 가슴속의 모든 것을 삼켜 버린 것이다. 내 머릿속에 어떤 것도 그 정열을 방해하지 않았다.

안나도 결혼 후에는 경건한 신앙생활을 하게 된다. 하지만 수녀원에 있을 때는 불신자였다. 나의 종교적 열의가 아마도 그녀에게 거북하게 느껴졌을 것이다. 그녀가 넓은 아량으로 내게 그것을 느끼게 하지는 않았지만 나는 자연스럽게 다른 관계 속으로 빨려 들어가게 되었다. 이것에 대해서는 곧 이야기하겠다.

나는 루이즈 드라로슈자클랭과 계속 친구였다. 그녀는 우리보다 어려서 여전히 하급반에 속해 있었다. 하지만 그녀는 우리보다 훨씬 이성적이고 나보다 아는 것도 많았다. 나는 개종 후 얼마 지나지 않아 수녀원 뜰에서 그녀를 만났다. 나는 그녀의 반응이 너무 궁금했다. 그녀는 악동도 바보도 열렬한 신도도 아니어서 그녀의 생각은 내게 의미가 있었다. 그녀의 반응은 이랬다.

"너 아직도 할 일 없이 장난질만 하고 다녀?"

"만약 내가 뜨거운 믿음을 갖게 됐다면 어떻게 생각해?"

"잘했다고 하겠어, 그리고 전보다 더 너를 사랑할 거야."

그리고 그녀는 진심 어린 마음으로 나를 안아주었다. 그리고 다른 말은 덧붙이지 않았는데 아마도 내 태도에서 다른 충고가 더 필요하지 않다고 느낀 것 같았다.

이때쯤 메리가 영국인가 아일랜드에서 돌아왔다. 그녀는 머리 하나는 더 커 있었다. 그녀의 얼굴은 여전히 남자아이 같았고 그녀의 행동거지도 정말 혈기왕성하고 순진한 소년 같았다. 그녀는 하급반으로 들어와서 또 어찌나 장난이 심했던지 그녀의 부모님들은 그녀를 몇 달 뒤 다시 데려갔다. 그녀는 아주 신랄하게 나의 개종을 조롱했다. 그리고 나를 만나면 아주 우스운 말로 빈정거리며 쫓아왔다. 하지만 화가 나지는 않았는데 그녀 자체가 악의 없는, 그러니까 맺힌 것이 없는 아이였고 그녀의 빈정거림도 상처받기에는 너무 재미있는 농담이었기 때문이다. 다음에 우리가 40살쯤 되어 다시 만나 얼마나 즐겁게 우리의 젊은 날을 회상했는지 다시 말하게 될 것이다.

이제 나 자신의 이야기를 좀 해야 할 순간인 것 같다. 오로지 나에 집중해서 말이다. 왜냐하면 몇 달 동안 나는 열에 들떠서 오로지 혼자만의 고독한 생활을 영위했기 때문이다.

너무나 갑작스러운 개종은 내게 숨을 쉴 틈도 주지 않았다. 나는 나의 이 새로운 사랑에 모든 것을 바치고 모든 행복감을 만끽하고 싶었다. 나는 정식으로 하늘과 나를 화해시켜줄 고해성사告解聖事 신부님을 찾았다. 그분은 늙은 사제로 정말 아버지 같고 진실하고 소박하고 남자 중 가장 순결한 분이었다. 예수회 신부님으로 혁명 이후부터는 "믿음의 아버지"라고 불리는 분이었다. 그에게는 오로지 정의로움과 자애로움만이 있었다. 그의 이름은 프레모르 신부님으로 우리 중 몇몇의 고해를 담당했다. 수도원과 기숙사의 장이었던 비렐 신부님만으로는 충분하지 않았기 때문이다.

우리는 좋든 싫든 매달 고해성사를 해야만 했다. 이런 규정은 정말 자신의 양심을 거역하면서 어쩔 수 없이 고해성사하는 아이들을 위선자偽善者로 만드는, 그런 나쁜 관습이었다.

나는 신부님께 말했다.

"신부님, 지금까지 제가 어떻게 고해성사를 했는지 아시지요. 그러니까 제가 모든 것을 다 고백하지는 않았다는 걸 알고 계시지요. 저는 그저 교실에 떠돌아다니는 양심고백들, 억지로 고해하러 오는 아이들이 다 하는 그런 똑같은 말들을 따라 했을 뿐이지요. 그래서 신부님은 제게 '죄 사赦함'을 주신 적도 없고 또 저는 그런 걸 바라지도 않았었지요. 하지만 오늘 저는 죄 사함을 받고 싶습니다. 오늘 저는 진정으로 회개하고 제 죄를 고백하고 싶어요. 하지만 어떻게 시작해야 할지 모르겠습니다. 일부러 지은 죄는 생각나지 않으니까요. 저는 그동안 배운 대로 살고 생각하고 믿어 왔습니다. 그동안 신앙을 부정한 것이 죄라 해도 제 양심에 아무것도 거리낄 것을 찾을 수가 없습니다. 하지만 저는 속죄해야만 합니다. 그러니 제 안에 무엇이 죄이고 무엇이 죄가 아닌지를 알게 해주세요."

"내 딸아 기다려요. 아마도 인생 전체에 대해 고해성사를 하려는 것 같은데 그러면 할 이야기가 많을 것 같군요. 이리 와 앉도록 해요."

우리는 제의실祭衣室에 있었는데 나는 의자에 앉아 신부님이 질문하실 것인지 물어보았다.

"아니에요, 나는 질문은 절대 하지 않아요. 단지 한 가지 묻고 싶은 것은 그동안 습관적으로 누구나 다 하는 정해진 고해성사를 했다는 거지요?"

"네, 하지만 제가 이해할 수 없어 모르고 짓는 죄들이 있지요."

"좋아요, 앞으로는 절대로 그런 정해진 문구대로 해서는 안 되고 오직 마음속에 있는 양심고백만을 해야 합니다. 이제 이야기해 보지요. 그동안 어떻게 살아왔는지 있는 그대로 기억나는 대로 생각하는 대로 이야기해 보세요. 꾸미려고도 하지 말고 자신이 했던 행동이나 말을 좋다 나쁘다 판단하지도 말고 또 나를 판단하는 사람이나 고해 신부로 생각하지 말고 그저 친구라 생각하며 말해 보세요. 그다음에 당신의 구원을 위해 당신에게 어떤 용기를 주고 당신의 어떤 것을 고쳐야 할지 말해 주지요. 그러니까 이번 생에서, 또 다음 생에서의 행복을 위해 말이지요."

이 말이 나를 아주 편하게 해주었다. 나는 내가 살았던 이야기를 쏟아 놓기 시작했다. 하지만 여기서 하는 것보다는 짧게 말이다. 하지만 아주 자세하고 상세히 이야기했기 때문에 족히 3시간은 넘게 걸렸다. 신부님은 대단하게도 아주 주의 깊게 아버지처럼 내 이야기를 다 들으셨다. 몇 번이나 눈물을 닦으셨는데 특히 마지막에 어떻게 하나님의 은총이 신앙을 가질 생각조차 않던 나의 마음을 움직이셨는지 말하는 부분에서 눈물을 흘리셨다.

프레모르 신부님은 진짜 예수회 신부님이셨고 동시에 정말 솔직하고 마음이 여리고 온유한 분이셨다. 신부님의 영혼은 정말 순수하고 인간적이고 살아 숨 쉬는 것 같았다. 신부님은 결코 무슨 미신적인 말은 하지 않았다. 세상 사람들이 알아들을 수 있는 말로 아주 감동적이고 순박하게 말씀하셨다. 신부님은 사람들이 자기가 어디로 가는지도 모르는 채 더 좋은 세상에 대한 꿈속으로 그저 미끄러져 들어가길 원치 않으셨다. 그가 진짜 예수회 신부님이라고 한 것도 바로 이 때문이다. 비록 순진하고 후덕한 면이 있긴 해도 말이다.

나는 이야기를 마치고 내 죄가 무엇인지 신부님의 판단을 듣고 싶었다. 그래서 신부님 앞에 무릎을 꿇고 그 죄들을 고백하고 대大 사赦함을 받을 수 있도록 내 인생 전체의 죄를 속죄하고 싶었다. 하지만 신부님은 이렇게 대답하셨다.

"이제 이것으로 고해성사는 다 한 것입니다. 이전에 좀 더 빨리 성령으로 영안을 뜨지 못한 것이 당신 잘못은 아니지요. 하지만 이제부터 당신이 알게 된 그 구원의 열매를 잃어버린다면 그건 죄가 되겠지요. 이제 무릎을 꿇고 내가 진심으로 하는 사면赦免을 받도록 하세요."

신부님은 사면 성구聖句를 읽으시고 말했다.

"평안히 가세요. 내일 성체배령을 하도록 하지요. 평안하고 기뻐하세요. 쓸데없는 회한에 빠지지 말고 하나님께서 마음을 움직여주신 것에 감사하세요. 하나님과 당신의 영이 성스럽게 결합하는 그 황홀함 속에 마음껏 취하세요."

그것은 당연히 해야 할 말을 해준 거였다. 하지만 곧 보게 되겠지만 이런 성스러운 도취만으로는 내 영혼의 열정을 감당할 수 없었다. 그때 나는 고해신부님보다 백 배는 더 뜨거웠다. 이 말은 정말 훌륭한 신부님께 드리는 찬사이기도 하다. 내 생각에 신부님의 영은 완전히 거듭난 상태에 있어서 폭풍 같은 신앙의 열정 같은 것도 모르는 것 같았다. 신부님이 아니었다면 아마도 나는 그때 미쳤거나 아니면 봉쇄

封鎖 수녀원의 수녀가 되었을 것 같다. 그는 나의 광적이고 병적인 신앙의 열정을 이상적인 믿음으로 고쳐주었다. 그런데 그렇다면 신부님은 가톨릭 신자라고 해야 할까 아니면 세속의 예수회 회원이라고 해야 할까?

다음 날인 8월 15일 성모승천일 날 나는 성체聖體배령을 했다. 나는 15살이었는데 라샤트르에서 했던 첫 번째 영성체 후에는 한 번도 하지 않았었다. 내가 개종한, 그 알 수 없는 열정에 빠져들었던 때는 8월 4일이었다. 그러니까 보시다시피 나는 곧장 앞으로 달려 나갔다. 나는 나의 신앙을 표현하는 데 주저하지 않았고 또 하나님 앞에 증인이 되고 싶어 안달이었다.

나의 진정한 첫 번째 영성체의 날은 내 생애 가장 아름다운 날처럼 보였다. 나는 너무나 확신에 차 있었다. 나는 어떻게 기도해야 할지 알 수 없었다. 형식적인 기도문만으로는 충분치 못했다. 나는 가톨릭 규칙대로 순종하기 위해 그 기도문들을 읽기는 했지만 그다음에는 몇 시간 동안 성당에 혼자 앉아 아주 오래 기도하면서 나의 마음과 눈물과 과거에 대한 추억들과 미래에 대한 도약과 사랑과 헌신으로 가득한 나의 영혼을 하나님의 발아래 낱낱이 펼쳐 보였다. 그런 감정들은 오직 젊은 날의 특권으로, 아무 주저함 없이 잘 알지도 못하는 선한 생각이나 영원한 사랑의 꿈같은 것에 자신의 모든 것을 헌신할 수 있는 그런 보석과 같은 감정들이었다.

내가 빠져 있는 교회의 교리라는 것이 겉으로 보기에 순진하고 편협해 보이기도 했지만, 나는 거기에 어떤 영원성을 부여했다. 그리고 순백의 가슴에서 그것이 얼마나 불타올랐던지! 그런 감정을 한 번이

라도 겪어 본 사람이라면 이 세상에서 어떤 것도 그런 정신적 만족감
은 줄 수 없다는 것을 알 것이다. 신비주의자들은 자기들 마음대로 예
수님을 해석하고 이용하지만 예수님은 한 명의 영원한 친구이며 형제
이고 아빠였다. 그의 지칠 줄 모르는 위로와 따뜻한 애정 그리고 끝없
는 너그러움은 현실의 그 누구와도 비교할 수가 없다. 나는 수녀들이
예수님을 자신들의 신랑으로 여기는 것을 좋아하지 않는다. 이 해석
에는 어떤 히스테리 같은 미신적 생각이 따라오고 그런 것들이야말로
신비주의가 주는 폐해 중 가장 혐오스러운 것이다. 그리스도를 향한
이상적 사랑은 아직 인간적 감정이 깨어나지 않았을 나이에서만 위험
하지 않은 것이다. 이후에는 감정이 과잉되고 어지러운 망상 속으로
빠지게 된다. 하지만 우리 영국 수녀님들은 본인들께 다행히도 전혀
미신적이지 않았다.

여름은 완전히 충만한 기쁨 속에 흘러갔다. 나는 일요일마다 성체
배령을 했고 어느 때는 연달아 이틀을 하기도 했다. 하나님의 살을 먹
고 피를 마신다는 생각이 너무나 지어낸 것 같고 놀랍다는 생각이 들
기도 했다. 하지만 그게 뭐가 중요한가? 나는 그런 것은 깊이 생각하
지 않았다. 나는 이성으로 판단할 수 없는 열에 들뜬 왕국 속에 살고
있었고 나의 기쁨은 이성적으로 설명될 수 있는 것이 아니었다. 사람
들은 내게 "하나님은 당신 안에 살아 계셔요. 하나님은 당신을 그의
신성으로 채우시죠. 은총이 당신 안에서 당신 혈관을 타고 피로 흐르
고 있어요!"라고 말했다. 이런 신성神性과의 완전한 일치가 내게 기적
처럼 느껴졌다. 나는 정말 문자 그대로 성 테레사처럼 불타올랐다.

나는 더는 자지도 먹지도 못하고 그저 유령처럼 내 몸을 느끼지도 못하며 걸어 다녔다. 나는 아무런 의미도 없는 엄격한 것들은 무시했다. 왜냐하면, 내 안에는 부술 것도, 바꿀 것도, 없애 버릴 것도 없었기 때문이다. 금식禁食도 내게는 고통스럽지 않았다. 나는 목에 세공한 묵주默珠를 두르고 있었는데 이것이 거친 천처럼 내 살갗을 아프게 했다. 나는 피를 흘리며 신선한 감정을 느꼈는데 그것은 고통스러운 게 아니라 나를 기분 좋게 했다. 마침내 어떤 황홀경 속에서 내 몸은 아무 감각이 없고 존재하지도 않는 것 같았다. 생각들은 이상하고 말도 안 되는 방식으로 펼쳐졌다. 그런데 그것을 생각이라고 할 수 있을까? 아니, 신비주의자들은 생각하지 않는다. 그들은 끊임없이 꿈을 꾸고 명상에 빠지고 갈망하고 불타오르며 마치 램프처럼 자신을 소모시킨다. 그러면서도 그들은 자신들이 그렇게, 너무나 특별하게 무엇과도 비교할 수 없는 방식으로 존재하는 것을 알지 못한다.

이런 성스러운 병을 앓아 보지 못한 사람들에게 이런 이야기들이 생소할 것 같아 겁이 난다. 왜냐하면, 나조차도 내가 몇 달간 겪었던 그런 상태를 다시 떠올리면서 그것을 뭐라 정의 내려야 할지 몰랐기 때문이다.

나는 착한 학생이 되었다. 저절로 순종적이고 열심히 공부하는 학생이 되었다. 그렇게 되려고 노력하지도 않았다. 한번 마음을 잡으니 나의 행동과 신앙을 일치시키는 데 어려운 것은 없었다. 수녀님들은 나를 너무나 큰 애정을 가지고 대했다. 하지만 솔직히 말해 어떤 입에 발린 칭찬도 하지 않았고 또 보통 수녀들이란 학생들을 이상한 방식으로 홀린다고 비난받기 마련인데 우리 수녀님들은 나의 종교적 열정을 더 끌어올리기 위해 어떤 노력도 하지 않았다. 그들의 신앙적 태도는 평온했고 조금은 냉정했던 것 같고 고결했고 자긍심에 차 있었다. 그들은 열심히 전도하는 일에 재주도 없고 의지도 없었다. 이는 매우 규율 잡힌 영국인들의 특성 때문이라고도 할 수 있는데 그들은 그런 기질을 하나도 버리지 않고 있었다.

그리고 대체 내게 무슨 충고와 격려를 해줄 수 있다는 말인가? 당시 나는 신앙적으로 너무나 완벽했고 나의 열정은 너무나 논리적이었다! 결코 어떤 나태함이나 망각이나 게으름도 당시 내가 경험하고 있었던 불타는 마음속에 존재할 수 없었다. 늦춰지기에는 긴장의 줄이 너무 팽팽해서 차라리 끊어질 지경이었다.

메리 앨리시아 수녀님은 내게 변함없이 천사처럼 대해주셨고 내가 개종한 후에 나를 더 사랑해주지도 않았다. 그래서 나는 수녀님을 더욱더 사랑하게 됐다. 너무나 순수하고 너무나 든든한 엄마 같은 우정의 그 부드러움을 맛보면서 나는 나를 있는 그대로 사랑해주는 최고로 완벽한 영혼의 감미로움을 즐기고 있었다. 그녀는 죄인이었던 나를 사랑했다. 지금처럼 순종적이고 모범적인 아이를 사랑하듯이 통제되지 않고 통제될 수도 없었던 나를 사랑했다.

아이들이 늘 나에게만 예외적으로 관대하다고 비난하는 유지니아 수녀님은 내가 얌전해지자마자 내게 매우 엄격해지셨다. 나는 이제 실수로 잘못을 저지를 뿐이었는데 그녀는 내가 잘못하면 너무나 무섭게 냉대했다. 내가 실수로 그렇게 한 것인데도 불구하고 말이다. 하루는 깊은 신앙적 명상 속에 빠져서 그녀가 하는 명령을 듣지 못한 적이 있었다. 그녀는 가차 없이 내게 수면 모자를 쓰게 했다. 수면 모자를 쓰는 것은 아무렇지도 않았다. 내가 잘못이 없다는 걸 알고 있었으니까. 그리고 다른 아이들과 똑같이 처벌해준 것에 감사하기도 했다. 나는 그녀가 나를 덜 사랑한다고 생각하지 않았다. 그녀는 몰래 내게 애정 표현을 많이 했으니까. 만약 내가 괴롭고 슬플 때는 그녀는 밤에 내 방에 찾아와 차갑고 또 거의 빈정대는 말투로 물어보곤 했다. 하지만 그것은 그녀로서는 다른 아이들보다 나를 훨씬 생각해주는 일이었다. 다른 아이들에게는 전혀 하지 않지만 그렇게 나를 찾아와 밝게 위로해주는 일 말이다. 나는 그녀에게 메리 앨리시아 수녀님에게처럼 내 마음을 다 열어 보이지는 않았다. 하지만 그녀가 내게 보여주는 애정에 대해서는 각별한 마음이었고 그래서 나는 그녀의 차갑고 희고 긴 손에 감사의 입맞춤을 하곤 했다.

유지니아 수녀님과 우정보다 더한 우정을 맺은 것은 처음 내가 신앙적 열정에 들떠 있을 무렵이었다. 하지만 그 추억은 내게 있어 가장 달콤하고 가장 소중한 추억들이다.

수녀들 중 헬렌이라는 보조 수녀에 대해 나는 아주 할 이야기가 많이 있어서 언젠가 기회가 되면 모두 다 쏟아낼 참이었는데 지금 그 기회가 온 것 같다.

하루는 수녀원 경내를 가로지르는데 어떤 보조 수녀가 식은땀을 흘리며 계단 끝에 앉아 창백하게 죽어 가는 것을 보았다. 그녀는 두 개의 양동이 사이에 앉아 있었다. 그녀는 그것을 비우려고 기숙사 방을 내려오는 중이었다. 그런데 그것이 너무 무겁고 악취가 너무 지독해서 그녀는 일을 계속 할 수 없었다. 그녀는 창백하고 비쩍 마르고 폐

결핵을 앓고 있기도 했다. 바로 보조 수녀 중 가장 어린 헬렌이라는 수녀로 수녀원에서 제일 힘들고 제일 더러운 일들을 도맡아 했다. 그래서 그녀는 기숙사 아이들에게는 혐오의 대상이었다. 아이들은 그녀 옆에 앉지 않으려 했고 그녀의 옷깃이 스치는 것도 싫어했다.

그녀는 못생기고 평범하고 누런 얼굴에는 곰보 자국이 흉하게 나 있었다. 하지만 그렇게 못생겼어도 그 얼굴에는 뭔가 마음을 움직이는 것이 있었다. 고통스러울 때도 늘 평온한 얼굴은 처음에 봤을 때는 마치 그런 습관적 불행에 무감각한 것 같은 이해할 수 없는 인상을 주었다. 그런 무심함은 천박하다는 인상도 주었지만, 가만히 그녀의 영혼을 들여다보면 그녀의 모든 것이 그녀가 겪었던 가난한 삶에 대한 어렴풋하고 다듬어지지 않은 하나의 시詩라는 걸 알 수 있다. 그녀의 치아는 내가 본 것 중에 가장 아름다웠다. 작고 흰 이들은 건강하고 마치 진주 목걸이처럼 가지런했다. 만약 최고의 미를 말한다면 눈은 외제니아 이즈키에르도이고, 코는 마리아 도르메이고, 머리는 소피고, 치아는 헬렌 자매였다.

그래서 그녀가 이렇게 지쳐 있는 것을 보고 나는 당연히 달려가서 그녀를 팔에 안았는데 어떻게 도와줘야 할지 알 수 없었다. 나는 작업장에 가서 누군가를 데려오고 싶었다.

하지만 그녀는 곧 기운을 차리고 나를 말렸다. 그리고 다시 일어나 양동이를 들고 일을 계속하려 했다. 하지만 너무 불쌍하게 몸을 끌며 가서 나는 그녀 대신 양동이를 들어줄 수밖에 없었다. 그런데 그다음 또 그녀가 손에 빗자루를 들고 성당 쪽으로 가는 것을 보고 그녀에게 말했다.

"자매님, 그러다 죽겠어요. 오늘은 몸이 아파 더는 일하시면 안돼요. 제가 풀레트에게 가서 다른 사람에게 성당 청소를 맡기라고 할게요. 인제 그만 자러 가세요."

"아니에요! 아니에요!"

그녀는 짧은 머리를 흔들며 고집스럽게 말했다.

"도움은 필요 없어요. 할 수 있는 만큼만 할 거예요. 나는 일하다 죽고 싶어요."

"그건 자살 행위예요. 하나님도 그렇게 죽어서는 안 된다고 하셨죠. 일하다가도 말이에요."

"내 말을 알아듣지 못하네요. 나는 얼른 죽고 싶어요. 왜냐하면, 저는 곧 죽어야 하니까요. 의사가 곧 죽는다고 했지요. 그래서 여섯 달 후가 아니라 두 달 후에 하나님을 만나고 싶어요."

나는 그녀가 이 말을 뜨거운 신앙심에서 하는 것인지 절망에 빠져 하는 것인지 감히 물을 수 없었다. 단지 지금 내가 휴식 시간이니 성당 청소를 좀 도울 수 있는지를 물어봤다. 그녀는 좋다고 하면서 이렇게 말했다.

"도움은 필요 없지만 착한 사람이 좋은 은덕을 쌓겠다는 것을 막아서는 안 되겠지요."

그녀는 성가대 뒤쪽 바닥에 어떻게 초를 칠해야 하는지 또 수녀님들 자리를 어떻게 먼지 털고 문질러야 하는지 가르쳐주었다. 그것은 그리 어렵지 않았다. 그래서 그녀가 다른 쪽을 할 동안에 나는 반원형으로 된 곳을 청소했다. 하지만 너무나 젊고 건강했음에도 일을 버벅대던 나에 비해 피곤에 지치고 게다가 한 번 기절까지 하고 거의 죽어

가면서 거북이처럼 느릿느릿 일하던 그녀가 더 빨리 그리고 더 깔끔하게 일을 끝마쳤다.

다음 날은 축제일이었다. 하지만 그녀에게는 쉬는 날도 없었다. 왜냐하면, 집안일은 하루도 쉴 수 없었기 때문이다. 그런데 또 우연히 그녀가 기숙사 침대를 정리하는 동안 마주치게 되었다. 침대는 30개 정도 되었다. 그런데 그녀 스스로 내게 도와줄 수 있느냐고 물었다. 일이 힘들어서가 아니라 나와 함께하는 게 즐거워서였던 것 같다. 나는 자연스럽게 또 함께 그녀를 따라 하게 되었다. 무슨 고행에 따르는 종교적 헌신 같은 것을 하려는 마음은 없었다. 그리고 내 도움으로 할 일이 반쯤 줄어들어 일이 다 끝났을 때쯤에는 조금 쉴 시간이 남았다. 그러자 헬렌은 어떤 상자 위에 앉아 이렇게 말했다.

"너무 친절하셔서 그런데 제게 불어를 좀 가르쳐주실래요? 프랑스 하녀들과 소통하는 것이 어려워서요."

나는 대답했다.

"그렇게 물어봐주니 기쁘네요. 그럼 두 달 안에는 죽지 말고 좀 더 사셔야 해요."

"오직 하나님 뜻을 따라야지요. 나는 죽으려고 하지도 않고 피하지도 않아요. 자꾸 빨리 죽고 싶기는 하지만 막 간청하지는 않아요. 주님이 원하시는 만큼의 고통을 다 받아야겠지요."

"자매님, 그럼 정말로 많이 아프신 거예요?"

"의사들이 그렇다고 했어요. 또 진짜 죽을 만큼 아플 때도 있고요. 그런데 이렇게 멀쩡하니 의사들이 틀릴 수도 있지요. 어쨌든 모든 것이 하나님 뜻이지요!"

그녀는 일어나며 다시 덧붙였다.

"오늘 밤에 내 방으로 와서 공부를 시작할까요?"

나는 마지못해서, 하지만 머뭇거리지 않고 바로 그러겠다고 했다. 이 불쌍한 자매는 아무리 안 그러려고 애를 써도 가까이하기에 너무 힘들었다. 그녀 자체가 아니라 그녀의 너무나 더럽고 냄새나는 옷들의 악취가 나를 토하게 했다. 게다가 나는 머리도 좋지 않고 영어조차 잘하지 못하는 사람에게 불어를 가르치는 것보다 밤에 성당에서 보내는 그 황홀한 시간이 너무 좋았다.

하지만 어쨌든 나는 허락했고 밤이 돼서 처음으로 헬렌의 방으로 갔다. 그리고 나는 그곳이 너무나 깨끗하고 정원에서 올라오는 재스민 향기로 가득한 것을 보고 적이 놀랐다. 불쌍한 자매도 역시 깨끗했다. 그녀는 보라색 서지 천으로 된 새 드레스를 입고 있었고, 탁자 위에 가지런히 놓인 화장품들을 보면 그녀 자신도 정성스레 꾸민 것을 알 수 있었다. 그녀는 말했다.

"그렇게 더럽고 힘든 일도 힘들지 않게 하던 한 사람이 이렇게 깨끗하게 잘 꾸민 것을 보고 놀라신 것 같네요. 왜냐하면, 내가 기꺼이 그 일을 받아들인 건 더러움과 악취를 못 견디기 때문이지요. 프랑스에 처음 왔을 때 장작 받침쇠가 윤이 나지 않고 자물쇠가 녹슨 것을 보면 견디지 못했지요. 우리나라에서는 나무 가구나 작은 편자조차도 거울처럼 반짝반짝 빛이 났으니까요. 나는 뭐든 그냥 되는대로 대충 하고 사는 나라에 적응하고 살 수 없을 줄 알았어요. 그런데 깨끗하게 하기 위해서는 더러운 것들을 만져야 하더라고요. 그러니 이제 아시겠지요. 내가 하는 일이 어쩌면 나의 구원 때문이라는 것을."

그녀는 계속 웃으며 말했다. 그녀는 용감한 사람들이 그렇듯 호방한 성격이었기 때문이다. 나는 수녀가 되기 전에는 뭘 했는지 물었다. 그녀는 서툰 영어로 자기 이야기를 하기 시작했는데 그 표현들이 너무나 소박하고 시골스러워 내가 달리 어떻게 써야 할지 모르겠지만 어쨌든 그녀의 이야기는 다음과 같았다.

"나는 스코틀랜드 산골 소녀였지요. 아버지는[2] 많은 가족을 거느린 농부였는데 아주 정직하고 착한 사람이었어요. 또 일도 아주 억척스럽게 몸을 사리지 않고 하는 사람이었지요. 나는 가축을 돌보고 집안일도 열심히 하면서 동생들을 돌봤고 동생들도 나를 잘 따랐지요. 나도 동생들을 무척 사랑했고요. 나는 정말 행복했고 시골과 들판과 동물들을 사랑했어요. 나는 도저히 도시에서 혼자 갇혀 살 수는 없을 것 같았지요. 나는 구원 같은 것은 별로 생각해 본 적이 없었어요. 그런데 어느 날 설교를 듣고 나는 생각이 완전히 바뀌어 하나님을 기쁘게 하려는 생각에 더는 집에서 편히 즐겁게 지내는 것이 싫었어요. 그 설교는 삶을 포기하고 고행을 실천하라고 설교했지요. 나는 어떻게 하면 하나님이 기뻐하실까 어떻게 하는 것이 내게 가장 잔인한 것일까를 생각했어요. 그리고 시골을 떠나는 것, 자유를 버리는 것, 가족들을 영원히 떠나는 것이 내게는 진정한 순교라는 것을 알게 되었어요. 그렇게 결심하자 나는 그 설교를 한 신부님을 찾아가 나의 소명에 대해 이야기했지요. 그는 내 말을 믿지 못하고 나를 주교님께 데리고 갔

---

2   아마도 그는 원래 영국 사람이었던 것 같다. 그의 이름이 White-head (하얀 머리) 였으니까.

어요. 그 현명한 사람이 제가 받은 소명이 진짜인지 알아보게 하기 위해서지요. 주교님은 내가 부모님 댁에서 불행했었는지 물으셨지요. 또 제게 이 나라가 싫고 내 삶이 싫거나 아니면 화가 나는 일이 있는지 물으셨지요. 그래서 이렇게 모든 것을 떠나려 하는 거냐고. 저는 대답하길 만약 그렇다면 내 소명召命이라는 것도 별것 아닐 진데 내가 떠나길 원하는 이유는 그것이 내가 상상할 수 있는 가장 큰 희생이기 때문이라고 했지요. 주교는 내게 질문을 계속하면서 아무런 문제도 없음을 발견하고는 '아주 대단한 소명을 받았군요. 하지만 부모님의 동의를 얻어야 해요.'라고 말했지요.

나는 집으로 돌아와 먼저 아버지께 말했어요. 아버지는 다시 신부님을 보러 가면 나를 죽이겠다고 했지요. 그래서 내가 말했지요.

'그럼 신부님께 가서 아버지가 날 죽이면 하늘나라에 더 빨리 갈 수 있겠네요. 제가 바라는 건 오직 그것뿐이에요.'

어머니와 이모들은 다 우셨지요. 그리고 내가 울지 않는 것을 보고는 자신들을 사랑하지 않는다고 나무라셨어요. 그 말은 저를 너무 아프게 했지요. 하지만 그것이 제 순교殉敎의 시작이었어요. 하나님의 사랑을 위해 내 몸을 조각내고 나를 불태울 수 없으면 이렇게 가슴이 부서지는 시련을 겪어야 한다고 생각했으니까요. 나는 부모님들의 눈물에 미소로 화답했는데, 그것이 나로서는 더 괴로운 일이었고 나는 나를 더 괴롭히고 싶었으니까요.

나는 신부님과 주교님을 다시 보러 갔어요. 아버지는 나를 때리고 방에 가두셨지요. 그리고 내가 종교에 귀의할 날이 다가왔을 때 나를 침대에 줄로 묶어 놓으셨어요. 사람들이 나를 아프게 하고 힘들게 하면 할수록 나는 그들이 더 심하게 해주길 바랐어요. 결국, 엄마와 이모 중 한 명은 아버지가 너무 화가 나 나를 죽일지도 몰라 아빠를 설득하기 시작했지요. 그래서 아버지는 결국, '당장 가라고 해. 하지만 나는 그 애를 저주할 거야.'라고 하셨지요.

아버지는 나를 떠나보내려고 오셨지요. 그리고 내가 무릎을 꿇고 아버지를 안으려 하자 아버지는 거부하시며 작별 인사도 하지 않고 나가셨지요. 나의 가엾은 아버지는 너무나 슬프셨던 거예요! 그리고 아버지는 총을 드셨는데 마치 죽으실 것 같았지요. 그래서 오빠들이 아버지를 따라갔지요. 그래서 여자들과 아이들만 있게 되었는데 모두가 내 곁에 무릎을 꿇고 나를 말렸어요. 하지만 나는 웃으며 말했지요.

'또 시작이네요! 또! 아무리 고통을 줘도 다 참을 수 있어요.'

어린아이가 하나 있었는데 언니의 아이였지요. 내가 특별히 애지중지 키운 진짜 귀여운 아이였어요. 들에서나 집에서나 항상 내 옷에 매달려 있던 아이였지요. 사람들은 내가 그 아이를 정말 귀여워한다는 걸 알고 있었어요. 그래서 그 아이를 내 무릎에 앉혔는데 그 아이는 계속 울며 나를 껴안았어요. 나는 그 아이를 땅에 내려놓고 내 짐을 들고 문 쪽으로 갔지요. 아이는 내 앞으로 달려와 문 입구를 막아서며 '나를 떠나려면 내 몸을 밟고 가요.'라고 했어요. 하나님 감사하게도 그 말에 나는 끄떡도 하지 않고 그 아이 몸 위로 걸어 나왔지요. 오랫동안 내게는 엄마와 친척 아줌마들과 언니들과 어린 동생들의 통곡과 울음소리가 들려왔어요. 사람들은 나를 따라가려는 아이들을 말리고 있었지요. 나는 몸을 돌리고 손을 머리 위에 올려 하늘을 가리켰어요. 우리 가족은 믿음이 있는 가족이었어요. 순간 정적이 흘렀지요. 그래서 나는 다시 걷기 시작했어요. 그리고 그들이 보이지 않을 때쯤 가서 뒤를 돌아보았지요. 나는 연기가 나는 집의 굴뚝을 보았어요. 그리고 잠깐 앉을 수밖에 없었지요. 하지만 울지는 않았어요. 그리고 지금처럼 조용히 주교님 앞에 가니 주교님은 나를 신실한 수녀님들께 보냈고 그분들이 저를 이리로 보냈지요. 혹시 내가 우리나라에 있게 되면 아버지가 또 저를 억지로 데려갈까 두려웠으니까요. 이게 저의 이야기예요. 뭐 길지도 재미있지도 않은 이야기이지요. 하지만 어떻게 더 잘 이야기할 수가 없네요."

이 간단하면서도 슬픈 이야기는 결국, 나의 머리를 종교에 귀의하게 했다. 그리고 갑자기 헬렌 자매에게 엄청난 애정을 느끼게 되었다. 나는 그녀에게서 옛 성녀聖女의 모습을 보았다. 강하고 곧이곧대로 밀고 나가면서 자신의 감정과 타협할 줄 모르는, 그러니까 잔 다르크나 성녀 주느비에브처럼 평온하면서도 열정적이고 광적인 믿음을 지닌 성녀들 말이다. 그러니까 그녀는 아마도 수녀원에서 유일한 신비주의자였던 것 같다. 또 영국 사람도 아니었고 말이다.

마치 감전된 것처럼 나는 그녀의 손을 잡고 소리쳤다.

"당신의 그 단순한 믿음은 세상의 어떤 교리보다 강하네요. 그리고 당신은 모르겠지만 당신의 이야기는 앞으로 내가 가야 할 길을 알려주었어요. 나는 수녀가 되겠어요!"

"잘 됐군요! 나처럼 보조 수녀가 될 거예요. 그럼 함께 일해요!"

그녀는 아이 같은 믿음과 솔직함으로 내게 대답했다.

마치 하늘이 이 계시 받은 자매의 입을 통해 내게 말을 한 것 같았다. 마침내 나는 그동안 꿈꿔 왔던 성녀를 드디어 만나게 된 것이다. 다른 수녀들은 모두 지상의 천사 같았다. 그들은 투쟁이나 고통도 없이 미리 평온한 낙원을 즐기고 있었다. 하지만 그녀는 더 인간적이고 더 성스러웠다. 고통을 견디니 더 인간적이고 그 고통을 사랑하니 성스러웠다. 그녀는 행복도, 휴식도, 세상 유혹에 대한 승리도, 칩거로 인한 자유도 추구하지 않았다. 세기의 유혹! 시골의 가엾은 소녀는 그동안 알지 못했던 척박한 노동을 하며 살고 그녀가 꿈꾸는 것은 오직 매일의 순교뿐이다. 그녀는 매일매일을 오로지 처음 신도들처럼 위대하고 곧이곧대로인 믿음을 가지고 맞서고 있다. 그녀는 차갑고 금욕적인 겉모습 속에서 광적으로 불타오르고 있다. 얼마나 강한 사람인가?

그녀의 이야기는 나를 떨게 하고 나를 불타오르게 했다. 나는 그녀가 들판에서 우리의 위대한 목동처럼 전나무 줄기와 풀들의 웅얼거림 속에서 신비한 목소리를 듣는 걸 상상해 보았다. 그녀가 사랑하는 아이의 몸을 밟고 지나가는 모습을 상상할 땐 그 눈물이 내 가슴에 사무쳐 두 눈에 흘렀다. 나는 그녀가 추운 길 위에 조각상처럼 외롭게 서서, 일곱 개의 고통의 날에 가슴을 찔린 채, 굳은 의지로 하늘을 가리키며 통곡하는 가족들을 침묵시켜 순종케 했는가를 보았다.

나는 그녀를 떠나며 말했다.

"오, 성녀 헬렌 님, 당신의 생각이 옳아요. 진실입니다. 당신은! 정말 자신에게 진실하신 거예요. 네! 온 마음으로 하나님을 사랑하면, 어느 무엇보다 하나님을 사랑하게 되면 길에서 잠이 들지 않지요. 그런 자들은 신의 명령을 기다리지 않고 예견하지요. 그리고 그들은 희생을 향해 달려갑니다. 네! 당신은 사랑의 불로 나를 타오르게 했어요. 제게 길을 열어주었습니다. 나는 수녀가 되겠어요. 이것은 부모님들께 절망을 안겨줄 테니 저의 절망이기도 하지요. 하지만 하나님께 '사랑합니다!'라고 말하려면 이런 절망이 필요하겠지요. 나는 성가대원이 아니라 수녀가 되겠어요. 그리고 단순하고 한가로운 지복至福의 삶을 살겠어요. 나는 보조 수녀가 되어 피곤에 지친 하녀가 되고 무덤의 청소부가 되고 오물을 나르고 뭐든 원하는 걸 하겠어요. 욕을 먹은 후에 잊히기 위해서지요. 희생의 고통을 감내하면서 오직 하나님만을 내 고행의 증인으로 삼고 오직 그 사랑만을 보상으로 받기 위해서지요."

나는 곧장 메리 앨리시아 수녀님께 가서 수녀가 되겠다는 나의 계획을 이야기했다. 하지만 그녀는 조금도 감동하지 않았다. 수녀님은 웃으며 이성적이고 품위 있게 내게 말했다.

"그렇게 하고 싶은 생각이 들면, 생각 속에 품고 있는 것은 좋지만 너무 심각하게 여기진 말아요. 그렇게 힘든 일을 실행에 옮기는 것은 생각보다 더 큰 힘이 필요하지요. 당신의 엄마도 기꺼이 허락해주지 않을 것이고, 당신의 할머니는 더더욱 반대하실 거예요. 그들은 아마도 우리가 당신을 유혹했다고 할 거예요. 하지만 우리는 그럴 생각도 없고 그렇게 행동하지도 않지요. 우린 소명이라고 하는 것을 처음부터 그렇게 중요하게 생각하진 않아요. 우리는 그것이 충분히 성숙하길 기다리지요. 당신은 아직 당신 자신도 잘 몰라요. 당신은 사람이 하루아침에 성숙한다고 생각하는지 모르지만. 자, 나의 사랑하는 자매님, 당신이 이것에 서명하기 전까지 많은 세월이 더 흘러야 할 거예요."

그리고 그녀는 기도하는 곳에 놓아둔 작은 나무 액자 속에 있는 라틴어 서약서를 내게 보여주었다. 그것은 프랑스에서와는 달리 영원한 계약이었다. 사람들은 교회 한가운데에서 성사를 치르는 작은 테이블 위에서 서약서에 서명했다.

나는 앨리시아 수녀님이 나를 신뢰하지 못하는 것이 괴로웠다. 하지만 그것이 자존심이 상처받아서인 것 같아 참으려고 노력했다. 단지 말하지는 않았지만 헬렌 자매가 위대한 소명을 가지고 있다는 것은 굳게 믿었다. 메리 앨리시아 수녀님은 행복해했고 그것을 흥분도 과장도 하지 않고 진지하게 말했다.

"가장 큰 행복은 하나님의 평안을 함께 누리는 거지요. 나는 세상에서는 그럴 수 없을 거예요. 나는 무슨 영웅도 아니고 늘 두려운 겁쟁이투성이지요. 은둔생활은 내게 피난처이고 수도원의 규칙은 정신을 깨끗하게 해주지요. 이런 도움으로 나는 힘들지 않게 자격도 없이 내 길을 따라가고 있어요."

이렇게 그녀는 너무나 겸손하게, 아니 완벽하게 겸손한 마음으로 자신을 설명했다. 그녀는 그녀가 생각하는 것보다 훨씬 강한 사람이었다. 내가 헬렌과 얘기하듯 그녀와 이야기를 하려고 하자 그녀는 조용히 머리를 흔들며 말했다.

"자매님, 고행苦行하고 싶으면 세상에서도 할 수 있지요. 잘 생각해봐요. 세상에 아이를 낳는 한 가정의 엄마도 우리보다 더 큰 고행과 노동을 하지요. 나는 수도원의 삶이 좋은 부인이나 좋은 엄마가 매일 해야 하는 일보다 더 큰 희생이라고 생각지 않아요. 그러니 너무 고민하지 말고 선택할 수 있는 나이가 되면 하나님이 뭐라 하시는지 기다려 보세요. 그는 당신이나 나보다 당신에게 어느 것이 더 좋은지 잘 아시지요. 고행하고 싶으면 가만히 기다려 보세요, 삶이 도와주겠지요. 그리고 희생적인 삶을 살고 싶다는 열망이 계속되면 아마도 순교할 곳은 수녀원이 아니라 세상 속일 거예요."

그녀의 지혜로움에 존경심을 품지 않을 수 없었다. 다행스럽게도 그녀는 어린 소녀들이 하나님에 대해 마음이 불타올라 경솔하게 맹세하지 않도록 막아주었다. 그런 맹세를 하고 나면 평생토록 죄책감에 사로잡혀 결국, 신께 귀의할 만하지도 않은 사람이 건강하지도 품위 있지도 않은 헌신을 하게 된다.

하지만 나는 헬렌 수녀의 열정을 경계하지는 않았다. 나는 그녀를 매일 보았고 쉬는 시간에는 그녀의 힘든 일들을 틈틈이 도와주고 저녁 시간에는 그녀의 방에서 불어를 가르쳐주었다. 먼저 말한 것처럼 그녀는 너무나 아는 것이 없었고 쓰는 법만 겨우 알았다. 나는 그녀에게 불어보다는 영어를 더 많이 가르쳤다. 왜냐하면, 우리가 시작해야 할 것은 영어라는 것을 곧 알아차렸기 때문이다. 가르치는 시간은 30분 정도밖에 되지 않았다. 그녀는 금방 피곤해했다. 마음은 앞섰지만, 그녀의 몸이 따라주지 않았다.

그래서 우리는 30분 정도 이야기할 시간이 있었다. 나는 어린아이처럼 말하는 그녀와 대화하는 것이 좋았다. 그녀는 아는 것이 없었고 그녀가 갇혀 있는 작은 세계 밖은 알고 싶어 하지도 않았다. 그녀는 농부의 삶처럼 실질적인 삶과 동떨어진 모든 학문을 경멸했다. 그녀는 잘 표현하지도 못했고 표현도 서툴렀고 생각도 정리해서 말하지 못했다. 하지만 열정에 사로잡히면 그녀는 대단한 순발력으로 어린

아이같이 단순하게 의미 있는 말들을 했다.

그녀는 나의 소명을 의심치 않았다. 그녀는 나를 말릴 생각도 하지 않고 내가 머뭇거리게도 하지 않았다. 그녀는 자기처럼 모두에게 힘이 있다고 믿었다. 그녀는 나를 가로막고 있는 문제들에 대해서는 아무 생각도 없었다. 수녀원에 영국이나 스코틀랜드나 아일랜드 사람만 받아들여야 한다는 규칙이 있음에도 그저 쉽게 받아들여질 수 있을 거라고 믿었다. 나는 앙글레즈 수녀원 말고 다른 곳에 가는 건 끔찍하다고 생각했는데 그것은 내가 진짜 소명을 받은 것이 아님을 말해주는 거였다. 내가 이 말을 하자 그녀는 정말로 너그러운 마음으로 나를 안심시켜주었다. 그녀는 내가 그런 생각을 하는 것을 당연하게 여기며 그녀가 그랬던 것처럼, 나의 이런 연약한 감정도 나의 소명에 대한 불길을 변질시키지 못할 거라고 했다.

내 생각에 내가 전에 들라투르 도베르뉴에 대해 이야기할 때 이미 말한 것 같은데, 진정한 위대함은 자신이 한 위대한 행동을 다른 사람에게 강요하지 않는 것이다. 대단한 본능의 소유자인 헬렌 자매도 내게 그렇게 행동했다. 그녀는 가족과 자기 나라를 떠나 사람들이 가라고 하는 알지도 못하는 곳에 기쁘게 왔다. 그러면서 내게는 수녀원도 좋은 곳으로 선택하고 희생도 잘 조절해서 하라고 말하고 있는 것이다. 아마도 그녀의 눈에는 아주 똑똑해 보이는 나 같은 사람이 (자기가 자기 나라 말을 하는 것보다 내가 우리나라 말을 더 잘하니까) 단호하게 세상 지위보다 보조 수녀가 되겠다고 하는 정도면 충분하다 생각한 것 같았다.

그래서 우리 둘은 일단 일을 벌이기로 했다. 그녀는 내게 마리 오스틴이란 이름을 주었는데 그것은 내가 견진 때 선택한 이름으로 이미 풀레트가 가지고 있는 이름이기도 했다. 그녀는 또 자기 옆방을 내 방으로 정해주기도 했다. 또 그녀는 내가 요청하기도 전에 정원을 가꾸고 꽃들을 재배하는 것을 허락해주었다. 나는 옛날부터 어린애들이 하는 정원놀이 같은 것을 좋아했지만 이제 그런 정원놀이를 하기엔 너무 커 버려서 노는 시간이면 어린아이들이 정원놀이를 할 수 있게 잔디를 가져다주고 길을 그려주곤 했다. 아이들은 나를 너무나 좋아했다. 상급반에서는 그런 나를 조금 놀리기 시작했다. 안나는 내가 멍청하게 끊임없이 선량하게 사랑만 하는 것을 보고 한숨을 쉬었다. 6개월 전에 이곳에 들어온 어릴 적 친구 폴린 드퐁카레는 내 앞에서 자기 엄마에게 말하길, 내가 헬렌 자매 아니면 7살짜리 아이들과만 노는 바보가 되었다고 했다.

하지만 수녀원에서 가장 똑똑한 사람과 우정을 맺고 있으니 나도 가장 똑똑한 사람 축에 들긴 했다. 아직 엘리사 앙스터에 대해 얘기하지 않았는데 그녀는 아마도 수녀원 이야기에서 가장 대단한 인물 중 하나이다. 나는 이 인물초상 순례에서 그녀를 가장 중요한 보물로 남겨 두고 싶었다.

수녀원장님이신 캐닝 수녀님의 조카인 영국인 앙스터 씨는 캘커타에서3 아주 아름다운 인도 여자와 결혼했다. 그리고 12명 아니면 14명이나 되는 많은 아이를 낳았는데 기후 때문인지 모두 일찍 죽고 신

---

3 〔역주〕 오늘날의 콜카타를 말한다.

부가 된 아들 하나와 두 딸만 남게 되었다. 하나는 라비니아인데 그녀는 하급반에서 나와 친구였고, 언니인 엘리사는 나의 상급반 친구였다. 그녀는 지금 아일랜드의 코르크 수도원의 원장이다.

앙스터 부부는 기후에 적응하지 못하고 아이들이 모두 죽는 것을 알고는 그들의 일을 그만둘 수 없어 남은 세 명의 자식들과 떨어져 지내기로 결정하였다. 그래서 그들을 캐닝 부인의 언니인 블라운트 부인에게 보내게 되었다. 이게 수녀원에서 그들에 대해 했던 얘기들이다. 얼마 뒤 나는 다른 이야기를 듣게 되었다. 하지만 그게 뭐 중요한가? 분명한 사실은 엘리사와 라비니아가 그저 막연하게 배가 멀어지는 동안 바닷가에서 엄마가 절망으로 몸부림치고 있었다고 기억하는 것이다. 아일랜드의 수녀원에 들어간 엘리사와 라비니아는 마담 블라운트가 자신의 딸과 두 조카들과 함께 우리 앙글레즈 수녀원에 와서 살기로 결정했을 때 함께 프랑스로 오게 된다. 이 가족은 재산이 많았을까? 그건 모르겠다. 신도들은 그런 것에는 관심이 없었다. 내 생각에 당시 두 자매의 아버지는 여전히 인도에 있었고 분명 엄마도 그곳에 있었다. 그리고 그들은 12년간 아이들을 보지 않았다.

라비니아는 매력적이고 인상적인 아이였다. 그녀는 항상 수줍어서 얼굴을 붉혔다. 너무 착한 아이이긴 했지만 짓궂은 장난도 하고 경건함 같은 것과는 거리가 멀었다. 그녀의 친척들과 언니들은 그녀를 자주 야단치곤 했지만 그녀는 그런 건 전혀 개의치 않았다.

엘리사는 누구보다 예쁘고 똑똑했는데 영국인과 인도인 사이에서 나올 수 있는 가장 기막힌 작품이었다. 그리스 사람처럼 그린 듯한 얼굴선, 백합과 장미 같은 피부, 아름다운 갈색 머리, 부드럽고 사람을 꿰뚫어 보는 듯한 푸른 두 눈을 가진 그녀는 자신감이 넘쳤다. 시선과 미소는 천사처럼 다정했고 곧은 이마와 윤곽이 뚜렷한 얼굴, 그리고 기가 막히게 균형 잡힌 신체는 그녀에게 힘과 품위와 자신감이 충만하게 했다.

아주 어릴 때부터 그녀는 신앙적 열정을 가지고 있었다. 처음 볼 때부터 지금까지 그녀는 성녀 그 자체였고 수녀가 되려는 확고부동한 의지가 있었다. 그녀 마음속에 유일한 친구는 늘 그녀를 응원했던 아일랜드 수녀원의 마리아 보르지아 드샹탈 수녀인데, 그녀는 친구를 따라 곧 서품敍品을 받게 되었다. 그녀가 내게 준 가장 큰 우정의 선물도 그 친구에게서 받은 작은 성물聖物상자인데 나는 그것을 항상 벽난로 위에 놓아 두고 있다. 그 안에는 이렇게 쓰여 있다.

"M. de Chantal이 E에게 1816."

그녀는 그것을 너무 소중하게 생각해서 절대로 잃어버려서는 안 된다고 약속하게 했고 나도 그 약속을 지켜 어디든 항상 지니고 다녔다. 어느 여행길에서 유리가 좀 깨져 그 안에 들었던 것이 없어지기는 했지만, 겉의 메달은 여전히 남아 있어 이제는 그 성물함 자체가 내게는 하나의 기념품이 되었다.

이 아름다운 엘리사는 모든 과목에서 1등을 했다. 수녀원 최고의 피아니스트로 모든 방면에서 누구보다 월등했다. 그녀는 재능을 타고났을 뿐 아니라 노력도 남달랐다. 언젠가 자신이 맡게 될 아일랜드 코르크 수녀원의 어린 소녀들을 교육하기 위한 노력이었다. 내게 앙글레즈 수녀원이 소중하듯 그녀에게는 코르크 수녀원이 마음의 고향이었다. 그녀에게 마리아 보르지아는 나의 앨리시아이고 나의 헬렌 같은 존재였고 그녀가 다른 곳에서 수녀가 된다는 것은 있을 수 없는 일이었다. 그녀의 소명 또한 분명해서 그녀는 기쁘게 그것을 기다렸다.

수녀원에서 좀 더 필요한 사람이 되고자 한다는 점에서 그녀는 나보다 더 큰 의욕을 가지고 있었다. 나는 그저 하라고 하니까 열심히 공부할 뿐이었고 사실 믿음을 갖게 된 뒤에도 그전보다 더 나아진 건 없었다. 나는 단지 규율을 지킬 뿐이고 내 안의 신앙은 세속의 지식들을 모두 버리라고 명령했다. 나는 보조 수녀가 피아노를 칠 필요도 없고 그림을 그릴 필요도 없고 역사를 알 필요도 없다고 생각했다. 그래서 수녀원에서 3년을 지내고 난 후 나는 들어올 때보다 더 멍청해져서 나가게 된다. 나는 노앙에서 가끔 느꼈던 공부에 대한 학구열마저도 다 잃어버렸다. 신앙은 아이들과 장난질을 칠 때와는 다르게 나의 모든 것을 삼켜 버렸다. 신앙심은 나의 모든 지적 능력을 오로지 마음을 위해 허비하게 했다.

그래서 성당에서 한 시간 동안 감격에 차서 울고 나면 나머지 시간 동안은 완전히 고갈된 상태가 되었다. 성소에서 흘러넘쳤던 이런 격정은 세상 어떤 것에서도 다시 느낄 수 없었다. 내게는 어떤 힘도, 비상하고 싶은 욕구도, 빠져들고 싶은 욕망도 없었다. 그게 무엇이건 간에 말이다. 나는 정말 폴린이 말한 대로 천치天癡가 되었다. 하지만 어떤 점에서는 성장한 것 같았다. 나는 내가 아닌 타자를 사랑하는 것을 배웠는데, 뜨거운 신앙은 그가 사로잡은 영혼에 영향력을 미쳐 근본적으로 자기애自己愛를 죽여 버린다. 그리고 그것을 어느 정도 마비시키면서 우리 영혼 안의 많은 조잡하고 치사한 선입견들을 정화해준다.

하나님은 사람이 지닌 힘에 따라 시련을 더하고 더신다.

인간이란 행동에 일관성이 없는 심연深淵 같은 존재이지만, 어떤 숙명적 원칙이 항상 본능적으로 이끌려 갔던 상황 속으로 자신을 다시 이끌어 가게 마련이다. 모두 내가 노앙에 있을 때 할머니가 나를 가르치는 시간에 겉으로는 무기력하게 순종하지만 속으로는 혐오감을 갖고 임했던 것을 기억할 것이다. 이때 수녀원에서 강요하는 공부를 할 때도 그랬다. 노앙에서는 그저 엄마와 노동자가 되려는 생각에 나는 공부가 너무 귀족적인 것이라 여겨 경멸했고, 수녀원에서는 오로지 헬렌 수녀와 하나님의 종이 되려는 생각에서 모든 공부를 세속적인 것으로 여겨 경멸했다.

엘리사와는 어떻게 친하게 됐는지 모르겠다. 내가 악동들과 같이 장난이나 치고 다닐 때 그녀는 내게 아주 차갑고 냉정했었다. 그녀에게는 자신도 감당하기 어려운 지배욕이 있어서 악동들이 성당에서 그녀의 명상을 방해하거나 교실에서 그녀의 노트들을 뒤죽박죽 해놓으면 그녀는 얼굴이 붉으락푸르락해졌다. 그녀의 아름다운 뺨은 바로 흙빛이 되었고 찡그릴 때 생긴 주름으로 가뜩이나 좁은 양미간의 눈썹들은 아예 붙어 버렸다. 그녀는 웅얼거리며 욕을 했고 경멸 어린 미소는 섬찟하기까지 했다. 그녀의 고압적이고 건방진 본성이 드러난 것이다. 그럴 때 우린 아시아인의 혈기가 얼굴로 치솟았다고 말하곤 했다. 하지만 그 폭풍은 금방 없어져 버렸다. 본능보다 더 강한 의지로 그녀는 화를 눌렀다. 참으려 애를 쓰는 그녀는 얼굴이 창백해지면서 미소를 지었는데 그 미소는 그녀의 얼굴에 마치 태양 빛처럼 스치며 얼굴을 다시 부드럽고 상냥하고 아름답게 해주었다.

어쨌든 그녀를 사랑하기 위해서는 그녀에 대해 많은 것을 알아야 했다. 평상시 그녀는 아이들과 친하다기보다 경외의 대상이었다.

나와 친해졌을 때 그것은 그저 대충 친하게 지내는 그런 관계가 아니었다. 그녀는 나에게 자신의 결점을 아주 장황하게 말해주었고 교만하고 고통스러운 내면을 조금도 숨기지 않고 내게 다 보여주었다. 그녀는 내게 말했다.

"우리는 같은 곳을 향해 서로 다른 길을 가고 있지. 그런데 나는 네가 부러워. 왜냐하면, 너는 그곳을 힘들지 않게 가고 있고 또 앞으로 가기 위해 투쟁할 필요도 없으니까. 너는 세상 같은 건 좋아하지도 않고 그곳은 단지 권태롭고 피곤한 곳일 뿐이지. 칭찬도 네게는 역겨울 뿐이고. 아마도 너는 수녀원에서 한 세기 동안 은둔생활을 한다 해도 아무 문제없이 쉽게 해낼 거야. 하지만 내 안에는 (이 말을 할 때 그녀는 마치 대천사장처럼 빛났다.) 오만한 사탄이 있어! 나는 성당 안에서 고매한 바리새인처럼 폼을 잡고 있지. 그리고 꿈꾸듯이 미소 짓고 있는 네가 있는 문 쪽의 자리, 그러니까 일반 사람들 자리로 가려면 아주 힘들어. 나는 미래에 종교에 귀의하려는 내 선택을 너무나 의식하고 있어. 나는 복종하고 싶으면서도 늘 남을 지배하려 들지. 나는 인정받길 좋아하는데 비판받으면 화를 참지 못하고 누가 조롱이라도 하면 폭발해 버리지. 이 모든 걸 이기기 위해 하루에도 수백 번씩 이 오만함에 빠지지 않으려고 얼마나 기를 쓰는지 몰라. 그래서 결국, 내 감정의 심연 위를 날고 있지만 그건 내게 너무나 힘든 일이고 하늘의 큰 도움이 필요한 일이지."

그러면서 그녀는 가슴을 치며 울었다. 나는 그녀를 위로할 수밖에 없었고 그녀 옆에서 나는 아주 작은 점처럼 여겨졌다. 나는 그녀에게 말했다.

"내게 너와 같은 단점은 없을 수 있겠지만 나는 다른 결점을 가지고 있지. 대신에 네겐 내가 가지고 있는 장점이 없고. 하나님은 사람이 감당할 만한 시련만 주시지. 내게는 너와 같은 능력이 없으니 그런 활력도 없는 거야. 나는 성격적으로나 사회적 위치로나 세상에서 가치 있게 여기는 것들을 경멸하니 그게 겸손이랄 것도 없지. 나는 사람들이 칭찬받을 때 맛보는 희열 같은 것도 몰라. 나라는 사람 자체가, 나의 정신 자체가 별 볼 일 없으니까. 만약 나도 너처럼 예쁘고 능력이 많다면 교만했을지도 모르지. 내가 남에게 명령하는 걸 좋아하지 않는다면 아마도 그건 뭐든 지배하려는 욕구가 없기 때문일 거야. 그러니 잊지 마! 가장 위대한 성인은 성인이 되기 위해 가장 큰 고통을 치른 사람이란 걸."

그녀는 소리쳤다.

"맞아! 고통을 감내하는 데 영광이 있는 거지, 보상은 치른 대가와 정비례하니까."

그리고 갑자기 예쁜 얼굴을 예쁜 두 손으로 감싸며 한숨을 쉬며 말했다.

"아! 지금 이렇게 생각하는 것도 교만이야! 그것은 온몸으로 내게 스며들어. 그리고 별별 모습으로 날 사로잡지. 투쟁 후에 영광을 바란다는 게 또 무슨 소리야. 하늘에서 너나 헬렌보다 더 높은 자리를 원한다는 거야? 진실로 나는 정말 불행한 영혼의 소유자야. 한순간도 내 자아를 잊고 내려놓지도 못해."

이 용맹하고 준엄한 소녀는 이렇게 그 빛나는 젊은 날들을 내면의 갈등 속에 흘려보내고 있었다. 하지만 그게 그녀의 천성인 것 같았다. 왜냐하면 그녀는 그럴수록 더 건강해졌고 얼굴빛도 몸도 활기를 찾았기 때문이다.

하지만 나는 그렇지 못했다. 투쟁도 폭풍 같은 고뇌도 없었지만 신앙에 대한 지나친 몰두로 지쳐 갔다. 나는 아프기 시작했고 곧 육체적 병은 내 신앙의 본질마저 변화시켰다. 나는 이 이상스러운 삶의 두 번째 국면으로 접어들었다.

2. 고해성사: 프레모르 신부님

나는 황홀경 속에서 몇 달을 보냈다. 하루하루가 몇 시간처럼 지나 갔다. 자유를 탐닉하지 않게 된 이후 나는 절대적인 자유를 즐길 수 있었다. 수녀들은 나를 수녀원의 모든 곳으로 데려갔다. 작업장에서 는 차를 마시라고 권유받았고 제의실에 가서는 제단 용품들을 정리 정돈하는 것을 도왔다. 또 성가대가 연습하는 오르간실과 성가를 연 습하는 수도사들의 방 그리고 결국에는 기숙사생들에게는 엄격하게 금지된 묘지에까지 데려갔다. 성당과 스코틀랜드 정원의 담 사이에 있는 이 묘지는 무덤이나 비석들도 없는 꽃밭이었다. 도톰하게 올라 온 잔디만이 거기가 무덤이었음을 말해주었다. 이곳은 아름다운 나 무들과 소관목小灌木들과 웅장한 덤불이 우거진 아주 멋진 장소였다. 여름밤이면 재스민과 장미 향기로 숨이 막힐 정도였다. 겨울에 눈이 내리면 제비꽃과 벵골장미로 된 경계가 오점 하나 없는 하얀 시트 위 에서 여전히 미소 짓고 있었다.

성모 마리아 상이 있는, 열린 오두막처럼 생긴 포도덩굴과 인동덩 굴로 뒤덮인 시골의 예쁜 예배당이 묘지와 우리 정원 사이에 있었다. 그리고 커다란 마로니에 나무들 그늘이 그 예배당 위에 작은 지붕을 만들어주고 있었다. 나는 거기서 몇 시간씩 아무 생각도 하지 않으며 감미로운 시간을 보냈다. 짓궂은 장난질이나 할 때는 스코틀랜드 학 생들이 담에서 떨어뜨린 좋은 고무공들을 주울 요량으로 묘지에 들어 갔지만, 지금은 고무공 같은 것은 안중에도 없었다. 나는 그곳에서 미리 맛보는 죽음을 명상하며 모든 지적인 정신 활동을 정지하고 모든 것을 망각하고 끊임없는 명상 속으로 빠져들었다. 나는 묘지 속에 내 자리를 잡았다. 나는 마치 그곳이 나의 심장과 유해가 평안 속에 쉴 수 있는 유일한 곳인 것처럼 상상하면서 눕곤 했다.

헬렌 자매는 이 행복한 몽상 중에 찾아왔다. 그 가엾은 소녀는 그리 행복해 보이지 않았다. 그녀는 비록 신체적인 강함으로 잘 버티고 나아가고 있는 중이긴 하지만 여전히 괴로워하고 있었다. 나는 그녀가 아픈 것이 정신적 문제였다는 생각이 든다. 내 생각에 그녀는 광적인 신앙에 관해 욕을 먹고 박해를 받았던 것 같다. 나는 그녀가 밤에 자기 방에서 울고 있는 것을 여러 번 보았다. 나는 용기를 내서 물어보았는데 그녀는 내 첫마디에 벌써 나를 무시하듯 머리를 세차게 흔들었다. 그것은 마치 내게 "나의 고통은 다른 괴로움이고 넌 아무것도 해줄 수 없어."라고 말하는 듯했다. 하지만 그녀는 곧 내 품에 몸을 던지고 어깨에 기대 눈물을 흘렸다. 하지만 어떤 불평도, 하소연도, 고자질도 그녀의 꽉 다문 입에서 새어 나오지 않았다.

한번은 저녁 때 정원에서 원장님 방의 창문 아래를 지나는데 심하게 다투는 소리를 들었다. 나는 대화를 알아들을 수도 없고 알아듣고 싶지도 않았는데 그 목소리들이 누구의 것인지는 알 수 있었다. 원장님의 목소리는 흥분되고 무서웠고 헬렌의 목소리는 슬프고 신음으로 끊겼다. 내가 '희생양'의 비밀을 찾아 헤매고 다닐 때였다면 이것은 아주 굉장한 상상의 나래를 펴게 했을 것이다. 그래서 나는 계단으로 미끄러져 들어가 응접실 쪽으로 가서 그 비밀을 미친 듯이 파헤치려고 했을 것이다. 하지만 나의 신앙심은 그렇게 엿보는 것을 허락하지 않았다. 그래서 나는 되도록 빨리 지나쳐 갔다.

하지만 사랑하는 헬렌의 가슴을 찢는 목소리는 나를 계속 따라왔다. 그녀가 뭔가를 간청하는 것 같아 보이지는 않았는데 그토록 강한 인간이 뭔가를 구걸하는 건 상상할 수 없었다. 그녀는 뭔가에 항변하는 것 같았고 부당한 일에 저항하는 것 같았다. 다른 알 수 없는 목소리는 그녀를 나무라고 야단치는 것 같았다. 마침내 내가 아무것도 알아들을 수 없을 정도로 멀리 왔음에도 밤의 산들바람과 쉬고 있는 기숙생들의 웃음소리 속에 뭔지 알 수 없는 외침 소리가 들려오는 것 같았다.

이것은 평온한 내 영혼에 닥친 첫 번째 충격이었다. 대체 무슨 비밀스러운 일이 있었던 거지? 저 수녀들은 병적으로 의심이 많은 사람들이었나? 그렇게도 온화하고 조용한 사람들이 잘못에 대해서는 일말의 동정심도 없다니! 그런데 헬렌 같은 성녀가 무슨 잘못을 한다는 거지? 혹시 그녀의 믿음과 헌신이 너무 커서 야단을 맞는 걸까? 나도 관련된 일일까? 우리의 우정이 지탄의 대상인 걸까? 나는 분명히 원장님이 화난 목소리로 "*Shame! Shame!* (수치스러운 일이에요! 수치스러운 일이야!)"이라고 하는 소리를 들었다. 마치 어린아이처럼 순수하고 순진한, 정말 천사와 같은 그녀에게 '수치'란 단어는 내게 정말 말도 안 되는 잔인한 모욕으로 들렸다. 그래서 내 입에서는 나도 모르게 부알로의 "신실한 영혼에 너무나 많은 악의가 넘실대는구나!"라는 명문이 떠올랐다.

캐닝 수녀님은 분명 위선적인 타르튀프는4 아니었다. 그녀는 아주 좋은 점을 많이 가지고 있었지만 너무 강직하고 솔직했다. 나는 수녀님의 그런 점을 존중하고 있었다. 그런데 그런 충만한 영혼 속에서 그녀는 어떻게 그렇게 지독하고 모욕적이고 위협적인 욕을 뱉어내 귀에까지 들리게 했을까? 나는 어떻게 그런 일이 가능한지, 바보가 아니라면 어떻게 헬렌 같은 자매를 귀하게 여기고 칭찬하지 않을 수 있는지 자문해 보았다. 또 누군가에게 애정과 존중이 있다면 어떻게 그렇게까지 그녀를 야단치고 모욕을 주고 고통스럽게 할 수 있을까도 자문해 보았다. 비록 그것이 그녀를 위하고 그녀의 구원을 위한 것이라고 해도 말이다. 나는 속으로 '무슨 논쟁을 한 걸까? 시험해 본 걸까? 논쟁이라면 참 비열한 말싸움이고 시험이라면 너무나 잔인하고 불쾌한 것이 아닐 수 없다.'라고 생각했다.

그때 갑자기 비명소리가 들리면서 (아마도 나의 불안정한 상상력이 그것을 듣게 한 것 같다.) 눈앞이 어지럽고 오한으로 몸이 덜덜 떨렸다. "그녀를 때리는 거야. 그녀를 학대하는 거야." 하고 나는 소리쳤다.

이런 말도 안 되고 정신 나간 생각들을 하나님께서 용서해주시길. 하지만 나는 그 생각에 완전히 사로잡혔다. 나는 나를 쫓아오는 듯한 그 이상한 소리에 괴로워하며 정원 안쪽의 긴 오솔길에 있었다. 나는 헬렌 자매의 방으로 단숨에 달려갔는데 내 발이 나를 미처 따라오지 못하는 것 같았다. 내 생각에 나는 날아가는 것 같았으니까. 만약 헬렌이 방에 없으면 나는 원장 수녀님 방으로 그녀를 찾아갈 생각이었다.

---

4 〔역주〕몰리에르의 희곡 〈타르튀프〉의 주인공, 위선적인 신자를 상징하는 인물이다.

헬렌은 막 들어와 있었다. 얼굴은 상기되어 있고, 눈물범벅이었다. 먼저 나는 그녀가 혹시 맞은 데는 없는지, 혹시 베일이 찢어지지는 않았는지, 손에 피는 나지 않는지 살펴보았다. 맹목적으로 뭐든 다 믿던 사람이 갑자기 뭐든 의심하게 된 것처럼 나는 갑자기 의심 많은 사람이 되었다. 그녀의 옷만, 마치 땅에 넘어진 것처럼 아니면 바닥에 구른 것처럼 더러워져 있었다. 그녀는 내게 이렇게 말하며 나를 밀쳐냈다.

"아무것도 아니야, 아무것도 아니야! 나는 아픈 것뿐이야. 이제 누워야겠으니 나를 내버려 둬."

나는 그녀가 쉬도록 방을 나왔다. 하지만 복도에서 문에 귀를 대고 어둠 속에 있었다. 그녀의 신음은 내 가슴을 찢었다. 원장 수녀님 방쪽에서도 무슨 소리가 들렸다. 사람들이 문을 열었다 닫았다 했고 멀지 않은 곳에서 옷들이 서로 스치는 것을 들었다. 뭐가 뭔지 모르겠는 것이 더 끔찍했다. 그리고 모든 것이 잠잠해졌을 때 나는 다시 헬렌 자매 옆으로 갔다.

나는 "묻지 않을게요. 대답하고 싶지 않은 것 같으니까요. 하지만 옆에서 돌봐줄 수 있게 해줘요."라고 말했다.

그녀는 열이 났지만 손은 차가웠다. 그리고 신경발작을 일으키고 있었다. 그녀는 단지 마실 것을 달라고 했다. 방에는 물뿐이었다. 나는 그녀 말은 무시하고 마리 오스틴(풀레트) 수녀에게 갔다. 그녀는 같은 기숙사에5 살고 있었다. 풀레트는 수간호사였고 약국을 담당해

---

5   기숙사는 저학년들이 쓰는 공동 침실을 말하기도 했지만 이중으로 길게 늘어선 좁

서 열쇠를 가지고 있었다. 나는 그녀에게 헬렌 자매가 매우 아프다고 했다. 하지만 세상에! 그렇게 착하고 영리하고 엄마 같은 풀레트는 아무 일 없는 듯 어깨를 으쓱하며 말했다.

"헬렌 자매라고요? 그런 소리 말아요! 그녀는 아픈 게 아니니 필요한 것도 없어요!"

이런 비인간적인 태도에 화가 나 나는 테레사 수녀를 찾아갔다. 지하 민트 창고에서 증류기를 담당하던 늙은 아일랜드 환속 수녀 말이다. 그녀는 부엌에서도 일하고 있었다. 그녀라면 아마도 물을 데워 티잔tisane 차를 한 잔 만들어줄 수 있을 터였다. 하지만 그녀도 풀레트 만큼이나 데면데면한 태도로 나를 맞이했다. 그리고 웃으며 말했다.

"헬렌 자매! 그녀는 정신이 좀 이상하지." 그리고 덧붙이기를 "하지만 이리 와요. 그녀를 위해 보리수 차를 한 잔 만들어줄 테니."

그리고 그녀는 전혀 서두르지 않고 계속 빈정대며 차를 만들기 시작했다. 그녀는 내게 차와 약간의 민트를 주며 말했다.

"이것도 마시라고 해요. 이건 위장병과 정신병에 특히 좋으니."

나는 더는 다른 것은 마련할 수가 없었다. 그래서 다시 환자 옆으로 돌아왔다. 그녀는 완전히 버려진 상태로 있었다. 그녀는 한기로 덜덜 떨고 있었다. 나는 그녀에게 내 침대 이불을 가져다주었다. 그리고 뜨거운 티잔 차가 그녀 몸을 조금 데워 주었다. 이제 기도 시간이 되어 모두 들어가야 했다. 나는 결코 내 부탁을 거절해 본 적이 없는 '백작 부인'에게 가서 아픈 헬렌을 보살필 수 있게 해 달라고 부탁

고 어두운 수녀들의 방들을 의미하기도 했다.

했다. 그녀는 놀란 표정으로 말했다.

"뭐라고요! 헬렌 자매가 아프다고요! 그리고 돌봐줄 사람이 당신뿐이라고요?"

"네, 수녀님, 허락해주시겠지요?"

"어서 가세요. 당신의 모든 행동이 하나님 보시기에 아름다울 거예요."라고 대답했다.

그동안 내가 그렇게도 비웃었던, 자신의 앵무새와 알리프 수녀의 고양이가 아니면 세상에 그 어느 것에도 관심도 없는 사람이 그렇게 이상하고 멋진 말을 해준 것이다.

나는 사람들이 기숙사 출입문을 닫으러 올 때까지 헬렌 자매 옆에 있었다. 그녀는 마침내 잠들었고 내가 떠날 때쯤엔 평온한 것 같았다. 그녀는 몇 시간 동안 죽을 것처럼 고통스러워하면서 때때로 침대 위에서 몸을 비틀며 이런 말을 했다.

"죽을 수도 없구나!"

하지만 다른 사람을 향한 불평은 한 마디도 하지 않았다.

다음 날 나는 일하고 있는 그녀를 발견했다. 그녀는 웃으면서 아주 명랑하기까지 한 모습이었다. 그것은 정말 어린아이 같은 천진스런 변덕스러움 아니면 모든 것을 체념한 성녀의 용기 같았다.

이 신비스러운 경험은 그녀보다 내 안에 더 깊은 기억을 각인시켰다. 수녀들이 나를 대하는 태도가 심각하지 않았고 또 아무 때나 항상 헬렌을 볼 수 있었기 때문에 그녀의 머릿속을 지나가는 폭풍은 내가 생각하듯 그렇게 심각한 게 아니라는 걸 알 수 있었다. 하지만 나는 생각이 좀 많아졌고 알 수 없는 절망감으로 가슴이 무너져 내렸다. 밑음이 흔들려서가 아니라 행복에 대한 신념이 흔들렸기 때문이다.

아마도 이즈음에 알리프 수녀님이 만성 기관지 폐렴으로 돌아가셨다. 원장 수녀님과 몇몇 다른 수녀들도 그 병을 앓고 있었다. 나는 알리프 수녀와 특별한 관계는 없었다. 그래도 나는 그녀를 매우 좋아했고 하급반에 있을 때 그녀의 올곧고 정의로운 성품을 아주 좋아했다. 모두 그녀의 죽음을 아쉬워했는데 갑작스러운 죽음이 (아픈 지 며칠 만에 돌아가셨다.) 상황을 더 비통하게 했다. 그녀를 돌보고 또 간호사처럼 다른 사람들과 원장님을 돌보았던 그녀의 자매 풀레트는 너무나 극진히 그녀를 돌봐서 알리프 수녀를 묻던 날에는 진료실에서 일하는 도중에 거의 시체처럼 기절해 버렸다.

땅에 묻는 일은 너무나 시적이고 슬프고 아름다웠다. 노래와 눈물과 꽃과 묘지에서의 의식. 묘지에 심자마자 바로 거둬들여 서로 나누기에 바쁜 팬지꽃, 수녀들의 깊고 체념하는 고통들, 이 모든 것이 성스러웠고 이 고요한 죽음, 풀레트가 말한 것처럼 하루아침에 맞이한 이 이별을 신비하게 만들어주었다.

하지만 나는 이해할 수 없는 것이 있어서 너무나 끔찍하게 불안스러워했다. 우리는 아침에 방에서 나오면서 알리프 수녀의 죽음을 알게 되었다. 슬픔에 잠긴 우리는 울었지만 조용히 감내하고 있었다. 왜냐하면 전날 밤부터 수녀님은 죽음을 앞에 두고 임종의 시간을 보내고 있었기 때문이다. 사람들은 얼마나 힘든 싸움이었는지도 말하지 않았지만 희망적인 말도 하지 않았다. 어린 기숙생들의 잠을 방해하지 않기 위해 그 슬픈 시간들을 조용히 지나가게 했다. 우리는 어떤 종소리도, 어떤 임종 기도 소리도 듣지 못했다. 죽음의 모든 음침함이 우리에게 가려져 있었다. 우리는 기도하기 시작했다.

그날은 춥고 안개 낀 어느 아침이었다. 희미한 새벽빛이 고개 숙인 우리 위로 미끄러져 지나갔다. 그런데 갑자기 아베 마리아를 부르는 중 귀를 찢는 듯한 끔찍한 소리가 우리 사이에서 터져 나왔다. 모두는 두려운 눈빛으로 몸을 일으켰다. 그리고 혼자만 앉아 있던 엘리사가 땅 위에 넘어져 무서운 경련을 일으키며 몸부림치고 있었다.

그러다 억지로 정신을 차리고 다시 미사를 드리러 일어나 갔다. 하지만 미사 중에도 그녀는 같은 신경발작을 일으켜 결국, 나가야만 했다. 온종일 그녀는 거의 시체처럼 지냈다. 다음 날도 그다음 날도 그녀는 묵상 시간이나 수업 중에 찢어지는 듯한 비명을 질렀다. 그녀는 주위를 초점 잃은 눈빛으로 돌아보았는데 마치 무슨 유령이 쫓아오는 듯했다.

그녀가 말을 하지 않으니 우리는 우선 그녀가 너무 슬퍼서 그런 거라고 생각했다. 하지만 왜 그렇게 애통해하는 걸까. 그녀는 알리프 수녀와 우리보다 더 각별한 사이도 아니었는데? 그녀는 곧 둘만 되자 나에게 자신의 고통을 설명해 주었다. 그녀의 방은 알리프 수녀가 죽은 작은 진료실과 작은 벽을 사이에 두고 있었다. 그래서 밤새도록 수녀님의 임종을 지켜본 셈이었다. 그녀는 말 한 마디, 죽어 가는 신음 소리 하나 놓치지 않았는데 마지막 헐떡이는 소리가 그녀의 초조한 신경으로 전이되었다. 그녀는 그 고통스럽고 끔찍한 밤을 이야기하며 다시 똑같은 행동을 하려는 자신을 억제하기 위해 무진 애를 썼다. 나도 최선을 다해 그녀를 진정시켰다. 우리는 그 고통스러운 시간 동안 성모 마리아께 기도를 드렸다. 그것은 그녀가 사랑하는 보르지아 수녀가 준 영어 기도문으로, 초기 기독교 정신에 입각하여 혼자 해서는 안 되는 기도문인데 내용은 이랬다.

"진실로 말하니 너희가 내 이름으로 셋이 모이면 내가 너희들 중 함께 있겠다."

이 특별한 기도문을 우리와 함께 열심히 외워줄 세 번째 사람이 없어서 우리는 '둘이 모이면'이라고 말했다. 엘리사는 수녀들 방처럼 자기 방에도 기도대를 가지고 있었다. 우리는 아주 하얀 작은 초를 하나 켜고 그 아래 우리가 가져올 수 있는 가장 예쁜 꽃들을 놓았다. 그 꽃들과 정결한 초는 단지 우리의 기도만을 위해 바쳐진 것이었다. 엘리사는 그런 신앙의 겉모습을 좋아했고 아주 중요하게 생각했다. 그녀는 그런 것들이 지금 겪고 있는 정신 발작에 도움이 될 거라고 생각했다. 그녀는 형식을 매우 중요하게 생각했으니까.

나는 그 신앙이 너무 형식적이란 생각도 들었지만 그저 재미있고 순진한 즐거움처럼 생각했다. 하지만 나는 그런 것을 좋아해서라기보다 순전히 그녀에 대한 사랑으로 그 모든 것을 함께했다. 나는 항상 진정으로 유일한 기도는 묵상 기도라고 생각했다. 겉으로 말을 하지 않고 때로는 문장도 생각도 없는 마음으로 하는 기도 말이다. 엘리사의 신앙은 내용과 형식 모두를 중요시했다. 그녀는 의미를 알 수 없는 말들로 기도하는 것도 좋아했다. 그녀 안에 있는 시를 풀어내는 거라고 해도 좋을 것이다.

어쨌든 보르지아 수녀의 기도문은 그녀를 잠깐 진정시켰다. 그녀는 자신도 모르게 어떻게 설명할 수 없는 두려움에 사로잡혔었다고 고백했다. 죽음의 유령이 그녀 앞에 있었고 그녀는 공포에 사로잡혔다. 그렇게도 활기차고 활달한 사람이 죽음 앞에서는 두려움에 떨고 있었다. 매 순간 그녀는 하나님께 자신의 생명을 바쳤고 순교 앞에서는 뒤로 물러날 사람이 아니었다. 하지만 죽음의 고통을 바로 눈앞에서 경험하니 정신이 뒤흔들리면서 심약한 여자가 된 것이다. 그녀는 자신을 나무랐지만 어쩔 도리가 없었다.

그게 왜 나를 불쾌하게 했는지 모르겠다. 나는 뭔가 환상이 깨지는 듯한 느낌이 들었다. 나에게 용기와 힘의 상징이었던 성녀 엘리사가 죄 없는 한 사람의 죽음, 그 엄숙하고 엄중한 상황 속에서 동요하고 떤다는 것이 너무나 이상하고 화가 났다. 나는 죽음에 대해 두려움을 가져 본 적이 없었다. 할머니는 매우 철학적인 고요함으로 그것을 마주하게 했고, 나는 기독교적 죽음 앞에서 그것을 적용하기도 했다. 하지만 종교적 죽음은 스토아적 죽음만큼 고요하기는 했지만 차갑지는 않았다.

그런데 엘리사의 병적인 상태를 보고 처음으로 죽음이 뭔가 어두운 것으로 보이기 시작했다. 속으로 그녀를 욕하며 나는 지금 내가 들은 것을 그대로 받아들이지 말자고 생각하면서도 그녀의 두려움이 내게 감염되는 느낌을 받았다. 그리고 그날 밤 시신이 누워 있는 기숙사 건물을 지날 때 나는 무슨 최면에 걸린 것 같았다. 나는 내 앞에서 알리프 수녀의 환영이 바닥 위로 흰 옷을 흔들며 지나가는 것을 보았다. 나는 엘리사처럼 비명을 지를 뻔했지만 가까스로 참았다. 하지만 나 자신이 부끄러웠고 그런 쓸데없는 두려움을 갖는 것이 신앙이 없어서인 것만 같았다. 그래서 엘리사만큼이나 그런 나 자신도 싫었다.

그렇게 환각에 빠지지 않기 위해 기를 쓰는 동안 슬픔이 나를 엄습

했다. 어느 날 성당에 들어갔는데 기도를 할 수가 없었다. 지친 마음에 다시 불을 붙이려고 할수록 마음은 더 차가워졌다. 얼마 전부터 나는 몸이 좋지 않았는데 위경련의 고통이 너무 심해서 잠도 잘 수 없었고 먹을 수도 없었다. 내가 겪는 이런 신앙적 격정은 15살 아이가 견디기에는 너무 힘든 것이었다. 엘리사는 19살에, 헬렌은 28살에 겪은 것이니까. 격정적으로 타오르는 신앙심으로 나는 눈에 띄게 여위어갔다.

다음 날 밤은 8월 4일의 철야로 더 비통한 날이었다. 나는 겨우 몸을 일으켰고 머리가 무거워 기도도 대충했다. 미사에도 별 열의가 없었다. 저녁 시간에도 마찬가지였다. 그다음 날은 아주 애를 써서 다시 감정을 되찾을 수가 있었다. 하지만 그다음 날은 더 안 좋았다. 금방 감정이 식어 버리고 권태로움을 이겨낼 수 없었다. 신앙을 갖게 된 이후 처음으로 종교에 대해서가 아니라 나 자신에 대해 의심을 품게 되었다. 나는 은총이 나를 떠난 거라고 생각했다. 그리고 "부름을 받은 자는 많으나 선택된 자는 적으니라."라는 말씀이 떠올랐다. 결국, 나는 내가 하나님을 충분히 사랑하지 않아서 하나님이 나를 더는 사랑하지 않는다는 결론에 이르렀다. 나는 음울한 절망감에 빠져들었다.

이 고통으로 엘리시아 수녀님께 말씀드렸지만 그녀는 미소 지으며 그저 건강이 좋지 않은 것뿐이니 너무 크게 생각하지 말라고 했다.

"누구나 그런 침체를 겪게 되지. 네가 고통스러워하면 할수록 더 깊은 침체 속으로 빠지게 되지. 겸손한 마음으로 그것을 받아들여요. 그리고 이것이 지나가도록 기도하도록 해요. 이런 벌을 받을 실수를 하지 않았다면 인내하고 소망을 가지고 기도하도록 해요!"

그녀가 내게 말한 것은 그녀의 철학적 경험과 지혜로운 생각의 열매였다. 하지만 나의 허약한 정신은 그것을 받아들이지 못했다. 그저 조용히 체념한 채로 그 감정이 되돌아오기를 기다리기에는 나의 종교적 헌신의 불길은 너무 뜨거웠었다. 앨리시아 수녀님은 분명 내게 이렇게 말했다.

"만약 당신이 큰 죄를 짓지 않았다면!"

이제 나는 내가 지었을 수도 있는 죄를 찾기 시작했다. 하나님이 죄도 없는 나를 시험하기 위해 은총을 거두어 가는 그런 허황되고 잔인한 신이라고는 도저히 생각할 수 없었기 때문이다. 나는 속으로 생각했다.

'내 삶 속에 시련을 겪게 하신다면 기꺼이 받아들이고 순교할 수 있어. 하지만 이를 위해 하나님의 은총이 필요하지. 그런데 은총을 거두어 가시면 내가 뭘 하길 바라시는 거지? 나는 하나님 없이는 아무것도 할 수 없어. 만약 나를 버리셨다면 그것이 내 잘못일까?'

이렇게 나는 내 숭배의 대상을 향해 불평을 늘어놓았다. 마치 질투심에 가득한 애인처럼 하나님께 아주 거친 욕을 해댔다. 하지만 이런 반항적인 태도에 나 자신도 몸이 떨려 가슴을 치며 생각했다.

'그래 분명 내 잘못일 거야. 내가 분명 큰 죄를 지었는데 나의 강퍅하고 무딘 양심이 그 죄를 고백하지 못하는 거지.'

그래서 나는 내 양심을 낱낱이 들추기 시작했고 나의 죄를 믿을 수 없을 정도로 혹독하게 찾기 시작했다. 그렇게 찾아도 아무것도 발견할 수 없다는 것에 죄책감을 느끼며! 그러다 나는 가볍게 계속 짓는 죄도 치명적인 죄가 될 수 있다는 생각이 들었다. 그래서 나는 내가 저지를 수도 있는 가벼운 죄들을 찾기 시작했다. 그러니까 매 시간 나도 모르게 짓는 죄 말이다. 성경에도 의인義人이 하루에 7번 죄를 지으니 겸손한 크리스천은 하루에 7번의 70배 죄를 짓는다고 고백해야만 했다.

어쩌면 나의 종교적 열정에는 교만함이 있었는지도 모른다. 내 죄를 반성하는 데에도 겸손이 지나쳤다. 나는 적당히 할 줄을 몰랐다. 나는 아주 작은 것까지 너무 심하게 추궁했다. 다른 사람들에게도 마찬가지로 무질서한 감정대로 살거나 아주 작은 감정의 변화나 생각에도 주의하지 않고 아무렇게나 사는 것을 아주 끔찍하게 여겼다. 그래서 나의 그런 기대와 마음속에 숨긴 고집으로 다른 사람들에게 병적인 태도를 취하게 되자 그들과의 관계도 악화되기 일보 직전이었다. 만약 훌륭한 예수회 신부님이 내 영혼을 치유해주지 않았다면 나는 아마 다른 사람들이 견디기 힘든 그런 사람이 되었을 것이다. 당시 이미 내가 그랬던 것처럼 말이다.

한두 달 동안 나는 매 순간 이렇게 성령을 찾지 못한 채 힘든 시간을 보냈다. 그러니까 하나님이 진정으로 함께하신다는 그런 확신 없이 말이다. 성령의 임재를 다시 느끼려는 나의 모든 노력은 더욱더 나를 고갈케 했다. 그러니까 나는 사람들이 흔히 말하는 광신도가 된 것이었다.

양심의 가책으로 고통받는 신자는 정말 비참한 신세였고 성체배령은 고통이었다. 왜냐하면 죄가 사해지는 순간까지 죄를 지었다고 자책하는 것은 너무나 괴로운 일이기 때문이다. 사소한 죄라고 사면이 면제되는 것은 아니었다. 열심히 더러움을 씻는 행위를 해야 성스러운 제단에 가까이 갈 수 있었다. 하지만 아주 심각한 죄를 지었을 경우에는 희생제를 치러야 했다. 그러기 위해서는 빨리 담당 신부님을 찾아가거나 만일 없을 때는 아무 신부님이나 처음 만나는 신부님으로부터 새로운 사면을 받아야 했다! 처음에는 정말 성스럽고 위대한 규칙이었겠지만 이제 신자들에게 이 규칙은 창조주를 불안하고 질투심 많은 인간의 차원까지 끌어내린 유치하고 어린애 같은 집착일 뿐이었다. 만약 그런 심각한 죄를 성체배령을 할 때나 아니면 그 전날 짓게 되면 신부님과 5분 동안 고해성사를 하는 것보다는 좀 더 오래 속죄해야 하고 더 어려운 화해의 과정을 거쳐야 하는 건 아닐까? 아! 초기 신도들은 그렇게 속죄하지 않았다. 그들은 신전의 문에서 죄를 씻기 전 모든 사람에게 자신의 죄를 고했다. 그들은 끔찍하게 고통스러운 시련을 자처했고 몇 년 동안 고행했다. 그렇게 해서 초기 신도들의 고해는 한 사람이 진정한 새 사람으로 다시 태어나게 했다. 지금 하는 것 같은 이런 고해의 흉내 내기, 늘 똑같은 신부의 짧은 권고, 몇 가지 기도문을 외우는 조잡한 속죄의식, 이런 게 초기 기독교의 그 순수하고 엄숙한 속죄를 대신할 수 있는 걸까?

이제 고해성사는 아주 부자연스러운 사회적 관습일 뿐이다. 왜냐하면, 고해를 통해 흘러나온 비밀들은 가정의 안전과 존엄을 위해 도움이 되기는커녕 더 불편하게 만들기 때문이다. 성스러운 예배를 하게 해준다는 말도 안 되는 이유로 행해지는 그런 행위는 신자들의 신앙을 더 깊게 해주지도 그들의 회개를 더 오래가게 하지도 않는다. 믿음이 별로 없거나 엄격하지 않은 신자들에게 효과는 거의 없다고 할 수 있다. 반대로 광신도들에게 그 효과는 엄청나다. 다시 말해 신부님이 진정으로 그런 광신도들에게 영향을 주는 것은 양심의 인도자로

서이지 고해신부로서가 아니다. 정말로 우리는 자주 이 두 가지 기능이 서로 다른 두 사람에 의해 행해지는 것을 볼 수 있다. 그런 경우 고해신부는 사라진다. 왜냐하면, 양심의 인도자가 신자가 해야 할 것을 다 결정하기 때문이다. 이때 양심의 인도자는 마치 진짜 의사가 포기한 환자를 치료하는 간호사 같다. 누가 하건 죄는 사해질 것이다. 하지만 양심의 인도자만이 환자의 비밀과 치료 과정을 알고 있다.

고해신부의 영향력은 그가 동시에 양심의 인도자일 때만 있을 수 있다. 그러기 위해서 그는 항상 개인적 친분이 있어야 하고 신자를 항상 애지중지하며 열심히 인도해야 한다. 그런데 이런 식으로 해서 그가 한 가정의 진정한 주인이 되는 일도 벌어진다. 그리고 미슐레가 이 끔찍한 진실에 대해 책에서 너무 잘 묘사한 것처럼 이런 일은 꼭 고해신부가 지배하는 여성을 통해 벌어진다. 신부님과 성도가 진실하다면 고해성사는 어쩌면 영혼 구원을 도울 수도 있다. 하지만 인간의 약한 정신과, 여성의 마음을 헤아리기보다는 종교 형식에만 함몰된 고해신부의 간교하고 지배적인 생각은 이런 관습이 수 세기동안 그저 방치되면서 원래의 목적에서 얼마나 벗어났으며 왜곡되었는지 보여준다. 오히려 보통 그것은 더 큰 위험과 악을 만들어낼 뿐이다.

내가 이런 말을 하는 것은 사회 정의를 위해 관찰자적 입장에서 말한 것뿐이다. 만약 나의 개인적인 경우만으로 판단한다면 나의 개인적인 경험은 이것과 다르다. 나는 운 좋게도 좋은 신부님을 만났고 그는 오랫동안 나에게 조용한 친구였으며 지혜로운 충고자였다. 만약 내가 광적인 신부를 만났더라면 아마도 나는 일전에 말한 것처럼 죽거나 미쳤을 것이다. 만약 사기꾼 같은 사람을 만났더라면 아마도 무신론자가 됐거나 아니면 반항심에서 수녀원에 있는 동안만이라도 그랬을 것이다.

프레모르 신부님은 얼마 동안 나의 고해를 그저 속는 척 들어주셨다. 나는 나의 냉담함과 게으름, 나 자신에 대한 역겨움과 불경건한 생각들, 뜨겁지 않은 신앙 행위들, 수업 시간 동안의 게으름과 예배 중의 나태함, 그러니까 그 결과인 불순종에 관해 회개했다. 그리고 나는 항상 말하기를 이 모든 행위를 하면서 진정한 회개도 없고 신앙의 발전도 없고 영적 승리를 향한 힘도 없다고 했다. 신부님은 내게 인내하라고 부드럽게 야단치시며 이렇게 말씀하셨다.

"자, 너무 낙담하지 말아요. 회개하고 있으니 승리할 거예요."

그래서 결국, 어느 날 나는 더더욱 자책하면서 눈물을 펑펑 쏟기까지 했다. 그러자 신부님은 시간을 허비하는 것에 진력이 난 남자처럼 갑자기 용감하게 나의 고해를 중간에서 끊더니 이렇게 말씀하셨다.

"나는 정말 이해할 수가 없군요. 정신이 병든 것인지 걱정되네요. 내가 원장님이나 혹은 당신이 지정해주는 사람에게 당신에 관해 좀 물어봐도 될까요?"

나는 말했다.

"그래서 뭘 알아내실 수 있죠? 너그럽게 저를 사랑해주는 사람들은 제가 아주 올바르다고 말해줄 거예요. 하지만 가슴속이 악하고 영혼이 방황하는 건 저밖에 알 수 없지요. 저에 대해서는 다들 죄가 없다 할 거예요."

신부님은 대답했다.

"그럼 당신이 위선자인 걸까요? 아니요. 그럴 리는 없어요! 당신

을 근본적으로 좀 알아야겠습니다. 4시에 다시 와서 이야기하도록
하지요."

내 생각에 그는 원장 수녀님과 앨리시아를 만난 것 같다. 그를 다
시 보았을 때 그는 내게 웃으며 말했다.

"당신이 정상은 아닌 걸 잘 알고 있었어요. 그래서 야단을 좀 쳐야
겠습니다. 당신의 행동거지는 아주 훌륭해요. 선생님들도 그것에 대
해 아주 좋아하고 계십니다. 당신은 온유함과 정확함과 진정성에 있
어 학생들의 모범이지요. 하지만 당신은 환자예요. 그리고 그것이 상
상력을 병들게 하고 있어요. 당신은 슬프고 우울해하면서 무슨 황홀
경에 빠진 듯 행동하지요. 당신의 친구들은 놀라서 더는 당신을 알아
보지 못하고 못마땅해하지요. 계속 그래서는 안 됩니다. 그러면 당신
은 경건함이란 것을 사람들이 싫어하고 무서워하게 할 거예요. 그리
고 당신의 고통과 불안은 사람들이 신앙을 떠나게 할 거예요. 당신의
부모님들도 당신의 광적 신앙을 걱정하시지요. 당신의 어머니는 수
녀원의 엄격한 생활이 당신을 망친 거라고 생각하지요. 당신의 할머
니는 우리가 당신에게 그런 환상을 심어주었고 그래서 당신 머릿속이
불안감으로 가득하다고 하지요.

하지만 당신도 잘 알다시피 우리는 그 반대로 당신을 진정시키기
위해 노력하고 있어요. 이제 진실을 알게 된 나는 이제 당신이 그런
과장된 태도를 좀 버리면 좋겠어요. 그것은 더 진지할수록 더 위험한
법이지요. 나는 당신의 심신이 완전히 자유롭게 살길 바라요. 또 당
신이 가지고 있는 그런 불안 병에는 알고 보면 겸손이란 이름의 큰 교
만이 스며들어 있지요. 나는 속죄의 방법으로 당신 나이에 걸맞은 순

진한 놀이와 장난으로 다시 돌아가길 명합니다. 오늘 저녁부터 쉬는 시간에 성당에 와서 엎드리는 대신 다른 친구들처럼 정원에 나가 뛰어놀아요. 줄넘기도 하고 막대기 놀이도 하세요. 그러면 식욕도 잠도 곧 돌아올 거예요. 그래서 더는 몸이 아프지 않으면 당신의 머리는 당신이 이른바 죄라고 생각하는 그런 허황한 것들을 더 잘 받아들일 수 있을 거예요."

나는 소리쳤다.

"오, 하나님! 제게 신부님이 생각하시는 것보다 더 힘든 속죄를 하라고 하시는군요. 저는 놀고 싶은 생각도 웃고 싶은 생각도 없어요. 그리고 저의 정신은 너무 나약해서 만약 제가 매시간 저를 잘 관찰하지 않으면 저는 하나님과 저의 구원을 잊게 될 거예요."

신부님은 말했다.

"그렇게 생각하지 말아요. 게다가 만약 너무 멀리 간다면 다시 건강해진 당신의 마음은 바로 경고할 것이고, 그러면 그때 마음의 질책을 들으면 되지요. 당신은 지금 병자라는 걸 기억해요. 그리고 하나님은 혼미한 정신으로 열에 들뜬 그런 흥분상태를 좋아하지 않는다는 걸 기억하세요. 그는 순수하고 평온하게 하는 경배를 더 좋아하지요. 자, 의사의 말을 들으세요. 일주일 후에 사람들이 당신의 태도와 행동들이 완전히 달라졌다고 말하는 걸 듣고 싶네요. 당신 친구들 모두가 당신을 사랑하고 당신 말에 귀 기울이면 좋겠어요. 모범생들뿐 아니라 그렇지 못한 친구들까지 모두가 말이에요. 그들에게 경건한 사랑은 부드러운 것이며 신앙은 사람들이 평안한 표정과 평온한 영혼을 갖게 하는 성스러운 장소라는 걸 알게 해주면 좋겠네요.

예수님도 제자들이 깨끗이 씻은 손과 향기 나는 머리를 하고 있길 바라셨다는 걸 기억해요. 다시 말해 몸에 재를 뒤집어쓰고 마음속까지 시커먼 그런 광신도들과 위선자들을 흉내 내지 말아요. 사람들에게 기분 좋은 사람이 되세요. 당신이 설파하려는 그 교리들이 그들에게 기분 좋게 들리도록 말이지요. 그러니까 당신의 마음을 잘못된 속죄의 재 속에 파묻어 버리지 말라는 소리예요. 상냥함으로 마음이 향기 나게 하고 사랑스러운 기쁨으로 정신이 넘치게 하세요. 그게 당신의 본모습이지요. 경건한 신앙을 사나운 것으로 생각해서는 안 됩니다. 하나님을 겸손한 종으로 섬겨야 해요. 자, 이제 이렇게 속죄하면 내가 죄를 사해주지요."

나는 말했다.

"신부님, 무슨 말씀이세요! 오늘 저녁 즐겁게 놀고 내일 영성체를 하자고요?"

신부님은 대답했다.

"그래요. 그렇게 하길 원해요. 내가 속죄를 위해 즐기라고 명했으니 당신은 의무를 다해야 합니다."

"만약 하나님이 나를 위해 다시 그 행복한 비상飛翔, 그 정신적 상승을 가능케 해서 내가 다시 하나님의 사랑을 느끼고 맛볼 수 있게만 해주신다면 뭐든 다 하겠어요."

그는 웃으며 말했다.

"하나님 대신 그것을 약속할 수는 없어요. 하지만 두고 보면 응답받게 될 거예요."

그리고 좋으신 신부님은 얼빠지고 정신이 나가 신부님의 명령을 두려워하는 나를 돌려보내셨다. 어쨌든 나는 무조건적인 순종이 기독교인의 첫째 덕목이라 생각해 신부님이 하라는 대로 했다. 그리고 15살짜리 소녀에게 줄넘기와 공놀이 하는 즐거움을 다시 찾는 것은 그리 어려운 일이 아님을 알게 되었다. 그리고 처음에는 그냥 놀이에 참여했지만 조금씩 조금씩 그 놀이를 좋아하게 되고 또 점점 놀이에 열심히 빠져들게 되었다. 왜냐하면 내 나이와 내 신체에는 몸을 움직이는 것이 절대적으로 필요하기 때문이다. 그런데 너무 오래 내버려 두면서 나는 그 매력을 잊고 있었던 것이다.

친구들은 아주 두 팔을 벌려 다시 내게로 왔다. 처음으로 사랑하는 파넬리가 왔고 그다음 폴린, 안나 그리고 다른 모든 친구가 왔다. 모범생, 악동들 할 거 없이 모두가 다 왔다. 내가 유쾌한 것을 보고 사람들은 잠깐 내가 다시 악동이 됐나 하는 생각을 했다. 엘리사는 나를 좀 야단치면서 나의 제대로 된 신앙심을 다시 보고 싶어 해서 나는 친구들에게 프레모르 신부님과 나 사이에 일어난 일을 말해 주었다. 그들은 나의 유쾌함을 정당하고 가치 있는 것으로 받아들여주었다.

좋으신 인도자가 미리 말해준 대로 나의 몸과 마음은 신속하게 건강해져 갔다. 정신이 평온해지면서 내 마음에 자문自問해 보아도 너무나 진실하고 순수해서 고해성사는 이제 짧은 형식이 되어 버렸고 그 자체가 하나의 기쁨이 되어 버렸다. 예수회 신부님이 사람에 따라, 천성과 성향에 따라 이끌어주시는, 어떻게 말로 다 표현할 수 없는 선한 영향력을 맛본 것이다.

인간의 마음에 대한, 또 그것으로 인해 얻게 되는 결과에 관한 그의 대단한 통찰력! 만약 모든 설교자와 전도자들이 프레모르 신부님처럼 선에 대한 사랑과 악에 대한 미움을 가지고 있다면 … . 하지만 그런 약들은 어떤 이들 손에 들어가면 독이 되었고 예수회라는 강력한 수단은 사회와 교회에서 삶과 죽음을 좌지우지하고 있었다.

나중에 천국에 가면 맛볼 것 같은 꿈같은 세월이 6개월 정도 흘러갔다. 나의 마음은 아주 평온했고 머릿속은 즐거운 생각뿐이었다. 신부님은 온통 암석과 가시뿐이었던 내 머릿속에 꽃을 피운 것이다. 매순간 나는 내 앞에 펼쳐진 하늘을 보았고 성모 마리아와 천사들이 웃으며 나를 불렀다. 사는 것과 죽는 것이 매한가지였다.

화려한 천상의 나라가 나를 기다리고 있었다. 그리고 내 안에는 천상으로의 비상을 방해할 그 어떤 작은 먼지도 없었다. 이 땅은 모든 것이 나의 구원을 도와주고 나를 구원으로 이끌 그런 기다림의 장소였다. 천사는 나를 마치 선지자처럼 "내 발이 길의 돌에 부딪히지 않도록"6 손에 받치고 있었다. 나는 예전처럼 그렇게 기도하지 않았다. 그것은 내게 금지되어 있었다. 하지만 매번 기도할 때마다 나는 사랑으로 가슴이 부풀어 오르는 것을 느꼈다. 그것은 전처럼 맹렬한 것은 아니지만 천 배는 더 온유한 사랑이었다. 천상에 계신 아버지의 심판에 대한 음울하고 잘못된 생각은 더는 나를 괴롭히지 않았다. 나는 매주일과 모든 축일祝日 때마다 아주 평온한 마음과 정신으로 성체배령

---

6 〔역주〕"가로되 네가 만일 하나님의 아들이어든 뛰어내리라 기록하였으되 저가 너를 위하여 그 사자들을 명하시리니 저희가 손으로 너를 받들어 발이 돌에 부딪히지 않게 하리로다 하였느니라."(마태복음 4장 6절)

을 했다. 나는 이 수녀원이라는 온화하고 광활한 감옥에서 공기처럼 자유로웠다. 만약 내가 지하로 가는 열쇠를 달라고 했다면 아마도 그들은 내게 그것을 주었을 것이다.

수녀들은 나를 그들의 사랑스러운 아이처럼 무조건적으로 사랑했다. 너무나 좋은 엘리시아, 사랑하는 헬렌, 유지니아 수녀님, 풀레트, 테레사 자매, 앤 조지프 수녀님, 원장님, 엘리사 그리고 예전 기숙생들이나 새로운 기숙생도나 상급반이나 하급반이나 "모두가 마음으로 나를 좇았다."[7] 사람의 마음이 온전하게 행복할 때 완벽하게 사랑받는 존재가 되는 것은 너무나 쉬운 일이었다.

내가 다시 유쾌한 아이가 된 것은 상급반 아이들에게는 마치 부활과도 같았다. 나의 개종 이후로 악동들은 마치 날개가 하나뿐인 새와 같았다. 그들은 어느 날 갑자기 생각지도 못했던 현실에 맞닥뜨리게 된 것이다. 이제 그들은 아무런 해도 없는 이빨 빠진 호랑이, 그러니까 할 일도 하지 않고 반항심 같은 것도 없는 장난꾸러기에 불과했다. 아이들은 공부 시간에 공부하고 웃고 떠드는 시간에는 뛰어놀았는데 지금껏 한 번도 그렇게 해 본 적은 없었다. 아이들 사이에 파벌 같은 것도 없어서 이제는 모범생, 악동들 그리고 멍청이들로 나뉘지도 않았다. 악동들은 온유해졌고 모범생들도 기뻐하고 늘 이용만 당하던 멍청이들도 그들을 신뢰했다.

수녀원 안에서의 이런 큰 변화는 모두가 함께 즐거운 일을 도모할

---

7 〔역주〕장 라신의 비극 《페드르》에 나오는 문장이다.

수 있게 해주었다. 상급생 5~6명은 즉흥적으로 문자놀이를 고안하거나 미리 시나리오를 써서 작은 코미디 소극笑劇 공연을 공상하곤 했었다. 그런데 내가 할머니 덕분에 문학작품을 다른 아이들보다 잘 알고 또 연기에도 좀 소질이 있어서 내가 우리 극단의 작가가 되었다. 나는 배우들을 고르고 의상들을 지시했다. 아이들은 나를 아주 잘 돕고 잘 따라와 주었다. 정원 쪽을 향한 교실 안쪽이 때때로 무대가 되었다. 처음 우리 공연은 아주 미숙하기 그지없었다. 하지만 '백작 부인'은 잘 참아주었고 얼마 후에는 즐기기까지 했다. 또 유지니아 수녀와 프랑수아즈 수녀에게 가서 불미스러운 내용이 없는지 봐 달라고 하기도 했는데 수녀님들은 웃으며 허락해주었다.

우리 공연은 아주 빠른 속도로 발전했다. 병풍으로 막아서 무대 뒤쪽을 만들어주기도 했다. 소품들이 여러 곳에서 조달되었다. 각자가 자기 집에서 의상에 쓸 물건들을 가지고 왔다. 제일 큰 문제는 남장男裝을 하는 거였는데 수녀들은 별로 개의치 않았다. 나는 권위 있고 변형도 할 수 있는 루이 13세의 의상을 생각했다. 우리는 치마를 아래 종아리까지 접어서 짧은 바지로 만들었다. 또 블라우스의 앞뒤를 바꿔 입고 셔츠와 소매에 손수건을 꾸겨 넣어 남자 상의를 만들었다. 테이블보 2개를 붙여서 망토를 만들었고 휘장이나 가발, 모자, 싸구려 패물들은 구하기 어렵지 않았다. 깃털이 필요하면 종이를 말아서 잘랐다.

학생들은 아주 능숙하고 창의적으로 모든 것을 함께 했다. 장화도 칼도 중절모자도 구할 수 있었다. 부모님들도 우릴 도왔다. 한마디로 의상은 만족스러웠고 무대장치를 만드는 것도 너그럽게 허락해주셔서 우리는 큰 테이블로 다리를 만들고 푸른 천으로 덮인 발판으로 잔디 벤치를 만들기도 했다.

하급반 아이들도 우리 공연에 함께하도록 허락받았고 누구든 참여하고 싶은 사람들은 함께할 수 있었다.

마침내 즐거운 일을 좋아하는 원장님은 어느 날 우리의 훌륭한 연극에 대해 익히 들었다고 하시면서 수녀회 전체가 함께 참여하고 싶다는 말을 하셨다. 이미 '백작 부인'과 유지니아 수녀님이 휴식 시간을 10시까지 연장했고 공연이 있는 날은 11시까지 연장했는데 원장님은 그날만큼은 자정까지 연장을 해주셨다. 다시 말해 온전히 즐기고 싶었다는 말이다. 모두 원장님의 허락과 방문에 기뻐서 어쩔 줄을 몰랐다. 그리고 모두 내게 달려와 "자! 우리 작가님! 어서 부트 엉 트렝![8] (이것은 나의 마지막 별명이 되었다.) 얼른 써야 해! 굉장한 작품이 필요하단 말이야. 6막에 2~3장은 되어야지. 8시부터 자정까지 숨 돌릴 틈을 주면 안 돼. 얼른 써. 다른 건 뭐든 우리가 다 할게. 이제 믿을 사람은 너뿐이야!"라고 말했다.

책임감이 너무 막중했다. 원장님을 웃겨야 하고 세상에서 가장 엄숙한 수녀회 사람들을 즐겁게 해야 했다. 또 너무 멀리 나가서도 안 되고 조금만 지나치거나 경박해도 추잡스럽다고 당장 그만두게 할 수도 있었다. 그렇다면 우리 친구들은 얼마나 절망스러워할지! 사실 나 혼자면 그만둬도 그만이었다. 공연이 저녁 쉬는 시간과 낮 공부 시간을 너무 방해했으니까. 하지만 그런 건 내게 아무 문제도 되지 않았

---

8 〔역주〕 모임에 활기를 불어넣는 사람을 말한다.

다. 어린 학생들, 특히 하급반 아이들이 너무 흥분해서 이 놀이를 좋아했기 때문이다.

다행스럽게도 나는 몰리에르를 아주 잘 알고 있었다. 그래서 무슨 연애 이야기만 빼 버리면 저녁나절을 즐겁게 하기 위한 코믹한 장면 쯤은 충분히 있었다. 특히 〈상상병 환자Le Malade imaginaire〉가 내게 완벽해 보였다. 그런데 대사들과 극의 연결이 정확하게 기억나지 않았다. 다들 알다시피 몰리에르의 작품들은 수녀원에서 금지되었고 연극의 연출을 맡은 나도 그런 쪽으로 매우 도덕적이었다. 그런데 시나리오를 쓰면서 원작의 많은 부분이 기억났다. 나는 배우들에게 대사의 중요한 부분을 알려주고 전체적인 분위기를 알려주었다. 몰리에르를 읽은 사람은 아무도 없었고 몰리에르 작품을 아는 사람도 수녀 중엔 한 명도 없었다. 그러니 나의 작품이 모든 사람에게 아주 신선한 매력이 될 것은 분명했다. 누가 배역을 잘 소화해 낼지는 알 수 없었다. 하지만 모두 정말 똑똑하고 즐겁게 자기 역할을 잘 해주었다. 나는 내 역할에서 반쯤은 잊어버려서 또 반쯤은 고의로 의학적인 부분을 빼 버렸다. 내가 주치의 퓌르공 역을 맡았기 때문이다. 그런데 내가 연기를 시작하고 대사 몇 마디를 입 밖에 내자마자 원장님은 폭소를 터뜨렸고 유지니아 수녀님은 눈물을 닦았고 다른 모든 수녀회 사람들도 활짝 웃었다.

그동안 매년 원장님의 축제 때마다 우리는 이때 우리가 하던 것보다 훨씬 더 공들이고 더 화려한 연극을 무대에 올리곤 했다. 그때는 정말 제대로 된 무대를 만들었다. 무대 소품 창고도 있었고 조명장치와 천둥 번개도 있었고 모두 자기 역할을 다 외우고 기막히게 연기했었다. 하지만 공연은 하나도 재밌지 않았다. 연극은 늘 장리스 부인의 눈물을 쥐어짜는 작품들이었다.

그런데 내 작품은 병풍을 치고 조명이라곤 자투리 초에, 배우는 그저 하고 싶다는 사람 아무나에, 기억나는 대로 쓴 대사도 즉흥적이며 또 미리 하는 연습이라곤 한 번의 리허설뿐이라 완전히 실패할 수도 있었다. 하지만 전혀 그렇지 않았다. 즐거움과 활기 그리고 비록 일부분만 흉내 내기는 했지만 몰리에르의 진정한 코미디는 청중들을 들었다 났다 했다. 우리는 수녀들이 그렇게 유쾌하게 웃는 것을 본 적이 없었다.

첫 장면부터 완전 대성공을 하자 우리는 아주 신이 났다. 나는 막간 극으로 〈푸르소냐크Monsieur de Pourceaugnac〉의9 코미디 장면과 코믹 무용극을 준비했다. 나는 배우들에게 무대 뒤, 그러니까 병풍 뒤에 있다가 내가 무대에 올라가 하는 대로 따라 하라고만 말해주었다. 모두가 다 내 말을 알아들은 것 같아 나는 바로 약제사 옷으로 갈아입고 머리 위로 옛 무기를 휘두르며 막간극을 시작했다. 모두가 나를 보고 웃음을 터뜨렸다. 모두 이런 종류의 코미디는 신앙생활과는 관련이 없다고 생각하는 것 같았다. 곧이어 흰 테이블보를 두른 나의 부대가 무대 위로 나타나자 이 갑작스러운 등장은 (풀레트는 진료실의 모든 병기를 다 빌려주었다.) 수녀들을 너무나 요절복통하게 만들어 나는 교실이 무너지는 줄 알았다.

연극의 마지막은 환영 만찬으로 끝이 났는데, 나는 모든 대사를 외

---

9 〔역주〕몰리에르 작품의 제목이다.

우고 있었기 때문에 배우들에게 가르쳐줄 수 있었다. 극은 완전 대성 공이었고 사람들의 환호는 극에 달했다. 미사를 라틴어로 해야 했던 수녀들은 몰리에르의 라틴어 코믹 장면을 잘 이해했다. 원장님도 말할 수 없이 재미있었다고 하고 모두가 내가 만든 극의 재치와 재미를 극찬하니 나는 너무 괴로워 친구들에게 "아니, 이건 몰리에르 극이야. 내가 기억을 잘 해낸 것뿐이지."라고 말했다. 하지만 아무도 그말을 들으려 하지 않았고 믿으려고도 하지 않았다. 단지 지난 방학 동안 몰리에르를 읽은 한 아이만이 내게 낮은 소리로 말했다.

"조용히 해! 수녀들에게 네가 어디서 베꼈는지 말해서 뭐해. 아마도 그들이 본 게 몰리에르 극이라는 걸 알게 되면 아예 못 하게 할걸. 또 충격적인 내용도 없었으니 묻기 전에는 아무 말도 하지 않아도 괜찮아."

사실 아무도 몰리에르의 천재적인 장면이 내 머릿속에서 나왔음을 의심하는 사람은 없었다. 나는 순간적으로 그 모든 찬사를 한 몸에 받는 것에 죄책감을 느꼈다. 나는 혹시 스스로 자만하고 있는지 자문해 보았다. 아니, 그 반대로 정신이 어떻게 되지 않는 이상 다른 사람으로 인해 내가 칭찬받는다는 것은 괴로운 일이었다. 나는 이런 굴욕을 나의 친구들을 위한 헌신으로 감수하기로 했다. 이후 연극은 번성하기 시작했고 원장님과 수녀들을 매주 일요일 불러들였다.

극들은 모두 기억의 서랍 속에서 끄집어내어 우리 방식대로 편하게 변형시킨 것들이었다. 이것은 우리의 우정을 더욱더 돈독하게 하는 결과를 가져다주었다. 학우애學友愛, 모두의 즐거움을 위해 서로서로 도와야 했기 때문에 모두가 상대를 친절하고 관대하게 대하며 라이벌

의식 같은 것은 사라졌다. 어린 내게 너무나 당연했던 '서로 사랑해야 한다'는 의지는 내 주위로 매일매일 더 넓게 번져가 수녀들과 하숙생이나 상급반, 하급반 할 것 없이 모두에게 퍼져 나갔다. 나는 수녀원에서 모두가 내게 열광했던 이 시절을 생각할 때 결코 자만하지 않는다. 왜냐하면 이것은 고해신부님의 작품이었으며 신부님의 명령대로 너무 뜨겁지 않고 관대하고 행복한 신앙을 가지려고 애쓴 노력의 결과였기 때문이다.

내가 관대하고 행복한 신앙을 갖게 된 것에 모두 무한한 환호를 보내주었다. 쾌활함은 가장 신중하고 가장 멜랑콜리한 신앙과도 통했다. 바로 이 시기에 나는 제인 바주앵과 친하게 되었다. 그녀는 창백하고 수줍고 부드럽고 겉으로 보기에는 약해 보였지만 실제로 아픈 곳은 없었다. 그녀의 크고 검은 눈, 어눌하지만 선한 품성 그리고 아이 같은 미소는 그녀를 예뻐 보이게 했다. 제인은 정말 감탄스러운 아이였고 커서도 그럴 것 같았다. 그녀는 파넬리의 선함과 헌신 그리고 지치지 않는 친절함과 엘리사의 엄숙하고 굳센 경건함을 갖추었다. 차분한 우아함과 겸손함의 미덕은 오직 제인만이 가지고 있는 덕목이었다.

그녀에게는 그녀보다 더 예쁘고 빛나는 두 명의 자매가 있었다. 셋 중 제일 예쁘고 활기차고 매력적인 셰리라는 자매는 가엾게도 2년 뒤에 죽고 말았다. 또 다른 자매 에메 또한 미모와 머리가 뛰어났는데 젊을 때 몸이 아팠지만 엘리오 씨와 27살에 결혼했다. 에메는 모든 면에서 대단한 아이였다. 그녀는 겉으로는 냉정했지만 마음은 따뜻했고 크게 노력하지 않고 남다른 열정도 없었지만 머리도 좋고 모든 예술 방면에 재능이 있어 늘 두각을 나타내었다.

이 세 자매는 그들을 돌봐주는 가정교사와 함께 기거했다. 하지만 우리 교실에도 참석했고 기도시간도 함께했다. 아이들은 셰리와 에메를 사귀고 싶어 했다. 제인은 친구라곤 오직 자기 자매들뿐이었다. 그녀는 다른 사람을 사귀기엔 너무 부끄럼이 많고 소심했다. 그런 겸손함이 내 마음에 와닿았다. 그래서 나는 곧 그녀가 혼자인 것이 그녀가 냉정하고 못돼서가 아님을 알았다. 다른 자매들처럼 똑똑하고 아는 것도 많은 그녀는 훨씬 더 사랑스러운 아이였다. 나는 그녀 안에 보석같이 빛나는 친절함과 온유하고 한결같은 사랑을 발견했다. 우리는 1831년까지 아주 친한 친구로 지냈다. 나중에 내가 왜 그녀를 변함없이 사랑하면서도 이유도 없이 그녀와 헤어지게 되었는지 설명할 기회가 있을 것이다.

사랑스러운 제인은 같이 놀 때면 우리 중 제일 활기찬 아이만큼이나 쾌활하고 다정했다. 한번은 그녀가 우리 장난을 못마땅하게 여기는 '백작 부인'으로부터 '수면 모자 쓰는 벌'을 받은 적도 있었다. 왜냐하면, 즐거운 장난은 매일 정도가 심해져서 얌전한 아이들도 결국은 참여하게 되기 때문이다. 이 장난은 정말 나와 모든 아이들에게 저항할 수 없는 전기 충격과 같았다. 분명히 나는 가엾은 '백작 부인'을 놀리지 않기 위해 노력했다. 다른 아이들이 그렇게 해도 나는 그녀를 위해 최선을 다했다. 하지만 안나와 폴린이 그녀의 등잔 속에 양초 대신 사과를 넣어 놓은 것을 보며 당황하는 모습에 반의 모든 아이들이 폭소를 터뜨릴 때 아무렇지도 않은 척 다른 사람에게 냉정하게 말을 건

네는 일이 백 번쯤 반복됐을 때 결국 나도 반 아이들과 함께 웃음을 터뜨릴 수밖에 없었다. 그러자 그녀는 초록색 숄을 두르며 찡그린 얼굴로 마치 카이사르가 브루투스에게 하듯 내게 말했다.

"아니 너마저, 오로르!"

나는 곧 회개하고 싶었다. 하지만 그녀가 마지막 '르' 발음을 '로'처럼 발음하는 것을 안나가 너무나 똑같이 흉내 내며 내게 계속 "오로로, 오로로!"라고 소리쳤다. 나는 웃음을 참을 수가 없었고 웃음은 점점 더 발작적으로 변했다. 나는 사람들이 말하듯 "타는 불 속에서도 웃을 것만 같았다."

아이들이 점점 더 유쾌해지면서 몇몇 다혈질인 아이들은 반항적으로 되기도 했다. 때는 왕정복고 시기라 모든 고등학교와 모든 기숙사들, 또 우리 여학교에서조차 반동의 기운이 전염병처럼 감돌고 있었다. 그런 소문들이 때로는 매우 심각하게 때로는 농담처럼 우리에게 계속 들려오자 우리 중 제일 다혈질인 아이는 이렇게 말했다.

"우리도 뭔가 행동으로 보여줘야 하지 않을까? 세상이 다 하는 걸 우리만 하지 않겠다는 말이야? 신문에 짧은 성명서라도 내야 하지 않을까?"

마음이 여린 '백작 부인'은 두려움으로 더욱더 엄격해졌다. 수녀들 중 적어도 몇 명은 걱정스러워하는 눈치여서 3, 4일 동안 (내 생각에 우리 이웃인 스코틀랜드 사람들은 이미 그들 나름의 봉기를 단행하고 있었다.) 우리는 그런 경멸감과 두려움을 즐기고 있었던 것 같다.

그러다 우리는 수녀들 특히 '백작 부인'이 두려워하는 모습을 보기 위해 일부러 폭동을 일으키는 척하기로 했다. 아이들은 나는 가담시키지 않았는데 아마도 내가 양심의 가책을 받지 않게 하기 위한 배려였던 것 같다. 하지만 일이 터지면 분명 나도 함께 유쾌하게 웃을 참이었다.

일은 이랬다. 어느 날 저녁 교실에서 모두가 긴 책상 주위에 앉아 있고 '백작 부인'은 끝에서 촛불 빛에 자기 옷을 수선하고 있을 때였다. 옆에 있는 아이가 옆 사람에게 "올리자!"라고 소리치는 소리를 들었다. 이 말은 삽시간에 책상 주변으로 빠르게 번져 나가 30여 개의 작은 손들이 책상을 '백작 부인'의 머리 위까지 들어 올렸다. 그리고 늘 모든 것에 무심한 '백작 부인'이 단지 촛불 빛이 없어진 것만 이상해하며 고개를 드는 순간 아이들은 책상을 다시 제자리로 내렸다. 아이들은 몇 번이나 이것을 반복했지만 선생님은 무심하게 알아채지 못했다. 이것은 마치 〈악마의 환약〉에[10] 나오는 마녀 집의 멍청이들 같았다. 나는 장난이 너무 재미있어서 다른 아이들처럼 별생각 없이 책상을 들어 올렸다. 하지만 결국, '백작 부인'은 우리 행동을 알아차리고 화를 내며 벌떡 일어났다. 바로 이때 아이들은 그녀를 무섭게 하려고 깡패처럼 행동하기 시작했다. 모두 폭도들처럼 팔짱을 끼거나 눈썹을 치켜뜨면서 그녀 귀에 '폭동'이란 말을 소리치기 시작했다. '백작 부인'은 그 폭풍 같은 소리에 정신을 차릴 수가 없었다. 결국, 마지막 운명의 순간이 왔다고 판단한 그녀는 큰 숄을 마치 폭풍을 가로

---

10 〔역주〕 *Les Pilules du Diable*. 페르디낭 라루, 아니세 부르주아, 로랑이 쓴 작품으로 1839년 파리올림픽 공연장에서 공연하여 대성공을 이뤘다.

지르는 갈매기가 날개를 펼치듯 두르고는 도망쳐 버렸다.

그녀는 정신이 나가 몸을 피해 숨기 위해 정원을 가로질러 자기 방으로 갔다. 우리는 그녀를 더 무섭게 하려고 그녀가 지나갈 때 창문 밖으로 횃불과 등불과 의자들을 던지기 시작했다. 하지만 그녀를 맞출 생각은 하지도 않았고 그럴 수도 없었다. 그럼에도 "일어나자! 일어나자!"란 소리와 함께 시작된 이 난동에 그녀는 죽을 듯이 두려워했다. 거의 한 시간 동안 우린 놀이에 도취했고 웃음을 멈추지 못했고 누구도 감히 와서 이것을 그만두게 하지도 못했다.

마침내 멀리서 원장님의 큰 목소리가 들렸다. 그녀는 수석 사제들을 데리고 왔다. 이제 두려워해야할 사람들은 우리였다. 왜냐하면, 우리는 원장님을 좋아했고 비록 장난이었지만 폭동에 대해선 대가를 치르고 벌을 받아야 했기 때문이다. 우리는 곧 교실 앞뒤 문을 잠그고 정리하기 시작했다. 의자들과 횃불들을 다시 모아 정리하고 등을 켰다. 그리고 모든 것이 제자리를 잡자 우리는 무릎을 꿇고 큰 소리로 저녁 기도를 하기 시작했고 우리 중 한 명은 원장 수녀님이 약간 머뭇거리다 문을 여는 순간 문을 열어주었다. '백작 부인'은 머리가 어떻게 됐거나 아니면 환영을 본 것으로 여겨졌다. 아침에 교실을 청소하는 세상에서 제일 착한 하녀 마리 조제프는 가구들과 등이 조금 깨진 것을 모른 척해주었다. 이렇게 해서 우리의 혁명은 끝이 났다.

모든 것이 순조롭게 흘러갔고 사육제謝肉祭 기간이 돌아와 우리는 생각지도 못했던 저녁 공연을 준비해야만 했다. 나는 더는 몰리에르나 르냐르의 어떤 극을 바탕으로 극을 써야 할지 알 수 없었다. 의상들은 준비되어 있었고 역할도 다 나뉘어 있었고 바이올린도 있었다.

왜냐하면 그날은 밤새도록 신나게 놀 수 있도록, 바이올린과 무도회와 만찬이 준비되어 있었기 때문이다.

하지만 정치적 사건이 벌어졌고 수녀원에서는 그것을 엄청난 사회적 재앙으로 여겼다. 당연히 의상들도 다시 회수되고 마음속 즐거움도 다 사라졌다.

베리 공작이 오페라 극장 입구에서 루벨에게 피격당하는 사건이 벌어진 것이다. 단독 범행이었고 정신착란자가 저지른 유혈극이었다. 그것은 모든 정치적 압제에 정당성을 부여하였고 루이 18세 치하에서 갑작스레 상황을 역전시켰다.

이 소식은 다음 날 아침 우리에게 전해졌다. 수녀들은 이 사건을 아주 사실적이고 극적으로 전해주었다. 일주일 동안 우리는 다른 이야기에는 관심도 없었다. 오직 독실한 크리스천인 왕자의 죽음에 관한 세세한 이야기들과 금발 머리 한 움큼을 남편의 묘지 위에 놓았다는 그 부인의 절망적인 이야기뿐이었다. 이 왕가의 비극적 사건은 미화되고 과장되었고 왕당과 신문들과 개인 서신들을 통해 시적으로 포장되었다. 우리는 쉬는 시간 내내 그 이야기를 하며 한숨을 쉬고 눈물을 흘렸다. 거의 대부분 학생들은 귀족이거나 왕족이거나 아니면 보나파르트와 연관이 있는 집안이었다. 제일 숫자가 많은 영국인들도 원칙적으로 왕가의 장례를 따랐다. 게다가 왕족의 비극적 죽음과 눈물에 관한 이야기는 우리 어린 학생들 가슴에 마치 코르네유나 라신의 희곡처럼 마음을 울렸다.

사람들은 베리 공작이 좀 거칠고 방탕하다는 말은 하지 않았다. 모두 그를 마치 앙리 4세11 같은 영웅으로, 그의 아내는 성녀로, 그리고 나머지 가족들도 모두 좋게만 이야기했다.

어쩌면 나 혼자서만 사람들과 대립했던 것 같다. 나는 여전히 보나파르트주의자였고 그것을 숨기려고 하지도 않았으니까. 하지만 그런 문제로 누구와도 다툰 적은 없었다.

당시 보니파르트주의자들은 자유주의자들로 취급받았다. 자유주의자가 대체 뭘 의미하는지는 나도 잘 모르겠지만 말이다. 사람들은 그들이 자코뱅주의자들과 같은 거라고 말했지만 그게 또 뭔지는 나도 잘 몰랐다. 그래서 사람들이 내게 "대체 어떤 당이 암살을 주도하고 시켰건 그게 무슨 상관이지?"라고 말해주었을 때 나는 무척 감동했다. 그래서 나도 "그렇다면 너희들 편이야. 자유주의자만 아니라면 말이야"라고 대답해주었다. 그리고 나는 베리 공작을 기념해서 만든 작은 메달을 목에 달았고 그것은 수녀원 전체에 마치 무슨 의무처럼 번져 갔다.

일주일간의 애도 기간은 젊은 소녀들에게 너무 긴 시간이었다. 어느 저녁 누군가 불평하기 시작했고 누군가는 웃기 시작했고 또 누군가는 농담도 했다. 그리고 결국, 반 전체가 웃음을 터뜨리더니 그 웃음은 아주 발작적이고 멈출 수 없을 정도가 되어 눈물이 날 정도였다. 조금씩 우리는 다시 즐거운 일들을 시작했다.

할머니도 그때 파리에 오셨다. 사람들이 나에 대해 아주 좋은 평을 해주었기 때문에 할머니는 더는 나를 심각하게 혼낼 일이 없었다. 또

---

11 〔역주〕 1589년 종교의 자유를 인정함으로써 종교전쟁을 끝낸 프랑스 왕이다.

나의 소박하고 꾸미지 않은 듯한 모습도 16살 소녀의 모습으로 그리 나쁘지 않다고 생각하셨다. 그래서 할머니는 엄마처럼 자애롭게 나를 대해주셨다. 하지만 할머니에게 새로운 고민거리가 생겼다. 내가 지나친 신앙심으로 수녀가 되길 원한다는 걸 아셨기 때문이었다. 할머니는 그 사실을 아마도 퐁카레 부인으로부터 들었던 것 같다(그녀는 그것을 폴린에게 들었을 것이고). 할머니는 지난여름 면회실에서 나를 보았던 많은 사람들이 보낸 편지를 통해, 내가 하나님 생각에 너무 깊이 빠져 늘 슬프고 괴로워하고 있다는 것을 알고는 계셨다. 하지만 그런 우울한 신앙심은 할머니를 그렇게 걱정시키지는 않았다. 할머니는 그런 것이 내 나이답지 않으니 곧 지나갈 일로 생각하셨다. 하지만 내가 계속 믿음 생활을 고수하면서도 이번에는 활기차고 유쾌하며 누구와도 잘 지내는 데다가 수녀원에서 나올 때보다 들어갈 때 더 기뻐하는 것을 보시고 걱정하기 시작했다. 그리고 결국, 노앙으로 떠나며 나를 데려가기로 하셨다.

이 소식은 정말 내게 청천벽력 같았다. 내 생애 가장 완벽한 행복 속에 살고 있던 내게 말이다. 수녀원은 정말 내게 지상의 낙원이 되어 있었다. 그곳에서 나는 기숙생도 수녀도 아니고 일종의 중재자였다. 내가 너무나 소중하게 생각하는 절대적인 내면의 자유를 나는 단 하루도 떠나고 싶지 않았다. 나만큼 행복한 사람은 없었다. 나는 모든 사람의 친구였고 모든 즐거움을 만들고 끌어내는 사람이었고 어린 학생들의 우상이었다. 수녀들은 내가 나의 소명을 행복하게 고집하는 것을 보고 그것을 믿기 시작했다. 그래서 나를 부추기지는 않았지만 부정하지도 않았다. 엘리사 혼자만이 나의 열정을 그저 지켜보면서

흐뭇해하는 정도가 아니라 굳게 믿었다. 헬렌 자매 또한 그 어느 때보다 나를 지지했다. 나 자신도 나의 신념을 믿어 의심치 않았고 수녀원에서 나온 후에도 오랫동안 믿고 있었다.

앨리시아 수녀님과 프레모르 신부님 두 사람만이 나의 신념을 믿지 않았다. 아마도 다른 사람들보다 더 나를 잘 알았기 때문이었을 것이다. 두 사람 다 내게 이렇게 말했다.

"좋으면 계속 그렇게 그 생각을 품고 있도록 해요! 하지만 너무 성급하게 맹세하거나 하나님께 은밀히 약속하지 말고 특히 지금 원하는 것을 영원히 소원한다고 확신할 때까지 부모님께 고백하지 말아요. 할머니는 당신을 결혼시키고 싶어 해요. 앞으로 2~3년 안에 결혼하지 않고 앞으로도 결혼할 생각이 없다면 그때 우리에게 당신의 계획을 다시 말해줘요."

신부님은 내가 아주 쉽게 사랑스러운 사람이 되도록 해주었다. 처음에 친구들 사이에서 내가 좀 영향력 있는 사람이 되자마자 나는 의무적으로 그들에게 전도하고 그들을 개종시켜야 한다는 생각에 늘 짓눌려 있었다. 그리고 신부님께 다음과 같이 말하며 나는 그런 일을 하기에는 적합하지 않은 것 같다고 고백했었다.

"신부님은 제가 여기 모든 사람에게 사랑받기를 원하시나요. 미리 저에 관해 말씀드리지만 저는 저 자신도 사랑하지 않으면서 스스로가 사랑받는 사람이 되도록 할 수는 없어요. 또 저는 사랑하는 사람에게 '신앙을 가져요. 그럼 친구가 될게요.'라고 말할 용기도 없어요. 아니, 저는 차라리 거짓말을 하겠어요. 저는 집요하지도 못하고 남을 괴롭히지도 못하고 제 생각을 고집하지도 못해요. 저는 너무 약해요."

그러자 마음 좋은 신부님은 대답하셨다.

"내가 원하는 것은 그런 게 아니에요. 전도傳道하고 집요하게 강요하는 것은 학생 나이에 좋은 게 아니지요. 신앙심을 굳게 하고 기뻐하세요. 이게 내가 원하는 전부예요. 그러면 그 모습이 학생이 하는 설교보다 더 큰 전도가 될 테니까요."

신부님은 어떤 점에서 나의 오랜 친구가 될 충분한 이유를 가지고 있었다. 분명히 내 주변 친구들은 더 좋아지기 시작했다. 이런 식으로 즐거운 마음으로 전도된 신앙은 정신에 활력을 불어넣는 데 더 큰 힘을 가지고 있었다. 그리고 어쩌면 이것이 가톨릭 신앙의 전파를 위해 더 확실한 방식은 아닐지 모르겠다.

나는 신념을 가지고 그것을 지속했다. 그리고 만약 수녀원을 떠나지 않았더라면 그렇게 계속했을 것이다. 하지만 나는 그곳을 떠나야 했다. 그리고 할머니에게 나의 소중하고 사랑스러운 대상들을 떠나야 하는 죽음과 같은 회한悔恨을 감추어야 했다. 만약 할머니가 그것을 알았더라면 할머니는 너무나 괴로워하셨을 것이다. 나의 마음은 부서졌다. 하지만 나는 울지 않았다. 한 달 동안 이별을 준비했기 때문이다. 마침내 그날이 왔을 때 나는 굳은 결심으로 불평 없이 순종하면서 가엾은 할머니 앞에서 평온하고 만족스러운 모습을 보여드렸다. 하지만 당시 나는 괴로웠고 이후로도 오랫동안 그랬다.

마지막으로 캐닝 수녀님의 죽음으로 모든 사람이 슬프고 비탄에 빠졌던 것을 말하지 않고 수녀원에 관한 기억을 접을 수는 없을 것 같다. 나는 신앙심 때문에 그녀의 성품에 존경심은 가졌지만 그녀에게 가까이 다가가지는 않았다. 그래도 나는 그녀가 임종 때 사랑을 가지고 언급한 마지막 몇 명 중 하나였다.

이분은 조직력이 뛰어나 수도원 생활에서 아주 출중한 역할을 수행했다. 그래서 그녀는 대혁명 이후부터 쭉 공동체 경영에 있어 절대 권력을 가지고 있었다. 그래서 그녀는 수도원을 번성하게 하고 많은 학생들을 거느리고 또 사교계와도 좋은 인연을 맺어서 미래를 위한 지속적이고 대단한 후원자들을 확보하고 있었다.

그렇지만 이런 좋은 상황은 그녀와 함께 사라져 버렸다. 나는 유지니아 수녀님이 후임자가 되는 것을 보았고 만약 내가 수녀원에 계속 있었더라면 그녀는 계속 나를 아껴주었을 것이고 아마도 나는 더 세상 물정 모르는 아이가 되었을 것이다. 그런데 유지니아 수녀님은 절대적인 권위 같은 것에 적합하지 않은 사람이었다. 그녀가 자신의 지위를 악용한 것인지 아니면 경영이 미숙해서인지 아니면 모두 그녀의 말을 듣지 않아서인지 모르겠지만 그녀는 몇 년 후 자리에서 내려오길 원했고 이는 바로 받아들여졌다고 사람들은 내게 말해주었다. 그녀는 수녀원이 재정적으로 몰락하는 것을 막을 수가 없었다.

당시에는 모든 것이 유행을 따랐는데 '앙글레즈 수녀원'은 제정시대나 혹은 루이 18세 때의 대유행이었다. 그래서 프랑스와 영국의 명문가들이 여기에 이바지했고 모르트마르나 몽모랑시 집안이 뒤를 이었다. 왕정복고와 연관이 있는 제정시대 장교들의 딸이 귀족 부모들과 친분을 맺기 위해 이곳에 들어왔다. 그러다 부르주아의 통치가 시작되었고 비록 '늙은 백작 부인'들이 유지니아 수녀가 수녀원의 품위를 떨어뜨렸다고 욕하긴 했어도, 캐닝 수녀가 죽은 며칠 후 내가 수녀원을 떠났을 때 이미 평민계급은 수녀원에 경제적 도움을 주고 있었다. 그러니까 경영에 있어 큰 이득을 주었다는 것이다.

그래서 장사하는 사람이나 사업가들의 매력적인 딸들이 점점 더 빠르게 늘어났다. 그들은 대부분이 명문가의 딸들보다 더 똑똑하고 더 교육을 잘 받았다(이것은 정말 대단한 일로 인정받지 않을 수 없었다).

하지만 이런 현상은 일순간의 현상일 뿐이었다. 요즘 사람들이 말하듯 이른바 '높으신 분'들은 이곳 환경이 너무 평민적인 것을 보고 사크레 쾨르나 오부아 수녀원 쪽으로 옮겨 갔다. 나의 옛 친구들 몇몇이 그곳으로 갔고 점점 더 가톨릭 세습 귀족들은 스튜어트의 옛 은퇴지와 결별하기 시작했다. 그래서 자녀들이 혹시나 귀족 자녀와 알고 지내지 않을까 희망했던 부르주아들은 실망하고 굴욕감을 느끼기 시작했다. 또 루이 필리프 시대에 그전 왕의 초기 지배시대부터 시작된 볼테르주의가 수녀원 교육을 추방해 버렸다.12 그래서 몇 년 뒤에 수녀원은 거의 텅 비게 되어 우리가 있던 때처럼 70~80명의 학생이 아니라 7~8명의 기숙생이 있게 되었다. 전에는 그렇게 시끄럽던 건물은 너무나 고요해지고 풀레트는 새로운 원장을 신랄하게 비판하면서 우리들의 영광이 사라진 것을 괴로워했다.

나는 1847년 이곳 내부 사정을 좀 더 알게 되었다. 상황은 좀 나아졌지만 예전 같은 영광을 되찾지는 못했는데 모든 것은 다 유행 탓이

12 〔역주〕18세기 철학자 볼테르는 교회나 수도원에 가지 않아도 자연 속에서 신을 만날 수 있다는 데이즘을 주장했고 당시 교회 권력의 횡포에 넌더리를 내던 귀족 엘리트들은 이 새로운 종교, 즉 교회에 가지 않으면서 하나님을 만날 수 있다는 새로운 기독교를 열렬히 지지했다.

었다. 어쨌든 단지 성모 마리아를 따르기 위해 모인 이성적이고 선하고 온유한 양떼 같은 이들의 습성이 25년 만에 사라질 수는 없었다.

3. 할머니 곁에서

파리에서 할머니를 따라 산책하고 쉬며 지냈던 그 처음 며칠 동안 내가 느꼈던 놀라움과 충격들을 지금은 모두 다 잊어버렸다. 내 생각에 나는 수녀원을 떠나는 슬픔과 결혼에 관한 계획 때문에 얼이 빠져 있었던 것 같다. 할머니에 대해서는 이제 감정도 많이 변했고 훨씬 편하게 볼 수 있었는데 할머니는 아주 평온하게 이제 곧 돌아가실 것을 언급하셨다. 그리고 다정하게 나를 가슴에 안으며 이렇게 말씀하셨다.

"내 손녀딸아, 이제 나는 곧 갈 테니 너를 빨리 결혼시켜야겠구나. 네가 아직 어린 것을 알고 있지만, 만약 조금이라도 세상으로 나갈 생각이 있다면 너는 결혼 생각을 해야만 한다. 그러니 만약 내가 너를 보호자도 없이, 기대고 의지할 사람도 없이 두고 떠나게 되면 정말 눈을 못 감을 거란 걸 꼭 기억해라."

죽기 전 할머니의 절망과 두려움은 내게도 절망과 두려움이 엄습하게 했다. 나는 생각했다.

'나를 결혼시키고 싶으신 걸까? 그런 건 다 미리 정해 놓고 하는 걸까? 그래서 나를 수녀원에서 꺼낸 걸까? 그는 어디에 숨은 거지? 언제면 사람들이 그를 내게 소개하며 '네, 라고 하지 않으면 큰일 날 줄 알아!'라고 말할까?'

그런데 나는 곧 사람들이 그 엄청난 계획에 대해 그저 대충 반응하고 있다는 느낌을 받았다. 퐁카레 부인도 누군가를 소개했고 엄마도 그랬고 보몽 할아버지도 다른 사람을 소개했다. 나는 퐁카레 부인 쪽 사람을 봤는데 그녀는 어땠냐고 내 의견을 물었다. 나는 그녀에게 남자가 너무 못생긴 것 같다고 말했다. 그런데 사실 그 반대로 그는 아주 잘생긴 사람이었다. 단지 나는 그에게 눈길도 주지 않았다. 퐁카레 부인은 내게 너무 어리석다고 말했다.

그리고 모두들 아무 결정도 하지 않고 노앙으로 가는 짐을 싸는 것을 보고 나는 너무나 안심이 되었다. 게다가 나는 할머니가 내가 너무 어려서 6개월이나 아님 1년쯤 더 기다려 봐야겠다고 하시는 것을 들었다.

끔찍한 걱정거리에서 벗어나자 이번에는 다른 슬픔이 기다리고 있었다. 나는 엄마가 노앙에 우리와 함께 가길 원했다. 나는 그 마지막 순간에 어떤 새로운 폭풍이 기다리고 있는지 몰랐다. 엄마는 내 물음에 성급히 "절대로 싫어, 네 할머니가 돌아가신 다음이 아니면 절대로 노앙엔 가지 않을 거야!"라고 말했다.

나는 또다시 슬픈 집안사로 내가 산산이 부서지는 슬픔을 느꼈다. 나는 감히 질문할 수도 없었다. 나는 어느 편에서든 과거의 그 욕설들을 다시 듣는 것이 끔찍하게 두려웠다. 어떤 효심에서 또 신앙심 때문에 양쪽 모두에 관한 어떤 욕설도 견디지 못했다. 나는 조용히 두 사람을 화해시키고 싶었다. 두 사람은 내 앞에서는 눈물을 흘리며 서로 껴안았지만 이는 서로에 대한 고통과 비난의 눈물이었다. 그것을 너무나 잘 알고 있는 나는 내 눈물을 감추었다.

나는 한 번 더 엄마에게 내가 엄마와 함께 남을지, 아니면 할머니가 엄마를 데리고 가도록 하길 원하는지 의견을 분명히 말해 달라고 했다. 엄마는 강력하게 그 생각을 거부했다.

"아니, 싫어! 나는 시골이 싫어. 특히 노앙은 내게 끔찍한 고통만 상기시키지. 네 언니는 이제 다 큰 처녀가 돼서 나는 떠날 수 없어. 슬퍼하지 말고 가라. 우린 다시 보게 될 거야. 어쩌면 생각보다 빨리 말이야!"

할머니의 죽음을 암시하는 이 말은 내 가슴을 찢었다. 나는 그 말이 내게 너무 잔인하다는 것을 설명하려 애썼다. 그러자 엄마는 화가 나서 말했다.

"네 마음대로 해! 할머니를 나보다 더 사랑하면 너한테 더 잘된 거지. 너는 온몸과 마음으로 할머니 편이니까."

나는 대답했다.

"나는 온 마음으로 할머니께 감사하고 헌신하지만 그렇다고 엄마에게 마음과 몸을 등지고 있는 건 아니에요. 그리고 분명한 건 할머니가 날 결혼시키려고 하지만 만약 그 사람이 엄마를 거부하고 존중하지 않는다면 맹세코 그런 사람과는 결혼하지 않을 거예요."

나의 결심이 어찌나 굳건하던지 가엾은 나의 엄마는 그 말을 굳게 믿을 수밖에 없었다. 나는 기독교적 순종에 부서졌고 할머니의 눈물에 더는 저항할 힘도 없었고 또 수녀의 길을 가겠다는 나의 큰 꿈마저 할머니를 괴롭힐 거라는 생각 앞에서 때때로 포기했다. 나는 여전히 엄마에 대한 본능적 효심으로 헬렌이 신에게 가기 위해, 가족과의 인연을 끊기 위해 아버지를 향해 냈다던 그런 힘을 낼 수 있었다. 그녀보다 덜 성스럽고 더 인간적인 나는 아마도 모욕당하고 망신당하는 엄마에게 팔을 내밀기 위해서 할머니의 몸이라도 밟고 지나갈 수 있을 것 같았다.

그런데 엄마는 그때부터도 이미 이런 나의 마음을 전혀 이해하지 못했다. 나의 감정은, 너무나 고집불통에 융통성 없는 엄마 성격에는 세심하고 온정적으로만 여겨졌다. 엄마는 무심한 미소를 지으며 격정적인 내 말에 이렇게 대답했다.

"그럼, 그럼! 그래야지. 그 문제는 걱정도 안 한다. 내 허락 없인 네가 결혼할 수 없다는 걸 모르니? 내 앞에 잘난 척하는 남자에게 너를 줄 것 같으냐? 나한테 협박 같은 건 안 통해. 너는 내 딸이야, 설혹 사람들이 네가 내게 반항하도록 둔다 해도, 네 엄마는 그 권리를 찾을 방법을 알고 있어!"

이렇게 내 마음까지 의심하는 것 같은 엄마는 자신의 비통한 심정을 내게 마구 쏟아내며 나를 윽박질렀다. 나는 너그럽지만 길들지 않은 엄마 성격이 좀 이상해졌다는 것을 느끼기 시작했다. 분명 뭔가 무서운 것이 엄마의 아름다운 검은 눈에 숨겨져 있었고 나는 생전 처음 알 수 없는 두려움을 느꼈다.

반면에 할머니는 깊은 슬픔에 잠겨 있었고 그것은 내 마음을 아프게 했다. 내가 어색해하고 있을 때 할머니는 내게 말했다.

"애야, 내가 네 엄마를 행복하게 하려고 매일 최선을 다해 노력해도 네 엄마는 나를 알려고 하지도 않고 또 알 수도 없으니 어쩌면 좋으냐. 우리가 서로 사랑하지 못하는 건 그 애의 잘못도 아니고 나의 잘못도 아니다. 그래도 내 편에서는 잘 해 보려고 노력한다마는 그 아이는 너무나 고집이 세서 나는 더는 참을 수가 없구나. 이제 내가 좀 편히 죽도록 해주면 안 될까? 이제 내가 갈 날도 얼마 안 남은 것 같은데!"

내가 뭐라 대꾸하려고 하자 할머니는 말씀하셨다.

"그래 네가 뭐라고 말하려고 하는지 안다. 너무 어두운 이야기로 이제 16살밖에 되지 않은 널 슬프게 한 내 잘못이구나. 더는 생각하지 마라. 가서 옷을 갈아입도록 해. 오늘 저녁 이탈리앵 극장에 가자꾸나!"

나는 좀 기분 전환을 할 필요가 있었다. 죽을 것 같은 슬픔에 나는 아무런 욕망도 힘도 없었다. 아마도 그날 저녁에 나는 처음으로 오페라 〈음악에 열광하는 사람Il fanatico per la musica〉에서13 카탈라니 부인의 노래를 들은 것 같다. 그리고 음악 애호가인 뷔를레스크 작가 역으로는 갈리가 나온 것 같다. 하지만 나는 다른 생각에 빠져서 잘 보지도 듣지도 못했다. 그저 여자 가수는 너무 기교를 부리고 바이올린을 위해 쓴 변주곡을 노래하려는 그의 환상이 노래에 흠을 낸 것 같았다.

나는 우리 수녀원 예배당의 성가대와 성가들을 떠올렸다. 미사 중 부르던 기교를 가미한 곡들 중에는 지난 세기의 성가들처럼 로코코 풍으로 된 곡들도 있었는데 우리는 절대 너무 지나치지 않았고 늘 정도를 벗어나지 않도록 배웠다. 그런데 이탈리아의 과장된 음악은 요즘 제일 잘나가는 여자 가수가 한껏 멋을 부리며 불렀지만 나를 놀라게 할 뿐이었다. 나는 차라리 할머니의 오랜 친구이며 에미그레인14 라쿠에서 온 기사 할아버지가 내게 하프나 기타로 어릴 적 마드리드에서 듣던 스페인 노래를 불러주는 게 더 좋았다. 나는 그 노래들

---

13 〔역주〕장 시몽 마이르(Jean Simon Mayr, 1763~1846)의 오페라이다.
14 〔역주〕émigré. 외국에서 프랑스 혁명군에 대항해 결성된 프랑스 왕당파의 군대를 말한다.

을 들을 때면 추억에 잠겨 과거의 꿈속으로 빠져들곤 했다.

로즈는 결혼했다. 그녀는 우리가 노앙에 돌아오자마자 바로 라샤트르로 가서 살 예정이었다. 우리가 파리로 떠나기 전날 결혼식을 올린 남편을 볼 생각에 그녀는 기쁨을 감추지 않았고 얼굴을 붉히며 내게 이렇게 말했는데 그 말은 나를 두려움에 떨게 했다.

"가만있어 봐, 이제 네 차례도 멀지 않았어!"

나는 마지막으로 수녀원의 친구들에게 인사하기 위해 갔다. 나는 정말로 절망적이었다.

우리는 1820년 초봄 할머니의 푸른색 마차를 타고 노앙에 도착했다. 나의 작은 방에서는 인부들이 벽지를 바르고 페인트칠을 하고 있었다. 할머니 생각에 꽃무늬 오렌지 벽지가 내게 너무 낡게 보일 것 같아 좀 더 밝은 라일락 색으로 바꿔주고 싶으셨던 것 같다. 하지만 기둥이 있는 관처럼 생긴 침대는 그대로였다. 또 벌레들을 수놓은 4개의 자수도 유행이 지난 거였다. 나는 임시로 엄마의 큰 방을 썼다. 그곳은 하나도 변하지 않았고 나는 금색 휘장이 쳐진 커다란 침대에서 꿈같은 잠을 잘 수 있었다. 그 방은 어린 시절의 모든 따스함과 꿈들을 불러내주었다.

마침내 나는 엄마와 완전히 헤어진 이후 내가 그리도 들어와 울었던 이 황량한 방에 처음으로 태양 빛이 비추는 것을 보았다. 나무에는 꽃이 만발하고 종달새도 노래했다. 멀리서는 일꾼들의 옛 노래 소리가 들렸다. 그 노래들은 베리의 모든 밝고 조용한 시들을 함축하고 있었다. 아침 기상은 이루 말할 수 없는 기쁨과 고통을 주었다. 아침 9시가 다 돼서 일어났는데 3년 만에 처음으로, 나는 기상 종소리도 듣지 않고 마리 조제프의 날카로운 소리에 단잠을 깨지도 않고 늦잠을 퍼지게 잤다. 게다가 나는 벌도 받지 않고 한 시간을 더 잘 수 있었다. 규율도 없이 자유롭게 산다는 것은 성직을 꿈꾸는 영혼이 즐겨서는 안 되는 큰 위기이다.

나는 창문을 열고 다시 침대로 돌아왔다. 풀 내음, 젊음, 생명, 독립 그 모든 것이 내 가슴을 부풀게 했다. 하지만 알 수 없는 미래에 대한 생각이 나를 불안하게 하고 내게 깊은 슬픔을 주었다. 왜 그렇게 병적으로 절망했는지는 모르겠다. 그것은 건강한 사춘기 소녀에게서는 찾아볼 수 없는 슬픔이었다. 그때의 기억이 너무나 가슴에 사무쳐서 이후로도 그 기억은 생생히 남아 있었다. 아버지와 나의 집으로 돌아와 기쁨에 들떠 있어야 할 순간에 도대체 어떤 생각들로, 전날의 어떤 기억들로, 또 미래에 관한 어떤 걱정들로 내가 그렇게 통한의 눈물을 흘렸는지 그 이유는 알 수 없었지만 말이다.

하지만 어쨌든 철창을 벗어난 기숙생에게 모든 것이 얼마나 행복했던지! 붉은 서지 천의 우울한 유니폼 대신 예쁜 하녀가 핑크빛 깅엄 천의 상큼한 원피스를 가져온다. 머리를 내 마음대로 해도 유지니아 수녀님으로부터 관자놀이를 정숙하지 못하게 드러냈다고 야단맞을 일이 없다. 점심때는 할머니가 좋아하는 온갖 과자들이 맘껏 내게 주어졌다. 정원은 거대한 부케였다. 모든 하녀, 모든 농부가 내게 환영 인사를 하러 왔다. 나는 이웃에 사는 모든 아줌마들과도 인사했는데 그들은 내가 정말 예뻐졌다고 했다. 왜냐하면, 내가 좀 살이 쪘기 때문이라는데 그들 표현을 빌리자면 내가 좀 풍만해졌다는 것이다. 베리 지방 사투리가 내 귀에는 부드러운 음악처럼 들렸다. 영국식 악센

트 없는 말을 듣는 게 너무 좋았다. 나의 오랜 친구인 큰 개들도 어제 저녁까지는 내게 으르렁대더니 영리하게도 뒤늦게 나를 알아보고는 마구 덤벼들었다. 마치 나를 알아보지 못해 미안하다는 듯이 말이다.

마침내 저녁때쯤 먼 마을에 서던 장에 다녀온 데샤르트르가 윗저고리와 큰 각반을 차고 주름 잡힌 모자를 쓰고 돌아왔는데 그는 내가 지난 3년간 키가 크고 변한 걸 예상하지 못한 것 같았다. 어쨌든 그의 목에 매달렸을 때 그는 오로르가 어디 있느냐고 찾았다. 그는 나를 모르는 손님으로 생각했는데 마침내 15분쯤 지나자 개들처럼 나를 알아보았다. 나의 모든 옛 친구들도 나처럼 변해 있었다. 리제는 우리 식으로 말하자면 일꾼으로 '채용'되었는데 다시 보지도 못하고 얼마 후 죽었다. 카데는 하인이 되어 테이블 세팅을 도왔는데 쥘리 양이 물병을 다 깬다고 야단치면 순진하게도 "지난주에 7개밖에 안 깼는데요." 라고 대답했다. 팡숑은 우리 집 양치기가 되었고 마리 오캉트는 우리 마을 미인대회의 여왕이 되었다. 마리와 솔랑주 크루는 아주 매력적인 처녀들이 되어 있었다. 3일 동안 내 방에는 방문객이 끊이지 않았고 위르쉴 다음으로도 많은 이들이 다녀갔다.

하지만 데샤르트르처럼 모든 사람은 내게 '마드모아젤'이라고 불렀고 몇 사람들은 내 앞에서 매우 어려워하기까지 했다. 그런 태도들은 나를 외롭게 했고 사회적 계급의 암울함은 그동안 평등했던 친구들과 나 사이에 깊은 심연을 파 놓았다. 나는 그것을 조금도 바꿀 수 없었고 그로 인해 힘들어하는 사람은 아무도 없었다. 나는 더욱더 수녀원의 친구들이 그리웠다.

다음 며칠 동안 나는 들판을 뛰어다니고 강을 보고 야생 식물들을 보고 꽃이 만개한 들판을 보는 기쁨을 만끽했다. 그동안 잊고 지냈던 들판을 걷는 산책과 봄기운은 나를 너무나 황홀하게 해서 나는 아무 생각 없이 아주 달콤하고 깊은 잠에 빠졌다. 하지만 곧 아무런 정신 활동도 하지 않는 것은 내 마음을 무겁게 했고 나는 곧 할머니의 무한한 너그러움으로 만끽하게 된 이 영원한 휴식에 대해 다시 생각하기 시작했다.

나는 다시 규칙적인 생활을 할 필요마저 느꼈다. 이제는 혼자서 모든 시간을 지배하는 입장에서 내게 여전히 남아 있는 규칙적인 일과들을 다시 떠올려보았다. 또 순진하게 하루 일정표를 짜보기도 했다. 하루에 한 시간은 역사, 한 시간은 미술, 한 시간은 음악, 한 시간은 영어, 한 시간은 이탈리아어 등으로. 하지만 정말 조금이라도 뭔가 배우는 시간은 없었다.

한 달쯤 후 할머니가 초대한 퐁카레 부인이 그의 예쁜 딸 폴린을 데리고 왔을 때도 나는 여전히 수녀원에서 조금 배운 문법들을 복습하고 있었다. 금발의 폴린은 나의 유쾌한 수녀원 친구였다.

폴린은 같은 16살 소녀로 그녀의 무관심한 듯한 태도는 너무나 매력적이어서 사랑하지 않을 수 없었다. 그녀의 성격도 얼굴과 몸과 손과 호박색 머리칼과 백합과 장미 같은 뺨만큼이나 사랑스러웠다. 하지만 그 마음을 결코 드러내는 법이 없어 그녀에게 마음이란 것이 있는지조차 의심스러웠다. 그래서 나는 이 사랑스러운 친구가 내 친구였다고 말할 수 있을지 모르겠다.

그녀의 엄마는 완전히 달랐다. 열정적인 영혼을 가진 그녀는 대단한 정신의 소유자였는데 다혈질에 너무 살이 쪄서 여전히 아름답다고는 말할 수 없었다(나는 그녀가 아름다운 적이 있었는지도 모르겠다). 그녀는 아름다운 검은 눈에 활달하고 아름다운 목소리를 가졌고 노래 실력도 좋았고 대화도 즐거웠으며 아는 것도 많았고 늘 부산했고 감정도 풍부해서 정말 거부할 수 없는 매력의 소유자였다. 그녀는 우리 아버지 나이였는데 둘은 어릴 때 같이 연극을 했다고 한다. 할머니는 그녀와 사랑하는 아들에 대해 이야기하는 걸 좋아하셨고, 늘 알고 지내는 사이였지만 이즈음에야 친해지게 되셨다. 하지만 이 우정은 곧 다른 감정으로 변질되었다. 나는 그것에 대해 너무 늦게 알게 되어 할머니에게 큰 고통을 주었다.

처음에 두 사람은 아주 잘 지냈다. 그래서 나로서는 두 분의 우정을 막을 이유가 전혀 없었다. 그리고 너무나 자연스럽게 나는 할머니가 늘 편지를 쓰거나 온종일 꾸벅꾸벅 졸고 있는 책상 옆보다는 활동적이고 늘 부산한 폴린과 그녀의 엄마와 많은 시간을 보내게 되었다. 할머니도 내게 아침과 저녁때는 그들과 함께 쇼핑을 하고 낮 동안은 함께 음악을 연주하라고 말씀하시기도 했다.

퐁카레 부인은 아주 훌륭한 선생이었다. 그녀는 내가 즉석에서 악보를 읽도록 했고 우리의 에너지 넘치는 목소리에 자신의 목소리를 더해 열정적으로 노래를 부르기도 했다. 우리는 함께 오페라 〈아르미드Armide〉, 〈이피제니Iphigénie〉, 〈오이디푸스Oedipe〉 등의 노래들을 연구하기도 했다. 그리고 하나의 작품을 완성하게 되면 문을 열고 할머니가 들으실 수 있도록 했다. 할머니의 충고를 듣는 것도 아주 좋은 수업이었다. 하지만 문은 거의 자물쇠로 잠겨 있기 일쑤였다.

할머니는 늘 혼자 계시거나 아니면 쥘리 양에게 책을 읽어 달라고 하셨다. 우리는 할머니와 함께 오래 있기에는 너무 어리고 너무 중구 난방이었다. 가엾은 할머니는 조금씩 노쇠해지셨지만, 아직 겉으로 드러나지는 않았다. 할머니는 볼에 약간의 화장을 하고 다이아몬드 귀걸이를 하고 꼿꼿하고 우아한 자태로 나타나셨다. 대화도 잘하시고 적당히 대답도 잘하시면서 훌륭히 헤쳐 나가셨다. 그런 능란함은 가끔 드러나는 할머니의 쇠약함을 감추어 주었다. 그래서 할머니는 어떤 신체적 장애도 없이 아름다운 노년을 보내시는 것 같았다. 오랫동안 할머니는 점점 더 심해지는 난청을 감추고 계셨고 마지막 순간까지 할머니의 나이는 미스터리였다. 분명히 예의를 갖추기 위한 것이었겠지만 할머니는 한창 아름다울 때도 건방짐과는 거리가 먼 사람이었다. 어쨌든 할머니는 데샤르트르에게 늘 말씀하신 것처럼 그렇게 돌아가셨다.

데샤르트르는 할머니가 점점 더 약해지시는 것을 알았지만 그것을 믿지 않았고 늘 자기가 먼저 죽을 거라고 말했었다. 할머니는 작은 소리도 견디지 못하셨고 햇빛은 질색이셨다. 어쩌다 살롱에서 한두 시간 머무셨다가는 곧 우리에게 좀 멀리 나가서 산책이라도 하라고 부탁하시며 방 안으로 들어가 주무셔야만 했다. 할머니는 조그만 소리에도 잠을 깨셨다.

그래서 어느 날 할머니가 고통스런 눈물을 흘리시며, 내가 퐁카레 부인과 그녀의 딸하고만 늘 붙어 있으면서 할머니에게 무관심하고 또 새로 사귄 친구들 비위만 맞추고 딴생각만 하며 할머니를 사랑하지 않는다는 말도 안 되는 말씀을 하실 때 정말이지 경악하지 않을 수 없었다.

나는 그 말들이 너무 어이가 없어 어안이 벙벙했다. 너무나 말도 안 되는 소리라 나는 뭐라 대답해야 좋을지도 알 수 없었다. 너무나 선하고 올곧은 생각을 가지고 있던 할머니가 그런 억지를 부리는 것은 가벼운 치매 증상을 보이는 것과 같았다. 나는 그저 가엾은 할머니와 함께 울면서 할머니를 쓰다듬고 위로할 수밖에 없었다. 내가 그 여자들과 소곤거리며 뭔가 숨기듯 하는 것을 나무라서 나는 웃으며 할머니에게 감추었던 비밀을 말해줄 수밖에 없었다. 일주일 전부터 할머니 생일을 위해 연극을 준비하고 리허설을 하고 있다고 고백할 수밖에 없었다. 나는 할머니가 하루라도 더 괴로워하시는 것을 보느니 차라리 우리 비밀을 밝히고 싶었다. 그러자 할머니는 울다가 웃으시며 말씀하셨다.

"아! 세상에, 너희들이 내 생일을 위해 놀랄 만한 일을 준비하는 걸 알고 있지! 쥘리가 내게 말을 안 했을 거라 생각하니?"

"아마도 할머니가 우리 행동을 이상하게 생각해서 그녀가 잘 애기했을 거예요. 그런데 왜 그렇게 괴로워하신 거지요?"

할머니는 왜 그랬는지 모르겠다고 하셨다. 그리고 내가 할머니만 돌보기 위해 연극에 참여하지 않겠다고 하자 이렇게 소리 지르셨다.

"안 돼! 안 돼! 난 싫어! 퐁카레 부인이 자기 딸만 돋보이게 할 거야. 네가 또 그녀 옆에 묻혀 버리는 걸 난 원치 않아!"

나는 이해할 수가 없었다. 폴린이나 내 머릿속에서는 라이벌 의식 같은 건 찾아볼 수 없었다. 퐁카레 부인은 더더욱 그런 생각은 하지도 않았을 것이다. 하지만 가엾은 할머니는 폴린이 나보다 더 예쁘게 보이는 것을 용서할 수 없었고 또 그녀의 엄마가 나를 깎아내리려 한다고 의심했다. 할머니는 그녀의 엄마가 내게 보이는 애정에도 질투했다.

질투로 왔다 갔다 하셔서 나는 그런 순간을 자주 마주쳐야 했고 그 것은 쥘리 양에 의해 더 악화되기도 했다. 그녀는 나를 결코 좋아하지 않았기 때문이다. 나는 그녀에게 어떤 나쁜 짓도 하지 않았는데도 말 이다. 반대로 나는 천성적으로 똑똑하고 차분한 사람을 좋아했다. 또 역사적 사실에 대한 그녀의 놀라운 기억력에 자주 도움을 받기도 했 다. 하지만 쥘리는 우리 엄마로부터 너무 상처를 받아서 내가 엄마의 딸인 것도, 엄마를 사랑하는 것도 용서할 수 없었다.

그래서 결국, 몰래 눈물을 감추며 몇 번의 폭풍을 지난 후에 할머 니를 웃기기 위해 연극에서 콜랭 역으로 분장했다. 무대는 온통 나뭇 잎으로 뒤덮인 매력적인 요람의 형태였다. 퐁카레 부인의 친구인 트 레모빌 장교는 부대의 군마 보충부에서 일하게 되면서 우리 집에 와 보름 정도를 묵었는데 연기 실력이 아주 출중했다. 그래서 그는 나의 대장 역할을 맡았다. 왜냐하면, 나의 사랑하는 애마 콜레트는 변덕 이 죽 끓듯 했으니까. 오페라에서 도시 여자 역을 맡은 폴린은 천사 처럼 예뻤다. 데샤르트르도 연기를 했는데 형편없었다. 또 폴린이 무대에 오르며 무서워서 울기는 했지만, 그럭저럭 연극은 성공이었 다. 그런 수줍음 같은 걸 전혀 모르는 나는 자신 있게 연기했는데 그 게 할머니를 좀 위로해주었다. 할머니는 여성스럽고 요염하게 치장 한 폴린이 아름답게 빛나는 동안 나는 남자처럼 분장한 걸 속상해하 셨기 때문이다.

얼마 후 퐁카레 부인은 그녀의 딸과 떠나셨다. 내가 세상에서 제일 좋은 사람으로 기억하는 트레모빌 씨도 함께였다. 그는 좋은 아버지로 나와 폴린을 자기 딸처럼 생각했고 우리는 그의 그 무른 성격을 너무나 잘 이용했다. 할머니조차도 기분이 좋으실 때는 그를 '여자 호구'라는 별명으로 불렀다.

하지만 할머니 마음속에 퐁카레 부인과 그 딸에 대한 어떤 역한 감정이 남아 있었는지 어쩐지는 나는 모르겠다. 그들과의 이별로 너무 상심한 나는 어쨌든 그들과 할머니 사이의 이상하고 이해할 수 없는 싸움이 끝났다는 것으로 위안을 삼을 수밖에 없었다.

이폴리트가 휴가로 왔고 처음에 우리는 서로 좀 어색할 수밖에 없었다. 그는 아주 멋진 기병대 장교가 되어 있었다. 'r' 발음도 멋지게 굴리고 다루기 힘든 말도 잘 다루면서 데샤르트르와도 터놓고 이야기하고 예전에 아빠가 그랬던 것처럼 승마에 대한 것뿐 아니라 모든 것을 데샤르트르에게 물어보며 그를 귀찮게 했다. 며칠이 지나자 우리는 다시 함께 뛰고 장난치며 옛 친구로 돌아가 마치 한 번도 떨어진 적 없는 사이 같았다.

내게 승마의 즐거움을 알게 해준 것은 바로 오빠였다. 그리고 이 운동은 이후 내 성격과 정신 훈련에도 많은 영향을 주었다.

승마 수업은 지루하지도 힘들지도 않았다. 어느 날 내가 처음으로 승마를 가르쳐 달라고 하자 그는 내게 말했다.

"내가 소뮈르에서 아무것도 이해 못 한 지원병들에게 가르치듯 아주 어렵고 학문적으로 가르칠 수도 있지만 그들도 결국, 용기를 내 자꾸 타다 보면 배우게 마련이지. 그래도 모든 건 단 두 마디로 요약할 수 있어. '떨어지느냐 떨어지지 않느냐. 나머지는 그다음 문제야.' 그래서 이왕 떨어질 거면 덜 다칠 곳을 찾아야지."

그는 나를 풀이 아주 높이 자란 곳으로 데려갔다. 그리고 '페페 장군'을 타고 손으로 망아지 '콜레트'를 끌고 왔다.

'페페'는 아주 아름다운 망아지였다. 바로 그 문제의 말, 레오파르도의 손자였다. 이탈리아 혁명 이야기에 빠져 있던 나는 나의 친구이기도 했던 이탈리아 영웅의 이름을 말에게 지어주었다. 데샤르트르가 지은 콜레트라는 이름은 선생님의 학생 이름이었는데 그 말은 지금껏 아무도 탄 적이 없었다. 그 암말은 4살이었고 이제 막 방목장에서 나왔다. 그 말은 너무나 온순해 보여서 오빠는 말을 타고 들판을 몇 바퀴 돌아본 다음 잘 할 것 같다며 바로 나를 태워 버렸다.

바보와 아이들을 지키는 신이 있다고들 말하지만 콜레트와 나는 서로 아무것도 모른 채 만나 서로 엄청 싸우다 결별할 수도 있었다. 하지만 그런 일은 일어나지 않았다. 첫날 이후부터 14년간 우리는 친구로 지냈다. 그리고 그녀는 늙어서 조용히 내게 봉사하며 생을 마쳤다. 우리 사이에는 어떤 작은 먹구름도 없었다.

어쩌면 내가 좀 무서워했을 수도 있겠지만 오빠는 내게 그럴 시간조차 주지 않았다. 그는 콜레트에게 마구 채찍을 가해 처음부터 빨리 달리며 미친 듯이 뒷발질하게 했지만 성질을 부리려던 것은 아니었다. 오빠는 말했다.

"말총에 단단히 붙어 있어. 절대로 고삐를 놓치고 떨어져서는 안 된다. 이제 떨어지느냐 안 떨어지느냐만 생각해. 그게 다야!"

이것은 완전히 햄릿의 '죽느냐 사느냐'였다. 나는 안장에서 떨어지지 않기 위해 안간힘을 썼다. 5~6번 완전히 얼이 빠져 되는대로 몸을 추슬렀는데 한 시간쯤 그러다가 완전히 기진맥진해서 머리가 산발이 되기는 했지만 나는 승마 교육에 필요한 모든 핵심을 깨닫고 기뻐했다.

콜레트는 정말 최고의 말이었다. 비록 삐쩍 마르고 크고 별 볼 일 없이 쉬고 있던 말이었지만 야생적인 체격과 너무 아름다운 눈은 모든 결점을 다 커버해주었다. 움직이기 시작하면 드러나는 그 열정과 우아함과 부드러움은 매력 그 자체였다. 나는 진짜 대단하고 엄청 멋지게 치장한 말들을 타 봤지만, 나의 시골말처럼 똑똑하고 재능 있는 말을 보지 못했다. 한 번도 잘못된 스텝을 밟은 적이 없고 한 번도 나와 거리를 둔 적도 없고 나의 실수 때문이 아니면 한 번도 나를 떨어뜨린 적도 없었다.

그녀는 뭐라 명령할지를 미리 알아서 일주일이 지나지 않아 나는 그녀를 잘 다룰 수 있게 되었다. 우린 둘이 죽이 잘 맞았다. 다른 사람에게는 짓궂게 굴기도 하고 화를 내기도 했지만, 나에게는 철두철미하게 복종했다. 일주일이 지나자 우리는 함께 덤불과 구덩이들을 넘고 가파른 비탈을 넘고 깊은 물도 건넜다. 그리고 수녀원에서 별명이 '잠자는 물'이었던 나는 기병보다 더 용맹하고 농부보다 더 튼튼한 인간이 되었다. 아이들은 위험이 뭔지를 잘 모르니 말이다. 또 여자들은 세심한 정신력으로 남자보다 자신을 잘 지탱할 수 있는 것 같았다.

이런 변화는 나 자신에게도 무척 놀라웠는데 할머니는 그리 놀라지도 않으시는 것 같았다. 왜냐하면, 어느 날 문득 할머니는 이런 나의 변화를 보시고 아버지도 사춘기 때 그렇게 똑같이 갑작스러운 감정의 변화를 보여주었다고 말씀하셨기 때문이다.

그리고 이상한 점은 나를 그렇게도 절대적으로 사랑하시는 할머니가 위험스러운 행동을 하는 것에 대해 두려워하지 않으셨다는 거다. 엄마는 내가 말 타는 것을 보면 얼굴을 손에 파묻거나 나도 아빠처럼 될 거라고 소리를 질러 댔다. 할머니는 어떻게 모두가 알고 있는 그 사건과 관련해서 그렇게 관대할 수 있는지 묻는 사람들에게 쓸쓸한 미소를 지으며 이렇게 대답하셨다.

"당신 아버지와 할아버지가 풍랑 중에 바다에서 돌아가셨지요? 그리고 당신도 바닷사람이지요? 내가 당신이라면 절대 배는 타지 않겠어요! 그리고 당신 부모님들은 어떻게 돌아가셨지요?"

"감사하게도 침대에서 돌아가셨지요!"

"그렇다면 내가 당신이라면 절대 침대에는 눕지 않겠어요!"

그렇지만 나도 아빠가 죽은 그 자리에서 말에서 떨어져 크게 다친 적이 있었다. 그때 나를 그렇게 한 말은 콜레트가 아니라 페페 장군이었다. 할머니는 그것을 모르셨다. 내가 시끄럽게 하지 않고 다시 빨리 말에 올랐기 때문이다.

오빠는 다시 부대로 돌아갔다. 라쿠에서 우리를 보러 온, 내게 자주 하프 연주를 해 달라고 했던 늙은 기사도 함께 떠났다. 이제 노앙에는 겨우 할머니와 데샤르트르와 나만 있게 되었다.

그때까지 많은 방문객이 있었지만 나는 마음속 깊은 우울함과 싸우고 있었다. 나는 그것을 항상 숨길 수는 없었다. 하지만 너무 큰 상심에 빠져 고민하는 내게 놀란 오빠와 폴린에게도 그 이유를 말하고 싶지 않았다. 그저 이유도 없이 이상하게 우울하다고만 했지만 사실 나는 그 원인을 정확하게 알고 있었다. 나는 수녀원을 그리워하고 있었다. 사람들이 조국에 대한 향수가 있듯 나는 수녀원에 대한 향수가 있었다. 현재 삶은 너무 충만해서 결코 지루하다고 할 수가 없었다. 하지만 지금 이 최고의 순간도, 수녀원에서의 규칙적이고 한결같은 날들, 그리고 순수한 우정과 내가 뒤로하고 온 완벽한 행복과 비교하면 나는 그 어느 것에도 만족할 수 없었다. 어린 시절부터 삶에 지쳤던 내 마음은 휴식을 필요로 했고 나는 수녀원에서 종교적 열정에 빠진 이후 거의 1년 동안 절대적인 평온 속에 지내고 있었다. 나는 그곳에서 모든 과거를 잊을 수 있었다. 내 마음은 습관처럼 한꺼번에 많은 사람을 사랑했고 그들과 소통했고 그들로부터 늘 평안함과 기쁨의 원천을 공급받았다.

이미 이야기했지만 이제 이 성직자의 삶에 대한 꿈을 아련하고 감미로운 추억 속에 묻어 버리기 전에 다시 한 번 이야기하고 싶다. 따뜻하고 사랑스럽고 사랑받는 존재들끼리의 공동생활은 이상적인 행복이다. 애정이란 어떤 특별한 존재에 대한 사랑이다. 하지만 수녀원처럼 형제애를 바탕으로 하는 공동체는 믿음으로 서로 연관되어서, 편애偏愛라는 것조차 너무나 순수하고 성스러워서 그것은 마음속 사랑을 고갈시키는 것이 아니라 그 샘을 더 풍부하게 한다.

사람들은 자기가 덜 좋아하는 사람에게 더 잘하고 또 더 관대해진다. 더 좋아하는 사람에게 더 많은 애정을 품는 것을 자책하며 덜 좋아하는 사람에게 더 잘하려고 노력하게 되기 때문이다. 사람들은 종종 이런 아름다운 감정이 영혼의 지경을 넓힌다고 말한다. 성경적 형제애兄弟愛보다 더 아름다운 사랑이 있을까? 나는 인생 전체를 이런 마음으로 살아왔던 것 같다. 때때로 나이에 맞게 순수하게 나를 잊고 즐기려고 할 때 내가 잃어버리고 있는 것이 뭔지도 모른 채, 하루하루 매시간 점점 더 그 마음을 잃어 가면서도 말이다. 결국 나는 마음속에 끔찍한 공허감과 혐오감과 내 주위의 모든 것과 모든 사람에 대한 우울증에 빠졌다.

단지 할머니만이 예외였다. 할머니에 대한 사랑은 점점 커져만 갔다. 결국, 나는 할머니를 이해하게 됐고 할머니의 모성애적인 약함을 이해하게 됐다. 엄마가 늘 과장했던 할머니의 냉정함과 강함은 보이지 않았다. 할머니는 예민한 여자였고 사랑 때문에 스스로 너무나 고통스러워했기 때문에 상대도 괴롭게 할 수밖에 없는 그런 유리 같은 정신의 소유자였다. 나는 할머니의 단단한 정신과 너무 약한 성격 사이에 존재하는 이상한 모순을 이해하기 시작했다. 할머니를 더 잘 알게 되고 할머니에게 표현했던 그 크고 작은 슬픔 대신 감사를 표하려고 애를 쓰다 보니 마침내 그렇게도 이성적인 분이 어떻게 그런 이상한 마음을 품을 수 있는지 그 수수께끼를 풀 수 있게 되었다.

큰일에 있어서 강직하게 지시하고 결정하면서 용기를 갖고 밀어붙이는 데에는 정말로 대단한 할머니는 일상생활의 작은 문제에서는 속좁고 속물 같은 후작 부인이 되는 것이다. 먼저 이것은 할머니를 선하고 엄격한 위대한 사람으로만 보았던 내게는 적이 실망스러운 일이었다. 하지만 좀 더 깊이 생각해 보면 나는 이 복잡한 성품의 연약한 측면을 사랑하지 않을 수 없었다. 위대한 성격이 너무 지나쳐서 나온 결점일 뿐이었다. 결국, 마침내 우리 둘의 역할이 뒤바뀌는 때가 오고 말았고 나는 할머니에게 마치 엄마처럼 마음으로부터 우러나오는 애정을 품게 되었다.

그것은 하나의 예감이었고 하늘의 경고이기도 했다. 할머니가 단지 돌봐줘야 할 한 명의 가엾은 아이가 되는 순간이 서서히 다가오고 있기 때문이다.

세상에! 할머니와 함께한 그 공동 운명의 가혹한 시간은 너무 짧았다. 그때 나는 어린 시절의 암울함에서 막 벗어나 드디어 할머니의 정신적이고 지적인 것을 모두 빨아들일 수 있는 때였다. 나와 관련하여 더는 질투할 것이 없자(나중에는 이폴리트조차 질투했다) 할머니는 정말 사랑스러워지셨다. 할머니는 정말 아는 것도 많고 판단력도 좋으셨다. 할머니는 아주 우아하고 단순하게 표현할 줄 아셨으며 대단한 취향과 높은 품격을 가지고 있었다. 할머니와의 대화는 최고의 독서였다.

우리는 함께 샤토브리앙의 《기독교의 정수》를 읽으며 2월의 마지막 밤들을 보냈다. 할머니는 그 형식과 내용이 진실하지 못하다고 좋아하지 않으셨다. 하지만 작품 속 많은 인용문들은 내가 몇 부분을 읽어드린 걸작들에 관한 훌륭한 견해를 보여주고 있었다. 나는 할머니가 내게 많이 읽게 하지 않으시는 것이 의아했다. 어느 날 내가 이렇게 책을 읽으며 배우는 것이 많아 얼마나 좋은지 모른다고 말씀드렸는데 할머니는 이렇게 말씀하셨다.

"그만두어라. 지금 네가 읽는 것이 너무 이상해 아플 것만 같고 무슨 환청이 들리는 듯하구나. 왜 너는 죽음과 수의, 종, 무덤 같은 것들만 이야기하는 거지? 그런 것만 읽으면 너는 어두운 생각만 내게 주입하게 된단다."

나는 두려워하며 읽기를 그만두었다. 방금 내가 읽은 부분은 아주 활기차고 우스운 들판에 관한 묘사였다. 할머니가 말하는 그 어떤 것도 찾아볼 수 없었다. 하지만 곧 할머니는 정신을 차리고 웃으며 말씀하셨다.

"아, 네가 읽는 동안 잠깐 잠이 든 모양이다. 내가 너무 약해졌구나. 이제는 더 읽을 수도, 또 들을 수도 없구나. 이제 심심하고 무료하게 지낼까 두렵구나. 카드를 좀 다오. 게임이나 하는 게 좋겠다."

나는 곧 게임에 참여해서 할머니를 기쁘게 해드렸다. 할머니는 평소처럼 주의 깊고 맑은 정신으로 게임에 임하셨다. 그리고 잠깐 꿈을 꾸는 듯하시더니 아주 대단한 대화를 하려는 듯 생각을 모으기 시작했다. 왜냐하면 갑자기 생각이 빠져나가기 때문이다.

할머니는 말씀하셨다.

"이 결혼은 네게 전혀 맞지 않아. 거절하길 정말 잘한 거야."

나는 말했다. "무슨 결혼이요?"

"내가 말 안 했던가? 그럼 말해주마. 엄청 부자고 나이는 50살이고 얼굴에 큰 칼자국이 있는 사람인데 제정시대 장군이지. 그 사람이 언제 너를 봤는지 모르지만 아마도 수녀원 응접실에서인 것 같다. 혹시 기억나는 게 있니?"

"아니 전혀요."

"어쨌든 그는 너를 알고 있는데 네게 청혼을 했단다. 지참금은 있건 없건 상관없다 하면서. 하지만 이 보나파르트의 남자들도 우리처럼 편견이 있다는 건 알지? 그는 네가 엄마를 보지 않는 것을 제 1조건으로 말했단다."

"그래서 거절하신 것 아닌가요? 할머니?"

"그래, 이걸 봐라."

할머니는 편지 한 통을 내게 보여주셨는데, 지금 나는 이 글을 쓰며 그 편지를 눈앞에 놓고 보고 있다. 나는 이 편지를 그 슬픈 저녁 시간의 추억으로 간직하고 있다. 편지는 사촌인 르네 드빌뇌브로부터 온 것이었다. 내용은 이랬다.

"오로르에게 들어온 혼사를 성사시키기 위해 할머니 곁에 갈 수 없는 것이 너무 아쉽네요. 나이가 많아서 마음에 들지 않으시겠지만, 나이가 50이라도 거의 저만큼 젊어 보이는 분이지요. 또 이 인물은 똑똑하고 교육도 많이 받았고 정말 결혼으로 행복을 보장해줄 모든 것을 다 갖춘 사람이지요. 젊은이들이야 많겠지만 성격이 어떤지도 알 수 없고 또 미래도 불확실하지요. 대신에 이분은 높은 신분과 부와 명망 모든 것을 다 갖추고 있어요. 제 생각을 뒷받침해줄 몇 가지 예를 들어 드리지요. 캘뤼스 백작은 65살인데 2년 전에 16살인 라그랑주 양과 결혼했지요. 그녀는 너무나 행복해하고 처신도 너무 훌륭하지요. 비록 엄청난 사교계에 갑자기 뛰어들어 대단한 사람들 사이에 있게 되었어도 그녀는 천사처럼 아름다웠으니까요.[15] 그녀는 아주 좋은 교육을 받았고 부족함이 없었지요. 그러니 3월 초에 꼭 파리로 오세요. 우리가 사랑하는 아이를 위한 좋은 여행이 되면 좋겠네요."

---

[15] 나는 지금 여기서 말하는 정말 아름답고 천사 같은 여자를 알고 있다. 그녀는 로슈뮈르 씨와 두 번째 결혼했다. 그녀는 내게 캘뤼스 백작과의 결혼에 대해 모든 것을 이야기해주었는데 아! 나의 사촌 르네여! 당신이 만일 당신이 말한 그 첫 번째 결혼의 '완벽한 행복'에 대해 그녀가 말한 것을 들었더라면!

나는 두려움에 소리쳤다.

"우리 파리에 가나요?"

"그래, 일주일 후에 간단다. 하지만 걱정 마라. 이 결혼 이야기는 듣고 싶지 않으니까. 내가 마음에 들지 않는 것은 나이가 아니야. 나도 나이 많은 남편과 너무 행복했으니까, 네가 50살 된 사람과 결혼하는 것도 그리 걱정되지는 않는다. 하지만 네가 동의할 것 같지는 않구나…. 아무 말 마라. 이제는 너를 잘 안다. 예전에 너를 잘 몰랐던 것이 후회스럽구나. 너는 예전 어릴 적에는 습관적이고 본능적으로 네 엄마를 사랑했지만 지금은 의무감과 신앙심으로 네 엄마를 사랑하지. 나는 네가 지나치게 엄마를 신뢰하고 관계 맺는 것을 막을 수 있을 거라고 생각했다. 그런데 그 일을 네가 너무 고통스럽고 반항적인 때 하려고 했던 게 잘못이었지. 내가 네 마음을 무너뜨린 것을 안다. 지금에야 생각하니 네게 진실을 알려줘야 할 사람은 바로 나였고 다른 곳으로부터 알게 된다는 것은 더더욱 참을 수 없었던 것 같구나. 만약 내가 너무 억지를 부렸거나 너희 엄마를 너무 가혹하게 취급했다면 용서해다오. 그리고 너희 엄마가 내게 잘못한 것이 많기는 하지만 네 불쌍한 아빠가 죽은 후 너희 엄마의 행동거지와 품격 있는 삶은 나도 인정하고 있다.

하지만 내가 자주 생각하는 것은, 정말 너희 엄마가 너의 모든 배려와 충성심을 바쳐야 할 마지막 여자일까? 그녀는 네 엄마고 그러면 그것으로 다인 거지! 나도 안다. 단지 네가 너무 맹목적이 될까 봐, 또 그래서 네가 너무 광신도가 될까 봐 나는 두려운 거다. 지금 현재대로라면 괜찮아. 너는 신실하고 관대하고 지적인 것에도 관심이 많지. 단지 네가 지금 배우고 있는 모든 것을 믿지 않는다는 것이 아쉬운 거다. 왜냐하면, 내가 보기에 네가 본래 천성에는 없는 그런 힘을 끄집어내려고 애쓰는 것 같거든. 어느 때는 네 나이에도 전혀 맞지 않아 나는 깜짝 놀라기도 한다. 그리고 네가 수녀원에 1년 내내 갇혀서 방학도 없고 또 9, 10달 동안 내가 파리에 가지 않아 외출도 못 할 때 너는 내게 여러 번 '빌뇌브가나 퐁카레 부인을 방문하기 위한 외출을 허락하지 말아 달라'고 부탁하는 편지를 보냈었지. 처음에는 마음이 아프고 질투도 났었지. 하지만 이제는 내 마음도 너처럼 반응하고 있다. 만약 지금 내가 대단한 집과 혼사를 위해 너희 엄마와의 관계를 끊으라고 한다면 네 마음과 양심에 상처를 줄 거야. 그러니 진정하고 자러 가렴. 이제 그런 식으로 문제될 것은 아무것도 없단다."

나는 할머니를 꼭 껴안았다. 그리고 할머니가 아주 평온하고 정신도 맑으신 것을 보고 나는 할머니 취침 시중을 드는 두 사람에게 할머니를 맡기고 내 방으로 돌아갔다. 그들은 2시간 동안 취침 준비와 늘 하시는 가벼운 산책을 한 후 자정쯤 할머니를 뉘었다.

할머니의 취침의식은 전에도 한 번 말했지만 정말 이상스러웠다. 누빈 새틴으로 된 구속복, 레이스가 달린 모자, 장식 리본들, 향수들, 밤에 끼는 반지들, 담뱃갑, 그리고 마지막으로는 베개들을 엄청나게 쌓아 올리는 거다. 왜냐하면, 할머니는 앉은 자세로 깨면 바로 일어날 수 있는 자세로 주무시기 때문이다. 아마 사람들은 매일 밤 할머니가 무슨 대단히 성대한 준비를 한다고 생각할 것이다. 하지만 이 모든 것은 할머니가 좋아하는, 뭔가 이상하고 엄숙한 의식이었다.

내가 책을 읽어드릴 때 어떤 환청을 들으신다거나 또 갑자기 자기 의견을 말씀하신다거나 아니면 우리 엄마 얘기를 내게 할 때처럼 갑자기 정신이 말짱해지시는 것이 할머니의 정신적이고 육체적인 이상 증세인 것을 나는 미리 알아차렸어야 했던 것 같다. 이미 결정하신 것을 다시 재고하신다거나 자기 잘못으로 돌리거나, 그러니까 자기 판단의 잘못에 대해 용서를 구한다거나 하는 것은 분명 평소와 다른 행동이셨다. 할머니는 계속 말과 다르게 행동하셨지만 예전에는 그것을 인정하지 않으셨는데 이제는 기꺼이 다 인정하시는 것이다.

이런 생각을 하면서 나는 뭔가가 불안해서 자정쯤 다시 할머니 방으로 내려갔다. 책을 두고 갔다는 핑계를 대고.

할머니는 벌써 자리에 드시고 문을 잠그고 계셨다. 평소보다 일찍 졸리다고 하시면서. 돌봐주는 아줌마들은 아무런 이상도 느끼지 못했다고 했다. 나는 안심하고 다시 내 방으로 올라갔다.

3, 4개월 전부터 나는 잠을 잘 자지 못했다. 한 주 동안 할머니와 진짜 살갑게 지내지도 못했다. 수녀원에서 배운 지침에도 게을렀고 또 진지한 데샤르트르 선생님도, 그가 잘하는 표현을 빌리자면, 완전히 무시하면서 보냈다. 가끔 나는 호기심이나 자존심보다는, 진짜로 화가 나서 수녀원을 3년씩이나 보냈건만 아무것도 배운 게 없다고 나무라시는 할머니를 화나게 하기 싫어 공부하려고 마음먹기도 했었다. 나는 할머니에게 종교 교육은 정말 지겹다는 말을 듣는 것이 힘들었다. 그래서 몰래 나의 수녀님들께 명예를 돌려드리기 위해 혼자 공부하곤 했다.

그런데 그것은 불가능한 시도였다. 기억을 못 하는 사람은 배워 봤자 소용없는 법이다. 나는 배운 것들을 다 잃어버리고 있었다. 역사를 순서대로 나열해 보려는 시도는 정말 내게 너무 가혹한 짓이었다. 단어들까지 다 잊어버렸다. 불어처럼 사용하던 영어조차도 다 잊어버렸다. 그래서 나는 저녁 6시부터 새벽 2, 3시까지 읽고 쓰는데 전력을 다했다. 그리고 4, 5시가 돼서야 잠에 들었다. 그리고 할머니가 일어나시기 전에 말을 탔다. 그리고 할머니와 점심을 먹고 음악을 연주하다 이후로는 내내 할머니와 함께 지냈다. 왜냐하면, 은근히 할머니는 쥘리 양과 많은 시간을 보내지 않으셨다. 그래서 나는 신문을 읽어드리거나 아니면 데샤르트르 선생님이 책을 읽어드리는 동안 옆에서 그림을 그렸다. 할머니가 쥘리 양과 함께 있지 않는 것이 내게는 특히나 이상스럽게 보였다. 현실의 일상적인 기록이 왜 이렇게 나를 깊은 슬픔에 빠뜨렸는지 모르겠다. 그것은 나를 꿈으로부터 끄집어내주었다. 내 생각에 젊음은 과거에 대한 회상 혹은 알지 못하는 것에 대한 기대로 되살아나는 것 같다.

그날 밤은 특별히 아름답고 온화했다. 달빛은 샤토브리앙이 솜뭉치 같다고 비교한 하얗고 작은 구름에 가려 있었다. 나는 더는 공부도 하지 않았다. 나는 창문을 열어 놓고 하프로 파이시엘로의 '니나'를 연주하고 있었다. 그다음 좀 추워서 할머니가 내게 해 준 그 따뜻하고 기분 좋은 말을 생각하며 잠자리에 들었다. 마침내 할머니는 엄마에 대한 나의 효심을 안전하게 지켜주고 항상 내 삶 전체를 짓누르던 두려운 투쟁에 대한 부담감을 사라지게 하면서 내가 처음으로 숨을 쉴 수 있게 해주신 것이다. 결국, 나는 서로에게 라이벌인 두 명의 엄마를 내 하나의 사랑으로 합치고 섞을 수 있게 된 것이다. 그 순간에는 나는 두 사람을 똑같이 사랑하는 것 같았다. 그리고 그들이 그 동일한 사랑을 인정하게 할 수 있을 것 같았다. 그다음에 나는 결혼과 그 50살이라는 사람과 다음 파리 여행, 그러니까 나의 삶을 위협하는 그 세상을 생각했다. 나는 아무것도 두렵지 않았다. 처음으로 나는 낙천주의자가 되었다. 이제 막 나는 미래의 엄청난 방해물에 대해 결정적인 승리를 쟁취한 것이다.

그래서 나는 오랫동안 경험해 보지 못한 그런 심정으로 잠을 자고 있었다. 그런데 아침 7시쯤 데샤르트르가 내 방으로 들어와 나는 두 눈을 떴는데 그때 그의 불행한 두 눈빛을 마주하게 되었다. 그는 말했다.

"할머니가 돌아가실 것만 같네요. 오늘 아침 일어나시다가 갑자기 뇌졸중으로 몸이 마비되어 넘어지셔서는 다시 일어나지 못하셨어요. 쥘리 양이 방금 바닥에 의식 없이 차갑게 누워 계시는 걸 발견하고 할머니를 뉘고 몸을 따뜻하게 해서 조금 의식을 찾으셨지요. 하지만 아무것도 알아보지 못하시고 움직이지도 못하셔요. 데세르 선생님을 모셔 오라고 했습니다. 이제 곧 사혈瀉血을 좀 하려고 하는데 와서 좀 도와주세요."

우리는 온종일 할머니를 돌봤다. 할머니는 정신을 좀 차리셨고 넘어진 것도 기억하시면서 넘어질 때 다친 곳만 아프다고 하셨지만 곧 어깨부터 발뒤꿈치까지가 마비된 것을 아셨다. 하지만 단지 넘어져서 생긴 근육통쯤으로 여기셨다. 사혈은 그래도 도움 받아 하던 행동들을 좀 수월하게 해주었다. 그리고 저녁쯤에는 아주 확연히 상태가 좋아지셔서 나는 안심이 되었고 의사도 나를 안심시키고 떠났다. 하지만 데샤르트르 선생님은 그렇게 쉽게 생각하지 않았다. 할머니는 저녁 식사 후 내게 신문을 읽어달라고 하셨고 듣는 시늉도 하셨다. 그리고는 카드를 달라고 하셨지만 손에 잡지는 못하셨다. 그런데 무슨 말인가를 횡설수설 하시더니 우리가 할머니를 위해 스페이드 퀸을 팔에 놓아주지 않았다고 투덜거리셨다. 나는 깜짝 놀라 데샤르트르에게 작은 소리로 말했다.

"무슨 환영을 보시는 건가요?"

그는 대답했다.

"세상에, 아니에요! 열도 없으신데, 노망이신거지요!"

이것은 정말 죽음보다 더 큰 충격이었다. 나는 너무 놀라 방을 나와 정원으로 도망쳤다. 그리고 한쪽 구석에 무릎을 꿇고 앉아 기도하고 싶었지만 기도도 되지 않았다. 날씨는 정말 무심할 정도로 아름답고 고요했다. 그 순간만큼은 나도 할머니처럼 어린애가 된 것 같았다. 왜냐하면, 머릿속에는 죽음 생각뿐인데 주변이 모두 나를 보고 웃는 것 같아 나도 모르게 깜짝 놀라고 있었기 때문이다. 나는 바로 집으로 돌아갔다.

괴로움으로 풀이 죽은 데샤르트르는 부드럽게 말했다.

"용기를 가지세요! 아가씨까지 아프면 안 돼요. 할머니에겐 우리가 필요해요!"

할머니는 밤에 심하지는 않지만 횡설수설하는 말들을 하셨다. 낮에는 저녁까지 깊은 잠을 자셨다. 뇌졸중으로 인한 수면 증상은 또 다른 위험 신호였다. 의사와 데샤르트르는 성공적으로 이 증상을 완화시켰지만 할머니는 깨어나시면서 시력을 잃으셨다. 다음 날에 다시 시력을 찾기는 했지만 오른쪽에 있는 사물이 왼쪽에 있는 것으로 보였다. 또 어떤 날에는 말을 더듬으시며 단어를 잊어버리셨다. 이렇게 갑작스럽고 이상스러운 여러 증상을 거친 후에 할머니는 회복기로 들어서셨다. 일단 큰 고비는 넘긴 것이다. 몇 시간 동안은 정신이 말짱하기도 했다. 아픈 곳은 거의 없었지만 거의 마비 상태였고 약해진 머리는 정말 데샤르트르가 말한 것처럼 노망으로 완전히 어린아이가 되어 갔다.

할머니는 어떤 의지도 없었고 그저 계속할 수 없는 것들을 요구하실 따름이었다. 이제 할머니는 생각하는 것도 참는 것도 다 잊어버리셨다. 눈도 잘 보이지 않았고 소리도 거의 듣지 못하셨다. 마침내 할머니의 그렇게도 똑똑했던 정신과 그렇게도 아름다웠던 영혼은 사라져 버리고 말았다.

나의 가엾은 환자는 정말 여러 가지 증상들을 겪었고 봄에는 좀 나아지시는 듯했다. 여름 동안에는 잠깐이지만 정말 다 나으셨나 생각하기도 했다. 할머니 정신이 너무 또렷해서 유쾌하게 웃기도 하시고 이런저런 것도 기억해 내셨기 때문이다. 할머니는 하루의 반을 의자에서 보내셨다. 할머니는 식당에서조차도 항상 우리 팔에 의지해 움직이셨다. 식사는 아주 잘하셨고 정원에서 햇볕을 받으며 앉아 계시기도 했다. 또 때로는 신문 읽는 것을 들으시기도 하고 일 처리를 하시기도 하고 재산 목록을 챙기시며 유언장을 들여다보시기도 했다. 하지만 가을에 들어서자 다시 마비 상태에 빠지셨고 1821년 12월 25일 고통도 없고 죽는다는 사실도 의식하지 못한 채 마비 상태로 주무시다가 돌아가셨다.

이 10개월 동안 나는 정말 너무 긴 인생을 살았고 너무 많은 생각을 했고 너무 많이 변했다. 이 기간에 할머니는 가장 상태가 좋은 때에도 반밖에 회복되지 못한 상태로 사셨다. 이 기간에 내가 이 가엾은 빈사 상태의 할머니 침대 옆을 얼마나 뱅뱅 돌며 살았는지도 이야기하려고 한다. 그 느리게 다가오는, 피할 수 없는 소멸消滅에 대한 너무나 자세하고 고통스러운 표현들로 나의 독자들을 슬프게 하기를 원하지는 않는다.

∮. 독서에 관하여

만약 나의 운명이 할머니의 지배 아래로부터 바로 남편이나 수녀원의 지배하에 들어갔다면 늘 주변의 영향에 무조건 순종하면서 지금의 나 자신처럼 될 수는 없었을 것이다. 나의 무디고 심연처럼 잠자는 영혼에게 무슨 도발정신 같은 것은 존재하지 않았다. 그리고 나의 우울한 기질과 아주 잘 맞아떨어졌던 검증되지 않은 신앙이라는 것도 이성적으로는 검증해 본 적 없었다. 겉으로 드러나지는 않았지만 내 눈을 뜨게 하려는 할머니의 계속된 작은 노력들은 오히려 내 안에 반발심만 더 키워 놓았다. 16 할머니처럼 볼테르주의자 남편을 만났더라면 아마도 더 최악이었을 것이다.

내가 바뀔 수 있었던 것은 이성적인 생각에 의한 것이 아니었다. 나는 이성적인 생각 같은 것은 가지고 있지 않아서 신앙에 대한 조롱 같은 것은 몰랐고 아예 그런 건 이해할 수도 없었다.

그런데 운명적으로 나는 17살 나이에 외부의 모든 영향으로부터 독립하는 순간을 만나 거의 1년 동안 완전히 나 혼자가 되면서 잘됐든 못됐든 이후 나의 삶 전체를 지배할 어떤 인간이 될 수 있었다.

---

16 〔역주〕 볼테르주의자였던 할머니는 기독교 신앙을 이성적으로 생각해서 하나님의 존재를 받아들이기는 했지만 교회에 나가지 않았으며 교회에서 하는 말들을 믿지 않았고 어린 손주에게도 그런 교육을 시켰다.

한 가정의 아이가, 그것도 나처럼 여자아이가 이렇게 어린 나이에 혼자가 되어 자기 자신의 주인이 되는 경우는 참 드문 경우일 것이다. 마비 상태가 되신 할머니는 정신이 명료하신 때조차도 나의 정신적인 삶이나 지적인 삶에 관해 더는 생각하지 않으셨다. 항상 인자하게 나를 쓰다듬으시며 여전히 내 건강만큼은 걱정하셨다. 하지만 더는 편지도 쓰실 수 없었으니, 그 외에 다른 것은, 내 결혼까지도 거의 기억에서 사라지신 것 같았다.

엄마는 내가 그렇게 부탁했음에도 불구하고 할머니가 그렇게 빨리 돌아가실 리 없고 또 카롤린을 떠날 수 없다며 오지 않았다. 나는 그것을 받아들일 수밖에 없었고 혼자 외로이 모든 것을 감내해야 했다.

데샤르트르는 처음에는 충격을 받았지만 곧 모든 것을 체념하고는 나에게 완전히 다른 태도를 보였다. 그는 좋든 싫든 그의 모든 권한을 내게 넘겨주면서 내가 집안의 수익을 관리해야 하고 모든 지시도 내가 내려야 한다면서 나를 아주 어른처럼, 다른 사람과 나 자신도 모두 다스릴 수 있는 어른처럼 취급했다. 이것은 내 능력을 너무 과신하는 거였다. 그러나 후에 보게 되겠지만 그에게는 당연한 일이었다.

이미 집안에 질서가 잘 잡혀 있어서 그리 크게 힘든 일은 없었다. 모든 고용인은 성실했고 소작인으로서 데샤르트르는 계속 농사일을 지시했으며, 그는 내가 그 일에 흥미를 갖게 하려고 무진 노력을 했지만 나는 도대체 하나도 이해할 수가 없는 일이었다. 나는 그런 일에는 태생적으로 아마추어였을 뿐이다.

이 가엾은 데샤르트르는 할머니의 상태를 보고는 내가 유일하게 좋아하는 지적 세계들로부터 나를 끄집어내서 권태와 깊은 좌절 속으로 던져 버렸다. 그래서 내가 눈에 띄게 야위어 가고 건강도 아주 나빠진 것을 보고는 내게 활기를 주기 위해 무진 애를 썼다. 그는 내가 콜레트를 타고 온 영지를 돌아다니게 했고 또 그동안 잊었던 승마의 즐거움을 다시 찾으려고 영지 내에 있는 모든 망아지를 데려왔다. 그리고 먼저 이것저것을 타고 시험해 본 후에 나보고도 즐겨 보라고 했다. 하지만 시험하는 동안 그는 여러 번 말에서 떨어져서 결국, 자기가 이론적으로는 빠삭하지만 아는 것도 없는 내가 훨씬 잘 탄다는 것을 인정할 수밖에 없었다. 그는 너무 경직되어 힘들게 말을 탔다. 그래서 빨리 피곤해했고 또 나는 그에 비해 너무 빨리 달렸다. 그래서 그는 내게 마구간지기, 아니 시동으로 앙드레를 붙여주었는데 그는 말에 붙은 원숭이처럼 튼튼한 아이였다. 그리고 하루도 빠짐없이 말을 타라고 하면서 앙드레와 내가 함께 온 들판을 달리도록 해주었다.

다른 말들도 타 보았지만, 비교조차 할 수 없게 기술이 뛰어나고 똑똑한 콜레트로 항상 다시 돌아오면서 매일 아침 4시간 동안 32~40킬로미터를 달리는 습관을 가지게 되었다. 그리고 때때로 농가에 들러 우유를 얻어 마시고 이리저리 아무 데나 되는대로 말을 타고 달렸다. 때로는 말을 타고 갈 수 없다는 곳도 가면서 끝없는 몽상에 빠지기도 했다.

앙드레는 데샤르트르로부터 내가 깊은 생각에 잠겨 있을 때 절대로 방해해서는 안 된다는 교육을 단단히 받고 있었다. 그래서 그는 우리가 식사를 하기 위해 말에서 내렸을 때만 말을 하기 시작했는데, 내가 그에게 농부들 집에서 예전처럼 함께 식탁에 앉아 밥을 먹자고 제안했기 때문이다. 그러면 그는 말 타는 동안 자신이 느낀 것들을 얘기했는데 그 순박한 표현들과 베리 사투리가 나를 무척 즐겁게 했다. 그리고 다시 말 안장에 앉으면 그는 다시 벙어리가 되었다. 내가 그에게 강요한 규칙은 아니었지만 참 좋은 규칙이란 생각이 들었다. 왜냐하면, 말을 타고 달릴 때 깊이 빠져드는 명상, 혹은 말이 몰래 풀을 뜯으며 천천히 걸을 때 모든 생각을 다 사라지게 했던 대자연의 풍광, 또 빠르게 지나가는 풍경들, 때로는 우울하기도 하고 때로는 감미로운, 아무 목적도 없이 빠르게 시간을 흘려보내는 것, 떼 지어 다니는 가축들과 날아가는 새떼들을 보는 것, 말의 발아래로 첨벙대는 물소리, 이 모든 움직임과 휴식, 눈앞의 광경들이나 고독한 산책 중 영혼의 깊은 휴식이 나를 사로잡았고, 이런 순간에 나는 완전히 나의 슬픔에 대한 생각과 기억들을 정지시킬 수가 있었다.

그래서 나는 즉시 시인이 되었다. 완전히 나도 모르게 저절로 그렇게 되어 버린 것이다. 나는 단지 육체적인 즐거움만을 찾았을 뿐인데 거기서 정신적으로 샘솟는 기쁨을 발견한 것이다. 그것은 뭐라 정의할 수 없지만 매일 나를 살아나게 하고 새로 태어나게 했다.

만약 할머니가 걱정돼서 할머니를 돌보지 않았다면 나는 온종일 말을 타며 모든 것을 잊고 지냈을 것이다. 하지만 동이 트자마자 아침 일찍 집을 나서서 집 앞 길 정도만 달릴 수 있었다. 때때로 나는 가엾은 앙드레가 피곤에 절은 모습을 보았는데 나는 말을 타며 한 번도 피곤해 본 적이 없어서 적이 놀라기도 했다. 아마도 여자들은 말에 앉는 자세라든가 팔다리가 부드러워 남자들보다 더 오래 탈 수 있는 것 같다.

그래도 나는 때때로 시동 녀석에게 콜레트를 타라고 하면서 콜레트의 부드러움을 여유롭게 느끼게도 해주었다. 그리고 나는 늙은 노르

망드 암말이나 끔찍한 페페 장군을 타곤 했는데 노르망드 암말은 아주 똑똑하고 충성스러워서 우리 아버지를 전쟁터에서 몇 번이나 구해준 녀석이다. 반면에 페페 장군은 끔찍스러운 뒷발질을 하는 녀석이었다. 하지만 돌아올 때는 늘 더 피곤한 것이 아니라 떠날 때보다 더 생기 있게 돌아오곤 했다.

이런 말 타기는 내게 하나의 구원이 되어 공부해야 한다는 생각을 힘든 의무로 여기지 않게 했고 그것의 중압감을 느끼지 않게 해주었다. 먼저 나는 플로리앙이나 장리스 부인이나 방 데르 벨드의 소설을 읽으며 할머니 곁에 있는 그 긴 슬픔과 두려움의 시간들을 잊으려했다. 이런 소설들은 내게 아주 매력적으로 보였다. 하지만 환자를 돌봐야 하기에 독서가 자주 끊기는 데다 걱정으로 머릿속에는 남는 게 없었다. 그러나 점차 시간이 지나며 죽음의 두려움으로부터 벗어나 마치 엄마가 아이를 돌보듯 환자 보기가 하나의 우울한 습관처럼 되어 버리자 나는 다시 좀 더 깊이 있는 독서를 하게 되었고 곧 거기에 열심히 빠져들게 되었다.

먼저 나는 잠과 싸워야 했다. 그리고 할머니 방의 그 어둡고 나른한 분위기에 숨 막히지 않기 위해 끊임없이 할머니 담뱃갑 속을 뒤지곤 했다. 또 할머니가 밤새도록 이야기를 하고 싶어 할 때는 블랙커피나 때때로 증류주를 마시기도 했다. 왜냐하면 할머니는 때때로 밤을 낮으로 알아서 우리가 할머니와 함께 있으려던 때에 모든 것이 조용하고 어둡다며 화를 내시기도 했다. 그러면 쥘리 양과 데샤르트르가 창문을 열어 지금이 저녁이라는 것을 상기시켜 드리기도 했다. 그러면 할머니는 깊이 상심하시며 우리가 한낮에 온 줄로 생각하셨는데 해가 없어 자기 눈이 점점 멀어 간다고 생각하셨다고 말씀하셨다.

우리는 모두 차라리 할머니가 말씀하시는 게 옳다고 하는 게 할머니를 더 슬퍼지게 만드는 것보다 낫겠다고 생각했다. 그래서 우리는 침대 뒤로 초를 여러 개 켜놓고 낮처럼 해 놓았다. 그리고 우리는 할머니 곁에 있으면서 어느 때라도 정신이 드셔서 우리에게 말을 거시면 대답할 준비를 하고 있었다. 처음에는 이런 이상한 생활은 너무나 견디기 힘들었다. 나는 전에 말했듯이 절대적으로 잠이 부족했다. 나는 여전히 몸이 성장하는 중이었는데 나의 발육은 이런 생활방식 때문에 말할 수 없는 신경증적 고통을 겪었다. 각성제는 나의 조용한 성격에 혐오스러운 것이어서 위장병을 가져왔고 나를 각성시켜주지도 못했다.

하지만 데샤르트르가 억지로 다시 찾게 한 말 타기는 며칠간 건강하게 지낼 수 있게 해 주었고 새로운 힘을 주었으며 내가 피곤하지 않고 각성제도 없이 밤새도록 일할 수 있게 해주었다. 그래서 나는 나의 신체적 상태가 변화하는 걸 느끼면서 공부를 통해 내가 몰랐던 즐거움과 효율성을 발견할 수 있었다.

내게 《기독교의 정수》라는[17] 책을 빌려준 것은 라샤트르에 계신 나의 고해신부님이셨다. 6주 전에 나는 내 삶에 관해 너무나 큰 고통을 깨닫게 해 준 어떤 페이지를 읽다 책을 덮어 버리고는 다시 볼 생각을 하지 못하고 있었다. 그런데 신부님이 다시 책을 달라고 하셔서 나는 조금만 더 기다려 달라고 하고는 그 책을 신부님이 말씀하신 대

---

17 〔역주〕샤토브리앙의 소설 *Génie du christianisme*.

로 아주 정독하고 다시 읽기 시작했다.

이상한 일은 나의 정신을 가톨릭 신앙에 가깝게 하려고 고해신부님이 제안한 이 독서는 반대로 나의 마음을 가톨릭 교리에서 더 멀어지게 하는 결과를 가져왔다는 것이다. 나는 책을 단숨에 읽었고 뜨겁게 사랑하게 되었다. 그 내용과 형식, 약점과 강점 그 모든 것을 말이다. 나는 책을 덮으며 내 영혼이 한 키는 더 성장한 것 같았다. 이 책은 내게 성 어거스틴의 "*Tolle, lege!*"가 준 것과 같은 영향을 주었다. 그래서 이후 나는 모든 어려움에 대한 힘을 얻었고 그 책을 다 읽었을 뿐만 아니라 그 외에 다른 모든 철학들, 세속적인 글들, 이단서적들도 다 읽고 그들의 잘못이 뭔지를 깨달으며 내 신앙을18 더욱더 확신하게 되었다.

수녀원으로부터 멀리 떨어져 있고 또 슬픈 상황들로 인해 잠시 냉담해졌던 나의 종교적 열정이 다시 새로워지는 순간에 나의 소명이 또다시 모든 시적 낭만으로 호화롭게 장식되는 것을 느꼈다. 신앙이라는 것이 그저 맹목적인 열정으로만 생각되지 않았고 찬란한 빛으로 생각되었다. 장 제르송은 오랫동안 나를 겸손의, 무념의 종탑 아래 지그시 누르며 신께 모든 것을 귀의하게 하고 인간의 학문을 경멸하게 했으며 나의 약점에 두려움도 갖게 했다. 《예수의 모방》은 더는 나를 인도하는 책이 아니었다. 예전의 성자들은 이제 그 영향력을 잃었다. 감성과 열정의 남자 샤토브리앙은 나의 신부님이며 나의 계시

18　〔역주〕 단순히 교회를 맹목적으로 따르는 신앙이 아니라 상드의 마음속 신념을 말한다.

자가 되었다. 나는 우리 사회의 이 타락한 가톨릭에서는 회의하는 시인이나 세속적으로 영예로운 남자는 본 적이 없었다.

그것은 결코 나의 잘못이 아니었지만 나는 고해성사를 하지 않았다. 고해신부님 자신이 독을 내 손에 준 것이다. 그리고 이 독은 내게 신념을 주었다. 실험의 심연은 열렸고 나는 이제 그 아래로 내려가야만 한다. 단테처럼 너무 늦은 때가 아니고 한창 꽃다운 나이에 처음으로 느낀 환한 깨달음 속으로 말이다.

오! 당신 생각만이 옳고 당신만이 진정한 가톨릭 신자입니다, 회개한 죄인, 얀 후스의 살인자, 죄를 회개한 제르송이여! 당신은 이렇게 말했지요!

"나의 아들아, 사람들의 번지르르한 말에 속지 말아라. 내 책을 더 똑똑해지고 더 설득력 있는 사람이 되려고 읽지 말아라. 내 책은 어려운 문제를 더 어렵게 만들기보다는 네 안에 악을 제거하기 위해 이용하게 될 것이다. 많이 읽고 지식을 넓힌 다음에는 꼭 다시 '인간들의 학문은 모두 나로부터이고 나는 어른들의 지식보다 아이들에게서 더 뚜렷한 지식을 발견한다.'는 이 하나의 원칙으로 되돌아와야 한다. 곧 언제고 스승들의 스승이며 천사들의 주인이신 예수 그리스도가 나타나 모든 인간의 말을 들으러 오실 날이 있을 것이다. 그러니까 각자의 양심을 시험하러 오시는 거지. 그러니 손에 등불을 들고 그는 예루살렘 구석구석을 찾아오실 것이다. 그리고 어둠 속에 감추어졌던 것이 모두 밝게 드러날 것이다. 그리고 인간들의 생각이란 것은 그 자리를 찾지 못할 것이다. 내가 겸손한 사람을 길러 다른 사람들이 학교에서 10년 동안 공부해서 찾은 진리보다 더 많은 영원한 진리를 한순간에 관통하게 할 것이다. 나는 말소리도 없이 토론도 없이 무슨 호사스러운 명예니 그런 것도 없이 시끄러운 논쟁도 없이 가르칠 것이다…….

내 아들아, 호기심을 갖지 말고 필요 없는 노력도 하지 말아라. 왜 이런저런 것들을 쳐다보고 있느냐? 너는 오직 나만을 따르라! 사실 이 사람 기분이 어떤지가 무슨 상관이냐? 저 사람이 지금 어떻게 말하고 행동하는지가 무슨 상관이냐? 다른 사람에게 일절 대답할 필요도 없다. 너는 오직 너 자신만을 생각해라. 그러면 뭐가 그렇게 불편한 것이냐? 나는 모든 인간을 안다. 나는 해 아래 지나가는 모든 사람을 보고 각각의 상태도 알고 있다. 그가 뭘 생각하는지 그가 뭘 원하는지, 무슨 계획을 세우고 있는지…….

모든 것을 파괴할 뿐이고 마음을 어지럽게 할 뿐인 그런 지식들에 마음을 두지 말아라. 먼지와 같은 인간들아, 복종하는 것을 배워라! 땅과 진흙인 인간들아, 모든 세상의 발아래 너를 낮추는 것을 배워라! 굳게 서서 나를 소망해라. 말씀이 아니면 대체 어떤 것이 말씀이란 말이냐? 말씀은 공기를 때려도 돌에 상처를 내지 않는다. 인간의 적은 바로 그 자신의 집에 있다. 그리스도가 여기에 있다거나 혹은 저기에 있다고 말할 사람을 믿어서는 안 된다. 아무 일에도 즐거워하지 말고 오직 너 자신을 경멸하고 너의 생각만을 성취한 것을 즐거워하라. 너 자신을 떠나면 너는 나를 발견할 것이다. 어떤 사물도 선택하려 하거나 소유하려 하지 말라. 그러면 너는 더 많이 갖게 될 것이다. 너는 이렇게 적은 것이나 많은 것을 위해 항상 나를 버릴 것이다. 나는 예외 없이 모든 것으로부터 너를 해방시키길 원한다.

너를 떠나고 너를 체념하라. 모두에게 모든 것을 주어라. 아무것도 찾지 말고 아무것도 소유하지 말고 오직 나만을 가지라. 그러면 너는 마음의 자유를 얻게 될 것이고 어둠이 너를 장악하지 못할 것이다. 모든 소유로부터 벗어나기 위해 노력하고 기도하고 욕망하기를, 그리고 벗은 채로 벗은 예수 그리스도를 좇기를, 너 자신은 죽고 영원히 나로 살기를…. '시돈이여 부끄러워해라!'라고 바다는 말한다…! 그러니 게으르고 불평 많은 종들아, 세상 사람들이 구원을 위한 열정보다 재물의 손실에 더 광분하는 것을 부끄러워하라!"

이런 것이 진정한 복음주의 정신은 아니라고 해도 신부의 진정한 규율이며 교회의 진정한 원칙이다.

"너를 떠나고, 너를 없애고, 너를 경멸하고 너의 이성을 파괴하고 너의 판단을 믿지 말고 인간들의 시끄러운 소리를 피하고 기어오르라. 그리고 알 수 없는 신의 계율 아래 먼지가 되어라. 아무것도 사랑하지 말고 아무것도 공부하지 말고 아무것도 알려고 하지 말고 손에 든 마음엔든 아무것도 소유하지 말라. 보이지 않는 신성의 추상 앞에 엎드려 녹아 버린 하나의 추상이 되어라. 인간적인 것을 경멸하고 본성을 파괴하라. 너로 한 줌의 재가 되게 하면 너는 행복할 것이다. 모든 것을 가지려면 모든 것을 떠나야 한다."

이 위대하고 한편으론 바보 같아 보이는 이 책은 이렇게 요약될 수 있다. 이 책은 성자를 만들 수 있지만 결코 한 인간을 만들어낼 수는 없다.

내 생각에 나는 은둔자의 환희에 대해 신랄함이나 경멸 없이 말했다고 생각된다. 나는 수녀원 교육의 부드럽고 고마운 기억들로 마음이 심란했던 적이 없다. 과거의 감정들을 지금의 심정으로 돌아본다

해도 나는 천사 같은 소박함의 부드러운 최면술로 나를 황홀경에 빠뜨린 사람들을 여전히 사랑하고 축복한다. 이제 여러분들은 무엇을 믿고 있든, 내가 스스로를 판단하고 사람들이 내게 가르친 것들의 본질을 분석하는 것을 용서해 주기 바란다.

또 설사 용서하지 않는다 해도 나는 솔직히 말할 것이다. 이 책은 논리적인 종교 비판이 아니다. 하나님은 나의 온전한 기억들이 가지고 있는 매력을 변질시키지 못하게 하신다. 하지만 이 책은 내 생애에 대한 이야기이고 내가 말하고 싶은 것은 내가 진실하고 싶다는 것이다.

그래서 나는 주저 없이 말할 수 있다. 장 제르송의 가톨릭 신앙은 비성경적이라고. 그리고 그것은 역겨운 이기주의의 원리이다. 어느 날 나는 그 책을, 교리책이 아니고 문학 작품인 《기독교의 정수》와 비교한 것이 아니라 이 문학 작품이 내게 암시한 모든 다른 사상들과 비교한 적이 있었다. 나는 내 안에 큰 갈등이 싸우는 것을 느꼈다. 그리고 그 두 책을 읽은 후 내 정신 안에는 큰 갈등이 시작됐다. 한편에서는 개인적인 구원을 위해 지적이고 감정적인 것을 모두 무화시키라고 말하고, 다른 한편에서는 공동의 종교를 위해 정신과 감정을 고양하라고 말했다.

나는 메리 앨리시아 수녀님이 준 《예수의 모방》 책을[19] 다시 읽었다. 그 책은 지금도 내 눈앞에 있다. 그 책에는 여전히 수녀님의 사랑스럽고 존경스러운 손으로 직접 쓴 이름이 있다. 나는 이 걸작의 형식

---

19 예수회의 고넬리외(Gonnelieu)가 번역한 책이다.

들과 그 웅변적 간결함을 알고 있다. 그것은 나를 매료시켰고 나는 모든 면에서 그것에 설득당했다. 논리란 아이들에게는 너무나 강렬한 법이다. 아이들은 궤변이나 타협을 모르니 말이다. 《예수의 모방》은 정말 수도자에게는 대단한 책이다. 이 책은 수도승들의 율법서였다. 그것은 인간사나 인간적 의무와 완전히 절연하지 못한 사람에게는 치명적인 책이었다. 그래서 나도 역시 영혼으로 또 의지로 딸의 의무, 자매의 의무, 배우자의 의무, 엄마의 의무를 다 저버렸다. 그리고 나는 개인적인 지복至福의 샘물을 마시면서 영원한 고독 속으로 귀의했다.

그런데 《기독교의 정수》를 읽은 뒤에 《예수의 모방》을 다시 읽으니 그것은 완전히 새롭게 보였다. 그리고 나는 이 책을 삶에 적용한다는 것이 얼마나 끔찍한 결과를 가져오는지를 알게 됐다. 그 책은 나에게 모든 세상의 애정을 잊게 했다. 마음속에 모든 동정심의 불도 꺼지게 했고 모든 가족과의 관계도 끊게 하고 오직 나만을 보게 하고 다른 모든 것은 신의 심판에 맡겼다. 나는 두려워하기 시작했고 가정과 수녀원 중 어느 하나를 택하지 못하고 걸어온 것에 심각하게 회개했다.

엄마와 할머니의 슬픔에, 아니면 그들이 나를 필요로 한다는 것에 너무 예민한 나머지 나는 아무런 결정도 못하고 두려움에 떨고 있었다. 그리고 나는 나의 열정을 식게 만들었고 나의 결심들을 흔들리게 했으며 어쩔 수 없는 회한이 뒤섞인 어렴풋한 욕망을 갖게 되었다. 나는 내게 많은 것을 가르치고 알게 하고 싶어 하는 할머니에게 많은 것을 양보했다. 나는 게으르고 불평 많은 종이었다. 모든 육적인 애정과 모든 특별한 거만함으로부터 벗어나지 못한. 그래서 나는 교리를 거부했고 나를 지도해준 신부님의 명령에 따르던 그날부터 유쾌해졌고 따뜻해졌으며, 친구들과 친하게 지내고 부모님께도 순종적이고 헌신적이 되었다.

내 안에 모든 것이 죄였다. 심지어 헬렌 자매에 대한 칭찬이나 메리 앨리시아에 대한 우정, 아프신 할머니 간호까지, 나의 양심과 행위까지 모든 것이 죄였다. 아니면 그 책이, 그 신성한 책이 거짓말한 것이었다.

그렇다면 내가 사랑스럽고 따뜻하길 원하는 학식 많은 프레모르 신부님과 또 내가 수녀의 소명을 버리길 원하셨던 앨리시아 수녀님은 왜 내게 그 책을 주고 읽게 했을까? 거기에는 정말 일관성이 없었다. 이 책은 내가 다른 사람에 대해 냉담해지도록 하지도 못하면서 내게 나쁜 영향만 미쳤다. 이 책은 나를 천상과 땅 사이의 정 가운데 놓아 두었다. 이 책은 내가 가정생활과 가족 간의 우애에서 오는 즐거움을 솔직하게 즐길 수 없게 했다. 이 책은 내면적으로 나를 우울한 반항으로 이끌었고 그것은 일종의 강제적 포기에 대한 명백한 증거였다. 그것은 인식하고 있으니 더 잔인한 것이었다!

나는 할머니가 나를 설득했다고 믿고 계실 때 조용히 할머니를 속였다. 할머니의 고뇌와 할머니의 의심과 할머니의 불평불만이 내 안에서 그 모든 것들을 정당화한 것인지도 모른다. 할머니는 종종 나의 손길이 차갑고 내가 거짓 약속들을 한다는 것을 아셨다. 아마도 할머니는 내게서 뭔지 모르지만 할머니의 애정을 가로막는 어떤 방해물을 느끼셨을 것이다.

점점 더 내 생각에 경악하면서 나는 나의 약한 성격과 내 정신의 둔화에 대해 의기소침해졌다. 나는 분명하고 올바른 노선을 따라갈 수 없었다. 더욱이 그것을 고치기에는 너무 늦었다는 것이 나를 더 슬프게 했다. 나의 현재와 미래에 대한 할머니의 생각에 내가 돌아온 것을 아시기에는 너무 늦어 버린 그 불행한 날 다음 날 말이다.

이제 모든 것이 끝났다. 할머니의 몸과 정신이 온전치 못한 상태로 1년 혹은 10년을 사신다 해도 나는 계속 할머니 곁에 있겠지만 이후 나의 삶은 하늘과 땅 사이에서 선택해야만 했다. 내게 반쯤 영양을 공급해 주었던 금욕주의의 만나가 해로운 것이어서 내가 그것에게서 벗어나야만 하거나, 아니면 책이 옳아서 예술과 학문과 시와 논증과 우정과 가정을 거부하고, 죽어가는 환자 옆에서 밤낮을 종교적 황홀경과 기도 속에 보내고, 모든 것과 결별하고 성스러운 곳으로 날아가 세상 인간사에 결코 다시 내려오지 않아야 했다.

그런데 샤토브리앙이 이렇게 흥분한 내게 다음과 같이 대답해준 것이다.

"기독교 옹호론자들은 (18세기에) 잘못된 생각으로 이미 길을 잃었다. 그들은 이제 어떤 도그마가 옳은 것인가를 논의하는 것이 더는 문제가 아님을 알지 못했다. 사람들은 기본적인 것을 완전히 버렸기 때문이다. 예수 그리스도의 소명으로부터 시작해서 그 결과에 결과를 거듭하며 그들은 분명히 굳건하고 진실한 믿음을 세웠다. 하지만 17세기까지는 그렇게도 옳았던 논리가 지금 근본적인 것이 다 무너진 우리 세대에는 아무런 의미가 없다. 이제는 반대의 길을 가야 한다. 결과에서 원인으로 가야 한다. 기독교인이 하나님에게서 왔기 때문에 위대한 것이 아니라 그가 위대하므로 신에게서 왔다는 것을 증명해야 한다.

지금까지 존재했던 모든 종교 중 기독교가 가장 시적이며 가장 인간적이고 자유와 예술과 문학과 가장 친숙하다는 것을 증명해야 한다. … 기독교 도덕보다 더 신성한 것은 없다는 것을 보여줘야만 한다. 기독교의 도그마와 교리와 의식보다 더 사랑이 넘치고 더 권위 있는 것은 없다는 것을 보여줘야 한다. 기독교는 천재들을 좋아하며 우리를 순수하게 하며 미덕을 부추기고 생각에 활력을 준다는 것을 보여줘야 한다. … 뉴턴, 보쉬에, 파스칼 그리고 라신을20 믿는 것을 전혀 부끄러워하지 말아야 한다. 그러니까 무기를 들고 대항하는 이 종교를 구하기 위해 모든 즐거운 상상력과 가슴을 동원해야 한다. …

그런데 완전히 인간적인 것으로 기독교를 마주하면 위험한 걸까? 왜 그럴까? 우리의 종교는 빛을 두려워하나? 그것이 하늘로부터 온 것이라는 가장 큰 증거는 그것이 가장 엄격하고 세밀한 이성의 시험을 고통스러워한다는 것이다. 거짓이 발견될까 봐 우리의 교리를 성스러운 밤 속으로 감추며 영원히 비난받길 원하는 걸까? 기독교는 더 아름답게 보이기 위해 진실을 포기해야만 하는 걸까? 그런 소심한 두려움은 버리기로 하자. 너무 지나쳐서 오히려 기독교를 죽이는 짓은 하지 말기로 하자. 지금은 더는 '믿고 아무것도 의심하지 말라'고 말하는 시대는 아니다. 우리가 뭐라 하든 사람들은 의심할 것이고 우리의 소심한 침묵은 안 믿는 자들의 승리를 부추기며 신도들의 수를 줄어들게 할 것이다."

---

20 〔역주〕 이들은 모두 얀센주의자들로 가톨릭 교단의 중심이었던 기존의 예수회와 대립했다.

이제 우리 눈앞에 놓인 문제는 분명하다. 하나는 유일하신 하나님으로부터 직접 온 생각이 아니면 자신 안에 있는 모든 생각에 둔감해질 것, 다른 하나는 주위를 살펴서 우리 영혼에 힘과 활기를 주며 하나님께 영광 돌릴 수 있게 하는 모든 것을 받아들일 것. 이 두 가지이다. 이것은 교리의 알파요 오메가였다.

"진흙과 먼지가 되자/ 불꽃과 빛이 되자. 믿고 싶으면 아무것도 의심하지 말라/ 믿기 위해 모든 것을 의심하라!"

대체 누구의 말을 들어야 한다는 것인가?

두 책 중 한 권은 완전한 이단이었을까? 어느 것이? 두 책은 모두 내 양심의 인도자들이 준 책들이었다. 그렇다면 교회의 중심에는 두 개의 모순적 진리가 있다는 말인가? 샤토브리앙은 진실은 상대적이라고 하고, 제르송은 진실은 절대적이라고 한다.

나는 큰 혼란스러움에 빠졌다. 콜레트를 타고 달릴 때는 완전히 샤토브리앙이 되었고, 램프 불빛 아래서는 완전히 제르송이 되었다. 저녁때는 아침의 내 생각을 반성했다.

그러다 외부적인 일로 새로운 교리가 승리하게 되었다. 할머니가 또다시 며칠 동안 생사를 넘나드셨다. 나는 할머니가 다시 기독교로 돌아오지도 못하고 종부성사도 없이 돌아가실까 봐 죽을 것처럼 괴로웠다. 하지만 비록 가끔 내 말을 들으시기는 했지만, 나는 감히 할머니의 상황을 분명하게 밝혀 드려 내 생각대로 따라오게 할 수 있는 말은 한 마디도 할 수가 없었다. 내 안의 신앙심은 계속 말을 하라고 유혹했지만, 마음은 여전히 강력한 에너지로 그것을 막고 있었다.

나는 그 문제에 대해 너무나 고민한 나머지 수도원에 있을 때의 조심스러웠던 마음가짐으로 돌아갔다. 밤낮으로 고민한 후에 나는 프레모르 신부님께 어떻게 행동해야 할지 물어보면서 할머니에 대한 내 사랑의 약점을 모두 고백했다. 그 지혜로운 사람은 나를 나무라기는커녕 다음과 같이 인정해주었다. 신부님은 너그러운 마음으로 다음과 같은 향기로운 편지를 보내왔다.

"침묵을 지킨 것은 천만 번 잘한 일이에요. 할머니에게 지금 위험한 상태라고 말하는 것은 그녀를 죽이는 일이지요. 할머니와의 대화 중 민감한 부분에 있어 주도권을 잡는 것은 할머니에게 보여야 할 공경심과는 반대되는 거지요. 그런 불편함은 할머니를 아주 예민하게 할 거예요. 그래서 종부성사를 하지도 않고 더 멀리 가게 만들 거예요. 입을 다물고 하나님께 직접 마음을 움직여주시도록 기도한 것은 정말 잘했어요. 마음이 충고하는 일이라면 결코 두려워하지 마세요. 마음은 결코 속이는 법이 없으니까. 계속 기도하며 희망을 품으세요. 가엾은 할머니의 마지막이 어떻게 되든지 하나님의 지혜와 끝없는 긍휼矜恤을 의지하세요.

할머니 곁에서 당신이 할 일은 할머니를 더욱더 정성껏 돌보는 일이에요. 당신의 사랑과 겸손과 순종, 그러니까 이렇게 표현할 수 있다면 당신의 끝없이 자유분방한 신앙을 보고 할머니는 아마도 당신에게 보상하기 위해 당신의 감춰진 욕망에21 화답하며 그녀 스스로 신앙고백을 할지도 모르지요. 내가 항상 당신에게 하는 말을 믿으세요.

---

21 〔역주〕할머니가 다시 기독교 신앙을 받아들이게 하려는 욕망을 말한다.

당신 안에 성령이 사랑하게 하세요. 이것이 우리가 할 수 있는 최상의 권고입니다."

이렇게 사랑스럽고 덕망 있으신, 늙은 신부님은 인간적인 감정들과 타협하고 있었다. 비록 할머니가 교회로 다시 돌아가지도 않고 죽게 된다 해도, 아니 아예 그것에 대해 인식도 못 하고 죽는다고 해도 할머니의 구원에 대한 희망 같은 것은 그저 내버려 두었다. 그는 성자요, 진정한 기독교인이었다. 그것을 '예수회임에도 불구하고'라고 해야 할지, '예수회라서'라고 해야 할지는 모르겠다!

공평해지기로 하자. 정치적 측면에서 공화주의자인 우리는 권력욕과 질투에 사로잡힌 이 사이비 종교를 증오하고 싫어한다. 나는 로욜라의 제자들을22 사이비 신도라고 생각하기 때문에 자신 있게 그들을 '사이비'라고 할 수 있다. 이들은 정통 로마 가톨릭교회를 완전히 변질시킨 자들이다. 이들은 아주 잘 만들어진 이단이다. 다만 그들 스스로 그렇게 말한 적이 없을 뿐이다. 그들은 드러내 놓고 싸운 것은 아니지만 교황제를 무너뜨리고 장악했다. 그들은 교황의 최고 권위를 존중한다면서 그의 무능력함을 비웃고 있다. 다른 어떤 이단보다 더 능숙하게, 또 더 강력하고 지속적으로 말이다.

물론 프레모르 신부님은 고집스러운 교회보다 더 기독교적인 사람이었지만 예수회였기 때문에 이단이었다.

로욜라의 교리는 판도라의 상자였다. 그것은 모든 선과 악을 담고 있었다. 그것은 진보의 요채了慣면서 파괴의 심연이었다. 삶과 죽음

---

22 〔역주〕 정통 가톨릭의 예수회 신부들을 말한다.

의 법칙이었다. 공식적인 교리는 죽음이었지만 속으로는 자신이 죽인 것을 다시 살려냈다.

내가 그것을 '교리敎理'라고 부른다고 이 표현에 대해 빈정거리지는 말았으면 좋겠다. 나는 그것을 다른 말로는 육체의 정신, 규율을 좋아하는 성향 정도로 부르고 싶다. 특히 그것은 각자에게 맞는 길을 열어 주기 위해 지배적이고 왕성한 정신을 강조했다. 자기 자신들을 위해 진실은 완전히 상대적이 되었다. 한번 그 원칙이 비밀스럽게 받아들여지자 교회는 전복되었다.

너무나 많은 논의를 거치고 너무나 많은 반발을 샀으며 진보적인 인물들에게 두려움의 대상이었던 이 교리는 여전히 교회 안에 기독교 신앙의 마지막 기둥 뒤에 존재하고 있었다. 그 뒤에는 오직 교황의 맹목적인 절대주의만이 존재했다. 그것은 하나님이신 예수 그리스도와 끊어지고 싶지 않은 사람들이 신앙으로 택할 수 있는 유일한 종교였다. 로마 가톨릭 교회는 사회생활을 하는 사람들을 구원의 율법과 화해시킬 수 없는 거대한 수도원이었다. 사랑, 결혼, 가족 같은 전통을 지우고 오로지 순종의 교리만을 완벽하게 강조했다. 그 교리들은 파괴에 대한 천재적 작품이었다. 하지만 수도원 공동체 말고 다른 사회를 받아들이는 순간 그것은 모순과 부조리의 미로가 되어 버렸다. 그래서 로마 가톨릭 교회의 교리는 스스로에게 거짓말을 하거나 모두에게 금지한 것을 각자에게 허용해야만 했다.

생각이 있는 사람들은 누구나 신앙이 흔들릴 수밖에 없다. 그런데 이런 흔들리는 영혼에게 예수회는 이렇게 말하는 것이다.

"네가 할 수 있는 한 있는 힘껏 가라. 예수님의 말씀은 깨인 사람에게 영원히 해석될 수 있다. 예수님은 교회와 너 사이를 붙이거나 아니면 떼어 놓기 위해 우릴 보내셨다. 우릴 믿고 당신을 우리에게 주어라. 우리는 교회 안에 새로운 교회이며 용서받고 용서하는 교회이다. 율법과 행위 사이에 구원의 안내판이다. 우리만이 사람들의 불명확하고 확실치 못한 믿음을 확실한 자리에 앉힐 방법을 알고 있다. 절대적인 진실이 행동이 될 수 없음을 잘 알고 있으면서 우리는 모든 경우에 성도들에게 적용할 수 있는 진리를 발견했다. 이 진실, 이 확실한 자리란 바로 '하려는 의지'이다. '하려는 의지'가 중요한 것이었고 실제 행위는 아무것도 아니다. 악도 선이 되고 선도 악이 될 수 있다. 이들이 향하는 목적에 따라서 말이다."

그래서 예수님은 완전히 신성한 마음으로 제자들에게 이렇게 말씀하셨다.

"영혼은 살리지만, 지식은 죽인다. 금식과 겉으로 하는 속죄를 신앙생활이라고 생각하는 멍청한 자들과 위선적인 자들처럼 하지 말라. 손을 씻고 마음으로 회개하라."

하지만 여기서 예수님은 모든 한계를 뛰어넘어 오직 영혼의 거듭남을 강조하신 것이다. 그런데 교황제를 둘러싼 예수회 신부들은 이 말의 무無오류성만을 강조하고 선언하며 예수님을 죽여 버리고 그 자리를 자신들이 대신했다. 그리고 그들은 스스로 신성神性을 부여했다. 결국, 이 세상에서나 다른 세상에서나 그들의 해석이나 규율과 유리되는 것들은 모두 지옥불로 던져 넣으며 진정한 기독교와 단절되어 버렸고, 하나님과의 영원한 긍휼의 언약도 깨어지고 말았으며 모든 사람 사이의 형제애兄弟愛의 약속도 저버리고 너무나 인간적이고 너무나 광대한 복음 정신을 중세의 살벌하고 절대적인 감정으로 바꿔 버렸다.

원래 예수회의 교리는 그 이름이 말해 주듯 진정한 예수님의 정신으로 돌아가는 것이었지만 결과적으로는 가장된 이단異端이었다. 왜냐하면, 가톨릭교회는 비밀스럽든, 드러내 놓든 교회의 최고 강령에 대항하는 모든 저항을 인정했기 때문이다. 그리고 사람들의 가슴을 파고들어 그들을 현혹해서 서로 화해할 수 없었던 교회의 정통 교리와 복음 정신을 화해시켜 주었다. 그것은 가슴을 울리고 정신을 강화시키며 광적인 전도의 열기를 불러일으켰다. 하지만 교회는 모두에게 "나 없이는 구원이 없다!"라고 말했고, 예수회는 각자에게 "양심에 따라 최선을 다하면 구원받을 수 있다."라고 말했다.

파스칼이 에스코바르와 그 일당들을 무시했던 것에 대해 지금 말해야 할까? 그것은 불필요한 일 같다. 그것은 모두가 알고 모두가 느끼고 있는 것이니까. 어떻게 해서 그렇게도 자비롭고 유익할 수 있는 교리가 어떤 인간들 손에 들어가 무신론적이고 배신적인 교리가 될 수 있는 것인지, 이것이 바로 실제 역사의 민낯이며 인간의 운명인 것이다. 적어도 스페인의 예수회 신부들은 자신들이 절대적 권위로 오류가 없다고 하지 않고 또 그렇게 생각하는 사람들도 많지 않으니 로마의 교황들보다는 좀 더 낫다고 할 수 있다.

역사적 결과만을 가지고 어떤 제도를 판단할 수는 없으니 이제 복음福音 자체를 추방해야 할 판이었다. 왜냐하면, 복음이란 이름으로 너무나 많은 괴물이 승리했고 너무나 많은 희생자가 사라져 갔고 너무나 많은 세대가 노예처럼 굴욕적인 삶을 살아야 했기 때문이다. 식물에 따라 용량을 달리해서 빼내야 할 것을 모든 식물에서 똑같은 양의 즙을 뽑아내며 식물들을 죽이고, 살리고 한 것이다. 예수회의 교리에 있어서도 그랬고 예수님 자신의 교리마저도 그렇게 적용되었다.

오만한 그들에게 매우 겸손한 이름인 '예수회'라는 종파宗派는 암묵적으로 혹은 드러내 놓고 진보와 자유의 교리를 함축하고 있었다. 왜 그런지 증거를 대기는 쉬운 일이지만 그것은 너무 멀리 가는 일이고 지금 여기서 그런 논쟁을 하려는 것도 아니다. 나는 단지 내가 받은 교육과 충고들 그리고 다 말할 수는 없지만 내가 알고 있는 수많은 사실을 통해 개인적인 생각과 감정을 정리하고 있을 뿐이다. (왜냐하면, 고해신부가 고해자의 비밀을 지켜야 한다면 고해자도 고해신부의 어떤 결정에 대해, 비록 그것이 잘못된 것이었다 해도 무덤 뒤까지 침묵을 지켜야 할 것이다.)

그리고 개인적 경험으로 나는 너무 편협한 마음을 갖지 않게 되었고, 또 너무 엄격하게 이 종파의 근본적인 생각을 판단하지 않게 되었다. 만약 오늘날 그것을 다시 판단한다면 나도 다른 사람들처럼 그것이 가지고 있던 정치적 위험성과 진보를 방해하는 요소들이 뭔지 말할 수 있다. 하지만 진보에 총체적으로 공헌한 것을 생각하면 우리는 예수회가 인류를 크게 한 걸음 발전하게 하는 데 공헌했다는 것과 지난 세기 동안 자유로운 철학의 지적이고 정신적인 원칙을 위해 많이 고민했던 것을 부정할 수 없다. 하지만 그 결과로 세상이 영원한 오해의 통탄할 규율 아래로 가게 됐다는 것도 부정할 수 없다. 인간 역사의 주어진 순간마다 미래로 가는 길목에서 해방에 대한 열망은 너무 강했다. 그래서 자기 곁에서 일하는 사람의 목표물을 보지 않고 자신의 목표만을 보는 사람은 자신을 구해줄 것을 방해물로 생각하는 경우가 종종 있는 법이다.

예수회 신부들은 3가지에서, 즉 종교적이고, 정치적이고 사회적인 점에서 완벽을 도모한다고 자부하지만, 그들은 틀렸다. 그들의 교육 이론조차 근본적으로 신정주의적이고 신비주의적인 것을 보면 그들은 육체와 행위와 행동을 결합하지 않고는 지성의 간극間隙을 넘어서지 못했다. 하지만 지금껏 이 3가지를 성공적으로 풀어낸 교리가 언제 있었던가?

나의 장황한 설명에 독자들의 용서를 구한다. 예수회 신부에 대한 애정을 고백하는 것은 당시로서는 민감한 문제였다. 이율배반적이라고 의심받을 수 있는 위험을 용기 있게 감수해야 했다. 나로 말하자면 고백건대 그런 의심 같은 건 상관하지 않았다.

《예수의 모방》과 《기독교의 정수》 사이에서 나는 매우 혼란스러워했다. 마치 철학자인 할머니 앞에서 나의 기독교적 태도를 당혹스러워했듯이 말이다. 할머니의 위험한 상태가 지나가자마자 나는 새로운 문제를 해결하기 위해 예수회 신부님의 의견을 구했다. 나는 이상한 갈증을 가지고 공부에 몰두했고 본능적인 열정을 가지고 시詩에 몰두했고 대단한 신앙심으로 나 자신을 시험했다.

나는 프레모르 신부님께 이렇게 편지했다.

"제가 교만한 것은 아닌지 겁이 납니다. 다시 제 길로 돌아갈 시간은 아직도 있어요. 할머니가 그렇게도 열중했던 그 모든 지적 허영을 버리고 말이지요. 하지만 이제는 할머니도 더는 그것을 즐기실 수 없고, 또 제게도 요구하실 수가 없지요. 저의 어머니는 그것에 대해서 무관심하시지요. 그러니 지금은 제가 당장에 그 나락으로 빠질 위험은 없어요. 켐피스의[23] 정신이 제 귀에 소리친 것처럼 실제로 그것을 나락이라고 부를 수 있다면 말이지요. 제 영혼은 지쳤고 잠든 것 같아요. 저는 신부님께서 진실을 말씀해주시길 바라요. 단지 나를 거부하기 위함이라면 공부를 그만두는 것보다 더 쉬운 일은 없을 거예요. 하지만 하나님과 형제들을 위해 내가 해야 할 의무라면 저는 언제나처럼 어리석은 행동을 할까 봐 두려워요."

프레모르 신부님은 유쾌하면서도 힘이 있고 온화한 사람이었다. 나는 신부님처럼 순수하고 확신에 찬 사람을 본 적이 없다. 그는 이번에도 내가 양심적인 두려움을 호소할 때마다 보여주었던 특유의 사랑스럽고 유쾌한 문장으로 내게 대답했다.

"나의 사랑스러운 궤변가 아가씨, 교만할까 두렵다니 벌써 자기 자신을 그렇게 사랑하게 되었다는 것인가요? 늘 두려워만 하던 것에 비한다면 많은 발전을 이룬 것 같군요. 하지만 사실 너무 급하게 서두르는 것 같아요! 내가 당신이라면 교만을 생각하기 전에 그런 유혹에 빠질 만큼 내가 충분히 알고 있는지를 먼저 점검하겠어요. 왜냐하면, 내 생각에는 그럴 여지가 없어 보이니까요. 하지만 어쨌든 나는 당신의 생각에 전적으로 동감하고 있어요. 그리고 내 생각에 당신이 더 많

---

23 당시 나는 다른 사람들처럼 《예수의 모방》의 작가를 토마스 아 켐피스라고 생각했다. 그런데 장 제르송이 진짜 작가라는 앙리 마르탱의 증거들이 너무나 결정적이어서 나는 주저 없이 그 생각을 받아들였다.

은 것을 배우게 되면 당신은 더 많이 아는 데 필요한 것이 뭔지를 더 잘 알게 될 것 같아요. 그러니 교만에 대한 두려움은 바보들에게나 줘 버리세요. 신실한 마음에 허영심 같은 게 대체 뭐란 말이지요? 신실한 마음은 그런 것이 있는지조차 모르는데 말이지요. 그러니 공부하고 배우세요. 할머니가 허락하셨을 모든 것을 읽으세요. 전에 할머니가 서재에서 순수한 젊은이가 절대 가까이 두고 읽어서는 안 되는 책에 대해 말씀해 주셨다고 했지요. 그리고 이 말씀을 하시며 당신께 서재 열쇠를 주셨다고 했지요. 나도 그렇게 하고 싶어요. 나는 전적으로 당신을 신뢰합니다. 게다가 당신의 영혼과 생각을 깊숙이 알고 있는 나로서는 더 쉬운 일이지요.

모든 선동적인 생각들과 아이들을 해치는 위험한 발언들을 너무 두려워하지 마세요. 성직자를 조롱하는 말을 듣고 흔들리는 자는 오직 믿음이 약한 자들뿐입니다. 하지만 사람들이 예수님과 그의 교리마저 조롱할 수 있을까요? 그러니 우리에 대한 모든 비난을 그저 내버려 두세요. 우리의 결점을 증명할 수 있을지는 모르지만 예수님을 비난할 거리는 찾지 못할 테니까요. 모든 것이 종교적이지요. 그러니 철학자들을 두려워하지 마세요. 믿음에는 아무것도 견줄 수 없으니까요. 그리고 만약 어떤 의심이, 어떤 두려운 생각이 든다면 그 불쌍한 책을 덮고 다시 성경책을 펼쳐 읽어 보세요. 그러면 당신은 그 모든 잘난 의사들을 고쳐줄 진정한 의사가 누군지 느낄 수 있을 테니까요."

이렇게 순수하고 매력적인, 늙은 신부님은 17살의 가엾은 소녀에게 이렇게 열정적으로 말해준 것이다. 자신의 여린 마음과 무지함을 고백하는 소녀에게 말이다. 그런데 그것은 자신을 완전히 정통 기독교인이라 생각하는 사람에게 신중한 태도였을까? 분명히 그렇지 않을 것이다. 그것은 정말 용기 있고 자애로운 행동이었다. 그는 마치 겁먹은 어린아이에게 말하듯 내게 이렇게 말한 것이다.

"무서워하지 말아요. 아무것도 아니니까. 보고 만져 봐요. 단지 환영일 뿐이에요. 형체도 없는 가소로운 위협이지요."

사실 마음을 강하게 하고 생각을 굳건하게 하는 최고의 방법은 위험에 대한 두려움을 사라지게 하고 스스로 시범을 보이는 것이다. 하지만 현실에서는 확실한 이 방법이 과연 추상적인 것에도 적용될 수 있을까? 초심자初心者의 믿음이 단번에 그런 큰 시련을 감내할 수 있을까?

나의 늙은 신부님은 나와 함께 자신이 받은 교육 방식을 순진하게 따라간 것이다. 그는 그 어느 예수회 신부님보다 순진한 사람이었으니까. 사람들은 순종하는 것을 좋은 것이라 하기도 하고 악한 것이라 하기도 한다. 단지 순종하는 것이 자기들의 정책에 좋은가 좋지 않은가를 기준으로 하면서 말이다.

프레모르 신부님은 내가 지적인 것에 깊이 빠져들 것을 알았지만 냉혹한 양심으로 전통 가톨릭의 편협함 속에 깊이 빠질 것도 알았다. 그러니까 예수회에게 인간이란 그가 지휘하는 콘서트에서 울려야 할 악기였다. 육체의 정신이란 자신의 손발이 열정적으로 전도할 수 있도록 하는 기본 바탕이었는데 만약 나쁜 사람들이 이런 생각으로 전도를 한다면 이것은 불타오르는 집단적 허영심일 뿐이었다. 아주 활기찬 영혼을 만난 예수회 신부가 그의 영혼을 불모의 황폐함으로 시들게 한다면 그는 의무와 규율을 망각한 거라고 할 수 있다. 이렇게 샤토브리앙은 계획적으로 아니면 자기도 모르게 예수회를 자극한 것이다. 그들을 기독교를 구하는 데 있어서 "정신적인 매력이며 감정적 이익"이라 칭하면서 말이다. 샤토브리앙은 이단이고 초심자고 세속적이었다. 그래서 용감하고 자신 있게 예수회의 모델을 따른 것이다.

그래서 《기독교의 정수》를 집중해서 읽은 후 나는 나의 좋으신 신부님의 말씀에 힘입어 이 책의 매력을 맛보게 되었고 나의 불안한 영혼에 이렇게 소리쳤다.

"전진해! 전진해!"

그리고 나는 되는대로 마블리와 로크와 콩디야크와 몽테스키외와 베이컨과 보쉬에와 아리스토텔레스와 라이프니츠와 파스칼과 몽테뉴를[24] 읽었다. 할머니는 이 책들에 읽지 말아야 할 곳을 표시해 두셨다. 그다음은 시인들과 모럴리스트들이었다. 나는 닥치는 대로 라브뤼예르, 포프, 밀턴, 단테, 베르길리우스, 셰익스피어를 읽었다. 아무 순서나 방법도 없이 그저 손에 잡히는 대로 본능적으로 끌리는 대로 읽었는데 천성적으로 뭐든 느리게 깨닫는 나로서는 정말 드문 일이었고 그 이후에도 그런 일은 한 번도 없었다. 젊은 뇌는 열심히 작동하고 기억은 항상 달아났다. 하지만 감정이 출렁이고 의욕은 충만했다. 모든 것이 내게는 삶과 죽음의 문제였다. 모든 것을 이해한 뒤에 나는 세상으로 나가든가 아니면 수도원으로 자진해서 죽으러 가야 했다.

물론 내게 엘리사가 강요당했던 것처럼 무도회와 온갖 치장들에 나의 소명이 있는지도 알아내야만 했다! 하지만 그런 것들을 그 자체로

---

24 〔역주〕 당시 가톨릭에서 금하는 책들이다.

싫어했던 나는 그런 유치한 놀이들을 보고 세상의 피곤함을 겪으면 겪을수록 수도원의 평온 속으로 나를 내던지고 싶은 것이 꼭 나의 열정이나 혹은 나의 게으름 때문만은 아님을 깨닫게 되었다. 그러니까 나의 고민은 그런 것이 아니었다. (이 점에 대해서는 내 생각이 정말 옳고 나는 나 자신을 너무나 잘 알고 있다.) 만일 철학적 방식이나 시적 상상력으로 우리 시대의 생각에 저항하는 그 모든 생각을 내가 받아들일 수 없다면 나는 오직 신께만 귀의할 사람이란 걸 알게 될 것이리라.

만약 내가 읽은 모든 책에 대해 느낀 점과 그 책들이 내게 준 영향을 말한다면 아마도 전집 하나 분량의 비평서를 써야 할 것이다. 하지만 지금 누가 그것을 읽겠는가? 그리고 죽기 전까지 다 끝낼 수 있을까?

게다가 그 책들에 대한 기억은 이제 분명치도 않다. 또 현재의 생각으로 과거에 읽은 것들을 설명할 위험성도 있을 것이다. 하지만 나는 이 이상스러운 교육에 대해 개인적으로 상세히 쓸 수 있게 해 준 사람들께 감사를 표하고 싶다. 또 이후로 그것의 결과에 대해서도 간단히 설명해 보려고 한다.

처음에 나는 좋으신 신부님의 말씀처럼 굳은 신념을 가지고 읽기 시작했다. 모든 것에 무장하고 무지한 대로 용맹스럽게 반격했다. 그리고 아무 계획도 없이 종교서적과 무신론적인 책들을 마구 뒤섞어 읽으면서 나는 앞서 읽은 책으로 뒤에 읽는 책에 해답을 제시하곤 했다. 형이상학은 전혀 나를 당황스럽게 하지 않았다. 거의 아는 게 없었으니까 말이다. 그런 것들은 내게 어떤 결론도 가져다주지 않았다. 초심자로서 아무 생각 없이 그저 그런 추상적 관념들을 따라가다 보면 나는 그런 것들이 너무나 공허하고 아무런 결론에도 이르지 못한다는 것을 깨달았다. 나의 정신은 항상 너무나 속물적이어서 신께 내 영혼에 거대한 계시를 요구할 만큼 과학적이지도 못했다. 나는 감정적인 아이였고 오직 감정적인 것에만 호기심이 동했고 그것만이 내가 질문할 수 있는 모든 것이었다.

그래서 나는 형이상학자들에게 존경하는 마음으로 경의를 표한다. 그리고 그들에게 할 수 있는 내 나름의 배려는 내게는 너무나 피곤하기만 한 그들의 논리들을 허황되고 웃긴 것으로 보지 않으려고 애를 쓰는 것뿐이다. 솔직히 나는 이렇게 말하고 싶다.

"형이상학이 도대체 무슨 소용인 거지?"

얼마 후에 그것들을 좀 더 들여다보았을 때 나는 좀 더 나아졌고 이후 조금 더 알게 된 후에는 그것과 화해할 수 있게 되었다. 그래서 이제는 형이상학은 대단한 학자들이 진리를 탐구하는 방식이며, 그런 학자에 속하지 않는 나로서는 그런 것이 별로 필요하지 않다는 결론에 이르게 되었다. 나는 종교에서, 그리고 그의 딸이며 종교의 형상화라고 할 수 있는 철학에서 내게 필요한 것을 찾았다.

그래서 이 당시에는 철학에, 특히 쉽게 접근할 수 있으며 여전히 우리 시대의 철학이기도 한 18세기 철학서를 읽으며 훨씬 마음을 놓고 안심하고 있었다. 그러다 루소를 만나게 되었다. 마침내 너무나 열정적이고 감성적인 루소를 만나게 된 것이다.

본능적으로 장 자크를 그저 말만 번드르르한 사람으로 여기며 뒷전으로 던져두었다가 마침내 그의 열정적 논리와 감동적 이론의 매력에 빠져들게 되었을 때, 그때 내가 여전히 가톨릭 신자였을까? 아니었던 것 같다. 계속 형식적인 예배를 드리기는 했지만 나도 모르게 모든 교리를 거부하면서 조금의 의심도 없이 그 교리의 좁은 길목을 떠나 버린 것이다. 나는 나도 모르게 다시 회복할 수 없을 만큼 모든 사회적이고 정치적인 측면에서 종교와 결별했다. 신앙심 같은 건 더는 내 안에 존재하지 않았다. 어쩌면 그전에도 없었던 것 같기도 하다.

당시 많은 사상들이 꿈틀대고 있었다. 이탈리아와 그리스는 국가 독립을 위해 싸우고 있었다. 교회와 왕가는 그런 용감한 시도를 대놓고 반대하고 있었다. 할머니가 보시는 왕당파 신문들은 폭동에 대해 연일 열을 올리고 동방의 그리스도인들을 보호해주어야 할 사제들은 튀르키예 제국의 권위를 지지하는 데 열심이었다. 이런 괴물 같은 모순들, 정치적 이해관계로 종교를 희생시키는 행태를 보고 나는 비정상적으로 화가 났다. 자유는 내게 신앙과 동의어였다. 나는 기독교적으로 고양된 나의 정신이 결정적으로 나를 진보의 세계로 들어가게 했으며 이후로 그곳에서 빠져나오지 못했다는 것을 결코 잊지 않을 것이고 또 결코 잊을 수도 없을 것이다.

하지만 이미 어린 시절부터 종교적 이상과 현실적 이상은 내 가슴 깊숙이 자리 잡고 있어서 나는 입 밖으로 데샤르트르가 그렇게도 질겁하는 그 '평등'이란 성스러운 단어를 자주 내뱉고는 했다. 자유에 대해서는 사실 별로 고민하지 않았다. 그것이 뭔지도 잘 몰랐고 그것을 나 자신에게 어떻게 적용할지도 알 수 없었으니까. 적어도 사람들이 이른바 시민의 자유라고 부르는 것에 대해 나는 별생각이 없었다. 나는 자유가 절대적인 평등과 기독교적 형제애와 함께가 아니라면 그것이 뭘 의미하는 지도 이해할 수 없었다. 솔직히 공화국법 속에서 다른 두 개의 단어 앞에 있었던 '자유'라는 단어는 마지막에 있어야 하는 것이 옳은 것 같았고 아니면 중언부언하는 것이니 없애도 좋을 것 같다고 생각했고 지금도 그 생각은 마찬가지다.

하지만 그것 없이, 형제애도 평등도 기대할 수 없는 그 자유라는 것을 논의한다는 것이 내게는 마치 강도들의 논리를 논의하는 것과 같았다. 그것은 마치 더 강력한 권리에 대한 불신앙적이고 야만적인 주장 같았다.

그것을 깨닫는 데는 대단한 아이이거나 똑똑한 소녀일 필요도 없었다. 또한 나는 신앙심이라고는 눈을 씻고 찾아봐도 찾을 수 없는 나의 친구 데샤르트르가 헬렌의 문제에서나 종교 혹은 진보의 문제에 있어 철학과 동시에 싸우는 것을 보고 매우 혼란스런 거부감이 들었었다. 가정교사 선생님께는 절대적 권위 앞에서의 맹목적인 순종이라는 오직 한 가지 사상, 한 가지 법칙, 한 가지 요구, 한 가지 본능이 있을 뿐이었다. 복종해야 할 사람을 수단과 방법을 가리지 않고 복종하게 하는 것, 그것이 그들의 꿈이다. 하지만 왜 어떤 사람들이 다른 사람들에게 명령해야만 하는 걸까? 이 문제에 대해 실질적 지식을 가지고 있던 선생님은 항상 허황하고 가소로운 이유만을 댈 뿐이었다.

우리의 논쟁은 코믹했다. 어떤 점에서 너무나 고집불통이고 고리타분한 사람과 그 문제를 어떻게 진지하게 다뤄야 할지 나는 알 수 없었기 때문이다. 내 생각은 너무나 흔들림 없이 확고해서 그의 궤변을 듣자면 폭발하기 일쑤였다. 그래서 어느 날 술탄의 신성한 권리에 대해 격렬하게 논쟁할 때(내 생각에, 신성모독적인 생각인지 모르지만 그는 반항하는 학생들을 제압하는 승리자 선생님이 될 수 있다면 튀르키예 제국의 성수가 담긴 병도 거절하지 않을 것 같았다), 그는 실내화에 발이 걸려 그대로 잔디에 대자로 넘어져 버렸는데 그래도 계속 말을 이어갔다. 그런 다음 일어나 무릎을 닦으면서도 매우 진지하게 "지금 내가 넘어졌었나?"라고 말했고 나는 뭔가에 정신이 팔린 그의 모습이 재밌어서 "오스만 제국도 그렇게 넘어지리라."라고 웃으며 대답했다.

그러자 그도 웃으면서 하지만 약간 화를 내며, 나를 자코뱅이며 반역자이며, 그리스 독립 지지자며 보나파르트주의자라 부르며 그가 아는 끔찍한 모든 욕설을 퍼부어 댔다. 하지만 어쨌든 그는 내게 아버지와 같은 좋은 사람이었고 내게 공부를 가르치는 것에 큰 자부심을 가지고 있었으며 늘 자신이 나를 지도하고 있다고 믿었다.

내가 라이프니츠나 데카르트의 수학적 논쟁을 만나 도대체 신학 같기도 하고 철학 같기도 한 그 소리가 대체 무슨 말인지 알 수 없어 당황할 때 선생님께 가서 내가 알 수 없는 것들을 알기 쉽게 설명해 달라고 졸라 댔다. 그러면 그는 아주 능숙하고 분명하게 선생님으로서의 능력을 유감없이 발휘해주었다. 그다음에는 그것에 대해 동의하거나 아니면 반대하면서 늘 똑같은 소리를 늘어놓기 시작했다.

교회에서는 정치에 대해 다루지 않았고 그래서 나는 정치에 대해 고민하지도 않았다. 수녀원에서는 프랑스 정치에 대해 아무 생각도 없었고 우리가 어떤 편을 들어야 하는지는 일절 함구하고 있었기 때문이다. 우리가 받은 교육 중 현실문제에 대해 가르치는 것은 본적도 읽은 적도 들은 적도 없다.

열정적인 왕당파여서 교조주의자들을 자코뱅과 동일시하며 적으로 생각하는 퐁카레 부인은 종교와 절대왕정을 동일시해서 나를 놀라게 했다. 샤토브리앙 씨는 내가 탐독했던 그의 글에서 왕좌와 제단을 동일시하고 있었다. 하지만 그런 것은 내게 아무런 영향도 미치지 않았다. 샤토브리앙은 작가로서 감동을 주었지만 기독교인으로서는 아니었다. 샤토브리앙의 작품에서 〈르네〉는 나중에 읽으려고 일부러 남겨 두긴 했지만 그의 작품은 하나님의 작품과 위대한 사람들에 대한 시적 암시로서만 나를 만족시켰다.

마블리는 아주 싫었다. 솔직하고 관대한 생각들이 막상 현실적 적용에 들어가면 늘 좌절하고 마는 것은 나를 영원히 실망시켰다. 나는 생각했다.

'도대체 멋진 원리들이 다 무슨 소용인가? 온건주의로 늘 길이 막혀 버린다면 말이다. 옳고 정의로운 것은 한계 없이 지켜지고 적용되어야 한다.'

나는 내 나이의 젊은이들처럼 아주 고집스러운 열정을 가지고 있었다. 나는 책을 방 한가운데나 아니면 데샤르트르 얼굴 쪽으로 집어 던져 버렸다. 그리고 이 책은 선생님한테나 어울린다고 말하면 그는 그 책을 내게 던지며 그런 유치하고 위험스럽고 혁명적인 책은 싫다고 했다.

라이프니츠는 모든 사람 중 가장 위대해 보였다. 하지만 그가 나보다 30단계쯤 위에 올라가 있을 때는 이해하기가 너무 힘들었다! 나는 퐁트넬의 말을 빌려 이렇게 나 자신에게 말하곤 했다.

"만약 내가 그를 이해할 수 있다면 나는 사물의 끝을 보게 될 것이고 아니면 사물에는 끝이 없는 것일 거다."

"어쨌든 대단한 신학자나 고매한 학자들이나 알 수 있을 모나드, 유니테, 예정 조화, 신성불가침, 새로운 삼위일체론, '나'라고 할 수 있는 정신성, 속도의 사각형, 동적 등 수많은 세세한 용어들이25 대체 나와 무슨 상관인가?"

나는 이해할 수도 없는 것을 가지고 뭔가 이득을 얻어 보려는 나 자신을 보고 혼자 크게 웃음을 터뜨렸다. 하지만 지식의 필요성과 유용성에 관한 샤토브리앙의 생각과 프레모르 신부님의 감정을 요약한 것 같은 《자연신학》의 매력적인 서문은 나를 다시 몰두하게 했다.

라이프니츠는 말했다.

"진정한 경건, 진실한 기쁨은 신의 사랑 안에 있다. 그러나 그것은 깨닫고 각성된 사랑이며 열정이다. 이런 종류의 사랑은 모든 것의 중심을 신께 돌리며 인간을 신의 경지로 이동시키는 그런 선한 행동을 하게 만들며, 우리에게 지고의 기쁨이 생겨나게 한다. 경건함과 기쁨의 완벽한 화합은 완벽한 의지를 완성해야만 한다. 선을 행하는 것은 악을 행하는 것처럼 아주 작은 습관의 결과이다. 그런 습관을 즐길 수도 있다. 하지만 완벽함을 알지 못하면 하나님을 사랑할 수 없다.

기독교인이라면 이웃을 사랑하지 않으면서 경건한 크리스천을 상상할 수 있을까? 하나님을 이해하지도 못하면서 신실하다는 것을 믿을 수가 있을까? 수 세기 동안 우린 이런 잘못에 대해 생각지 않고 지나쳤다. 그리고 여전히 그런 어둠이 계속되고 있다 ···. 신성神性이란 것을 거부한 사람들의 오래된 잘못이나 신성을 다른 식으로 해석한

---

25 퐁트넬(Fontenelle)의 《라이프니츠 찬가》(Eloge de Leibnitz).

사람들의 잘못들은 오늘날 새롭게 다시 정립되었다. 사람들은 하나님의 지고의 선함을 보여줘야 할 때 오히려 하나님의 저항할 수 없는 힘을 구하고 있다. 가장 지혜롭게 힘을 사용해야 할 때 사람들은 폭군처럼 힘을 사용하고 있다."

이 부분을 다시 읽었을 때 나는 이렇게 생각했다.

'자, 조금만 더 용기를 가져 보자. 이렇게 천재적인 머리를 가진 사람이 하나님을 경외敬畏하는 것이 너무나 아름답군! 그 똑똑한 머리로 생각하고 설명하려고 하는 것을 이해하고 싶지 않아? 하지만 내겐 과학적 지식이 없어. 그리고 데샤르트르는 내가 좀 더 자세히 배우길 원해서 대충 설명해주지 않을 것이다. 그는 내게 물리, 지리, 그리고 수학을 가르치고 싶어 하지. 하나님께 대한 신앙과 이웃사랑을 위해 필요한 거라면 못할 이유도 없지. 사람들은 습관적으로 광신도가 될 수 있다고 라이프니츠가 말했을 때 그는 내 상처를 건드렸어. 나는 흐리멍덩한 정신으로 예배를 보러 갈 수도 있지. 하지만 그런 예배를 하나님은 받지 않으시지 않을까?'

나는 한두 가지 더 공부해 볼 생각이었다. 데샤르트르는 내게 이렇게 말했다.

"계속 읽다 보면 이해가 될 거예요!"

나는 대답했다.

"정말 그럴까요?"

"물론이지, 답은 거기에 다 있어요."

"내 것이 될까요?"

"그렇게 될 거예요."

하지만 몇 시간 공부한 후에 나는 그에게 말했다.

"스승님, 마음대로 생각하셔도 좋지만 저 죽을 거 같아요. 너무 길고 결론은 너무 머네요. 선생님은 먹이를 계속 주시는데 제 머리는 도저히 선생님을 따라갈 수 없는 것 같아요. 나는 하나님을 사랑하고 싶어 죽겠어요. 그런데 만약 왜, 그리고 어떻게 하나님을 사랑해야 하는가에 대한 답을 찾기 위해 평생을 이런 것만 공부하다 늙어야 한다면 나는 머리를 쓰다가 가슴까지 삼킬 것 같아요."

그러자 순진한 가정교사 선생님은 이렇게 말했다.

"이것도 하나님을 사랑하는 것과 연관을 짓고 있네요! 사랑하고 싶은 만큼 사랑하세요. 아주 우연히 그를 만나게 될 테니까요!"

"아! 선생님은 제가 왜 공부를 하려는지 이유를 모르시네요."

선생님은 어깨를 으쓱하며 말했다.

"그러니까! 왜 공부를 하냐 하면 … 공부를 하기 위해서지요!"

"맞아요. 나는 그게 싫은 거예요. 안녕, 나는 종달새 소리나 들으러 가겠어요."

그리고 나는 나와 버렸다. 머리가 아파서가 아니라 (데샤르트르 선생님은 신경 줄을 건드리는 비상한 재주가 있다.) 마음이 아파서. 나는 밤의 한가로운 공기를 찾아 그리고 감미로운 몽상 속에 정말로 내게 맞는 삶을 찾아 나왔다. 뜨거운 가슴은 무관심하고 건조한 작업으로 내버려진 것에 저항하고 있었다. 가슴은 정서적인 방식으로만 배우고 싶어 했다. 그리고 나는 자연의 시詩, 그러니까 상상으로 만들어진 책에서 새로워지고 채워지면서 내면의 감정이 맛보았던 신성으로 계속 차원 이동하는 것을 느꼈다. 수녀원에서 나는 그것을 '은혜'라 불렀다. 그리고 나는 나를 그렇게 만드는 마르지 않는 요소가 바로 거기에 있다는 것도 깨닫게 되었다.

시인들과 웅변적인 영성주의자들은 형이상학자들이나 심오한 철학자들보다 종교적 신념을 가지는 데 더 큰 영향력을 발휘하였다.

그렇다고 내가 이해 못 하고 배운 것도 없다고 라이프니츠를 욕하고 그가 내게 하나도 도움이 된 것이 없다고 말할 수 있을까? 아니, 그렇다면 그것은 거짓말일 것이다. 우리는 조금이라도 영향을 받았으면서도 글로 표현 못 해 깨닫지 못하는 경우가 있다. 예를 들어 우리는 어제 저녁 뭘 먹었는지 기억하지 못하지만, 그 음식들은 우리 몸에 영양분을 주고 있는 것과 같다. 지금도 나는 내 감정과 반대되는 논리에 이성적으로 그리 흔들리지 않는다. 또 자연 속에서 끔찍한 광경들이나 인간들의 악함을 보고 신께 반발했다가도 감미로운 공상을 통해 단번에 그런 것들을 극복할 수 있다. 그러니까 하나님의 지혜와 그 지고의 선함을 믿으며 나의 가슴이 이성보다 훨씬 강하다는 것을 느낀다. 그런데 이런 평정심은 단지 내가 사랑하려는 마음을 타고났기 때문만은 아닐 것이다. 나는 라이프니츠를 충분히 이해할 수 있었고 비록 이론적으로는 반박할 수 없었지만 그가 신앙을 버리기보다는 신앙을 지키기 위해 노력한다는 것을 알았다.

그래서 이런 까다로운 지성인들의 왕국을 잠시 잠깐 빠르게 둘러보는 것으로 나는 겉으로는 어느 정도 내 목적을 달성했다고 할 수 있었다. 데샤르트르는 이런 작은 시도조차 매우 놀랍다고 했지만 이렇게 공부하자 프레모르 신부님의 예언은 적중했다. 배울 것은 다 배웠다는 생각이 들자 더 알고자 하는 자에게 교회가 경고하는 교만의 사탄도 나를 어쩌지 못했기 때문이다. 이후로 나는 더 공부하지 않았기 때문에 어쩌면 언젠가 그 사탄의 방문을 받을 수도 있겠지만 나의 학문과 능력에 대한 칭찬을 받을 때마다 나는 속으로 항상 비웃으며 예수회 신부님의 농담을 상기했다.

"아직은 악마의 유혹을 그리 두려워할 필요가 없어요."

오히려 어둠의 영역에서 내가 조금 맛본 것들은 일상적으로 정확히 말하자면 기독교적인 나의 신앙심을 더 강하게 해주었다. 가톨릭적인 측면에서도 그랬을까?

그건 전혀 아닌 것 같다. 나는 라이프니츠는 개신교도이고, 마블리는 철학자일 거라고 생각했다. 나는 속으로 그런 것에 대해서는 신경 쓰지 않았다. 종교적 측면에서 자유롭게 자란 탓에 나는 원론적인 것만을 찾았다. 그래서 나는 미사에 갔고 형식이 어떻고 하는 것은 따지지 않았다.

그런데 지금 말해야 할 것은 당시 예배의 형식이 점점 내게 너무 부담스럽고 진부해지기 시작했다는 것이다. 그래서 나의 신앙심은 더욱더 차가워졌다. 매혹적인 장식들도, 꽃도, 제단도, 성물도, 부드러운 성가도, 또 저녁때의 그 깊은 침묵도, 바닥 타일에 팔을 뻗고 누운 수녀님들이 보여준 그 아름다운 광경도 없었다. 더는 명상도, 애잔한 마음도, 가슴으로 하는 기도도 대중들이 다니는 성당에서는 불가능했다. 이곳에서의 예배는 시도, 신비도 없었다.

어느 때는 생샤르티에 교구에도 가고 어느 때는 라샤트르 성당에 갔다. 시골 마을에 가면 아주 신실한 남녀 성도들이 끔찍한 부적 같은 것들을 차고 있었는데 그것은 마치 야만족들을 겁주려고 만든 것으로 보였다. 엉터리 성가대원들이 라틴어로 엉터리 노래를 불렀는데 그 것은 신앙에 있어 말도 안 되는 최고의 모욕이었다. 여자들은 코를 드르렁 골며 묵주 위에서 잠자고 늙은 사제들은 제단 앞에서 성당에 들어온 개들에게 욕을 해대고 있었다. 도시에서는 부인네들이 엄청난 화장을 하고 왔다. 그리고 그들은 마치 서로 욕을 하기 위한 장소인 것처럼 성당 한가운데서 온갖 험담과 욕을 속살거렸다. 또한, 장식품들도 추했고 미사에서 노래하는 아이들의 소리도 끔찍했다. 아이들은 미사 내내 짓궂은 장난을 했다. 그리고 예배 동안 축성된 빵과 동전들이 왔다 갔다 했고 촛농이나 향로 때문에 성가대 아이들과 성당 관리인은 욕설을 하며 싸워 댔다. 그런 난장판이, 서로서로 기도할 수 없게 하는 그런 무질서함이 정말 끔찍스러웠다. 나는 의무적으로 드리던 예배를 그만두고 싶지는 않았다. 하지만 어느 날 비 때문에 너무나 웃기는 크리스천들끼리의 상스러운 각축전에서 벗어나 내 방에서 미사를 드리고 혼자 기도를 드렸을 때 너무나 좋았다.

그리고 매일의 형식적인 기도는 결코 내 취향이 아니어서 그것은 점점 더 무의미해졌다. 프레모르 신부님은 대신에 내 마음이 내킬 때 기도하라고 허락하셨지만 자주 잊어버리는 바람에 나는 그저 영감에 따라 즉흥적으로 자유롭게 기도했다. 그것은 가톨릭적인 방식이 아니었다. 수녀원에서는 기도문을 '만들게' 했었다. 나는 영어와 불어로 돌아가면서 썼다. 사람들은 그 기도문이 매우 향기롭다고 했지만 나는 마음속으로 그것을 경멸했다. 내 마음속 양심은 단어는 단어일 뿐이고 하나님을 향한 그 뜨거운 열정은 인간의 그 어떤 말로도 표현할 수 없다고 선언했다. 그러니 모든 외형적인 제식들은 속죄하는 마음으로 따라 했다. 나의 종교적 열정에 그런 의무들은 참을 수 없고 죽을 것 같은 노역처럼 느껴졌다.

바로 이런 상황에서 나는 《에밀》과 사부아야르 보좌신부의[26] 신앙고백, 산에서의 편지들, 사회 계약과 논문들을 읽은 것이다.

장 자크의 문장과 그가 글을 이끌어 가는 방식은 마치 커다란 태양이 비추는 멋진 음악 같았다. 나는 그것을 모차르트에 비교했으며 모든 것을 다 이해할 수 있었다. 아무것도 모르며 완강하던 아이의 눈이 드디어 뜨이고 눈을 가리고 있던 구름이 다 사라진 그 기쁨을 어떻게 말로 표현할 수 있을지!

나는 정치적으로 이 스승의 완벽한 제자가 되었고 이후로도 오랫동안 그랬다. 종교적 측면에서 그는 내게 당시 그 누구보다도 진정한 크리스천처럼 생각되었는데 그가 자기 시대에서 철학적인 십자군 전쟁을 하는 것으로 보였다. 그리고 나는 사람들이 그에게 억지로 세례를 받게 했고 또 종교적이지 않은 방식으로 지위를 부여하며 그에게 불쾌감을 주었기 때문에 그가 가톨릭을 버린 것에 대해서도 용서할 수 있었다.[27] 개신교도로 태어나 주변 환경으로 인해 분명 어쩔 수 없이 다시 개신교도가 되면서 그가 이교도로 취급받는 것은 라이프니츠와 마찬가지로 전혀 나를 부담스럽게 하지 않았다. 아니 오히려 나는 개신교도들을 좋아했다. 왜냐하면, 가톨릭 교리에 따라 그들을 인정할

---

26 〔역주〕 루소를 말한다.
27 〔역주〕 개신교도로 태어난 그는 중간에 가톨릭으로 개종했다가 다시 개신교로 개종했다.

필요도 없고 또 프레모르 신부님도 그들을 욕하지 않으면서 조용히 내 마음에 그들을 인정하게 했기 때문이다. 나는 그들이 진실한 사람들로 보였고 단지 하나님 앞에서 형식만 다를 뿐이라고 생각되었다.

장 자크는 내 생각의 종착점이 되었다. 그에 대한 독서에 취해서 나는 시인들이나 다른 영성주의자들을 던져 버렸고 형이상학자들에 대해서도 고민하지 않았다. 나는 볼테르를 읽지 않았는데, 할머니가 30살이 넘을 때까지 읽지 못하게 했기 때문이다. 나는 그 약속을 지키고 있었다. 장 자크가 내게 오랫동안 우상이었던 것처럼 할머니에게는 볼테르가 그랬기 때문에 할머니는 내가 생각을 완전히 정리하기 위해서는 충분히 철이 들어야 한다고 생각하셨다. 내가 그를 읽었을 때 사실 무척 흥미로웠지만 그가 나를 크게 변화시킨 것은 없었다. 절대로 다른 것으로 지배될 수 없는 본성이 있는 법이다. 아무리 더 우세한 것이라고 해도 말이다. 그렇다고 사람들이 생각하듯 그런 성격에 대해 반감을 갖거나 한 것도 아니다. 어떤 천재에게 영향을 깊이 받았다고 해서 그의 성격까지 문제 삼지는 않는 것처럼 말이다. 나는 장 자크 루소의 개인적인 성격은 좋아하지 않는다. 하지만 나는 그의 고통에 대한 연민으로, 그의 편협한 마음이나 배은망덕함, 또 병적인 자기애, 그 외에 수천 가지의 이상한 성격들을 모두 용서한다. 할머니는 볼테르의 원한 맺힌 마음과 어떤 잔인함을 좋아하지 않았지만, 그런 것들은 그의 고상함의 일탈쯤으로 여겼다.

다른 한편으로 나는 책에 쓴 것으로 그 사람을 판단하지도 않는다. 특히 과거의 인물이라면 더 그렇다. 젊은 시절에 나는 더더욱 그들이 쓴 성스러운 제단 아래서 그들을 찾지는 않았다. 나는 샤토브리앙을 정말 좋아했는데 그는 내가 존경하는 작가 중 유일하게 살아 있는 사람이었다. 나는 그를 정말 만나고 싶지 않았는데 후에 만난 다음에는 후회뿐이었다.

내 기억을 순서대로 하기 위해 내 독서에 관한 장을 좀 더 지속해야 할 것이다. 하지만 내 이야기만 하는 것에 독자들이 지루할 것 같다. 그래서 나는 내가 시도했던 실험적 독서 외에 있었던 일들을 같이 이야기해야 할 것 같다.

5. 어떻게 살 것인가

너무나 아름답던 어느 여름날 할머니는 상태가 너무 좋아지셔서 다시 편지로 가족과 친구들과의 관계를 시작하셨다. 나는 할머니가 부르시는 대로 너무나 매력적인 명문장들을 예전처럼 그대로 받아쓰곤 했다. 할머니는 친구들의 방문도 받으셨는데 그들은 할머니 상태가 아주 나빴던 것도 알지 못했고, 우리가 큰 고통을 받았으며 아직도 데 샤르트르와 나는 그런 상태에 있다는 것을 이해하지 못했다. 할머니는 몇 시간 동안 대화를 나누기도 하면서 다시 예전 모습으로 돌아가신 듯했다. 아니 오히려 과거보다 더 빛나고 우아했다.

하지만 밤이 오면 지친 램프의 불빛은 희미해져 갔다. 할머니는 정신이 이상해지거나 아니면 더 백치白癡처럼 되어서 온 밤을 헛소리와 불안하고 우울하고 아이 같은 소리들을 지르며 보내셨다. 나는 더는 할머니에게 종교적인 뭔가를 하시라고 말할 엄두가 나지 않았다. 비록 사랑하는 나의 앨리시아 수녀님이 이때를 이용해 두려움 없이 할머니를 하나님 앞으로 인도하라고 충고했지만 말이다. 그녀의 편지는 나를 자극했고 내게 죄책감이 들게 했다. 하지만 나는 어떤 유리벽을 깰 수가 없었다.

그런데 그 유리가 아주 뜻하지 않은 일로 깨져 버렸다. 아를르의 대주교가 할머니에게 그 주제에 관해 편지를 했고 찾아온 것이다.

수아송의 오랜 대주교였으며 요즘에는 은퇴 후 가는 자리로 알려진

아를르의 대주교직을 함께 수행하고 있는 르블랑 드보리외 씨는 나에게는 아저씨뻘인 집안의 사생아였다. 나의 프랑쾨이유 할아버지와 그의 애인인 데피네 부인의 사랑 이야기는 모르는 사람이 없을 정도로 유명했는데, 그는 그 사이에 태어난 사람이었다. 그 이야기는 책으로도 출판되었다. 두 사람은 아주 신중하지 못하고 너무나 부적절한 관계였는데, 그 책은 두 사람 사이의 너무나 매혹적이지만 너무나 노골적인 편지들을 싣고 있었다.

블랑에서 태어나 보리외 농가 마을에서 자란 사생아는 두 사람의 이름을 물려받았고 젊은 시절부터 높은 자리를 차지했다. 할머니는 프랑쾨이유와 결혼할 때부터 아주 어렸던 그를 알았고 어머니처럼 돌봐주었다. 당시 그는 아주 신실했지만 이후 심한 중병에 걸려 약한 정신은 지옥의 공포에 시달렸다.

너무나 훌륭한 두 사람 사이에서 그런 천치 같은 아이가 태어난 것은 참으로 이상한 일이다. 하지만 이 대단한 인물에게 악함 같은 것은 눈곱만큼도 없었다. 아주 악한 멍청이들도 많으니 머리가 좋건 나쁘건 착한 것에 대해 우린 존경을 표해야 한다.

이 착한 대주교는 그의 엄마와 얼굴이 판박이였다. 이 점에 대해서는 장 자크도 우리에게 잘 설명한 바 있고 데피네 부인도 우리에게 그 이야기를 요사스럽게 한 적이 있는데 한마디로 매우 못생긴 얼굴이었다. 하지만 데피네 부인은 대단한 여자였다. 나는 아직도 그녀가 나의 할아버지에게 준 초상화들 중 하나를 가지고 있다. 할머니는 그중 하나를 사촌인 빌뇌브에게 주었는데 그 초상화에서 그녀는 물의 요정 같은 옷을 입고 있었다. 다시 말해 당시로서는 정말 드문 복장이었다.

그녀는 천의 얼굴을 가지고 있어서 사람들이 말하기를, 원하는 사람은 다 손에 넣었다고 한다. 대주교도 아주 못생겼고 마치 먹이를 먹는 개구리 형상이었다. 게다가 웃기게 뚱뚱했고 음식을 좋아했는데 미식가라기보다는 폭식가였다. 왜냐하면, 미식가라면 어떤 요리에 대한 미세한 감식안이 필요했는데 그는 그런 것은 없었다. 아주 쾌활하고 호인이고 참기 힘들 정도로 유쾌해서 오히려 주변 사람들을 불편하게 할 정도였다. 말하는 것은 가차 없었지만 태도는 유순했다. 남의 욕을 하는 데는 둘째가라면 서러울 정도였고 수도사들 욕에 정통했다. 아주 화려하게 치장한 고관대작과 특권층 부인네들처럼 허풍스러웠고 자기 일신의 일에 대해서라면 늘 빈정거렸다. 시끄럽고 화 잘 내고, 흥분 잘하고, 사람 좋고, 항상 배가 고프거나 목이 마르거나 졸립거나 했으며 지루한 걸 못 참아 늘 웃을 일을 찾았다. 어쨌든 그는 분명 진정한 크리스천이었지만 광신적인 전도 같은 것에는 결코 어울리지 않는 그런 사람이었다.

그런데 할머니가 가톨릭 의식을 다 따라가게 할 수 있는 사람은 오직 그 사람뿐이었을 것이다. 왜냐하면, 그는 할머니와 논쟁 자체를 할 수도 없고 또 그럴 생각조차 없는 사람이기 때문이다.

그는 할머니와 처음 자리를 하자마자 인사말도 없이 바로 이렇게 말했다

"사랑하는 어머니, 제가 왜 왔는지 아시지요? 저는 어머니를 무슨 배신자 취급하면서 빙빙 돌아갈 생각은 없어요. 단지 어머니의 영혼을 구제하고 싶을 뿐입니다. 물론 웃으시겠지요. 제가 부탁드리는 것을 하지 않는다고 해서 지옥에 간다고는 생각하지 않으실 걸 잘 압니

다. 하지만 저는 그걸 믿어요. 그리고 하나님 감사하게도 이렇게 나으셨으니 이제 조금의 염려도 없이 제게 그런 기쁨을 주실 수 있을 거라고 생각합니다. 그래서 제발 부탁드리는데 저를 늘 아들처럼 생각하셨으니, 당신의 아들을 위해 제발 은혜를 베풀어주세요. 어머니의 대단히 높으신 학식과 감히 저는 맞설 수도 없는 걸 잘 아시지요. 지식적으로는 저보다 훨씬 더 많이 아신다고 생각합니다. 하지만 지금 그런 문제가 아니에요. 단지 제게 큰 사랑을 보여 달라는 거지요. 그래서 저는 이렇게 무릎 꿇고 간청합니다. 그런데 지금 제가 너무 배가 아프니 자, 여기 손녀가 저 대신 하도록 하겠습니다."

나는 이 말에 얼이 빠져 있었다. 할머니는 웃고 계셨다. 대주교님은 나를 할머니 발아래 밀어 넣으시면서 말씀하셨다.

"자, 이제 나를 도와 기도해줄 수 있겠지!"

그리고 무릎을 꿇고 있는 나를 보자 할머니는 갑자기 웃음을 그치시고는 눈에 눈물이 가득하신 채로 나를 안고 말씀하셨다.

"그럼 너도 내가 네 말을 안 들으면 지옥에 갈 거라고 생각하니?"

나는 모든 종교적 편견보다 더 강한, 내면에서 터져 나오는 진실한 마음으로 격렬하게 소리쳤다.

"아니에요! 아니에요! 저는 할머니를 축복하기 위해 무릎을 꿇은 거지, 가르치려는 것은 아니에요."

그러자 대주교는 소리쳤다.

"아이고 이 바보야!"

그리고 내 팔을 잡고는 문 쪽으로 데려가려 했다. 하지만 할머니는 나를 가슴에 안으시며 말씀하셨다.

"놔두세요. 대주교님보다 이 애의 설교가 더 좋네요. 고맙구나, 내 딸아. 너로 인해 나는 너무 행복하구나. 그래서 그 증거로 네가 마음 깊이 원하는 것이 뭔지 알고 있으니, 네 뜻대로 해주마. 그래, 네 뜻을 따를게. 이제 됐나요. 대주교님?"

대주교는 안도의 눈물을 흘리며 할머니 손에 입 맞추었다. 할머니의 사랑과 온화함에 그는 진정으로 감동한 것 같았다. 그는 손을 비비고 배를 두드리며 말했다.

"자, 이제 시작됐으니, 단김에 끝내기로 하지요. 내일 아침 어머니 담당 신부님이 오셔서 고해성사를 하시고 의식을 집전하도록 내일 점심 식사 때 초대하겠어요. 모든 것이 형식적인 것이고, 내일 저녁이면 아무 생각도 하지 않으시게 될 거예요."

이 말에 할머니는 아주 영악스럽게 "그럴 수도 있겠지요."하고 말씀하셨다.

그날 오후 내내 할머니는 즐거우셨다. 대주교님 또한 아주 유쾌하게 웃으시면서 사람들과 노닥거리고 커다란 개들과 노셨다. 그러면서 '개보다도 못한 사제가 있지!'라는 속담을 계속 말하셨다. 그러면서 내가 자기를 잘 돕지 못했다며 야단치시고, 까딱했으면 일을 다 망치고 멍청한 나 때문에 둘 다 아주 망신을 당할 뻔했다고 하셨다. 또 그렇게도 용기가 없더냐고 하면서 네 말대로 내버려 뒀다가는 우리 둘 다 아주 찬밥신세가 됐을 거라고 나를 야단치셨다.

나는 돌아가는 상황이 적이 염려스러웠다. 믿지도 않고 오히려 내 앞에서 거만한 생각을 가진 사람 입에 이렇게 제식을 억지로 쑤셔 넣는 것은 일종의 신성모독 같았다. 나는 할머니에게 이를 설명하기로 결심했다. 대사제님께는 기대하기 힘든 일이었기 때문이다.

하지만 모든 것이 한순간에 바뀌어 버렸다. 가엾은 할머니의 자애롭고 고매하신 마음 덕분에 말이다. 할머니는 다음 날 거의 죽을 것처럼 몸의 상태가 악화하셨지만, 정신적으로는 다시 살아나셨다.

할머니는 아주 힘든 밤을 보내셨다. 그래서 나는 할머니를 돌보는 것밖에는 다른 아무것도 생각할 수 없었다. 다음 날 아침, 정신은 분명하셨지만, 생각은 멈추신 것 같았다. 내가 말을 걸자 할머니는 이렇게 말씀하셨다.

"날 내버려 두렴. 이제 곧 죽을 것 같구나. 그런데 네 걱정이 뭔지 잘 알고 있단다. 만일 내가 저 사람들과 화해하지 않고 죽으면 네가 자책하거나 저 사람들이 너를 비난하겠지. 나는 네가 양심의 가책을 안고 살아가는 게 싫구나. 또 주변 사람들에게 비난받을 거리도 주고 싶지 않다. 사랑하는 사람을 떠나는 순간 좋은 모습을 보이고 가게 하는 의식이라면 그게 어떤 비겁함도 어떤 거짓도 아닌 것 같구나. 그러니 안심해라. 내가 뭘 해야 하는지 잘 알고 있으니까."

아프기 시작하신 후 처음으로 나는 할머니가 다시 원래대로 돌아오신 것처럼 느껴졌다. 예전처럼 집안사람들을 이끌고 가시는 주인으로서 말이다. 그러니까 본래 할머니 모습으로 돌아오신 것 같았다. 나는 바로 그 앞에 무릎을 꿇었다.

데샤르트르 선생님은 할머니가 열이 많이 오르시는 것을 보고 대주교님께 화를 내고 그를 쫓아내 버리려고 했다. 다시 상태가 악화된 것을 모두 그의 탓으로 돌렸다.

할머니는 그를 진정시킬 뿐 아니라 그에게 "좀 조용히 해주면 좋겠네요, 데샤르트르."라고 말씀하셨다.

늘 내가 얘기했던 그 늙은 신부님이 오셨는데 할머니는 항상 그 신부님이 나의 고해신부가 되기에는 너무 세련되지 못하다고 말씀하곤 하셨다. 할머니는 그 신부님만을 원하셨는데 아마도 마음대로 할 수 있다는 생각 때문인 것 같았다.

나는 둘만 남겨 두기 위해 모두 밖에 나가기를 원했는데 할머니는 그대로 있으라고 하시면서 신부님께 말했다.

"신부님, 저기 앉으세요. 보시다시피 제가 너무 아파서 일어날 수가 없으니 제 손녀딸이 저를 도와주도록 하지요."

"좋습니다, 좋아요."

신부님은 무척 당황하시며 어색하게 대답하셨다.

"나 대신 무릎을 꿇고 내 손을 잡고 기도해 주렴. 이제 고해성사를 하려고 한다. 장난이 아니고 진지하게 생각하는 거란다. 죽기 전 지난 세월을 어떻게 살았는지를 한 번 생각해 보는 것도 나쁜 일은 아니지. 그리고 예식에 흠이 되지 않는다면 나의 모든 친구와 나의 모든 식구가 내가 살아온 삶에 대해 하는 말을 함께 들었으면 좋겠네. 하지만 손녀딸만 있어도 충분하다. 신부님, 어떻게 해야 하는지 말해주세요. 저는 잘 모르겠는데 아마도 다 잊은 것 같군요. 준비가 다 되면 회개를 시작하도록 하지요."라고 할머니는 말씀하셨다.

할머니는 시키는 대로 모든 형식적인 절차를 따라 하신 후 이렇게 말씀하셨다.

"저는 결코 누구에게도 악을 행하거나 행하길 원한 적도 없습니다.

저는 할 수 있는 모든 선을 행하며 살았습니다. 저는 회개할 어떤 거짓말도, 어떤 괴팍함도, 어떤 불경건함도 없습니다. 그리고 저는 항상 하나님을 믿었습니다. 그런데 내 딸아 들어 보렴. 저는 하나님을 충분히 사랑하지는 못했습니다. 용기가 없었지요. 하지만 그것은 전적인 제 잘못입니다. 제 아들을 잃은 후부터 저는 하나님을 찬양할 수도, 생각할 수도 없었습니다. 내가 감당할 수 없는 그런 일을 겪게 하신 하나님이 너무 잔인하다고 생각했어요. 오늘 그가 저를 부르십니다. 저는 하나님께 감사하고 저의 약함을 용서받고 싶네요. 하나님이 그런 약함을 주셨고 이제 이 아이가 제게서 그것을 거둬 가네요. 하나님께 돌아가서 하나님을 사랑하고 온 마음으로 기도할 수 있기를 ⋯ ."

할머니가 너무나 온화하고 단호한 목소리로 차분히 말씀하셔서 나는 눈물범벅이 되었고 예전 믿음이 충만했을 때처럼 할머니와 기도할 수 있었다.

깊이 감동하신 늙은 신부님도 일어나셔서 나이가 들어감에 따라 더 심해지는 시골 사투리로 할머니에게 엄중하게 말씀하셨다.

"자매님, 모든 것을 용서받을 것입니다. 하나님은 우릴 사랑하시니까요. 또 우리가 회개하는 건 하나님을 사랑하기 때문이지요. 저도 자제분 일은 너무 애통합니다. 하지만 그는 하나님 오른쪽에 앉아 있고 이제 곧 그 곁으로 가실 거예요. 이제 참회문을 읽으세요. 제가 모든 것을 사하겠습니다."

그리고 신부님이 사한다는 말을 했을 때 할머니는 모두를 들어오게 해 달라고 했고 그사이에 내게 이렇게 말씀하셨다.

"내 생각에 저 신부님은 뭐 하나라도 내 죄를 사할 수 있을 것 같지도 않은데 만용을 부리시는 것 같구나. 하지만 하나님은 하실 수 있지. 하나님께서 우리 세 사람 모두의 선한 생각들을 다 들어주시면 좋겠구나."

대주교와 데샤르트르와 집안의 모든 하녀들과 농장의 일꾼이 할머니의 노자성체路資聖體에 참여했다. 할머니는 스스로 제식을 이끌어 나가셨다. 나를 곁에 있게 하시고 다른 사람들은 자유롭게 앉도록 했다. 라틴어를 잘 아시는 할머니는 가끔 조그맣게 "그건 믿어요." 아니면 "그런 건 중요치 않아요."라는 말을 하며 신부님의 말을 끊었다. 할머니는 모든 것을 진지하게 주시하셨다. 그리고 놀라운 집중력과 꼿꼿함을 보이시면서 하나님과 공식적인 화해를 하는 데 있어 조금만치의 위선도 보이지 않으셨다. 그런 예민한 부분은 거기 모인 대부분의 사람들은 느낄 수 없었고, 대주교님도 전혀 개의치 않는 것처럼 행동했으며 늙은 신부님은 아예 생각조차도 하지 않았다. 그는 단지 할머니에 대한 사랑만을 가지고 여기 와 있는 것이지 사제로서 뭔가를 점검하러 온 것은 아니었다. 데샤르트르는 아주 당황해서 화가 나 있었다. 그는 환자인 할머니가 그런 정신적 노력으로 쓰러지시지는 않을까 두려워하고 있었다.

오직 나만이 할머니와 함께 그 모든 과정에 집중하고 있었다. 나는 할머니 말씀 하나, 표정 하나 놓치지 않고 할머니가 자기 마음속에 가지고 있던 신념을 조금도 버리지 않고 또 자신의 개인적인 자존심에도 전혀 상처를 입지 않으면서도 종교 문제를 풀어나가는 것을 감탄

하며 바라보고 있었다.

성체배령 전에 할머니는 다시 큰 소리로 말씀하셨다.

"나는 이곳의 모든 사람과 화해하고 평화롭게 죽고 싶습니다. 만약 내가 누군가에게 잘못했으면 내게 말해주어 내가 사과하도록 하고, 만약 누군가를 아프게 했다면 뉘우치고 있으니 나를 용서해주세요."

사랑과 축복의 흐느낌이 방 이곳저곳에서 할머니께 화답하고 할머니는 모든 것을 마치신 후 쉬고 싶어 하시며 나와 단둘이 남았다.

할머니는 완전히 지치셔서 저녁까지 주무셨다. 그리고 이 감정적 싸움 때문에 며칠 동안 끙끙 앓으셨다. 그 후 다시 건강을 되찾으셔서 몇 주간은 괜찮은 상태로 보내셨다.

이런 종류의 가족 행사는 내게 깊은 인상을 남겼다. 할머니는 다시 의식이 마비 상태에 빠지셨지만 이날의 용감하고 이성적인 행동으로 나에 대한 할머니의 중요한 역할을 다시 인식시켜 주셨다. 이제 나는 더는 할머니의 생각과 행동을 판단할 권리가 없다고 생각했다. 나는 할머니가 나를 기쁘게 하기 위해 했던 그 행동에 대해 존경과 감사로 사무쳤다. 그래서 모든 점에서 할머니가 뉘우치시던 방식과 하나님과 화해하시는 방식, 그러니까 하나님 마음을 기쁘게 하기에 충분한 자격이 있는 그 방식들을 받아들이지 않을 수 없었다.

나는 내가 그 증인이었고 그 삶의 목적이었던 할머니의 굴곡진 삶을 돌아보았다. 엄마와 언니와 나에 대해, 별생각 없이 했던 부당한 행동에 대해 할머니는 엄청난 노력을 하셨고 엄청난 희생을 하셨다는 것을 안다. 그 외에도 지혜로운 인내심, 너그러운 온유함, 올곧음,

공평함, 거짓에 대한 혐오, 악에 대한 두려움, 선행, 모든 사람에 대해 지칠 줄 모르는 따뜻한 배려, 그리고 가장 큰 덕목으로 가장 실질적인 크리스천으로서의 덕목을 가지신 분이었던 것을 나는 안다.

할머니의 고상하신 인품을 더 품위 있게 한 것은 바로 돌아가시기 전에 용서받길 원하셨던 그 잘못이었다. 위로받을 수 없었던 극심한 고통으로 할머니는 하나님께 순종할 수 없었다. 하지만 할머니는 인간으로서 위대하고 관대하게 행동하셨다. 아! 이제 나는 내 젊은 날, 나를 너무나 고통스럽게 했던 할머니의 그 모든 불공평한 말과 행동과 질투의 눈물을 용서할 수 있을 것 같았다! 당시까지 할머니의 그런 언행들을 용서치 못했던 내가 얼마나 소심하고 이기적으로 보였던지! 오로지 행복만을 바라며, 고통을 참지 못하고 오로지 비겁하게 침묵을 지키며 유치한 원한 뒤에 숨어 할머니가 절망 속에 고통스러워하는 걸 생각하지 못했다. 그리고 할머니의 깊은 슬픔을 짐작하고 그 고통을 위로해야 할 내가 오히려 모든 것을 비난했던 것이다!

이런 후회로 감정이 복받쳤다. 나는 펑펑 눈물을 쏟으며 나의 오만한 저항들을 슬퍼했고 모든 편협함이 다 사라져 버렸다. 부모 자식 간의 사랑과 하나님과의 사랑밖에 모르던 내 가슴이 알 수 없는 사랑을 향해 열리는 것 같았다. 그리고 나는 수녀원에서 내가 믿음을 찾았을 때처럼 진지하게 다시 내게로 돌아왔다. 모든 감정과 이성이 내게 겸손함을 명하는 것 같았다. 그것은 크리스천으로서뿐만 아니라 본질적인 공평함을 위한 것이기도 했다.

이 모든 것은 절대적 진실이 교회나 다른 어떤 종교형태에만 있는 것이 아님을 생생하게 느끼게 해주었다. 상대적 진실이란 없다. 이것이 내가 온전하게 동의할 수 있는 것이며 그래서 나는 그 진실로부터 멀어지고 싶지 않았다.

할머니가 받아들인 제식은 대주교님 편에서 보자면 하나의 양심적 타협일 뿐이었다. 왜냐하면, 대주교님은 그런 제식을 하지 않으면 울면서 할머니를 파문해야 했기 때문이다. 위선자는 아니었지만 그렇게도 사람 좋은 대주교님은 주변 모든 것에 대해 얼마나 잘 알고 있었던지. 지역적인 반란에 대해 교회가 승리하고 어쩌고는 그에게 중요한 문제가 아니었다. 그는 정치 같은 것에는 문외한이었고 그의 표현을 빌리자면 교황들과 공의회의 무오류성에 대해서는 무쇠 같은 믿음을 가지고 있었다. 그는 정말로 할머니를 사랑하고 있었다. 엄마가 없었기 때문에 할머니를 자기 엄마로 생각했다. 그는 이렇게 말하며 집을 떠났다.

"이제 돌아가셔도 상관없어요. 나도 늙었으니 곧 만나게 되겠지요. 인생이란 게 별게 아니에요! 하지만 만약 끝까지 임종 고해를 하지 않겠다고 고집을 부리셨다면 돌아가신 후 제 마음은 결코 편치 못했을 거예요."

나는 감히 그에게 반발을 하며 이렇게 말했다.

"주교님, 맹세코 할머니는 그 '무오류성'을 어제도 오늘도 믿지 않으셨어요. 할머니는 진짜 크리스천다우셨으니 그걸 믿든 믿지 않든 할머니는 구원받으셨을 거예요. 하지만 가톨릭적인 구원은 아니지요. 아니면 교회에 두 개의 가톨릭교리가 있는 거라고 할 수 있지요. 하나는 모든 규율에 자신을 바치는 가톨릭이고, 다른 하나는 교리에 저항하는 것이지요."

대주교님은 큰 걸음으로 걸으면서, 아니 팽이처럼 정원을 구르면서 소리쳤다.

"뭐라구? 너는 궤변론자가 되었구나! 혹시 너도 볼테르를 읽은 거냐? 사랑하는 엄마가 그놈의 수다들로 너를 망쳤을 수도 있지! 그래, 너는 여기서 뭘 읽으며 어떻게 살고 있는 거냐?"

"지금 저는《성당의 신부들》을 읽고 있지요. 그런데 거기서 많은 모순을 발견하고 있어요."

"그런 건 없어!"

"죄송해요. 주교님! 제가 읽어 드릴까요?"

"멍청한 녀석이군! 아, 그래, 왜《성당의 신부들》을 읽는 거지? 젊은 아이들이 읽을 좋은 책들이 많이 있을 텐데. 너는 분명 고집불통이 돼서 판단을 해대는구나. 네 나이에 그런 건 웃기는 거지!"

"저 혼자서만 읽고 있어요. 아무와도 제 생각을 나누지 않지요."

"그래, 하지만 곧 그렇게 될 테니 조심해라. 네가 수녀원을 나올 땐 좋았었는데 지금 너는 좀 이상해진 것 같구나. 사람들 말이 너는 말을 타고 이탈리아 노래를 부르고 총을 쏜다더구나! 네 고해성사를 받아야겠다. 내일 자아 성찰을 해 보도록 해라. 아무래도 내가 네 머리를 깨끗하게 해줘야겠다!"

"주교님, 죄송하지만 저는 주교님께 고해성사를 절대 하지 않을 거예요."

"그건 왜지?"

"왜냐하면, 주교님은 저를 이해할 수 없으실 테니까요. 주교님은 제가 용납할 수 없는 것들을 주입시키실 거예요. 그리고 제가 죄로 생각하지 않는 것을 죄라 혼내시겠지요. 어쩌면 저는 가톨릭 신자가 아닐 수도 있고 주교님과는 다른 방식의 신자일 수도 있지요."

"그게 무슨 소리지? 앙큼한 녀석 같으니라고?"

"제 말은, 제 문제를 해결할 수 있는 사람은 주교님이 아니라는 거지요."

"이런, 이런, 야단을 맞아야겠구나···. 이 불쌍한 녀석···. 그런데 이제 저녁 먹을 시간이군, 나중에 다시 얘기하자꾸나. 지금 배가 너무 고파 죽을 것 같으니 말이다. 빨리 들어가도록 하자."

하지만 저녁 식사 후에 주교님은 내게 설교하시는 것을 잊으셨고 끝까지 기억하지 못하셨다. 그리고 결국, 우리 둘은 아주 친한 친구가 되어 헤어졌지만 나는 주교님식의 신앙관에는 조금도 영향을 받지 않았고 그것은 결코 나의 신앙이 될 수도 없었다.

주교님이 출발하기 전날에는 더 멍청한 일도 있었다. 주교님이 서재에 들어가 몇 권의 책을 태우고 없애려고 했다. 데샤르트르는 그가 즐겁게 책들을 태우고 잘라내는 것을 보았다. 그는 주교님을 막아 모든 것이 심각하게 훼손되는 것을 막았다. 그리고 할머니에게 이 만행을 이르겠다고 위협했다. 그리고 이 서재가 자기 관리하에 있는 사유물이며 자신에게 책임이 있다고 설명하고, 또 군수로서 대주교님의 횡포를 금하는 법안까지 들먹인 후에야 그의 손에서 쇠 도구와 불을 뺏을 수 있었다. 나는 가서 둘을 진정시켰는데 정말 그 장면은 가관이었다.

    며칠 뒤에 나는 라샤트르의 신부님께 고해성사를 하러 갔다. 그는 우아한 몸가짐을 가진 신부님이셨다. 또 학식도 많고 매우 지적인 풍모를 지니고 있었다. 그는 내게 질문을 했는데 그 질문들은 도덕적인 측면에서는 전혀 상처가 되지 않는 것들이었지만 아주 예민한 부분에서 많은 상처를 주었다. 나는 그가 마을의 어떤 소문들을 듣는지 궁금했다. 그는 내가 누군가를 사랑하기 시작했다고 생각하며 그것이 사실인지 알고 싶어 했다.

    나는 대답했다.

    "전혀 아니에요. 그럴 생각도 없고요."

    "하지만 사람들은 분명히 ⋯."

    나는 다음 말은 듣지도 않고 벌떡 일어났는데 정말 참을 수 없는 분노가 밀려왔다.

    "신부님, 어느 누구도 또 1년에 몇 번 하는 제식만을 강요하는 교회조차도 내게 매달 고해성사를 강요하지 않는데 신부님이 왜 저의 진실을 의심하는지 모르겠네요. 저는 신부님이 생각하는 그런 감정을 생각으로도 갖고 있지 않다고 충분히 설명했는데요. 제발 상관 마시라고 말해야겠네요."

    그러자 신부님은 언성을 높이며 말했다.

    "용서해요. 고해신부는 생각을 물어야 하지요. 자신도 잘 모르는 혼란스러운 생각들로 우리가 길을 찾지 못할 수도 있으니까요!"

    "아니요! 신부님, 자신도 모르는 혼란스러운 생각이란 없어요. 어지러운 생각들이 이미 있었다 해도 너무 순수해서 고해까지 할 필요는 없었고요. 신부님은 제게 혼란스러운 생각이 없다는 것을, 아니면 있다 해도 제 양심에 전혀 거리낄 것이 없다는 것을 믿으셔야 해요. 신부님이 질문하시기 전에 저는 이미 고해를 마쳤으니까요."

신부님은 대답하셨다.

"그랬다면 다행이네요. 아가씨, 고해는 항상 내 담당이었는데 방금 교만한 태도를 보인 것 같으니 지금 회개하면 좋겠네요. 제게 죄 사함을 받길 원한다면 말이지요."

나는 대답했다.

"싫어요! 지금 잘못하고 계시고 제게도 잘못을 하게 하시네요. 지금 저는 회개할 마음이 없어요."

이번에는 그가 일어나 아주 차갑게 화가 나서 말했다. 나는 더는 대답하지 않았고 그에게 작별인사를 하고 다시는 그를 보지 않았다. 나는 그의 미사에도 더는 참여하지 않았다.

지금도 그때 내가 그렇게 진실하고 좋은 신부님과 관계를 끊은 일이 잘한 것인지 잘못한 것인지 모르겠다. 왜냐하면, 그때 나는 크리스천이었고 예배도 드려야 한다고 믿고 있었기 때문이다. 어쩌면 그가 내게 말했던 그 의혹들을 겸손한 마음으로 받아들여야 했는지도 모르겠다. 하지만 결코 그럴 수는 없었고 나의 자존심을 지킨 것에 어떤 회한도 없었다. 나는 너무나 순수해서 그런 경솔하고 예의 없는 질문을 용납할 수 없었다. 그런 질문들은 내게 전혀 종교적이지 않았다. 혹시 고해실 밖이나 사적인 곳에서 우정 어린 마음으로 한 질문이라면 모르겠지만 그 신부님과는 사적으로 결코 그런 사이가 아니었다. 나는 그 신부님을 잘 몰랐고 그는 그렇게 나이가 들지도 않았고 게다가 나는 그를 좋아하지도 않았다. 만약 내가 그런 종류의 문제로 의논할 거리가 있었다 해도 그에게 갈 하등의 이유가 없었다.

그는 나의 지도 신부도 영적인 아버지도 아니었다. 그러니 그는 내가 자격을 부여하지도 않았는데 내게 도덕적 횡포를 가한 것이다. 그것도 내가 엄숙하게 행하는 예배 행사 중에. 그가 가한 어리숙한 시도는 신성모독처럼 날 폭발시켰다. 그는 인간적인 호기심과 신부의 역할을 혼동한 것 같았다. 게다가 프레모르 신부님은 소녀들의 성스러운 무지를 매우 조심스럽게 다루시면서 항상 내게 "절대로 질문을 해서는 안돼요. 나는 절대로 질문하지 않지요."라고 말씀하셨다. 그래서 나는 프레모르 신부님 말고 다른 신부님께는 결코 믿음을 가질 수도 없고 가져서도 안 된다고 생각했다.

생샤르티에의 늙은 신부님께 고해를 한다는 것도 불가능했다. 나는 그 신부님과 너무 친하고 가족 같았다. 어린 시절 나는 그 신부님과 너무 친하게 놀았었다. 장난도 너무 많이 치는 사이여서 신부님이 나를 이끌거나 그 앞에 심각하게 회개하거나 할 수 없었다. 신부님 미사에 가서 함께 점심을 먹으면 신부님은 좋건 싫건 진흙이 묻은 내 신발을 닦아주시곤 했다. 나는 신부님이 술을 마시려 하면 팔꿈치를 잡아당겨 말려야 했다. 왜냐하면, 신부님은 나를 자기 나귀 궁둥이에 태워 집에까지 데려다주곤 했기 때문이다. 그때 교회 살림살이의 어려움을 토로하고 화만 내는 가정부에 대해 불평을 늘어놓으시면 나는 신부님과 가정부 모두를 하나씩 하나씩 야단치곤 했다. 그 고약한 성격들을 말이다. 그런 관계를 개선할 방법은 없었다. 고작 한 달에 한 번 예배를 보러 가면서 말이다. 나는 오빠와 다른 시골 친구들을 통해 신부님이 어떻게 우리의 고해를 들으시는지 알고 있었다. 그는 한 마디도 듣지 않으면서 아이들이 장난으로 어마어마한 잘못을 회개해도 그저 모든 회개에 대해 "좋지 좋아 자! 이제 곧 끝나나?"라고 대답할 뿐이었다.

나는 그런 추억들을 잊을 수 없을 것이다. 신앙적 열성이 하루하루 나를 떠나고 있음을 느끼고 있어서 내 스스로 자발적으로 배교背敎에 대한 진지한 이성적 성찰 없이 갑자기 신앙을 버리고 싶지는 않았다.

할머니 집에서는 금요일과 토요일 고기를 안 먹는 금식을 결코 하지 않았다. 할머니는 그런 것을 원하지 않으셨다. 프레모르 신부님도 전에 내게 그런 반칙들을 받아들이라고 말씀하셨다. 그래서 점점 더 나는 기도만 하게 되었고 그것도 나도 모르게 내 방식대로 아무렇게나 바꿔서 했다.

그런데 이상하고도 아주 자연스러웠던 것은 그때처럼 내가 신앙에 있어 열성적이고 하나님께 온전히 빠져 있던 적이 없었다는 것이다. 형식에 대한 모든 것을 내려놓은 그때 말이다. 새로운 지평이 열리는 것 같았다. 라이프니츠가 내게 말했던 것처럼 하나님의 사랑이 넘치고 더 분명한 믿음의 활력이 넘쳤다. 장 자크는 내게 그것을 이해시켰고 신부님과의 결별에 의해 자유로워진 나의 정신은 그것을 느낄 수 있었다. 나는 아주 큰 안도감을 느꼈고 그날부터 본질적인 믿음의 근본이 내 영혼 안에 흔들림 없이 자리 잡았다. 나의 정치적 성향, 혹은 형제애에 대한 나의 갈망은 조금도 망설임이나 주저함 없이 교회가 올바른 길로 가고 있지 않다는 것을 인정하게 했다. 그래서 그 잘못된 길을 따라가서는 안 된다는 것을. 결국, 결론적으로 어떤 교회도 내게 "나 없이는 구원도 없다."라고 말할 권리가 없었다.

당시 가톨릭 신자들은, 나도 그렇게 믿고 있었지만, 그 말이 교황청에서 나온 것이 아니라고 주장했다. 나는 그들이 내가 나 자신을 속였던 것처럼 스스로 속고 있었다고 생각한다. 하지만 만약 그들이 맞는다면 여기서든 그 어디에서도 정통교리라는 것은 존재하지 않고 이전에 존재한 적도 없으며 존재할 수도 없었다. 하나님이 그 어떤 교회로부터 어떤 신도도 쫓아내지 않는다면 가톨릭은 존재하지 않을 것이다. 하지만 가톨릭교가 여전히 수많은 종교인들에게 가장 훌륭한 것으로 여겨지며 또 프랑스인 대부분의 신앙으로 선포되고 있는 한, 나는 거기에 대해 반대할 생각은 없다. 하지만 그 스스로가 반대자를 저주하지 않는다고 인정한다면 그들은 서로 토론하는 것을 인정해야 하며 어떤 인간 권력도 제도적으로 이를 억압해서는 안 된다. 만약 그 토론이 진실하고 관용적이며 진지하고 품격 있는 것이라면 말이다. 토론에 대한 모든 비방은 박해이며 모든 나라의 법은 그것에 상처를 주려는 어떤 시도에 대해서도 개인과 사회 모두에게 공평한 보호법을 제정해야 할 것이다.

내가 관심을 갖고 있다고 사람들이 생각한 남자는 *** 집안 사람 중 한 사람인데 나는 그를 '클라우디우스'라고 부르겠다. 이 이름은 그냥 갑자기 생각난 이름이고 난 그런 이름의 사람을 알지도 못한다. 그의 가족은 이 지방에서 가장 명망 있는 귀족 집안 중 하나였고 부자였다. 하지만 부모들은 10명의 아이들을 교육시키다가 파산하게 되었다고 한다. 몇몇 자식들은 무질서한 생활로 가문의 명예를 더럽히고 한 명은 비극적인 죽음을 맞이했다. 남은 3명의 아들 중 위로 2명은 철학적이고 종교적인 나의 삶에 대해 말하는 지금 여기서는 쓸 것이 아무것도 없는 사람들이고, 사람들이 나와 관련해서 말한 사람은 제일 어린 막내였다.

그는 아주 잘생긴 청년으로 지혜롭고 아는 것도 많은 사람이었다. 그는 학식에 있어서 명성도 얻고 있었다. 당시 가난했던 그는 자신의 처지보다는 엄마의 속된 탐욕 때문에 의사가 되려고 하고 있었다. 그런데 일에 너무 몰두한 나머지 그는 건강을 잃고 말았다. 사람들은 그가 폐결핵이라고 믿었다. 하지만 그는 나이가 들어 병으로 죽었다.

그의 아버지를 알고 있던 데샤르트르는 이 귀족 청년에 관심이 있어서 내게 그를 소개했고, 또 그가 내게 물리를 가르치게 했다. 나는 골상학 공부를 하며 외과학도 약간 배우고 싶어 했다. 그리고 해부학도 배우려고 했는데 필요한 경우 수술 시 데샤르트르를 도울 수도 있고 만약 그리 중한 경우가 아니라면 내가 데샤르트르 대신 간단한 수술을 할 수 있도록 하기 위해서였다. 그는 내가 보는 앞에서 나의 도움을 받아 팔을 자르고 손가락을 절단하고 팔목을 다시 맞추고, 금이 간 머리를 손봤다. 그는 매우 능숙하고 빨랐으며 해야 할 일이라면 모든 고통과 역겨움을 참을 줄 알았다. 그는 아주 빨리 내가 눈물을 멈추도록 했고 나의 허약함을 극복할 수 있도록 했다. 그가 잘 가르쳐주어서 이후 나는 다른 사람들에게 봉사할 수 있었다.

클라우디우스는 데샤르트르가 처음 내게 가르칠 때 필요한 머리나, 팔, 다리 등을 가져다주었다. 먼저 그는 내게 그것을 그리게 했다. (골상학 이론까지 가기엔 시간이 촉박했다.) 라샤트르의 어떤 의사는 작은 소녀의 몸 골격 전체를 빌려주기도 했다. 그 골격은 아주 오랜 시간 내 서랍장에 걸려 있었다. 이에 대해 나는 모든 허약한 소녀들이 가지고 있는 상상력에 대한 이야기를 해야 할 것 같다.

어느 날 밤 나는 나의 해골이 일어나 내 침대 커튼을 들추려는 꿈을 꾸었다. 나는 잠이 깨서 그 해골이 내가 놓은 자리에 얌전히 있는 것을 보고는 다시 잠들었다.

하지만 꿈은 계속되어 그 작은 소녀의 마른 뼈들이 나를 너무 괴롭혀서 참을 수가 없었다. 나는 일어나 그것을 문에 걸어 놓았고 이후 잘 잘 수 있었다. 다음 날 꿈은 계속됐지만 나는 이번에는 그녀를 무시했고 그녀는 겨울 내내 내 서랍장 위에 얌전히 있었다.

다시 클라우디우스 이야기로 돌아오면, 그는 나의 해골보다 더 재미없는 사람이었다. 당시 나는 그와 교육적인 이야기밖에는 나눈 적이 없었다. 그는 파리로 돌아갔고 내가 많은 책을 부탁했기 때문에 내게 몇 가지 질문을 하고 어느 출판사를 고를지 묻느라 편지를 했었다. 나는 빌려서 본 책들을 사고 싶었고 읽어 보지 않은 시인들의 전집을 사고 싶었고 여러 학문에 대한 기본적인 책들과 또 뭔지 모르지만 데 샤르트르가 그에게 준 리스트의 책들을 사고 싶었다.

혹시 그가 그것을 핑계로 내게 편지 쓸 구실을 찾았는지는 모르겠다. 하지만 그의 편지는 너무나 진지하고 늘 높은 학식을 자랑하는 것 같아 그렇게 보이지는 않았다. 그의 편지는 또 아름다웠는데 내 기억에 늘 이렇게 시작했다.

"진정한 철학의 영혼이여! 당신은 옳지만 당신의 진실은 죽음을 부릅니다."

그다음은 기억이 나지 않는다. 하지만 나는 너무 놀라 그것을 데샤르트르에게 보여주며 그에게 너무나 순진하게도 왜 나의 철학적 사고를 칭찬하면서 마지막에 그런 절망적인 비난을 하는 것이냐고 물었었다. 데샤르트르는 그런 종류의 일에 대해서는 나보다도 더 어리숙했다. 그도 놀라서 읽고 또 읽고는 순진하게 내게 말했다.

"내 생각에 이건 사랑 고백 같은데. 이 소년에게 무슨 편지를 한 거지요?"

"기억이 나지 않아요. 아마도 당시 내가 빠져 있던 라브뤼예르의 몇 문장을 보냈을 거예요. 지난번 그가 방문했을 때 우리 셋이 했던 대화를 다시 시작할 핑계거리를 만들기 위해서였지요."

데샤르트르는 말했다.

"그래, 그래요. 거기 나도 있었지요. 그때 아가씨는 도덕적 우울감에 빠져 사회에서 파문당하는 것에 대한 아름다운 논리를 폈었지요. 그래서 내가 말했어요. '그렇게 모든 것을 절망적으로만 본다면 할 수 있는 것은 수녀가 되는 것뿐이겠군요! 그런 생각이 아가씨처럼 고지식한 사람에게 어떤 어리석은 결론을 가져다줄지 알 것 같네요.' 클라우디우스도 함께 소리 질렀지요. 아가씨는 은둔과 내려놓음에 대해 너무나 멋지게 말을 해서 그 젊은이는 이제 아가씨께 아가씨가 그렇게 추상적인 것만을 사랑하니 자신은 슬픔으로 죽을 것 같다고 말하고 있네요."

나는 대답했다.

"그게 아니면 좋겠네요. 선생님 생각은 틀린 것 같아요. 오히려 세상으로부터 벗어나고 싶은 내 생각이 그에게도 전염되어 그 자신도

이 세상에 대한 회의에 빠졌다고 하는 것 같은데요."

우리는 편지를 다시 읽고 결론적으로 이것은 어떤 고백이 아니라 반대로 나의 생각에 대한 전적인 동조이며 그는 세상에 대한 환상을 버린 철학자로서 그 동조를 엄숙하게 보여주고 있다는 결론을 내렸다.

사실 클라우디우스는 다른 편지에서 나를 만난 후 그가 내린 어떤 결심에 대해 분명히 설명한 적이 있었다. 그의 눈에 나는 그가 해결하지 못한 모든 것을 단칼에 해결한 대단한 사람으로 보였다. 그의 목표는 오직 학문뿐이었고 의사는 그것의 일부분일 뿐이었다. 그는 형이상학적인 사상으로까지 고양되고 싶었으며 그 외에 다른 열정은 없었다. 단지 학문적 적확성 속에 창조의 목표를 이루고자 했다.

내게 딱히 편지를 쓸 핑계거리도 없었지만 그는 자주 편지를 썼다. 그의 편지들은 너무나 냉혹할 정도로 진지하고 형이상학적이었다. 데샤르트르는 그런 식으로 생각을 교환하는 것이 그리 나쁘지 않다고 생각했다. 서로 마음이 맞고 또 서로가 서로에게 말브랑슈이며28 협력자라고 생각하는 두 젊은이 사이에 그런 진지한 편지를 주고받는 것보다 더 자연스러운 일은 없었으니 말이다.

하지만 그것 말고는 아무것도 없었다. 클라우디우스는 그런 좋은 기회에 사랑에 빠지지 않는 것을 애석해하기에는 너무나 학문적이었다. 나도 그런 종류의 연애감정 같은 것은 알지도 못했고 더욱이 사랑 같은 것과는 거리가 먼 아이였다. 나는 단지 그를 나의 선생님으로만 여겼다.

---

28 〔역주〕17세기, 기독교에 기반한 새로운 철학을 모색한 신학자이자 작가이다.

나는 이 문제뿐 아니라 다른 모든 문제에서도 세상의 방식과는 다른 방식으로 살고 있었다. 데샤르트르도 나를 막기는커녕 오히려 사람들이 이상하게 볼 지경까지 몰아붙였다. 그도 나도 세상 사람들이 어떻게 생각할지에 대해서는 어떤 염려도 하지 않았다. 어느 날 그는 내게 이렇게 말했다.

"방금 V*** 백작을 방문했는데 굉장한 것을 봤어요. 백작이 그의 웃옷과 모자를 쓴 어떤 젊은 청년과 사냥을 하고 있어서 난 그저 그러려니 했는데 그가 내게 이렇게 말하는 거예요. '이 애는 제 딸인데 저랑 마음껏 뛰고 달리고 나무를 타게 하기 위해 남자 옷을 입혔지요. 사실 정작 힘을 길러야 할 나이에 여자들의 옷은 그걸 할 수 없게 하거든요.'"

이 V*** 백작은 내가 알기로 의술에 관심이 많았던 사람이라 아마도 이런 것이 자기 딸에게 매우 위생적이라고 생각했던 것 같다. 데샤르트르도 그런 것에는 전적으로 동감하였다. 남자아이밖에는 길러본 적이 없던 그는 내가 남자 옷을 입길 원했던 것 같고 그래서 정말 나를 남자아이로 생각하고 싶었던 것 같다. 치마를 입은 내 모습은 현학자로서의 근엄함에 상처를 주었고 만약 그의 충고를 따라 내게 남자아이의 작업복과 모자와 각반을 두르면 그는 자신이 더 권위 있는 교사처럼 생각되고 내가 자기를 더 잘 이해하게 되어 더 많은 라틴어를 가르칠 수 있다고 생각하는 것 같았다.

또 내 생각을 말하자면 나의 새로운 의상은 달리기에 무지 편했다. 수가 놓인 치마들은 덤불에 걸리기 일쑤였기 때문이다. 나는 점점 마르고 민첩해졌는데 아마도 잘 기억나지는 않지만 어린 시절 나를 위해 만들어 준 뮈라 부관의 군복을 입지 않기 시작한 것도 그리 오래전 일은 아니었다.

또 당시 주름이 잡히지 않은 치마들은 너무나 통이 좁아서 여자들 은 정말 문자 그대로 무슨 통 속에 있는 것 같았고 작은 개천조차 건 널 수 없었다.

데샤르트르는 사냥을 엄청 좋아해서 가끔 억지로 나를 데려가곤 했 다. 나는 그게 정말 싫었는데 덤불을 지나기가 너무 힘들었기 때문이 었다. 숲들은 정말 끝이 없었고 수많은 가시들은 살인적이었다. 나는 푸른 초원에서 새그물과 덫으로 메추라기를 잡는 사냥만을 좋아했 다. 그는 해도 뜨기 전부터 나를 깨웠다. 밭고랑에 누워 내가 새들을 부르면, 그는 반대편 끝에서 사냥감들을 몰았다. 우리는 아침마다 8~10마리의 메추라기를 잡아 할머니에게 가져갔다. 할머니는 감탄 하시면서도 새들을 불쌍해하셨지만 식사 때는 사냥해 온 새들만 드셨 다. 그래서 나는 그 예쁘고 가냘픈 새들의 운명을 그리 안쓰러워하지 않았던 것 같다.

나를 너무나 아끼고 내 건강에 대해 노심초사하는 데샤르트르였지 만 자신이 놓은 덫에 메추라기가 푸드득 대는 소리를 듣게 되면 머릿 속에 아무 생각도 나지 않는 것 같았다. 나 또한 망을 보고 사냥감을 잡는 이 원시적인 놀이에 그저 빠져들었던 것 같다. 내 역할은 새를 부르는 거였는데 아침 이슬에 젖은 밀밭 속에 누워 있자니 수녀원에 서처럼 팔다리에 통증이 오는 증상이 다시 찾아왔다.

어느 날 데샤르트르는 내가 더는 그의 도움 없이는 말에 오르지 못 하는 것을 보게 되었다. 처음 말에 오를 때 나는 고통스러운 소리를 질렀고 해가 뜰 때쯤까지 내달린 후에야 상태가 나아졌다. 그는 약간 놀라면서 내게 류머티즘 진단을 내렸다. 하지만 이것은 그가 내게 더 극심한 운동을 시키게 되는 핑계가 되었고 따라서 나는 활동적인 남자 옷을 더 자주 입게 되었다.

할머니는 그런 나를 보고 눈물 흘리셨다.

"너는 네 아빠를 많이 닮았구나. 달릴 때는 그렇게 입어도 들어올 때는 여자 옷을 입고 들어오렴. 내가 속지 않게 말이다. 왜냐하면, 네 모습이 나를 너무 괴롭게 하거든. 이제 나는 과거와 현재가 마구 뒤섞여 지금 내가 인생의 어디를 지나고 있는지도 모를 때가 있단다."

내가 처한 특별한 상황에서 남들과 다르게 튀는 삶을 사는 것이 너무 자연스러워 나는 다른 여자아이들처럼 살지 않는 것을 너무나 아무렇지도 않게 생각했다. 사람들은 내가 이상하다고 했지만 만약 그런 취미가 있었다면 아마도 나는 훨씬 더했을 거란 생각이 든다. 모든 면에서 오로지 나 혼자서, 할머니의 간섭도 더는 받지 않으며 엄마에게도 잊힌 존재였으며 데샤르트르조차 나를 완전 방임 상태로 두니, 나는 영적으로나 감정적으로 어떤 어려움도 느끼지 못했으며 신앙적으로도, 조금 바뀌기는 했지만, 수녀가 되거나 못 되거나 수녀원에 들어간다는 생각을 여전히 했기 때문이다. 그래서 이른바 사람들이 말하는 '소문'들은 내게 아무 의미도 없었고 어떤 가치도 없었고 어떤 쓸모도 없었다.

데샤르트르는 세상을 실용적 측면에서 바라보지 않았다. 그의 지배 취향은 그로 하여금 자기 생각에 대한 어떤 구속도 용납하지 않았다.

오직 자기 생각만 옳다고 믿으며, 자기의 모든 생각에 오류가 없다고 확신하며 '다른 모든 사람의 생각을 쓰레기로 여겼다 … .'

오로지 할머니와 자기와 나만 빼고 말이다. 그도 나처럼 사람들의 비난을 아랑곳하지 않았으며 오히려 화를 냈다. 사람들이 내가 자기들처럼 행동하지 않는 것을 비난하면 그는 그 어리석은 사람들에게 격노激怒했다.

그의 삶이 좀 지루했다는 것도 말해야 할 것 같다. 그는 아주 다채로운 삶을 영위하며 살고 있었다. 하지만 할머니가 편찮으신 후부터 많은 것들을 생략할 수밖에 없었다. 그는 자기 돈으로 우리 집에서 10~12리외 정도 떨어진 곳에 작은 땅을 사들여 때로는 거기서 몇 주 동안 지내곤 했다. 아픈 할머니의 상태가 악화될까 두려워 더는 할머니를 일으키지도 못하면서 그는 자신의 활동적인 에너지들을 그저 숨 막히게 하고 있었다. 그리고 특히 그가 자기 인생에서는 결코 알 수 없었을 것을 알게 해 준 할머니와 친지들 간의 교류도 끊어져 버렸다. 그래서 그는 누군가에게 완전히 몰두해 그 누구에게도 줄 수 없는 애정과 사랑을 퍼부어야만 했다. 그래서 내가 그에게 하나의 신앙이 된 것이다. 어쩌면 할머니보다 더 큰 우상이 되었다. 왜냐하면, 그는 나를 자신의 작품으로 여겼으며 나를 자기 자신처럼 생각하고 나를 마치 자신의 지적 완벽성의 화신으로 생각하는 듯했으니까.

때로 정말 죽을 것 같은 때도 있었지만 나는 나와 논의하고 논쟁하길 원하는 그의 바람을 위해 나 혼자만의 연구에 몰두하고 싶은 많은 시간들을 기꺼이 포기했다. 그는 모든 것을 안다고 생각했지만 그것은 사실이 아니었다. 하지만 그는 많은 것을 알고 또 대단한 기억력을 가지고 있어서 지식을 논하는 데 있어 지루하지는 않았다. 단지 성격적으로 그는 대단히 피곤한 사람이었는데, 너무나 하늘을 찌르는 그의 자만심 때문이었다. 정말 눈살을 찌푸리게 하는 외모와 상상할 수 없을 정도로 젠체하는 언어를 쓰다 보니 때로는 농담처럼 아무 말이나 하고 싶은 때도 있었다. 그의 농담은 정말 썰렁했다. 하지만 내가 웃으면 그는 호탕하게 웃곤 했다. 어쨌든 그는 나를 걱정해 노심초사하면서도, 자신을 존경하지 않는 사람은 견디지 못해서 나의 반대의견이나 짓궂은 장난을 참지 못했다. 이 까다로운 개는 모든 사람을 물지만 집안의 아이에게만은 귀를 손에 잡힌 채 질질 끌려가는 충견忠犬이었다.

바로 이런 연유로 나는 아주 자연스럽게 라샤트르 마을의 남녀문제에 있어 끔찍한 소문의 주인공이 될 수밖에 없었다. 당시 그 지방의 어떤 여자도 하인의 엉덩이에 업힐망정 말을 타는 여자는 없었다. 복장도 남자아이들의 운동복을 입는 것도 받아들여지지 않았기에 아마존 복장에 둥근 모자는 정말 흉측하게 여겨졌다. 시체의 뼈를 공부하는 것은 신성모독이었고 사냥은 질서의 파괴였고 공부를 한다는 것도 혐오스러운 일이었다. 또 아버지의 친구였던 사람들의 아들들과 내가 친분을 유지하면서 어린 시절 친구로 지내고, 또 아주 가끔이긴 하지만 멍청한 소녀처럼 얼굴도 붉히지 않고 그들과 악수를 하곤 하는 일이 시골에서는 정말 몰염치고 타락이고 아무튼 모든 나쁜 행실이었다. 나의 종교 또한 험담과 비방의 표적이었다. 저렇게 이상한 행동을 하는 여자가 수녀가 되는 게 가능한 일일까? 그건 말도 안 되는 일이었다.

게다가 그들은 내게서 뭔가 악마적인 것을 찾아내곤 했다. 당시 나는 신비주의 학문에 빠져 있어서 한번은 성체배령을 하려는 것처럼 하면서 내 손수건에 희생제물을 싸서 가지고 간 적이 있었다. 그런데 사람들이 그것을 본 것이다! 또 나는 클라우디우스와 그 형제들과 만나 총으로 과녁 맞추기 놀이를 하곤 했다. 어떤 때는 말을 타고 성당에 들어간 적이 있었는데 신부님은 내가 주교단 주변을 어슬렁거릴 때 나를 쫓아내셨다. 바로 이 일 후부터 사람들은 미사에서 더는 나를 보지 않았으며 나도 모든 예배에 더는 참여하지 않았다.

나의 가엾은 시동侍童 앙드레에 대해서는 여러 말들을 했다. 그는 내 정부이자 시동으로 내가 입맛에 따라 사용한다는 것이다. 사람들은 그에게 나의 은밀한 행동들에 대해 실토하게 할 수는 없었지만 내가 밤에 데샤르트르와 공동묘지에 가서 시체들을 파내고, 결코 잠을 자지 않으며 1년 전부터 침대 속에 들어가지 않았다고 했다. 앙드레가 나와 다닐 때 항상 안장 밑에 넣고 다니는 총들과 우리를 따라다니는 큰 개 두 마리도 아주 수상한 거였다. 사람들은 우리가 총으로 시골 사람들을 쏘고 내 개 벨레다는 아이들을 물어 죽인다고 했다. 왜 아니겠는가? 나는 난폭한 사람으로 소문이 나서 부러진 팔과 쪼개진 머리를 보면 즐거워하는 여자였고, 피를 보는 걸 좋아해서 데샤르트르는 그럴 기회가 있을 때마다 나를 불러 즐겁게 했다고 했다.

좀 과장된 이야기라고 할 수도 있을 것이다. 글로 써진 것을 읽기 전에는 나 자신조차도 믿을 수 없는 사실이었다. 정말 시골 사람들만큼 어리석은 사람들도 없다. 그들은 소문을 즐기는 것 같았다. 막상 그런 정신 나간 소리들을 들었을 때 나는 그저 헛웃음을 지으며 그런 소리들이 후에 너무나 큰 고통이 될 거라는 생각은 조금도 하지 않았다.

나는 그 멍청한 사람들로부터 이미 약간의 박해를 당하고도 잘 이겨낸 적이 있었다. 할머니가 아주 건강하시던 어느 여름 날 나는 마을 축제에서 아무 생각 없이 부레 춤을 추고 있었다. 사람들은 나도 모르게 내게 어떤 위협을 가하고 있었지만 나는 까맣게 모르고 있었다. 사건의 전모는 이렇다.

나는 우리 집 근처에 사는 어떤 나이든 여자를 자주 보러 다녔다. 그녀에게 데려간 것은 역시 데샤르트르였다. 그는 그녀가 세상에서 가장 정직한 여자라고 했고 내 생각도 그랬다. 그 여자는 항상 지병을 앓고 있는 늙은 삼촌을 지극 정성으로 돌보고 밭일과 살림살이도 아주 열심히 헌신적으로 했기 때문이다. 나는 그녀가 네덜란드식으로 정결하게 정돈한 집 안을 좋아했고 그녀의 닭들과 그녀의 과수원 그리고 그녀가 나를 위해 방금 화덕에서 구워 꺼내주던 빵을 좋아했다. 나는 특히 그녀의 반듯하고 착한 성품과 삼촌에 대한 헌신, 그리고 실제 가정 일에 몰두하는 그녀의 현실적인 삶을 좋아했다. 그런 모습은 나를 희뿌연 망상에서 내려오게 했으며 진정으로 순수하고 좋은 것들의 매력이 어떤 것인지를 알게 해주었다.

어느 날 그녀에게 한 친척 자매가 찾아왔는데 그 자매도 아주 착한 여자였다. 그런데 마을 도덕군자들은 아주 나쁘게 생각하고 말했다. 나는 역시나 그 이유를 모르고 그저 시골 사람들이 늘 하는 쑥덕공론이라고만 생각했다. 그녀가 이 마을에 온 지 보름쯤 지나는 동안 나는 그녀를 몇 번 만났다. 그녀는 우리 마을 축제에 오겠다고 했고 정말로 왔고 나는 그녀와 친한 친구처럼 이야기를 나눴다.

그런데 이 일로 마을의 공분公憤을 샀고 사람들은 내가 예의범절을 깡그리 깔아뭉갰다고 했다. 이것은 마을의 모든 신사 숙녀들의 생각에 대한 모욕이라는 것이다. 나는 조금도 그렇게 생각지 않았다. 어떤 친한 사람이 내게 와서 경고했지만 마을 사람들이 그녀에 대해 욕하는 것이 한마디로 다 말도 안 되는 소리들이어서 나는 그녀에게 등을 돌리는 것은 비겁한 행동이라고 생각하고 그녀 가까이 가게 되면 항상 대화를 계속했다.

그런데 작업장을 갖고 돈도 꽤 많은 몇몇 똑똑한 부르주아 청년들이 내가 사람들을 비웃으려고 일부러 그런 행동을 한다고 억지를 부리며 내게 그들 나름의 모욕을 주기로 작당하였다. 그것은 내게 춤을 추자고 하지 않는 것이었다. 나는 그런 것을 전혀 알지 못하고 있었다. 우리 마을 사람들이 나를 초대했으니 관습에 따라 축제에 참가하기에 충분하다고만 생각했다.

그런데 나는 부르주아 청년들의 영예로운 초대를 받지 못하게 되는 상황에 처하게 된 것 같았다. 이쪽이나 저쪽이나 모두 멍청한 건 마찬가지였지만 말이다. 그런데 우리 마을 청년들은 거기에 가담하지 않았고 그중에는 내가 잘 모르는 사람들도 있었다. 특히 그중 이 일에 있어서 내가 한 번도 말을 걸어본 적이 없지만 나를 위해 기사도를 발휘했던 무두장이에 대해서는 늘 감사한 마음이다. 그는 주변 사람들을 모아 나를 방어해주어 나는 그들과 지칠 때까지 춤을 추었다. 나도 잘 모르는 청년들이 서둘러 나와 춤을 추려고 하는 것을 의아하게 생각했지만 말이다.

한편 데샤르트르는 주변을 험상궂은 표정으로 지키고 있었다. 이후 그는 내게 모든 것을 설명해주었고 나는 미리 말해주지 않은 것에 화를 냈다. 난투극을 벌일 빌미를 제공하느니 차라리 나는 그곳을 떠났어야만 했다. 하지만 그것은 데샤르트르의 방식이 아니었다. 병적으로 무슨 일인가 벌어지길 은근히 바라는 데샤르트르는 소리쳤다.

"싸움이라도 일어났으면 좋겠네요."

나로서는 저 멍청이들 중 누군가의 한 마디로 내가 데샤르트르의 팔다리를 부서뜨릴 수 있으면 좋겠다고 생각했다! 나는 말했다.

"그러면 선생님이 저들을 치료해야 할 거예요. 가뜩이나 돌볼 환자도 많으신 분이 말이지요."

데샤르트르는 공짜로 사람들을 치료해주어서 환자가 아주 많았다.

이 작은 일은 서로에게 별 큰 의미도 없었다. 하지만 이 일로 우리는 사람들 사이의 소문에 관해 이야기할 기회를 갖게 되었고 나는 처음으로 소문이란 것이 중요하다는 생각이 들었다.

모든 행동거지에 있어 모순적인 데샤르트르는 자기 행동에 심사숙고하는 사람이 아니었다. 그리고 자기가 하는 행동은 원칙적으로 다 존중받아야 한다고 생각했다. 나로 말할 것 같으면, 내 귀에는 여전히 신성한 하나님 말씀이 울리고 있었는데 무엇보다 "추문을 만들어내는 자에게 불행이 있을지니!"라는 말이 귓등을 떠나지 않았다. 그런데 문제는 어떤 것이 추문인지 정의 내려야 했다. 나는 선생님께 말했다.

"이것부터 생각해 보지요. 그다음 우리는 사람들 소문에 대해 정의 내릴 수 있을 테니까요."

데샤르트르는 말했다.

"사람들 생각이란 아주 불확실한 거지요. 별별 종류의 이야기들이 다 있어요. 예전 지혜로운 현인들의 생각이 있지만 현대에는 맞지 않지요. 신학자들의 생각은 영원한 논쟁거리지요. 세상 사람들의 생각은 그 나라 문화에 따라 다 다르고요. 무지한 자들의 생각을 우리는 '편견'이라 부르지요. 그리고 마지막으로 어리석은 자들의 생각은 완전히 무시해야 하지요. 스캔들이란 것은 별것 아니에요. 파렴치한 악이며 범죄이며 나쁜 행동이지요."

"파렴치한 악이라고요? 그럼 순수한 악이나 순수한 범죄도 있나요?"

"말하자면 그렇다는 거지요. 어쨌든 소문 때문에 부끄러움을 느끼거나 하는 것은 일반 대중의 생각을 존중하는 게 되는 거지요."

"그럴 수도 있겠네요! 그저 가볍게 어쩔 수 없이, 그러니까 별 생각 없이 악을 행하는 사람은 그것을 숨기려고 하지도 않지요. 신의 심판 같은 것을 잊을 수 있는 사람이라면 인간의 심판 같은 것을 무시한다고 해서 놀랄 것도 없겠지요. 그것은 하나의 광기일 뿐이에요. 하지만 아주 교묘하게 자신을 속이고 사람들 비난도 피할 줄 아는 사람은 더 끔찍하게 생각되어요. 그는 아주 의식적으로 하나님께 죄를 범하지요. 사람들께 비난을 받지 않기 위해 깊이 생각하니까요. 나는 그런 사람을 경멸해요!"

"맞아요. 그렇게 숨기는 것보다 더 나쁜 건 없지요."

"그런데 예를 들어 우리에게는 우리가 부끄러워야 할 어떤 악, 어떤 악한 성향이 없을까요?"

"절대로 없지요."

"그러면서 왜 사람들은 우리 주변의 일들을 그렇게 떠들어 대는 거지요?"

"그런 멍청한 말들은 아무 의미도 없어요. 하지만 이럴 때 우리 둘의 독립적인 생각을 극단으로 몰고 갈 필요는 없겠지요. 당신은 세상 속에서 살아야 하니까요. 만약 내 생각에 순수한 것이라 해도 주변에 상처를 주게 되면 단념해야겠지요."

"때에 따라 다르지요. 위대하신 스승님! 할머니는 저를 가르치실 때 나와 별 상관이 없는 일이 아니라면 세상 사는 방식을 따라야 한다고 늘 말씀하셨지요. 여기서 할머님의 세상 사는 방식이란 바로 사랑과 순종, 가족애 아니면 이웃에 대한 사랑을 말씀하시는 거였어요. 하지만 근본적으로 더 착한 것은 상대방이 나의 선함을 몰라주고 오해할 때 착한 사람으로 인정받으려는 것을 그만둘 수 있는 것이 아닐까요? 부모님이나 친구의 명예를 구하기 위해 내 명예쯤 희생할 수도 있는 거 아닐까요? 그의 생명을 구하기 위해 거짓말도 할 수 있지 않을까요? 대중들의 이런저런 생각에 짓눌린 불행한 사람을 돕기 위해 그에게 가하는 대중들의 지탄에 대해 함께 분노할 수도 있지요. 나는 미덕 중 최고의 미덕인 기독교적 자선을 베풀며 행하는 수천 가지의 의무적인 행위들이 세상에 스캔들을 일으킬 수 있다는 것을 알았지요.

그러니까 예수님이 '누구든지 나를 믿는 자녀 중 하나라도 실족케 하면 그는 목에 맷돌을 달고 바닷속으로 몸을 던지는 것이 나으리라.' 라고 말씀하실 때 예수님은 악이 무엇인가에 대해 말하고 싶어 하신 거지요. 그리고 예수님은 자신의 교리와 완전히 일치하는 절대적 방식으로 그것을 이해하셨지요. 예수님은 죄지은 여자에 대해 이렇게 말씀하셨어요. '누구든지 죄 없는 자가 처음 돌을 던지라'. 그리고 제자들에 대한 예수님의 가르침은 이렇게 요약될 수 있지요. '내 말을 믿지 않는 사람들이 하는 모든 모욕과 비난과 비방과 모든 종류의 박해를 견디라'는 뜻으로. 그러니까 세상 사람들이 말하는 스캔들은 항상 스캔들도 아니며 대중들의 여론이란 것도 시간과 장소와 사람에 따라 달라지는 허망한 거지요."

"물론, 당연하지요. '여기서 진실이 저기서는 거짓이다.'라는 말도 있지요. 하지만 좋은 시민은 그가 사는 사회의 관습을 존중해야겠지요. 사회란 지혜로운 자와 미친 자, 능력 있는 자와 어리석은 자가 섞여 있지요. 하지만 선택은 어렵지 않아요!"

"그렇다면 두 개의 의견이 있는 건가요?"

"네, 맞느냐, 틀리느냐 이것이 모든 생각의 어머니지요."

"그렇다면 어느 것도 맞는 것은 없는 거네요."

"무슨 또 궤변을!"

"정통 교회와 똑같은 거지요. 스승님! 오직 하나 아니면 없는 거지요. 선생님은 운명적으로 내가 속한 사회를 존중하라고 하시지요. 그게 바로 모순이라는 거예요! 만약 그 사회가 잘못된 사회라면 나는 존중하지 않을 거예요. 미리 말해 두지만 말이에요."

"또 잘못된 논리를 펴는군요! 내가 논리적으로 생각하는 법을 가르쳤는데 너무 극단으로 나가 처음에 옳았던 것이 결국, 틀린 방향으로 나가고 있네요. 세상은 그렇게 완벽하지는 않지만 나름의 권위를 가지고 있지요. 그리고 어떤 경우라도 그 권위를 인정해야만 해요. 자기의 대단한 생각이 추문이 될 수도 있지요."

"그럼 자기 생각을 버려야 한다는 건가요?"

"아니! 신중하게 하라는 말이지요. 선을 위해 때로는 자기 생각을 숨길 수도 있어요. 격언에서는 '너 자신을 숨기는 것은 결국, 악을 행하는 것이다'라고 말하지만 말이에요."

"아, 세상에나 스승님! '신중하라'는 단어를 말씀하시네요. 그건 다른 얘기지요. 그것은 선, 악, 스캔들, 대중들의 여론과는 아무 상관 없는 말이에요. 인간사에서 모든 것은 모호하지요. 신중해야 한다니요! 저는 선생님께 신중함이란 개인적인 선호이며 특권이라고 말하겠어요. 하지만 내면의 양심만이 유일한 판단이며 사회에 적합한 판단 같은 것은 알지 못하는 저로서는 신중함으로부터 완전히 자유롭다고 생각해요. 만약 제가 모든 위험하고 힘든 의무에 행해지는 비난과 박해를 기꺼이 견딜 수 있다면 말이지요."

"너무 자신의 힘을 과신하는 것 같네요. 생각하는 것처럼 인생이 그렇게 쉽지 않지요. 큰 불행을 당할 수도 있어요."

"내게 무슨 대단한 능력이 있다고 생각하지는 않지만 대단히 힘든 노력을 해야 한다고 생각해요. 그리고 그전에 미리 일을 쉽게 하기 위해 고심해야겠지요. 나는 아주 간단한 해결책을 생각하고 있어요."

"뭘까요!"

"지금부터, 그러니까 세상사가 얼마나 변덕스러운가에 눈을 뜬 바로 오늘부터, 이른바 세상, 곧 사교계와 결별하는 거지요. 수녀원이나 여기 노앙에서 선행을 베풀며 은둔생활을 하며 사는 거예요. 다른 사람들 생각 같은 것은 묻지 말고요. 사람들과의 친분 같은 것도 맺지 말고 오로지 하나님과 몇몇의 친구들과 나 자신만을 생각하며 사는 거지요. 그게 다예요. 어려울 게 없지요! 할머니도 마지막 반평생을 그렇게 사시지 않았나요?"

그리고 내가 내 인생을 어떻게 살 것인가에 대한 결정을 최대한 늦추겠다고 했을 때, 그러니까 결혼을 할 것인가 수녀가 될 것인가 데샤르트르 선생님과 조용히 노앙에 남아 학문을 할 것인가를 스물다섯이나 서른쯤 되었을 때 결정하겠다고 했을 때 그는 별다른 반대를 하지 않았다. 그런 나의 바람이 그의 마음에도 들었을 테니 말이다. 상상력 같은 건 없는 사람이었지만 어쨌든 그는 나의 공상空想을 도왔고 마침내 선생님은 자신이 가르친 보람으로 내가 자신보다 더 나은 제자가 되었다고 믿는 것 같았다.

선생님과의 대화는 늘 나의 결론으로 끝이 났다. 그가 나보다 더 큰 열정을 가진 분야에서까지 그랬다. 그의 자기애적인 모순들을 꼬집으며 나는 그가 적어도 감정적 측면에서는 나와 별반 다르지 않다고 생각했다. 단지 나는 그보다 더 젊어 늘 에너지가 넘쳤지만 나이도 더 많고 늘 물질적인 걱정거리로 둔감해졌던 그는 가끔 다시 분발해야 할 필요가 있었다. 그는 선보다는 지식을, 열정보다는 이성을 더 좋아한다고 했지만 그 영혼 깊은 곳에는 나도 범접할 수 없는 어떤 도덕적 선함이 있었다. 또 양심적 의무에 따를 의지가 있어서 그는 매 순간 자신의 개인적 이익 같은 것은 즉시 포기할 수 있었다.

우리가 한두 주 동안 나눈 대화들에 대해 방금 내가 한 설명은 지금 다시 생각해 봐도 여전하다. 나는 살면서 학문에 진전을 이루고 머리가 깨어 가면서 몇 번 생각을 바꾸기도 했고, 직접적인 많은 경험으로 작든 크든 의무에 대한 문제들도 여러 번 생각해 봤지만 본질적인 것에 내린 철학적 결론은 변하지 않았다. 수녀원에서 아직 믿음이 적을 때, 그러니까 제대로 판단할 수 없을 때 나는 내가 프레모르 신부님이나 앨리시아 수녀님보다 더 논리적이라고 생각했었다. 나는 반쪽 신자가 되고 싶지 않았고 모래알만큼이라도 문제에 봉착하면 끝을 봐야만 했다. 어린애에게는 불가능이란 있을 수 없어서 나는 불가능한 것을 시도했다. 나는 인간에게 존재하지도 않고 비밀스럽게 감추어져 있을 절대적인 것을 믿었다. 나의 믿음이 확고해지고 내 본성에 따라 그것을 좀 더 정화할 수 있다는 확신이 들자마자 나는 더는 의심하지 않았고 내 결정을 번복하지도 않았다. 이것은 성격 탓이 아니라 그저 다시는 의심이 들지 않았기 때문이다.

당시 데샤르트르 선생님 아니면 프레모르 신부님과 함께 혹은 나 혼자서 중요한 많은 문제를 내 안에서 단번에 해결했다. 하지만 여전히 많은 문제가 남아 있었는데 그중 사랑과 결혼에 대한 문제는 여전히 미지의 영역이었다. 당시 아직 나는 그런 문제에 빠져들 때가 아니었던 것 같다. 도대체 그런 쪽으로는 마음속에 어떤 감흥도 일어나지 않았으니 말이다.

드디어 어떤 확신을 하게 된 그 정신적 만족감과 기쁨으로 나는 마치 스스로 세기의 지식을 발견해 낸 어린아이처럼 우습게 으스대고 있었다. 하지만 오늘날 많은 인생 경험을 한 후에, 그렇게 용감하게 진정한 신앙을 죽이는 헛된 제식들에 대한 가식적 의무들과 헛된 생각들을 경멸했던 것이 정말 옳았던가를 나 자신에게 조용히 자문해

봐도 그때 내 생각은 틀리지 않았던 것 같다. 지금 다시 시작한다 해
도 그때보다 더 잘할 수는 없을 듯싶다.

6. 성스러운 방

보다시피 이렇게 사소한 상황들이 내게 문제들을 일으키고 있었다. 이런 일들은 모두가 겪는 일이고 그리 특별하게 자기만의 문제로 생각할 필요가 없다고들 말하지만, 실제 겪게 되면 문제가 달라진다. 잘못된 행동을 한 사람 곁에 지혜롭고 도덕적으로 그를 지도해주는 사람이 있을 때 만약 지도자와 대립하게 되는 경우라도 그가 올바른 생각을 가진 사람이라면 지도자의 의견을 수용할 수도 있다. 하지만 만약 상대가 올바르지 못한 멍청이라면 그는 자기 생각을 양보하지 않을 것이다. 그리고 그는 하나님과 자기 사이에 자신의 마음을 합법적이고 절대적으로 통제할 수 있는 것은 그 어디에도 없다는 걸 깨닫게 될 것이다. 이런 진실에 대한 확신은 모든 것에 영향을 미쳐 양심의 자유라는 침해할 수 없는 권리가 된다. 예수회 신도들은 의지에 따른 행동을 높이 평가하며 이런 원칙을 고수하지만 아마도 그들은 그것으로 인해 그들 밖에서 야기되는 결과에 대해서는 알지 못하는 것 같다.

그래서 마을 축제 동안 일어난 작은 사건은 얼마 후 내게 닥친 괴상하고 웃기는 스캔들의 서막에 불과했다. 그 일은 점점 더 크게 증폭되어 갔기 때문이다. 아마도 내가 그 일을 무시한 게 라샤트르의 선량한 시골 사람들의 분노를 자아낸 것 같았다. 나의 독립적 성향(그들이 겉으로만 보기에 그렇게 보일 테니까)은 그들 지방의 관습에 따르자면 하나의 모욕과 같았다.

전에 내가 라샤트르의 지식인 수가 그곳 인구와 비교하면 놀랄 정도로 많다는 이야기는 했었다. 이것은 사실이었다. 하지만 그 어디나 좋은 지식인은 예외이다. 큰 도시에서조차 말이다. 더욱이 작은 시골에서는 숫자가 많은 것이 곧 법이 된다. 마치 양들이 무리들에게 밀려 모두 같은 방향으로 코를 들이밀고 있는 것처럼 시골에서는 딴생각이 있는 사람들을 본능적으로 혐오한다. 자기들과 다른 생각은 우리 안을 뒤집어엎기 위해 입 벌리고 들어온 늑대처럼 여겼다.

내 친구들, 가족과의 우정 어린 관계는 그런 것을 개의치 않았고 난 평생토록 그들과 좋은 관계를 맺고 있었다.

모두가 보는 방식으로 보지 않겠다는 나의 의지는 그런 대중들의 분노로 더 강해지고 더 아름답게 생각됐다. 나는 그런 생각을 하며 아주 큰 마음의 평정을 느껴서 오히려 그런 생각을 하게 해준 멍청한 사람들에게 감사할 지경이었다.

가을이 오자 가엾은 할머니는 조금 회복하셨던 기력마저 잃고 방금 한 일도 기억을 못 하시고 시간이 흐르는 것도, 하고 싶은 게 뭔지도 모르셨다. 할머니는 항상 졸고 계셨지만 깊은 잠을 자지는 않으셨다. 하녀 두 사람이 밤이나 낮이나 곁을 지켰는데 데샤르트르와 쥘리와 나는 밤낮으로 돌아가며 그들을 살피거나 도왔다. 이런 피곤한 일을 하는 데 있어 쥘리는 그녀 자신도 매우 아프면서도 정말 참을성 많고 용감했다. 가엾은 할머니는 그녀를 결코 쉬도록 내버려 두지 않았다. 다른 사람보다 그녀에게 더 요구하는 게 많아서 툭하면 그녀를 혼내거나 야단치기 일쑤였다. 그러면 쥘리는 어쩔 수 없이 우리를 불러 일일이 다 들어줄 수 없는 할머니의 변덕을 조용히 포기시켜야만 했다.

할머니도 돌보고 내 건강을 위해 꼭 필요한 산책도 하고 공부도 해야 한다는 생각에 매일 4시간씩 자는 게 충분치 않다고 생각해서 나는 이틀에 하루씩을 잤다. 그게 좋은 방법이었는지는 모르겠지만 그것은 곧 나의 습관이 되었고 매일 조금밖에 못 자는 것보다는 덜 피곤하게 느껴졌다. 때때로 할머니는 내가 한참 단잠에 빠져 있는 새벽 2시에 나를 불러서는 정말 지금이 사람들이 말하는 새벽 2시인지 알고 싶어 하셨다. 할머니는 나를 볼 때만 안심하셨다. 결국, 사실을 확인하시고는 가서 자라고 자애롭게 말씀하셨지만 15분 뒤에 분명히 다시 깨울 것이기 때문에 나는 할머니 옆에서 책을 읽기로 하고 밤잠을 포기하곤 했다.

그런 힘든 생활은 내 건강을 심하게 해치지는 않았다. 젊음이란 변화에 금방 적응하니까 말이다. 하지만 나의 정신은 깊이 병들고 있었다. 생각은 우울해지고 점점 더 멜랑콜리한 아이가 되어 가는데 이겨 내고 싶은 욕망조차 없었다.

데샤르트르 선생님이 너무 노심초사할까 봐 나는 이런 병적인 상태를 숨기기로 했다. 그런 침묵 속에서 병은 더 깊어 갔다. 나는 《기독교의 정수》에 들어 있는 소설 〈르네〉를 아직 읽지 않고 있었다. 나중에 책을 사서 읽으려고 했는데 신부님께 빨리 책을 갖다 드려야 해서 결국 〈르네〉를 읽었고 큰 감동을 받았다. 주인공 르네가 나인 것만 같았다. 비록 실제 삶에서 그와 같은 두려움을 느끼지도 않았고, 또 그에게 자괴감과 실망만을 안겨 준 어떤 열정에 사로잡혀 있지도 않았지만 나 또한 삶에 대한 혐오감으로 짓눌려 있었고 그것은 모든 인간사에 허무감을 느끼기 충분한 동기였다. 나는 이미 환자였고 마치 의학 서적에서 자신의 병이 무엇인지 찾고 있는 사람 같았다. 나는 상상 속에서 우울한 소설 속에 묘사된 모든 영혼의 병에 걸려 버린 것 같았다.

동시에 전혀 몰랐던 바이런도 다가와 내 가엾은 머리를 크게 강타했다. 그보다는 덜 강력하고 또 덜 우울하긴 했지만 멜랑콜리의 시인들인 질베르, 밀부아, 영, 페트라르카 같은 시인들이 주었던 열정도 사라져 버렸다. 셰익스피어의 햄릿과 제이퀴스는 나를 끝장내 버렸다. 인간의 영원한 고통에 대한 그 모든 외침들은 모럴리스트들이 처음 느끼게 했던 삶에 대한 회의에 종지부를 찍었다.

나는 단지 삶의 일부분만을 경험해 놓고 그 나머지 삶을 두려워하고 있었다. 이미 겪은 괴로운 과거는 미래에 대한 공포 혹은 증오로 다가왔다. 인간을 저주하기에는 하나님을 향한 신앙심이 깊었기 때문에 나는 인간은 원래 선하다고 생각하면서 비난의 화살을 사회에 돌렸다. 그리고 사회는 개인적 행위를 결코 배려하지 않는 집단일 뿐이라는 루소의 역설을 받아들였다.

이런 이상한 궤변론자가 되면서 내린 결론은 고립된 은둔생활만이 양심의 평온을 지킬 수 있는 유일한 해결책이라는 것이었다. 그래서 당시 나는 자유로부터 제르송의 가톨릭적 금욕주의로, 삶의 허무함이 두려워 다시 악순환으로 돌아온 것 같았다.

오직 제르송만이 고행자들에게 지고至高한 행복을 약속해주었다. 그리고 시인들과 모럴리스트들은 오직 절망만을 주었다. 자기만의 좁은 생각 속에서 항상 논리적인 제르송은 오직 나의 구원을 위해 이웃을 사랑하라고 충고했다. 다시 말해 그 말은 그들을 결코 사랑하지 말라는 거였다. 나는 사람들이 예수님을 더 잘 이해하고 이웃을 문자 그대로 자기 자신보다 더 사랑하라고 하는 것을 안다. 하지만 바로 그 때문에 우리는 얼마든지 피할 수도 있는 죄를 짓고 있는 그들을 영원히 고통스럽게 봐야 하고 또 그들에게 믿음을 가지게 할 수 있다는 희망을 버리지 못해 늘 쓰디쓴 후회를 하게 되는 것이다.

나는 삶을 포기하기로 했다. 수녀원에 들어가려는 꿈은 혼자 자유롭게 은둔생활을 하려는 생각으로 이어졌다. 숲속에서 외로이 말이다. 나도 르네처럼 살아보기도 전에 가슴이 죽어 버린 것 같았고, 루소와 라브뤼예르와 또 작품 〈염세주의자〉로 나의 인생관을 바꾼 몰리에르, 또 지금껏 살아왔고 느끼고 생각하고 글을 쓴 모든 사람의 눈을 통해 인간의 어리석음과 사악함을 알게 되었다. 나는 인간 중에 누구건, 나처럼 이 거짓되고 방황하는 세상과 결별하고 미개인과 같은 삶을 사는 사람 말고는 누구도 사랑할 수 없었다.

만약 똑똑하고 아는 것도 많고 인간사에 대한 회의도 많았던 클라우디우스가 나처럼 종교적인 이상을 가지고 있었다면 아마도 나는 그를 많이 생각했을 것이다. 이 문제에 대한 질문을 위해서라도 여러 번 그를 생각하긴 했었다. 하지만 그는 나와는 정반대로 아주 빠르게 신을 부정하는 결론에 이르러 거기서부터 문제를 풀어 나가야 한다고 말했다. 이것은 우리 사이에 깊은 심연을 파 놓았으며 편지로 주고받던 우리의 우정도 얼어붙어 버렸다. 나는 그가 좀 더 많이 알게 되면 눈을 뜰 거라고 생각하는 것 외에는 그를 용서할 수 없었다.

하지만 그런 일은 일어나지 않았다. 이후 우리는 좀 더 친해졌지만, 그의 무신론으로 인해 내가 받은 내면의 상처는 사라지지 않았다. 내가 그런 심각한 문제에 더는 집착하지 않게 된 후에도 말이다. 그의 무신론은 그가 성숙한 후에는 놀랄 정도로 부도덕한 논리로 발전하게 되었고 우리는 그가 정말로 그 논리를 믿는 것인지 아니면 그저 우리를 놀리려고 그런 건지 자문하곤 했다. 때로는 그가 지독하게 악한 행동에 사로잡혀 나를 너무 무섭게 해서 나는 그를 더는 보지 않고 예전 우정으로 돌아가는 것도 거부하기도 했다. 하지만 그의 그런 존재 양상을 왜 설명해야 할까? 살아 있는 동안 크게 벌어진 깊은 심연을 남겨 놓을 정도로 대단했던 사람이 아니라면 굳이 죽은 사람의 재를 건드릴 필요가 있을까?

결국, 나는 나 스스로 17살에 사람들과의 관계를 끊고 고독 속으로 칩거했다. 영주나 유산이 주는 살인적인 중압감이나 규칙에 대한 논쟁들, 물질적이고 교육적인 차원에서의 특권, 계급과 도덕적 엄격함에 대한 편견, 세상 사람들의 유치한 한가로움, 물질적 이득을 당연시하는 부자들의 무심함, 이른바 기독교 사회라 불리는 사회에서 볼 때 이단적으로만 보이는 제도며 관습들, 이 모든 것이 정말 견딜 수가 없어서 나는 저항했고 영적으로 이 세기에 대항했다.

나는 진보에29 대한 개념이 없었는데 당시 그것은 아직 유행하기

---

29 〔역주〕 19세기에 '진보'라는 어휘는 왕정이나 귀족들에 의한 정치를 반대하고 모든 인간이 평등한 공화주의에 찬성하는 것을 의미했다.

전이었고 독서를 통해서도 배우지 못했다. 그래서 내 고민의 탈출구가 보이지 않았고 좁고 어두운 가운데 칩거하며 약속된 미래를 위해 뭔가를 해야겠다는 생각은 아직 하지도 못하고 있었다.

나의 멜랑콜리는 결국, 슬픔으로 변했다. 그리고 슬픔은 고통이 되었다. 그래서 삶에 구역질을 내고 죽음을 갈망했다. 둘은 한 걸음 차이였다. 집 안에서 내 상황은 너무나 우울했다. 스트레스와의 계속된 싸움으로 너무 괴로워서 육체는 안정적이지 못했고 머리는 내 나이에 비해 너무 조숙한 생각들과 너무 조숙한 책들로 지쳐 있었다. 그래서 나는 정말 심각한 정신적 병을 앓게 되었는데 바로 자살 충동이었다.

이런 절망적인 결론을 단지 대가들의 글과 진실에 대한 갈망 탓으로만 돌릴 수는 없을 것이다. 만약 내가 좀 더 행복한 가정에서 자라나고 건강도 좀 더 좋았다면, 나는 책을 잘 이해하지 못했거나 아니면 그 책들에서 그렇게 큰 영향을 받지 않았을 것이다. 내 나이의 보통 아이들처럼 나도 외적인 것에만 관심을 두고 내면적인 성찰에 크게 마음 두지 않았을 것이다. 그러므로 철학자들, 더욱이 시인들이 우리의 이 병에 죄의식을 가질 필요는 없다. 단지 우리가 그들이 파 놓은 샘의 물을 너무 절제 없이 마셨을 뿐이니까. 내 생각에는 그들이 아니라 내가 나 자신으로부터 스스로를 좀 더 보호해야 했으며 좀 더 신앙에 의지했어야 했다.

나는 기독교인들이 은총이라고 부르는 것을 믿는다. 이 은총은 연약한 우리를 위해 끝없이 하나님의 약속들을 목이 터져라 불러댈 때 우리에게 임하여 우리를 변화시키는 어떤 것을 일컬을 수도 있고 우리를 구원하는 어떤 것일 수도 있다. 또 우리가 하는 기도 혹은 영혼이 충만한 상태를 은총을 바라는 우리의 갈망이라고 말할 수 있을지 모르지만 분명한 것은, 은총이란 영혼이 종교적으로 높이 고양된 상태 속에서 느끼는 충만감을 말하는 것이다. 나는 너무나 분명하게 항상 그것을 경험했기 때문에 지금 글로 그것을 표현한다는 것이 불경不敬한 일처럼 생각된다. 하늘에 비나 태양을, 그러니까 사과 열매나 가문의 명예를 갈구하는 신자들처럼 혹은 우박이나 번개나 병이나 죽음을 피하길 간구하는 신도들처럼 기도하는 것은 순수한 우상 숭배이다. 하지만 용기와 지혜와 사랑을 구함은 하나님의 변치 않는 율법을 모독하는 것이 아니며, 그 구함은 만약 우리를 따뜻하게 할 수 없다면 결코 이끌리지 않을 아궁이에서 건져내는 것과 같은 것이다.

그래서 나는 기도를 통해 자살의 유혹에 저항할 힘을 얻을 수 있었다. 그 충동은 때로 너무나 강렬하고 갑작스럽고 이상하게 찾아와 나를 공격하는 정신병 같기도 했다. 그것은 마치 고정관념처럼 매 순간 나를 편집광적 상태에 빠뜨렸다. 특히 나를 신비한 마력으로 유혹하는 것은 물이었다. 그래서 더는 강가를 산책할 수 없었는데, 나는 경치 좋은 장소를 찾는 것이 아니라 그저 기계적으로 깊은 곳을 찾아 하염없이 걸었다. 그리곤 강가에 멈춰 서서 마치 사랑하는 뭔가에 이끌리는 것처럼 머릿속은 어떤 쾌감으로 떨리며 이렇게 속삭였다.

"아, 얼마나 쉬운지! 한 발만 내디디면 되는구나!"

우선 이런 이상한 기분은 묘한 매력을 가지고 있었다. 나는 나 자신을 믿으며 그것과 씨름하지 않았지만, 그것은 나를 두렵게 할 정도로 강렬했다. 나는 그만두려 해도 강가를 떠날 수 없었고 나에게 계속 "죽을까, 말까?" 묻고 있었다. 너무나 자주, 또 너무나 오랫동안 생각한 끝에 결국 나는 "죽자."라는 결론과 함께 나를 유혹하는 저 맑은 물 깊은 곳으로 위험스럽게 나를 던질 뻔하기도 했다.

하지만 내가 믿는 종교는 자살을 죄로 여겼다. 그래서 나는 이 환각적 위협을 이겨냈다. 나는 물 가까이 가지 않았다. 뭐라고 표현해야 할지 모르겠지만 그런 이상한 환각 현상은 너무나 분명해서 우물에만 가까이 가도 몸을 떨며 반대 방향을 향했다.

그런데 데샤르트르와 환자를 보러 가며 그 병이 나은 것 같다. 우리 둘은 앵드르강 가를 말을 타고 가고 있었다. 그는 나의 편집증 같은 건 알지도 못하면서 내게 말했다.

"조심하세요. 내 뒤를 따라와요. 물길이 너무 위험해요. 오른쪽으로 두 걸음만 가도 깊이가 20피트나 되지요."

나는 갑자기 나를 믿지 못하고 이렇게 말했다.

"그럼 나는 건너지 않겠어요. 혼자 가세요. 난 돌아서 갈게요. 물레방앗간 다리에서 만나요."

데샤르트르는 빈정거리며 말했다.

"언제부터 그런 겁쟁이가 됐지요? 그건 말도 안 돼요. 우리는 더 힘든 곳도 백 번도 더 넘게 다녔는데 그 생각은 못 하는군요. 자! 자! 시간이 없어요. 할머니께 저녁을 드리려면 5시까지 돌아가야 해요."

사실 내가 생각해도 웃기기 때문에 나는 그를 따랐다. 하지만 중간쯤 갔을 때 죽음의 현기증이 나를 덮쳤고 가슴이 쿵쾅대면서 앞이 잘 보이지 않았고 그 운명의 "죽자!"라는 소리가 내 귓속에서 으르렁거렸다. 그래서 나는 급하게 말을 오른쪽으로 몰았고 깊은 물속에 빠지게 되었다. 머릿속은 야비한 웃음과 행복한 환각으로 가득했다.

만약 콜레트가 세상 최고의 말이 아니었다면 이번에는 정말 죄짓지 않고 생을 마감할 수 있었을 것이다. 고의적으로 한 것이 아니니 말이다. 하지만 콜레트는 물에 빠지는 대신 조용히 헤엄치기 시작했고 나를 강가 쪽으로 데려갔다. 데샤르트르의 고함소리가 나를 깨웠고 벌써 그는 내 쪽으로 몸을 던지고 있었다. 나는 말도 잘 타지 못하고 모든 것이 서투른 그가 곧 익사할 것 같았다. 나는 그에게 가만있으라고 소리치고 내 걱정은 하지 말라고 했다. 헤엄치는 말을 붙잡고 있기는 쉽지 않았다. 물에서는 떠오르지만 나의 무게가 매번 말을 물속으로 밀어 넣었기 때문이다. 하지만 나는 아주 가벼웠고 콜레트는 너무나 용기 있고 용감했다. 가장 힘든 것은 강가에 닿는 거였다. 강가는 너무나 가팔랐다. 침착한 데샤르트르에게조차 너무나 두려운 순간이었다. 하지만 그는 정신을 잃지 않고 나에게 내 옆에 있는 버드나무 가지를 잡고 말을 포기하라고 소리쳤다. 그래서 나는 그렇게 말에서 벗어나 안전한 곳으로 갈 수 있었다.

하지만 경사지를 넘으려는 가엾은 콜레트의 절망적인 몸짓을 보자 나는 방금 전 죽을 뻔했던 모든 상황을 잊어버리고 내 말이 불쌍해 죽을 것만 같았다. 그래서 나는 다시 물로 뛰어들어 말을 도우려 했지만 전혀 도움이 되지 못할 것은 분명했다. 그때 데샤르트르가 와서 나를 끌고 갔고 콜레트는 영특하게도 얕은 곳을 통해 다른 말이 있는 곳까지 돌아왔다.

데샤르트르는 동화 속에 나오는 선생님과 달랐다. 동화 속 선생님들은 종종 아이를 구하려고 하기 전에 훈계를 하지만 아이를 구한 후에 하는 훈계도 그 못지않게 무서웠다. 걱정과 불안 때문에 그는 문자 그대로 격노했고 나를 짐승이니, 사나운 야수니 하며 되는대로 말을 뱉었다. 하지만 그가 백지장 같은 얼굴로 굵은 눈물을 흘렸기 때문에 나는 별다른 대꾸 없이 그를 안아주었다. 하지만 돌아오는 내내 말을 계속했기 때문에 결국, 그에게 모든 것을 말하기로 했다. 마치 내가 사로잡힌 그 설명할 수 없는 환각에 대해 의사에게 문의하듯 말이다.

나는 데샤르트르가 내 말을 잘 이해하지 못할 줄 알았다. 나도 내가 하는 말을 잘 이해할 수 없었으니까. 하지만 그는 놀라지 않고 이렇게 소리쳤다.

"아! 하나님! 역시나 그랬군요! 그건 유전遺傳이에요!"

그는 내게 아버지도 그런 증상을 겪었다고 했다. 그리고 좋은 습관과 신앙심으로 이겨내자고 했는데 그 단어는 좀처럼 그의 입에서 나오기 힘든 단어였고 그런 소망을 듣는 것은 처음이었다.

무의식적으로 계속 내 안에서 싸우고 있는 나의 이 자살自殺병에 대해서는 더 논쟁할 필요가 없지만 이 기회에 자살이라는 것에 대해 좀 더 얘기해 보고 싶다.

고의로 그리고 자기 스스로 택한 자살은 보통 비신앙적이고 비겁하다는 말에는 별 이의가 없다. 바로 나 같은 경우 말이다. 하지만 그것이 다른 도덕적 규칙보다 더 절대적이라고는 생각되지 않는다. 종교적으로 보자면 모든 순교자들은 자살자들이다. 하나님이 절대적으로 인간이 서원誓願을 깨건 불명예를 뒤집어쓰건 자기가 부여한 생명을 간직하길 원한다면 영웅이나 기독교 성자들은 차라리 우상을 받아들이는 척하면서 고통을 피하고 짐승에 먹히지 말아야 할 것이다. 이런 신성한 죽음을 너무나 갈구한 나머지 불 속으로 처넣기 전에 노래하며 불 속으로 들어간 순교자들이 있다. 그러니까 종교는 자살을 이상적인 것으로 인정한 것이고 교회는 그것을 신성하게 취급하는 것이다. 교회는 순교자를 시성諡聖한다기보다는 너무나 믿음이 충만한 가운데 스스로 자살한 성자들을 시성하는 것이다.

사회적 관점에서 볼 때 자살은 (애국적인 영웅의 죽음은 제외한다. 그런 죽음은 기독교의 순교자와 마찬가지로 영광스러운 자살이다.) 다른 사람들에 의해 암묵적으로 강요되는 것은 아닐까? 혹 인간 말종을 위한 것이라고 해도 다른 사람들을 구하기 위해 자신의 목숨을 희생하는 것은 의심할 여지없는 의무이다. 게다가 사회가 그것을 명령한 것은 아니라고 해도 자신의 실추된 명예를 회복하기 위한 죽음은 사회가 인정한 거라고 할 수 있지 않을까? 우리는 어떤 치욕스러운 일을 보면 본능적으로 이런 말을 뱉기 마련이다.

"저러고도 어떻게 살지?"

죄를 지은 후 자살한 사람들을 우리는 거의 당연하게 생각하지 않는가? 다른 사람에게 큰 잘못을 저지르고 그것을 만회할 길이 없어 자살한 경우라면 일종의 명예회복이 아닐까? 돈을 맡긴 사람들은 파산시켜 놓고 자신만 살아남은 은행가라면 정말 씻을 수 없는 오점으로 더러워진 사람이다. 이런 경우 오직 자살만이 그 사람의 정직함과 진실을 증명할 수 있을 것이다. 이런 경우들은 좀 과장된 것이라고 할수 있지만 명예의 문제이다. 그런데 이런 식으로 자신을 단죄하는 것을 세상은 스캔들로 여길까? 세상은, 사회에 뿌리박힌 정신은 그렇게 생각하지 않는다. 왜냐하면, 그가 용서를 구한 이 방식을 잘못된 행실을 고치는 하나의 예이며 대중의 도덕심을 고쳐시키기 위한 명예로운 행위로 간주하기 때문이다.

데샤르트르도 내 말에 동의했다. 하지만 내가 좀 더 나가자 당황한 기색이었다.

"그렇다면 진실과 아름다움만을 추구하는 영혼이 자기 안에서 운명적으로 피할 수 없는 악한 본성을 만나 그 악에 빠져 아무리 뉘우치고 결심을 해도 앞으로 다시 악에 빠지지 않겠다는 대답을 할 수 없을 때가 있지요. 그래서 자신을 혐오하고 구역질을 내고 경멸하게 되면서 죽음을 갈망할 뿐 아니라 자신을 나쁜 악에서 구할 수 있는 유일한 방식으로 죽음을 찾게 되지요."

데샤르트르는 말했다.

"오! 진정해요. 지금 운명론자처럼 말하는군요. 그런데 크리스천이라면서 자유의지는 어떻게 된 거지요?"

나는 대답했다.

"지금에서야 말인데, 나는 그게 너무 의심스러워요. 그리고 이런 의혹은 설명하는 것보다 더 고통스럽지요. 선생님의 반박을 듣고 싶지도 않아요. 하지만 방금 일어난 일을 보면 양심이니 의지니 하는 것과 전혀 상관없이, 또 하나님의 간섭 없이 완전히 육체적 현상에 의해 육체적 죽음에 이를 수 있지 않나요?"

선생님은 말했다.

"그러니까 육체적 본능으로 육체적 죽음을 찾듯이 정신적 본능도 우리를 정신적 죽음에 이를 수 있게 한다는 건가요? 하지만 이것은 잘못된 거지요. 정신적 본능은 육체적 본능보다 더 중요한 거지요. 육체는 이성적이지 않아요. 하지만 이성은 자신을 마비시키고 집어삼키는 잘못된 육체뿐 아니라 정신적인 악에도 무한한 힘을 가지고 있지요. 정신적인 악은 이성에 저항할 수 없어요. 그러니까 악을 저지르는 사람은 이성이 없는 사람이지요. 그러니 이성을 강화시켜요. 그러면 그것을 위험하게 하는 모든 위험으로부터 피할 수 있으니까. 또 유전이나 정신병도 극복할 수 있어요. 적어도 정신적이고 육체적인 단련을 통해 미리 예견할 수 있지요."

이번에는 내가 데샤르트르의 말을 온전히 받아들였다. 하지만 얼마 후 이 문제에 대해 또 다른 의혹들과 고뇌가 찾아왔다. 나는 건강한 정신은 자유의지를 가지고 있다고 생각했다. 하지만 우리도 어쩔 수 없는 환경에 구속되어 의지로 그것과 싸운다는 것은 헛된 것이란 생각이 들었다. 죽고 싶은 유혹에 사로잡히는 것은 내 잘못이 아니었다. 정신적, 그리고 육체적으로 혹독한 훈련을 통해 이 병을 낫게 할수는 있을 것이다. 하지만 할머니의 병으로 인한 피할 수 없는 결과로 나는 평강도 방향도 모두 잃어버렸다.

물에 빠진 사건 이후로 나는 물에 빠져 죽으려는 강박관념에서 벗어난 것 같았다. 하지만 데샤르트르의 의학적이고 지적인 보살핌에도 불구하고 자살 충동은 다른 형태로 계속되었다. 어떤 때는 권총을 만지며 이상한 충동을 느끼기도 하고, 할머니의 치료를 위해 계속 손을 댈 수밖에 없는 아편류의 약병을 만질 때도 이상한 현기증을 느꼈다. 이 강박증에서 어떻게 벗어났는지는 잘 모르겠지만 정신을 좀 더 쉽게 하니 저절로 끝나 버린 것 같다. 나를 정신적으로 쉽게 하려고 데샤르트르 선생님은 잘 자도록 했고 나를 대신해 더 많은 희생을 해야 했다. 그래서 결국, 나는 그런 강박증에서 벗어날 수 있었다. 또 어쩌면 데샤르트르 선생님이 내게 읽어준 그리스 라틴 고전들도 많은 도움을 줬는지 모른다. 역사 이야기는 항상 우리를 먼 곳으로 데려가 준다. 특히 과거 문명 속 이야기들 말이다. 나는 플루타르코스나 티투스 리비우스, 헤로도토스 같은 사람들 이야기를 읽으면 마음이 편해지곤 했다. 나는 불어로 번역된 베르길리우스와 라틴어로 된 타키투스도 너무 좋아했다. 호라티우스와 키케로는 데샤르트르 선생님께는 신과 같은 존재였다. 선생님은 단어 하나하나를 설명했는데 내가 라틴어를 다시 배우려 하지 않았기 때문이다. 그래서 선생님은 자기가 좋아하는 문장을 읽으며 하나씩 해석해주었다. 거기에는 다른 사람에게서는 발견할 수 없는 결단력과 명료함과 그 자신만의 색깔이 있었다.

편지를 쓰는 일에서도 즐거움을 찾았다. 오빠와 앨리시아 수녀님과 엘리사, 퐁카레 부인과 수녀원에 남아 있는, 아니면 나처럼 그곳을 떠난 몇몇 친구들에게 말이다. 처음에는 답장을 써야 할 편지가 너무 많아 다 쓸 수 없었지만 얼마간 시간이 흐르자 나는 많은 사람들에게 잊히고 몇몇의 친한 친구들만 남게 되었다. 나는 그 편지들을 다 간직하고 있다. 그것들은 소중한 추억들이다. 비록 개중에는 소식이 끊긴 사람도 있지만.

앨리시아 수녀님의 편지들은 항상 소박하고 따뜻했다. 수녀님과는 1820~1830년 사이에 편지를 주고받았다. 수녀로서 조용하고 평온한 문장으로 이뤄진 수녀님의 편지는 늘 활기가 넘쳤다. 이 편지는 아름다운 영혼 안에 변하지 않는 평강이 있다는 것을 보여주었다. 수녀님은 내가 수녀원에서 그녀의 독방으로 갔을 때 항상 그랬던 것처럼 '사랑하는 아가야!' 혹은 '나의 사랑하는 말썽꾸러기!'라고 불렀다.**30**

다른 친구들의 편지들은 더 재치 있고 유쾌하고 우아했다. 나의 무겁고 슬픈 이야기에서 벗어나 좀 즐거운 이야기를 들려주기 위해 이 사랑스러운 친구들의 장난스럽고 재미있는 편지를 인용하려고 한다.

앙제, 1821년 4월 5일

사랑하는 오로르! 말을 타고 들판을 달린다니 부럽기 그지없구나. 나도 귀를 덮는 모자를 쓰고 싶은 생각에 사랑하는 아빠에게 말을 타겠다고 졸랐단다. 그리고 약속을 받아 냈지. 그리고 기다리는 동안 도청의 넓은 정원을 성큼성큼 걸어 보고 있단다. 교실에서 우리가 늘 말했던 것처럼 '친구야 머릿속으로 한번 그려 보렴 ….'

이곳에는 넓은 들판과 쭉 뻗은 길, 너무나 긴 테라스, 그리고 많은 사람이 다니는 산책로를 내려다보는 탑들이 있는데 나는 자주 그곳을 보러 가곤 하지. 도청은 예전에 교회였는데, 다른 정원과 조금 떨어져 벽으로 둘러쳐진 큰 정원 한 편에 폐허처럼 서 있는 교회는 담쟁이와 뾰족한 주목들로 덮여 있지. 또 길고 어두운 오솔길 가에는 보리

---

30 그 편지들 중 하나에는 클라리 드포도아스가 어린 공작인 앙리 5세의 탄생을 축하하기 위해 그녀의 독방에 불을 피우는 것을 잊었다는 것도 적혀 있었다. 그런 작은 일화들은 내 이야기의 날짜를 알려준다.

수나무들이 서 있고. 예전 그대로의 모습인 이곳에서는 예전 이곳에 있던 수도승들이 떠오른다. 그리고 그들이 어두움 속에서 예배하는 소리를 상상하며 나는 몽상에 빠지거나 타스의 시를 외우곤 하지.

네가 보내준 단테의 시들은 너무 멋지더라. 아무리 읽어도 진력나지 않아. 정말이야. 나는 더는 이런 노래는 하지 않는다.

"이미 봄이 완연하구나/ 꽃으로 만발한 모습으로"[31]

하지만 나는 항상 메타스타즈 신부님은 좋아하지.

안녕 사랑하는 오로르! 9시 반밖에 되지 않았지만 이제 자러 가야 겠어. 나는 너처럼 며칠 밤을 일로 지새우지는 못할 것 같다. 그런 에 너지는 없어. 재미있는 일을 하는 거라면 모를까···.

1821년 6월 17일 ···

며칠 전에 여기서 '땅따라르'라고 부르는 곳에 갔었어. 그곳은 아주 어두운 살롱인데 나이 많은 사람들이 원반던지기를 하는 곳이지. 자기 엄마를 따라온 몇몇 젊은이들은 하품을 하며 아주 심심해서 죽겠다는 표정이었지. 나로 말할 것 같으면 원래가 잘 참는 편이지. 그런데 우연히 내 나이 또래의 예쁜 여자 옆에 앉아서 한참 수다를 떨었지. 우리가 프랑스 역사에 대해 한 이야기를 들으면 넌 분명 놀랐을 거야! 난 그런 쪽으로는 잘 몰라서 내가 잘 아는 중세 기사들에 관해 이야기했지. 그래서 우리는 우리가 아는 인물 중에 진짜 기사라고 할 수 있는 사람을 고르기 시작했어. 그런데 두세 명 밖에는 찾을 수가

---

31 〔역주〕 메타스타즈(Metastase, 1698~1782) 의 시.

없었지. 기사들에게는 부인도 있어야 했는데 제일 참기 힘든 건 속으로 각자 자기가 그 부인이라고 상상한다는 거였어.

아직도 시를 쓰냐고 물었지. 아니야. 나는 수녀원에서나 그랬지. 그때는 내가 쓰는 시 말고는 다른 연애 이야기를 읽을 수 없었으니까. 지금은 원하는 모든 시를 노래할 수 있지만 그게 그리 즐거운 일도 아니야….

뭐라고! 나는 기껏해야 총알에 데었던 걸 자랑스레 떠벌렸는데 너는 이폴리트 오빠랑 과녁에 총을 쐈다고? 분명 네가 나보다 훨씬 어른 같구나. 탄알도 못 만지게 하는 아버지한테 가서 불평해야겠네. 아버지는 소리만 듣고 불꽃을 보는 것만으로도 충분하다고 생각하는 것 같아!

예를 들면 나는 항상 바느질을 싫어했지만 여자에게 꼭 필요한 일이란 것은 알고 있지. 그래도 좋아하는 일을 하나 발견했는데 실을 잣는 거야. 아주 귀여운 물레를 하나 가지고 있어. 흑단으로 된 예쁜 씨아도 있지. 〈가스통 드푸아〉에[32] 나오는 아멜리의 장미나무로 된 씨아와 견줄 만해.

그런데 넌 네 말을 가지고 있다니 얼마나 좋으니! 내겐 동물이라곤 아침마다 내 침대에 날아와 나를 깨우는 멧비둘기 새뿐이지.

나는 너처럼 다시 수녀원으로 돌아가려는 그런 이상한 생각은 하지 않아. 수녀님 중에서 나는 풀레트만 좋아했지. 하지만 새로운 원장님은 전혀 아니야. 네가 그 원장님을 가끔 생각하는 게 정말 놀라워. 나

---

32 〔역주〕 자크 스테(Jacques Staes)가 쓴 연극의 제목이다.

는 단지 하나님의 사랑으로 참아줄 뿐이었지.

메리 질리브랜드의 소식을 들었는데 사크레 쾨르에 있단다. 우리랑 있을 때 그랬던 것처럼 여전히 못됐대. 너는 그 아이도 또한 사랑할 수 있겠지만 나는 참아줄 수 없는 아이네. 새로 간 기숙사에서 그녀는 불랑제 거리에 있는 우리의 오래된 건물에서 그녀가 했던 그 끔찍한 장난들을 이야기하는 걸 무척 즐기고 있는 것 같아.

12월 27일

수녀원에 대한 소식은 이제 너한테만 듣고 있어. 그리고 수다를 떨 수 있는 친구도 너뿐이지. 유지니아 수녀님이 편지를 검열해서 수녀원에 있는 친구들에게는 많은 걸 쓸 수 없거든. 쓰면 안 되는 제약이 너무 많아. 예를 들어 라모랑대 씨에 대한 건 위험천만이지. 지금 칼바도스 대대에서 로쟁 씨 다음으로 제일 춤을 잘 추는 남자 말이야.

그가 나와 정말 붕어빵처럼 닮았다고 하면 어떤지 짐작이 가겠지? 특히 무도회에서 우리 둘 다 밝은 색의 옷을 입고 있으면 더하지. 우리는 키도 비슷하고 둘 다 적당히 살이 찐 편이야. 그는 금발에 푸른 눈을 작게 뜨고 있어. 어쨌든 우리가 춤을 출 때 사람들은 그를 내 오빠쯤으로 생각하지. 엄마도 만약 조금 일찍 결혼했더라면 그런 멋진 아들이 있을 거라고 한단다.

지난번 마지막 무도회에 3명의 장교가 있었는데 그중 질베르 데부아쟁 씨가 있었지. 그는 큰 붉은 바지와 작은 초록색 신을 신고 있었는데 나는 그가 내게 춤추자고 하길 간절히 바라고 있었지. 그런데 그는 그러지 않았어 … . 대림절 동안은 춤을 추지 않지.

엄마는 연주회를 많이 열었단다. 너도 알다시피 우리는 아주 멋졌지. 나는 무서웠지만 거기 잘 아는 사람은 아무도 없었어. 내 하프 솜씨도 너만큼은 아니지만 수녀원에 있을 때 꽤 괜찮았고 소리도 좋았지. 내 하프는 윤이 나는 회색 나무에 온통 금으로 장식되어 있어. 나는 노래는 거의 하지 않는데 사람들은 내가 수줍어서 그런 줄 알지.

1822년 1월 18일

새벽 3시가 넘어 무도회에서 나왔단다. 하녀가 엄마가 옷 벗는 것을 도와주는 동안 나는 사랑하는 친구 오로르에게 편지를 쓰기 시작했지. 왜냐하면, 극과 극은 통하듯 나는 너와 너무나 화끈하게 정열적으로 오늘 밤 일을 말하고 싶으니까. 세상에! 너를 약 올리려고 여러 얘기를 했지만 제대로 된 건 하나도 없었던 거 같으니 말이야. 나는 내가 춤추고 싶어 했던 그 초록 신발 장교 말고 다른 사람들하고만 춤을 췄단다. 그래서 안 될 일에 더 안달을 내듯 내 욕망은 점점 더 커지기만 했어. 나는 세 번 연이어 무도회에 참석했기 때문에 한참 쉬어야만 했지.

정말 모든 것이 너무나 바쁘게 돌아가는 생활이야. 너는 그런 삶을 살지 않는 것이 얼마나 잘한 생각인지. 하지만 시골에서 겨울을 혼자 보내다니! 그건 끔찍한 것 같아. 그럴 용기는 정말 없다. 지금 내 주위의 인생은 온통 장밋빛이야. 그래서 그런 너를 생각만 해도 슬프다.

이 편지를 쓴 친구는 자기 자신에 대해 비웃는 듯 말했지만 사실은 정말 예쁜 아이였다. 사실 좀 살이 쪘고 약간 사시斜視인 것도 맞다.

하지만 그런데도 그녀의 몸가짐은 아주 경쾌했고 그 시선은 부드러웠으며 눈은 너무나도 아름다웠다. 그녀의 목소리는 좋지 않았지만 그녀의 노래는 정말 매혹적이었다. 그녀는 착하지만 사람을 비꼬는 성향을 가지고 있었고 모든 것을 냉소적으로 바라보았다. 또 아주 개성 있고 결코 교태스럽지는 않지만 나름 쾌락을 추구했다. 정신적으로는 아주 용맹스러울 때도 있었지만 실제 행동이나 매너에 있어서는 늘 이상할 정도로 절제했다.

이런 소녀들끼리의 상큼한 대화는 클라우디우스와의 철학적 담론들 그리고 프레모르 신부님의 감동적이면서도 감미로운 설교들과 동시에 내게 전달되곤 했다. 그러니까 나의 내면의 시간들은 정말 다채로웠다. 가끔 슬프기도 했지만 결코 지루한 적은 없었다. 반대로 삶이 너무 지겨울 때조차 나는 시간이 너무 빨리 흘러가는 것을 아쉬워했고 모든 일에 있어 늘 시간이 충분하지 못했다.

나는 항상 음악을 좋아했고 내 방에는 피아노와 하프와 기타가 하나 있었다. 뭔가를 더 배울 시간은 없었지만 나는 연주를 하며 곡을 다시 해석하곤 했다. 뭔가 특별한 재능을 갖기 위해 더 배울 수는 없었지만 적어도 나는 읽고 이해하는 것에 내 기쁨의 원천이 있다는 것은 분명히 알고 있었다. 나는 지리학과 광물학도 배우고 싶었다. 데샤르트르 선생님은 내 방을 석재들로 가득 채웠다. 나는 내 시선을 사로잡는 돌들을 살피고 관찰할 뿐이었다. 그것도 항상 시간이 부족했다. 할머니가 빨리 쾌차하셔야만 했다.

가을이 끝나갈 때쯤 할머니는 아주 편안해지셨고 나도 희망을 갖게 되었다. 하지만 데샤르트르 선생님은 이런 회복을 돌아가시기 전 새로운 현상으로 생각하셨다. 할머니는 다시 일어나지 못할 연세는 아니셨다. 할머니는 75세셨고 일생 동안 한 번 앓으셨을 뿐이다. 그래서 그렇게 힘을 잃고 기력을 잃으신 것이 정말 미스터리했다. 데샤르트르 선생님은 이런 무기력한 상태를 혈액 순환의 문제로, 혈관이 너무 좁아진 탓으로 돌렸다. 하지만 아들을 잃은 끔찍한 고통으로 인한 의욕 상실 혹은 정신력 상실로 보는 것이 옳은 것 같았다.

12월 내내 매우 음울했다. 할머니는 더는 일어나지 못하셨고 말씀도 거의 없으셨다. 하지만 슬픈 상황에 적응되어 버린 우리는 그리 많이 놀라지도 않았다. 데샤르트르 선생님은 할머니가 이런 생사의 중간쯤 되는 마비 상태에서 아주 오래 사실 수도 있다고 생각했다. 12월 22일 할머니는 자개로 된 단도短刀를 내게 주시기 위해 몸을 일으키셨지만 왜 그런 건지, 왜 그것을 내 손에 쥐여주시는 건지는 설명하지 않으셨다. 더는 정신도 명료하지 않으셨다. 하지만 그 와중에도 내게 이런 말씀을 한 번 하셨다.

"이제 제일 친한 친구를 잃겠구나."

이것이 할머니의 마지막 말씀이었다. 육신은 평온하게 납처럼 무거운 잠에 빠져 드셨다. 하지만 여전히 생기 있어 보였고 아름다우셨다. 할머니는 더는 깨어나지 못하셨고 고통 없이 눈을 감으셨다. 날이 밝고 있었고 크리스마스 종이 울리고 있었다.

데샤르트르 선생님도 나도 눈물을 흘리지 않았다. 심장이 멎고 호흡이 더 이상 거울을 흐리게 하지 않았을 때 우리는 마지막이라 확신하며 사흘 동안 울었다. 그리고 그 순간에조차 우리는 할머니가 어떤 육체적 고통이나 영적 괴로움 없이 삶을 끝내셨다는 것을 위안으로 삼았다. 나는 임종에 대한 공포를 가지고 있었는데 하나님이 그것을 면해주신 것이다. 영靈이 육체와 분리되는 데 어떤 고통도 없었다. 어쩌면 우리가 마비된 할머니 몸을 밤새워 지키고 있는 동안 할머니의 영은 아들과 만났다는 공상의 날개를 타고 벌써 하늘로 오른 것인지도 모른다.

쥘리는 마지막으로 할머니를 곱게 치장했다. 살아 계실 때처럼 정성 들여 말이다. 그녀는 할머니의 레이스 모자를 씌우고 리본을 달고 반지들을 끼웠다. 우리 지방에서는 죽은 사람을 십자가와 성경책과 함께 묻는 풍습이 있었다. 나는 수녀원에서 내가 좋아하던 것들을 가져왔다. 치장이 모두 끝난 할머니는 여전히 아름다우셨다. 할머니의 우아하고 순수한 모습에서는 어떤 고통스러움도 보이지 않았다. 완전한 평온 그 자체였다.

밤에 데샤르트르 선생님이 나를 부르러 왔다. 그는 매우 상기된 표정으로 내게 짧게 말했다.

"용기를 낼 수 있겠어요? 돌아가신 분들에게 기도와 눈물 말고 뭔가 다른 걸 해 드려야 하지 않을까요? 저 위에서 우리를 보고 우리가 더욱더 애석해하는 걸 보고 감동하시지는 않을까요? 그런 생각이 들면 이리로 와 보세요."

때는 새벽 1시쯤이었다. 밤은 아주 청량하고 시원했다. 눈 온 뒤 빙판길이 되어 걷는 게 매우 힘들었다. 그래서 뜰을 지나 묘지까지 가는데 우리는 여러 번 넘어졌다.

데샤르트르 선생님은 여전히 상기된 목소리로 하지만 평소와 다르게 아주 냉혹한 모습으로 말했다.

"침착해요. 이제 아버지를 보게 될 테니!"

우리는 할머니를 안치하기 위해 파 놓은 구덩이로 가까이 갔다. 거친 돌들로 만든 작은 지하묘소 아래 몇 시간 후면 함께 합장할 다른 관이 하나 놓여 있었다.

데샤르트르 선생님은 말했다.

"아버지 관을 좀 보려고 낮에 이 구덩이를 판 일꾼들과 함께 있었지요. 그때는 아직 관을 열지 않고 못만 빼놓았어요. 그리고 혼자가 되었을 때 관 뚜껑을 열었지요. 나는 해골을 보았는데 머리가 떨어져 나와 있었어요. 나는 그것을 들어 입을 맞추고는 아주 마음에 큰 위로를 받았지요. 마지막 인사를 하지 못했었거든요. 그리고 아가씨도 하지 못했다는 생각이 들었지요. 내일이면 묘지가 닫힐 거예요. 그런 후에는 더는 열리지 않겠지요. 그러니 지금 내려가 입을 맞추세요. 평생 잊지 못할 추억이 될 거예요. 언젠가 아버지 이야기를 쓰게 될 날도 있을 텐데 아가씨 자식들도 보지 못한 할아버지를 사랑하게 해야 하지 않을까요? 이제 아가씨를 너무나 사랑했지만 아가씨가 거의 기억하지 못하는 아버지께 사랑과 존경을 표하세요. 지금 아버지가 계시는 곳에서 아가씨를 보고 축복하실 거예요."

나는 선생님이 내게 해준 말만 듣고도 가슴이 뭉클하고 흥분됐다. 그곳이 하나도 끔찍스러운 곳으로 생각되지도 않았고 이상하지도 않았다. 만약 선생님이 해준 말을 실제 행하지 않고 생각만 했다면 나는 아마도 후회했을 것이다. 우리는 함께 묘지 아래로 내려가서 선생님이 하는 대로 종교적인 존경의 표시를 했다.

관을 다시 닫고 묘지를 나오며 선생님은 여전히 전혀 흔들리지 않는 모습으로 말했다.

"아무한테도 말해서는 안 돼요. 아마 다들 우리가 미쳤다고 할 거예요. 하지만 우리는 미치지 않았죠, 안 그래요?"

나는 단호하게 대답했다

"물론 아니지요."

이 순간부터 데샤르트르 선생님의 믿음은 완전히 바뀐 것 같았다. 선생님은 항상 무신론자였고 신성이라든가 영혼의 불멸 같은 것에 대해 말할 때도 은근슬쩍 넘어가려고 애를 쓰긴 했지만 그것을 잘 숨기지 못했다. 할머니는 당시 사람들이 말하듯 데이스트서서 나를 무신론자로 만드는 걸 금하셨다. 그래서 선생님은 그것을 지키느라 무진 애를 써야 했다. 만약 내가 조금이라도 신을 부정했다면 그는 어쩔 수 없이 그걸 도와주었을 것이다.

그런 그에게 갑자기 어떤 혁명이 일어났고 그의 성격처럼 그것은 완전히 극단적인 변화였다. 왜냐하면, 얼마 후 나는 선생님이 흥분하며 교회의 권위를 옹호하는 것을 들었기 때문이다. 그도 나처럼 갑작스러운 심경의 변화로 회심回心했다. 사랑하는 대상의 차가운 뼈들 앞에서 그는 허무의 공포를 받아들일 수가 없었다. 할머니의 죽음은 우리 아버지의 기억을 불러냈다. 그리고 이 두 무덤 앞에서 인생의 가장 큰 두 개의 고통 아래 무너져 버린 것이다. 그리고 그의 갈급한 영혼은 차가운 이성에도 불구하고 영원한 이별을 거부하기 위해 몸부림친 것이다.

이 이상스러운 밤을 보낸 다음 날, 우리는 할머니의 유해를 아버지 유해와 합장했다. 모든 친구들과 마을 사람들이 왔다. 그리고 그 얼빠진 듯한 모습들, 또 나눠주는 것을 먼저 먹으려고 우리를 구덩이 앞까지 밀치며 달려드는 거지들의 싸움, 서로서로 건네는 위로의 말들, 진짜인지 가짜인지 모르겠지만 모두의 슬픈 기색들, 분명 가식이 분명한 하인들의 울고 탄식하는 소리들, 이 형식적이고 가식적인 모든 것들이 나는 너무 견디기 힘들었고 비신앙적으로 보였다. 나는 사람들이 모두 사라지길 초조하게 기다렸다. 나는 데샤르트르 선생님이 지난밤 나를 무덤에 먼저 데려와 마음속 깊이에서 우러나는 경건한 인사를 할 수 있게 해준 것에 무한히 감사했다.

저녁 때 집안사람들 모두가, 또 평생 한 번도 겪어 보지 못한 슬픔으로 무너져 버린 데샤르트르 선생님까지도 모두 너무 피곤해 일찍 잠자리에 들었다.

그런데 나는 지치지 않았다. 나는 죽음의 위엄 앞에 압도되어 있었다. 나는 신앙심으로 슬픔을 삭였다. 나는 다시 한번 할머니 방을 보고 싶었고 이 마지막 밤을 할머니를 회상하며 보내고 싶었다. 할머니와 함께 수많은 밤을 보냈던 것처럼.

집 안에 모든 소음이 사라지고 깨어 있는 사람은 나 혼자뿐이란 생각이 들자 나는 아래층으로 내려가 할머니 방으로 들어갔다. 아직 그 방은 정돈돼 있지 않았다. 침대는 흐트러져 있고, 처음 내 눈에 들어온 건 할머니가 무거운 죽음을 받아들이시는 그 순간 침대와 시트에 남겨 놓은 푹 파인 몸의 흔적이었다. 그곳에 몸을 굽혀 입을 맞추자 어떤 냉기가 느껴졌다.

반쯤 비어 있는 유리병들도 침대 곁에 있었다. 침대 곁에 켜 놓았던 향냄새가 방 안 가득 진동했다. 그것은 할머니가 항상 좋아하셨던 안식향인데 뒤플렉스 씨가 코코넛 안에 넣어 인도에서 가지고 온 거였다. 나는 남아 있는 향에 불을 붙였다. 나는 약병들을 할머니의 마지막 지시대로 가지런히 정돈했다. 나는 할머니가 그러셨던 것처럼 커튼을 반쯤 치고 아직 기름이 남아 있는 작은 등을 켰다. 그리고 아직 꺼지지 않은 벽난로의 불을 지폈다. 그리고 큰 소파에 털썩 앉아서 할머니가 아직 거기 계신다는 생각을 했다. 할머니의 가느다란 소리가 나를 여전히 부르시는 것 같았다.

나는 자고 있지 않았다. 그리고 두세 번 내 귀에 너무나 익숙한 할머니 숨소리와 신음 소리와 깨우는 소리를 들은 것 같았다. 모든 것은 상상일 뿐이었지만 나는 내 할머니의 모습을 보고 싶다는 간절함으로 어떤 열에 들뜬 환각 속에 빠져들고 싶었다.

어릴 때 나는 유령을 보고 무서워하곤 했고 수녀원에서도 그런 것에 사로잡힌 적이 있었다. 하지만 노앙에 돌아온 후로는 그런 것은 완전히 사라졌었다. 그래서 시를 읽을 때면 상상력이 죽은 것 같아 아쉬워하고 있었다. 어젯밤 데샤르트르 선생님이 내게 시켰던 그 종교적이고 낭만적인 제식은 내 안에 어린 시절의 공상들을 되살려 주었다. 그러나 곧, 공상에 빠지기는커녕 이제는 세상을 떠난 사랑하는 사람과 직접 얘기할 수 없다는 깊은 절망감이 폐부를 꿰뚫었다. 그래서 나는 가엾은 할머니가 정말로 내 앞에 나타날 거라는 생각은 하지 않았다. 하지만 피곤한 내 머리가 어떤 현기증을 일으켜 영원한 생명의 빛을 밝히는 할머니를 내게 다시 한번 보게 하진 않을까 기대했다.

하지만 그런 일은 일어나지 않았다. 밖에서는 삭풍朔風이 불고 난로에는 물이 끓고 있고 귀뚜라미 소리도 들렸다. 할머니는 귀뚜라미 소리로 늘 잠을 자지 못했지만 절대로 데샤르트르 선생님이 그것들을 잡지 못하게 하셨다. 벽시계도 울리고 할머니가 항상 손가락으로 가리키시던 침대 곁에 걸려 있던 시계는 잠잠했다. 결국, 피곤에 지친 나는 깊은 잠에 빠졌다.

하지만 몇 시간 뒤 내가 잠에서 깨었을 때 나는 모든 것을 다 까맣게 잊고 할머니가 잘 주무시는지 보기 위해 몸을 일으켰다. 그리고 모든 것이 기억나자 눈물을 쏟기 시작했다. 할머니의 자취가 아직도 그대로 있는 베개에 얼굴을 파묻고 눈물로 적시며 한참을 울고 나니 마음이 좀 진정됐다.

이후 방을 나왔는데, 다음 날 그 방에는 자물쇠가 채워졌다. 뭐라도 없어질까 해서 의례적으로 하는 그런 행위들은 성스러운 그 방을 속물처럼 만드는 것 같았다.

— 6권에서 계속

조르주 상드 연보

1804년

7월 1일 조르주 상드, 본명 아망틴 오로르 뤼실 뒤팽(Amantine Aurore Lucile Dupin)은 파리 15구 멜레가 15번지에서 모리스 뒤팽 드프랑쾨이유와 소피 빅투아르 들라보르드 사이에서 태어났다. 아버지는 폴란드 왕족의 피를 이어받은 귀족 출신이었고 엄마는 가난한 새 장수의 딸이었다. 양쪽 집안의 이 엄청난 계급 차이는 상드 인생 전반에 큰 영향을 미쳤으며 상드가 평생을 사회주의 운동에 헌신하게 되는 계기가 된다.

1808년

할머니 집이 있는 노앙에서 상드의 가족은 9월 16일, 아버지 모리스 뒤팽의 갑작스러운 죽음을 맞이한다. 집으로 돌아오는 도중 말에서 떨어져 목뼈가 부러지는 사고를 당한 것이다. 시어머니와 사이가 좋지 않았던 상드의 엄마는 딸의 미래를 위해 딸을 노앙에 남겨 놓은 채 파리로 돌아가고 이때부터 상드는 할머니의 엄격한 교육 아래 엄마를 사무치게 그리워하며 살게 된다.

1818년

1818년 1월 12일부터 1820년 4월 12일까지 상드는 수녀원 기숙사에서 생활했다. 할머니의 훌륭한 교육으로 루소, 볼테르 등이 집필한 많은 철학 서적과 문학 서적을 읽고 음악, 미술 방면에서도 상당한 일가견을 갖게 된 오로르는 어느 날 저녁, 늘 그리워하던 엄마의 친한 출신성분에 대한 할머니의 모욕적인 말을 듣고 점점 더 반항적으로 행동한다. 이에 할머니는 상드를 파리의 앙글레즈 수녀원 기숙사에 집어넣었다. 이곳에서 상드는 하나님을 만나는 신비한 체험을 하게 되고 신앙적 열망이 갈수록 뜨거워져 수녀가 되고 싶어 하자 할머니는 그녀를 결혼시키기 위해 노앙으로 데려온다.

1821년

12월 26일 상드의 할머니가 지병으로 세상을 떠났다. 할머니가 생전에 아버지 쪽 집안인 빌뇌브 가족에게 미성년인 상드의 교육을 맡겼지만 상드의 어머니는 오로르를 파리로 데려간다. 이 일로 오로르 엄마와의 접촉을 꺼리던 아버지 쪽 친척들과는 완전히 결별하게 된다.

1822년

18살 되던 해 9월 17일, 알고 지내던 집안의 소개로 카지미르 뒤드방(Casimir Dudevant)과 결혼해서 몇 년 후 아들 모리스(Maurice)와 딸 솔랑주(Solange)를 낳는다. 하지만 독서를 좋아하고 철학적 몽상에 빠지기 좋아하는 상드와 사냥만 좋아하고 책 같은 것은 쳐다보지도 않는 남편과의 결혼생활은 매우 불행했다.

1831년

상드가 살았던 베리 지역 출신으로 파리에서 활동하던 쥘 상도라는 작가를 알게 되고 남편과 합의하에 석 달은 노앙, 석 달은 파리에서 지내기로 하면서 파리 생미셸가 31번지에 집을 얻는다. 노앙의 집을 포함해 할머니로부터 유산으로 물려받은 모든 것은 결혼 후에 남편의 소유가 되어 상드는 파리 체류 시 남편이 주는 적은 돈으로 아이들과 궁핍하게 생활하게 된다.

1832년
5월 19일 상드는 쥘 상도의 이름을 딴 조르주 상드라는 필명으로 첫 작품 《앵디아나》(Indiana)를 출판하고 석 달 뒤에는 《발랑틴》(Valentine)을 발표하는데 이 두 작품으로 상드는 하루아침에 유명해진다. 재정상태가 좋아진 상드는 말라케강 변으로 이사한다. 이즈음 당시 유명한 배우 마리 도르발과 알게 된다.

1833년
6월 17일 〈양세계 평론〉 잡지사 편집장인 뷜로즈가 초대한 식사 자리에서 뮈세를 만나 연인이 된다. 둘은 함께 이탈리아 여행을 가는데 뮈세는 가는 동안 병에 걸린 상드를 내버려 두고 거리의 여자를 찾는 등 무책임한 행동을 한 데다 파리로 돌아온 뒤 질투로 폭력적이 되어 상드는 거의 도망치다시피 노앙으로 떠나며 이 연애사건을 끝낸다. 하지만 이 둘이 주고받은 편지는 한 권의 서간집으로 출판되어 젊은 연인들의 심금을 울린다. 헤어진 후 뮈세는 두 사람의 이야기가 담긴 《세기아의 고백》을 발표해서 상드에게 묵언의 용서를 구한다. 이 해에 상드는 《마테아》, 《한 여행자의 편지》를 출판한다.
중편 《라비니아》가 출간되고 얼마 후인 8월 10일, 《렐리아》 출판으로 엄청난 스캔들의 주인공이 된다. 이 작품에서 상드는 여자의 성적 욕망에 대한 의문을 스스럼없이 표출하고 있는데 이것은 당시로서는 상상도 할 수 없는 물음이었다.

1834년

뮈세를 통해 알게 된 천재 피아니스트 리스트로부터 라므네를 소개받아 그의 기독교적 사회주의 사상에 매료되었다. 상드는 사회주의에 입문하게 되고, 그에게 받은 영감으로 소설 《스피리디옹》을 쓰기 시작하고 《개인 비서》, 《레오네 레오니》를 발표한다.

1835년

문학적 조언자이며 친구였던 평론가 생트뵈브를 통해 또 한 명의 사회주의 사상가 피에르 르루를 만나 그의 기독교적 사회주의 이론에 크게 감명받는다. 상드는 자신의 사회주의 사상의 근본은 신앙심이라고 자서전에서 밝히고 있다.

1836년

2월 16일 남편이 관리하는 노앙의 재정상태가 점점 더 악화되자, 상드는 재판을 통해 남편과 별거한 후 어린 시절 추억이 가득한 노앙 집을 되찾고 아이들의 양육권을 갖는다. 그리고 이 재판에서 변호를 맡은 공화주의자 미셸 드부르주의 영향으로 사회주의 운동에 더 깊이 빠져든다.
리스트와 그의 연인 마리 다구를 통해 쇼팽을 처음 만나고 《시몽》을 발표한다.

1837년

말년에는 상드와 많은 갈등을 겪었던 상드의 엄마가 병으로 숨을 거두게 된다. 《모프라》와 《마지막 알디니》를 발표한다.

1838년

쇼팽과 연인관계가 된다. 상드는 쇼팽과 아이들을 데리고 스페인 마요르카 섬의 발데모사 수도원에 머무는데 백 년 만에 온 한파와 폭우 등으로 쇼팽의 건강이 악화되어 여행은 악몽이 된다. 또 기술 장인이 주인공인 《모자이크 마스터》를 발표한다. 신앙적 고뇌를 담은 《스피리디옹》(*Spiridion*)이 발표된다.

1840년

《프랑스 일주 노동연맹원》(*Le Compagnon du tour de France*, 이 책은 우리말로 《프랑스 일주의 동반자》로 번역되는 경우가 있는데, 책 내용을 보면 제목의 '*Compagnon*'은 단순한 동반자라는 뜻이 아니라 당시 프랑스 전역을 다녔던 노동연맹의 일원을 말한다)을 발표한다.

1841년

파리의 한 대학생이 주인공인 소설 《오라스》를 통해, 사회주의 혁명을 바라보며 상드 자신이 가지고 있던 고뇌와 갈등을 이야기한다. 같은 해에 《마요르카에서 보낸 겨울》이 발표된다.

1842년

버려진 고아 소녀가 그 어떤 귀부인보다 아름답게 성장하는 소설 《콩수엘로》(*Consuelo*)를 발표해서 귀족 집안이 아닌 누구라도 고귀한 품성을 지닐 수 있다는 사회주의 사상을 사람들 뇌리에 각인시킨다.

1844년

사회주의 운동에 깊게 참여하고 있던 상드는 9월 14일, 〈앵드르의 빛〉이란 잡지를 창간해서 그녀 자신도 많은 정치적인 글들을 싣는다.

1845년

《앙지보의 방앗간 주인》을 발표한다. 시골 방앗간 주인의 순박함을 통해 계급 타파에 대한 사람들의 생각을 깨운다. 또 《테베리노》와 《앙투안 씨의 과오》를 발표한다.

1846년

쇼팽과 함께 파리와 노앙을 오가며 그를 어머니와 같은 모성애로 돌보던 상드는 《루크레치아 플로리아니》(Lucrezia Floriani)를 출판했는데 여기에서 사람들은 이미 둘 사이에 사랑이 식었음을 알게 된다. 또 상드의 대표작 중하나인 《악마의 늪》(La Mare au Diable)을 발표했는데 이때부터 발표되기 시작하는 상드의 전원소설은 너무나 풍요롭고 다채로운 어휘력과 아름다운 문장으로 훗날 초등학교 교과서에도 실리게 된다.

1847년

약혼 중이었던 딸 솔랑주가 갑자기 파혼을 선언하고 성격파탄자인 조각가 오귀스트 클레젱제(Auguste Clésinger)와 결혼하게 되는데, 막무가내로 돈을 요구하는 사위와 몸싸움까지 벌인 상드는 결국 딸 부부와 의절하게 되고 이때 솔랑주 편을 드는 쇼팽과도 사이가 틀어져 몇 년 후 결별하게 된다.

1848년

2월 혁명이 성공하고 제2공화국이 세워지자 사회주의 사상가였던 상드는 파리에서 활발한 활동을 펼치며 여러 잡지에 관여하고 많은 정치적 글을 발표한다. 하지만 이해 3월 상드가 너무나 사랑하던 손녀, 솔랑주의 딸 잔이 6살 나이로 죽는데, 상드는 이 사건을 일생 중 가장 슬픈 사건 중 하나로 꼽는다. 전원소설 《사생아 프랑수아》를 발표해 아무 계급도 없는 시골 사람들의 아름답고 순수하고 희생적인 영혼을 그리고 있다. 이런 소설을 통해 상드는 계급타파뿐 아니라 기독교적 신앙도 설파한다.

1849년
5월 20일 마리 도르발이 죽고 10월 17일에는 쇼팽도 세상을 떠난다. 이때 상드는 "내 마음은 묘지가 되었다"라고 자서전에서 고백한다. 이때 아들 모리스가 조각가이며 극작가인 알렉상드르 망소를 소개한다. 당시 그의 나이는 32살이고 상드는 45살이었는데 망소는 상드의 마지막 연인이 되고 죽을 때까지 매우 충실한 비서 역할을 하게 된다.

1851년
나폴레옹 2세가 쿠데타로 황제의 자리에 오르며 제2공화국이 무너지자 상드는 고향 노앙으로 칩거해 버린다. 전원소설 《사랑의 요정》이 발표된다.

1853년
18세기, 상드가 살았던 베리 지역에 있었던 백파이프 장인들의 삶을 그린 역사 소설 《백파이프의 장인들》을 발표한다.

1855년
상드의 자서전 《내 생애 이야기》가 발표된다.

1857년
4월 30일 당대의 주요 작가들이 모이던 그 유명한 '마니가의 모임'에 여자로서 유일하게 초대된 상드는 이곳에서 플로베르를 알게 되어 이후 죽을 때까지 편지로 긴 우정을 나눈다. 이 둘 사이의 편지는 한 권의 서간집으로 나와 있다.

1859년

상드는 뮈세가 죽은 후 그와의 관계를 그린 《그녀와 그》를 발표하는데 그 내용을 보고 격분한 뮈세의 형 폴은 자기 동생을 옹호하고 상드를 비난하는 《그와 그녀》라는 소설로 응수한다.

1865년

8월 21일, 상드의 연인이었으며 충실한 비서로 그녀의 마지막 행적들을 자세히 기록해 5권의 비망록을 남긴 망소는 결핵으로 상드보다 일찍 숨을 거둔다.

1873년

레지옹 도뇌르 훈장을 거절하며 장관에게 이런 편지를 쓴다. "그러지 마세요. 친구여, 제발 그러지 마세요! 저를 우습게 만들지 마세요. 정말로 내가 식당 아줌마처럼 가슴에 붉은 리본을 달고 있는 모습을 봐야겠어요?" 손녀딸들을 위해 《어느 할머니의 옛날 이야기》 1편을 발표한다.

1876년

《어느 할머니의 옛날 이야기》 2편을 발표한다. 6월 8일 오전 10시경 장폐색으로 몇 달간 고통받던 상드는 숨을 거두고 노앙의 자기 집 뒷마당에 묻힌다.

찾아보기

지은이 · 옮긴이 소개

지은이_조르주 상드 (George Sand, 1804~1876)

본명은 아망틴 오로르 뤼실 뒤팽 드프랑쾨이유이며 결혼 후 뒤드방 남작 부인이 된다. 1804년 파리에서 태어나 1876년 노앙에서 삶을 마쳤다. 19세기 프랑스 낭만주의 소설 가이자 문학 비평가, 언론인이었으며 70여 편의 소설과 50여 편의 중단편과 희곡 그리고 많은 정치적 기사들을 남겼다. 귀족인 아버지와 평민인 어머니 사이에 태어나 계급적 갈등을 겪으며 사회주의 운동에도 깊이 관여했다. 여성의 권리를 위해 많은 글을 써서 페미니즘의 어머니로도 알려져 있다. 뮈세, 쇼팽과의 사랑으로 많은 스캔들의 주인 공이기도 하다. 이혼제도가 확립되지 않은 시절 재판을 통해 이혼하고 파리와 노앙을 오가며 독립적인 생활을 했다. 리스트, 쇼팽, 들라크루아, 발자크, 플로베르, 라므네, 르루, 부르주, 루이 블랑 등 정치 문학 예술계의 영향력 있는 사람들과 교류하고 자신도 큰 영향력을 미쳤으며 공화주의자로 잡지를 창간하는 등 적극적인 정치활동을 펼치기도 했다. 말년에는 노앙에 칩거하며 아름다운 문장으로 유명한 전원소설을 쓰고 손주들을 위한 동화책을 쓰기도 했다. 러시아 혁명에 가장 큰 영향력을 끼친 사람으로 평가되며 유럽인들을 싫어했던 도스토예프스키는 상드만을 유일하게 존경할 만한 유럽인으로 꼽는다. 그녀는 말년에 문단의 여자 후배에게 후세 사람들에게 자신을 "여자로서의 삶이 아닌 예술가로서의 삶을 살았던 사람"으로 얘기해 달라고 고백한다.

옮긴이_박혜숙

연세대 불어불문학과를 졸업하고 동 대학원에서 〈조르주 상드의 몽상세계〉로 석사 학위를 받았다. 이후 미국의 오하이오대에서 두 번째 석사 학위를 받고 2001년에는 파리 소르본에서 〈조르주 상드 소설에 나타난 여주인공 유형〉으로 박사 학위를 받았다. 이후 모교인 연세대에서 학생들을 가르쳤고 현재 연세대 인문학 연구원 전임 연구원이며 프랑스의 상드협회(Les Amis de George Sand) 회원이기도 하다. 저서로는 《프랑스 문학 입문》(연세대학교 출판부), 《소설의 등장인물》(연세대학교 출판부), 《프랑스 문화와 예술》(연세대학교 출판부), 《프랑스 문학에서 만난 여성들》(중앙대학교 출판부), 《그녀들은 자유로운 영혼을 사랑했다》(한길사), 《프랑스 작가 그리고 그들의 편지》(한울) 등이 있으며 역서로는 《지난 파티에서 만난 사람》(빌리에 드릴아당 지음, 바다출판사) 외 다수가 있다. 현재 '영화로 보는 유럽문화'라는 유튜브 채널을 운영하며 주기적으로 영상 강의를 올리고 있으며 인문학 강사로도 활동하고 있다.